BRITT REISSMANN

DER TRAUM VOM TOD

STUTTGART KRIMI

Emons Verlag

Umschlagzeichnung: Heribert Stragholz
Druck und Bindung: CIP – Clausen & Bosse, Leck
Printed in Germany 2008
ISBN 978-3-89705-563-6

Im Gedenken an Katharina,
für die Vertrauen tödlich war

Wir sind der Stoff, aus dem die Träume sind,
und unser kurzes Leben ist
eingebettet in einen langen Schlaf.
William Shakespeare

Manchmal träume ich vom Tod.

In meiner Vorstellung ist er androgyn, mit einem sanften, gütigen Gesicht, das seltsam alterslos wirkt, und langen weißen Haaren. Sein Gewand ist hell, fast durchsichtig, und scheint konturlos um ihn zu schweben. Er wirkt so vertraut, als würde ich ihn schon sehr lange kennen. Er breitet seine Arme aus, als wolle er mich liebevoll empfangen. Die Verlockung ist groß, einfach hineinzulaufen. Mir ist, als hätte ich das schon viele Male getan, und ich sehne mich danach, es wieder zu tun. Alles loszulassen, keine Verantwortung und vor allem keine Schmerzen mehr zu haben.

In meinem Traum haste ich durch Wälder, in den Kleidern einer Kriegerin. Bei jedem Schritt knacken Zweige unter meinen Füßen. Der Boden riecht nach fauligem Laub und nassem Holz. Es ist kalt, und die Luft sticht schmerzhaft in meinen Lungen. Ich spüre den Bogen, der schwer auf meine Schulter drückt, und den Köcher mit den Pfeilen, der beim Laufen gegen meine Rippen schlägt. Die Lederriemen meiner Schuhe schneiden in meine Waden. Ich weiß, dass ich von Orks verfolgt werde, die mir mit ihren großen Keulen Wunden schlagen. Mein Körper ist schon übersät davon, er schmerzt, und ich schleppe mich mühsam vorwärts. Ich weiß, dass ich nicht in Panik geraten darf, weil die Schmerzen dann unerträglich werden.

Niemand kommt mir zu Hilfe. Die Waldläufer und die Feen haben sich ängstlich verkrochen und lassen mich allein. Gehetzt schaue ich mich um. Nebelschwaden wabern zwischen den Bäumen und versperren mir die Sicht auf meine Feinde. Meine Füße verfangen sich in Baumwurzeln und Brombeerranken, ich stolpere, falle, raffe mich auf und spüre, dass die Verfolger immer näher kommen. Ich möchte nicht mehr kämpfen. Ich möchte liegen bleiben und es geschehen lassen. Man kann nicht jedes Spiel gewinnen, manchmal ist der Gegner einfach stärker. Doch ich möchte niemanden enttäuschen. Also laufe ich weiter, solange ich noch kann.

Plötzlich lichtet sich der Nebel. Und er tritt hinter einem Baum hervor, der aussieht wie die Weltenesche Yggdrasil. Diese wunderschöne Gestalt, von der ich weiß, dass es der Tod ist. Er schaut mich gütig an und breitet seine Arme aus. Ich bleibe stehen und zögere. Hinter mir höre ich die stampfenden Schritte und das Grölen meiner Verfolger.

Die Versuchung ist so groß, dass es wehtut.

Dann wende ich mich ab, weiche ihm aus und laufe weiter. Doch ich bin sicher, dass ich ihm wieder begegnen werde.

Ich weiß nicht, wie lange ich noch widerstehen kann.

SAMSTAG

Die Elster sah es als Erste. Das Glitzern und Funkeln am Rande des Eckensees im Oberen Schlossgarten. Sie saß auf einem Ahornbaum, der zaghaft die grünen Spitzen seiner Blätter ins Licht streckte, noch wie im Schlaf zusammengerollt, vorsichtig und bedacht, als würden sie dem verspäteten Frühlingsbeginn nach einem ungewöhnlich langen Winter nicht so recht trauen.

Die Elster legte den Kopf schief und blinzelte. Die ersten Sonnenstrahlen des anbrechenden Tages spiegelten sich auf der Wasseroberfläche und in dem funkelnden Ding, das mehr und mehr ihre Aufmerksamkeit auf sich zog. Sie spreizte ihre Flügel, stieß sich ab und schoss wie ein Pfeil nach unten, auf das unwiderstehliche Glitzern zu. Ihr Schnabel packte danach, zerrte mit aller Kraft daran. Sie wollte das Ding mitnehmen und in ihrem Nest verstecken, aber irgendetwas hielt es fest. Von ihrem empörten Kreischen erwachte ein Obdachloser, der unter dem Baum auf einer Bank geschlafen hatte. Er rieb sich die Augen, richtete sich auf und setzte die Füße auf den Boden, wobei er die leeren Bierflaschen vom Vorabend umstieß. Der blöde Vogel hatte ihn geweckt. Er griff wütend nach einem Stein, zielte und hielt mitten in der Bewegung inne. Eine Elster, die im Begriff war, etwas Glänzendes zu klauen. Sein zahnloser Mund verzog sich zu einem Grinsen. Die hatte die Rechnung ohne ihn gemacht. Wenn es Gold oder wenigstens Silber war, würde, sobald nach dem Wochenende die Pfandleihe wieder öffnete, seine Wochenration an Alkohol gesichert sein. Er schaute sich verstohlen um. Am gegenüberliegenden Ufer des Sees erhob sich das Staatstheater und rechts davon der Landtag, an den sich der Akademiegarten anschloss. Weit und breit war kein Mensch zu sehen, und die steinernen Statuen auf ihren Sockeln hinter ihm würden nichts verraten. Mit lautem Gebrüll stürzte er auf die Elster zu, die kreischend das Weite suchte. Triumphierend bückte er sich nach dem funkelnden Gegenstand, doch plötzlich knickten ihm die Beine ein.

Das Armband war zweifellos teuer und aus feinstem Gold gearbeitet. Aber es schmückte ein Handgelenk, das auf der steinernen Umrandung des Eckensees auflag. Der dazugehörige menschliche Körper ruhte höchstens eine Handbreit unter dem Wasser, das hier nur knietief war. Durch das gesprenkelte Grün der Entengrütze wirkte das bleiche Gesicht wie von Schimmel überzogen. Wasserläufer huschten über die Oberfläche und warfen wandernde Schatten auf die fahle Haut. Blondes, glattes Haar breitete sich wie ein Strahlenkranz um den Kopf. Es bewegte sich leicht hin und her, im Rhythmus der kleinen Wellen, die ein vorbeischwimmender Schwan hinterließ. Ein Fisch glitt ungerührt über den Mund der Toten und streifte ihre Lippen wie für einen letzten Kuss.

Der Obdachlose würgte, sein Magen rebellierte, und das Bier, das er gestern Abend getrunken hatte, ergoss sich in einem Schwall in den Teich. Zitternd erhob er sich und schwankte in Richtung Schlossplatz davon.

Die Elster sah ihm von einem Baum aus zu.

*

»Der Frühling kommt spät in diesem Jahr. Auf dem Monte Amiata liegt noch Schnee.« Franziska Linder kam mit einer neongrünen Fleecejacke aus dem Haus und legte sie ihrer Tochter um die Schultern. »Du wirst dich erkälten in diesem dünnen Shirt, zieh dir lieber was über.«

Kaum zu glauben, dass diese Frau mal auf den Laufstegen Europas die neueste Mode vorgeführt hat, dachte Thea. Die Angst vor einem Schnupfen schien das Modebewusstsein ihrer Mutter weit in den Hintergrund zu stellen. Vor ein paar Monaten noch wäre Thea diese rührige Art wahnsinnig auf die Nerven gegangen. Inzwischen war sie gelassener geworden und konnte es mitunter sogar genießen, ein wenig umsorgt zu werden.

»Wo hast du nur diese grässliche Jacke her?«, fragte sie, während sie widerstrebend in die Ärmel schlüpfte. Sie versuchte sich klarzumachen, dass sie hier wirklich niemand sehen konnte außer ihrer Mutter und deren bester Freundin, die ihr gegenübersaß und breit grinste.

»Die habe ich ihr schon vor Jahren geschenkt, an dem Tag, als sie ihren Job aufgegeben hat und hierher gezogen ist. Sie hatte geschworen, für den Rest ihres Lebens keine Haute Couture mehr zu tragen, und ich nahm sie beim Wort und schenkte ihr das schrecklichste Kleidungsstück, das ich auftreiben konnte.« Sofia lachte laut, und ihre Augen strahlten wie die eines kleinen Mädchens, obwohl sie schon auf die sechzig zuging. Doch seit Theas letztem Besuch an Weihnachten war ihre Haut fahl geworden und dünn wie Pergament, und ihr einst so volles Haar war ausgedünnt.

»Chemo«, hatte sie auf Theas vorsichtige Frage geantwortet. Und dann: »Ich habe Krebs.«

Thea kuschelte sich in die geschmacklose Fleecejacke und schaute über Sofias Schulter hinweg auf die toskanische Landschaft. Die sanft geschwungenen Hügel, die bei ihrem ersten Besuch im Spätsommer schon braun und verbrannt gewesen waren, hatte jetzt ein zarter grüner Teppich überzogen. Zwischen ihnen schlängelten sich zypressengesäumte Straßen, die nach Siena führten, das schemenhaft am Horizont zu erkennen war. Thea liebte diese Landschaft, seit sie das erste Mal hier gewesen war. Das Haus ihrer Mutter war ihr eine Zuflucht geworden; hier tankte sie auf, wann immer sie ein paar Tage frei hatte.

Die Nachricht von Sofias Krankheit hatte sie völlig unvorbereitet getroffen. Bei ihrem Besuch an Weihnachten war sie noch frisch und vollwangig gewesen, und keiner hätte ihr angesehen, wie alt sie wirklich war. Jetzt, ein gutes Vierteljahr später, war sie ausgezehrt, fast knochig, und die Adern schimmerten durch ihre Haut. Sie lächelte Thea an, der es peinlich war, beim Starren ertappt worden zu sein.

»Ich habe keine Angst vor dem Tod«, sagte sie in ihrem nahezu akzentfreien Deutsch. »Ich habe hier alles erledigt, was ich erledigen wollte. Bis auf eine Sache.« Sie schwieg einen Augenblick, als würde sie die Worte noch einmal überdenken, bevor sie sie aussprach. »Ich habe zwei Menschen getötet. Dieses Geheimnis kann ich nicht mit hinübernehmen. Ich werde mich der Polizei stellen. Dann erst kann ich mich auch Gott stellen.«

»Ich dachte, du glaubst nicht an Gott.« Thea meinte, so etwas gelesen zu haben, in einem Brief, dessen Asche der Wind inzwischen in alle sieben Winde davongetragen hatte.

»Das ist nicht wahr. Ich glaube an Gott und die heilige Jungfrau Maria. Ich glaube nur nicht an die Kirche. Das ist ein großer Unterschied.« Sie hielt inne und sah Thea an, als wollte sie sich vergewissern, dass diese auch verstanden hatte. »Die Kirche wird von Menschen repräsentiert, die uns sagen wollen, was wir tun und lassen sollen. Sie wollen uns glauben machen, Gottes Stellvertreter auf Erden zu sein. Ich glaube nicht daran, dass Menschen über uns richten können. Aber ich glaube, dass Gott es kann. Ich habe gesündigt. Und was immer Gott auch ist, ich möchte ihm nicht mit dieser Last gegenübertreten müssen.«

»Du wirst nicht sterben!« Thea schämte sich, dass ihr nichts Besseres einfiel als diese Phrase, mit der man alle Schwerkranken zu trösten versucht. Doch Sofia schien ihre Worte gar nicht gehört zu haben.

»Ich habe mein Leben gelebt. Ich habe erleben dürfen, wie du und deine Mutter euch gefunden habt. Ich habe Rache genommen für sie und für mich. Und dir würde ich raten, es deinem Kollegen zu erzählen. Damit endlich ausgeräumt ist, was zwischen euch steht.«

Thea zuckte zusammen. Ihr Blick suchte Franziska, die schnell die Gläser zusammenräumte und ins Haus trug. Warum konnten Mütter eigentlich nichts für sich behalten, was man ihnen anvertraute? Wieso hatte sie ihr überhaupt von Micha erzählt? Franziska nahm mehr an ihrem Leben teil, als ihr lieb war. Das hatte schon zu heftigen Auseinandersetzungen geführt, als ihre Mutter noch in Stuttgart gewohnt hatte, etwa wenn sie ungefragt Theas Wohnung aufräumte oder ihren Kater Romeo mit Leckerbissen fütterte, die ihm nicht bekamen.

Aber sie konnte Micha auf gar keinen Fall erzählen, dass sie mit der Täterin aus dem Mordfall vom letzten Sommer hier auf der Terrasse in der Frühlingssonne saß und Wein trank, wo er doch das zweifache ungeklärte Tötungsdelikt schon vor vielen Monaten zu den Akten gelegt hatte.

Eine nervtötende Melodie kam direkt aus ihrer Tasche. Thea brauchte einen Moment, um zu begreifen, dass es der Klingelton ihres Handys war. Seit sie hier in Italien war, hatte sie keinen Anruf mehr bekommen. Offenbar scheuten alle die hohen Auslandsgebühren.

Sie nahm ab und meldete sich: »Thea Engel?«

»Messmer vom Chaos-Dezernat.«

»Micha? Was ist passiert?« Alle ihre Sünden schlugen über ihr zusammen.

»Hi, Kleines, wie geht's dir?« Messmer klang müde, aber sein »Kleines« ging ihr unter die Haut.

»Das kommt ganz auf deinen nächsten Satz an. Ist was mit Romeo?«

»Nein, deinem Kater geht's prima. Der spielt mit Kolumbus, das ist der Dackel von Elfriede. Die verwöhnt ihn so sehr, dass er mit dem Bauch schon fast den Boden wischen kann.«

Elfriede war Messmers Nachbarin, mit der er sie im Winter ungeheuer an der Nase herumgeführt hatte.

»Dann kann es also nur noch eine Soko sein«, seufzte Thea gottergeben.

»Hundert Punkte. Ich wollte dich fragen, ob du einen Tag früher zurückkommen könntest, wir brauchen hier jeden, den wir kriegen können, und dich sowieso.«

Thea schaute hinüber zu ihrer Mutter und Sofia, die verstummt waren und das Gespräch verfolgten. Sie zuckte resigniert mit den Achseln. »Klar, wenn's denn sein muss. Ich wollte ohnehin übermorgen zurückfahren, ein Tag mehr oder weniger macht den Kohl nicht fett.«

Eigentlich hatte sie frühestens am Montag zurückfahren wollen, um die Staus zum Ende der Osterferien zu umgehen. Sie würde ihre Pläne mal wieder über den Haufen werfen. In diesem Job musste man flexibel sein.

»Dann sehen wir dich Montagfrüh auf der Dienststelle?«

»Wenn ich dann nicht immer noch im Stau stehe. Bis dann. Und grüß die anderen.« Sie klappte ihr Handy zu und steckte es ein.

»Du willst uns schon wieder verlassen?«, fragte Sofia, als Thea aufgelegt hatte. Franziska sagte nichts. Sie sah ihre Tochter nur schweigend an, als wollte sie sich ihren Anblick einprägen.

Wegen Theas Arbeit und der räumlichen Entfernung sahen sie sich nicht allzu oft.

»Ich komme ja wieder. Spätestens im Sommer.« Den Gedanken, der in ihrem Kopf Gestalt annahm, kaum dass sie das gesagt hatte, verdrängte sie schnell, doch Sofia sprach ihn aus.

»Wer weiß, wer da noch lebt«, sagte sie mit müdem Lächeln.

*

Es war schon gegen neun Uhr abends, als Thea von der Autobahn aus die Lichter des Stuttgarter Fernsehturms sah. Gottlob, jetzt hatte sie es gleich geschafft! Seit mehr als zwölf Stunden war sie unterwegs, die Straßen waren durch den Rückreiseverkehr aus dem Süden völlig verstopft gewesen. Wegen eines Unfalls im San-Bernhardino-Tunnel hatte sie über den Pass fahren müssen, und ihre Arme schmerzten wie nach zweihundert Liegestützen von den endlosen Kurven mit ihrem alten Corsa, der natürlich keine Servolenkung hatte. Sie hatte sich nicht einmal an der wundervollen Schweizer Berglandschaft freuen können, die sie sonst immer so genoss. Ihre Schultern taten weh, und ihr Hals war so steif wie ein Bügelbrett, als sie auf der A8 Richtung Stuttgart fuhr, doch der Anblick des Fernsehturms verlieh ihr neue Kraft, und ihr Fuß drückte das Gaspedal wie von selbst ein klein wenig mehr durch.

Thea fuhr nicht bis zur Ausfahrt Zuffenhausen, sondern folgte dem Autostrom, der in die Abfahrt Degerloch Richtung Stuttgart-Mitte einbog. Es war vielleicht verrückt, aber der erste Weg nach einer Reise führte sie nicht nach Hause, sondern zu ihrer Freundin Karolin. Kurz hinter Ulm hatte sie bei ihr angerufen und sich angekündigt.

Im Parkhaus an der Leonhardskirche fand sie einen Frauenparkplatz und kam nicht umhin, im Geist diesen blöden Witz zu hören, den Messmer letztens erzählt hatte: »Warum gibt es in Parkhäusern Frauenparkplätze? – Damit die Frauen beim Einparken nicht die Autos der Männer beschädigen …«

Thea musste sich eingestehen, dass sie Michael Messmer vermisst hatte, sogar seine machohaften Frotzeleien. Er tauchte seit

Längerem mehrmals am Tag in ihren Gedanken auf, und sie hatte aufgehört, sich zu fragen, warum das so war. Sie kannte ihre Schwäche für ihn und hatte sie akzeptiert. Und sie war überzeugt, dass sie gelernt hatte, damit umzugehen.

Am Ausgang des Parkhauses sah sie das erste Plakat: »Wer kennt dieses Mädchen?« Ein typisches Phantombild, vermutlich nach den Fotos vom Leichenschauhaus gefertigt. Thea hielt inne und studierte den Text. Er war allgemein gehalten, nannte Ort und Zeit des Leichenfundes und die Bitte, sich unter den üblichen Telefonnummern zu melden, sollte man etwas Verdächtiges bemerkt haben. Beim Anblick des Wappens des Polizeipräsidiums Stuttgart in der rechten unteren Ecke kam fast so etwas wie Heimatgefühl in ihr auf. Sie war nur eine Woche fort gewesen, freute sich aber trotzdem, zurück zu sein.

Als sie in die Lazarettstraße einbog, wurde sie von einem Freier angepöbelt, der ihr ein eindeutiges Angebot machte. »Verpiss dich«, fauchte Thea im Vorbeigehen und stellte erstaunt fest, dass sich nicht mal ihr Herzschlag beschleunigte. Noch letzten Sommer hatte sie in einer ähnlichen Situation alles andere als souverän reagiert. Doch nach einem Jahr beim Dezernat für Tötungsdelikte kannte sie sich nicht nur mit Leichensachbearbeitung und Spurenermittlung aus, sondern hatte offenbar auch einen Crashkurs in Sachen Selbstbewusstsein bekommen, ohne dass es ihr bewusst geworden war. Die Tatsache, dass ihre beste Freundin, eine seriöse Bankerin, sich ausgerechnet eine Wohnung im Rotlichtviertel nehmen musste, hatte sie früher belastet. Inzwischen fand sie es nur noch kurios.

»Ich werde meine Haarfarbe ändern müssen«, sagte sie zu Karolin, als sie sich noch im Türrahmen aus ihrer Umarmung löste. »Ich glaube, das Rot sieht nuttig aus. Da unten hat mich schon wieder einer für eine Dirne gehalten.«

»Das Rot steht dir fantastisch.« Karolin lachte und zog sie in den Wohnungsflur. »Ich weiß gar nicht mehr, wie du vorher ausgesehen hast. Setz einfach einen Hut auf, wenn du das nächste Mal kommst. Ich könnte dir eine alte Wollmütze von mir leihen, die ich in einem Anfall von Kreativität selbst gestrickt hab. Die ist so grausig, dass dich damit garantiert niemand anmacht.«

Thea schüttelte den Kopf. »Lieber nicht.« Sie hasste Wollmützen, sogar wenn ihre beste Freundin sie gestrickt hatte.

»Du siehst völlig fertig aus.« Karolin nahm Thea die Jacke ab und hängte sie an die Garderobe. »Geh schon mal ins Wohnzimmer, ich hole nur schnell Gläser. Der Wein ist schon offen.«

Thea stellte ihre Tasche ab und trat in den Raum, der eher eine Bibliothek als ein Wohnzimmer war. Bis unter die Decke zogen sich an drei Wänden Regale, vollgestopft mit Büchern aller möglichen Genres, vorzugsweise jedoch Krimis und Liebesromane, die beherrschende Leidenschaft ihrer Freundin. Wahrscheinlich nahm sie deshalb so regen Anteil an Theas Berufs- und Liebesleben, wobei das Liebesleben ja schon seit längerer Zeit auf Eis lag. Karo wurde auch nie müde, sie deswegen anzustacheln und auf Gedanken zu bringen, denen Thea sich lieber nicht hingeben wollte.

»Du wirkst müde und gestresst.« Karolin stellte zwei Weingläser auf den Tisch und schenkte Trollinger ein. »Dass du gerade aus dem Urlaub kommst, sieht man dir eigentlich nicht an. Sorry, dass ich so direkt bin.«

»Du bist meine allerbeste Freundin. Wenn irgendjemand auf der Welt direkt zu mir sein darf, dann bist du das.« Thea griff nach einem der Gläser und nahm einen großen Schluck. »Mist, ich muss nachher noch fahren und sollte besser nicht trinken.« Ungeachtet dessen setzte sie das Glas noch mal an.

»Du kannst ja das Auto stehen lassen und am Charlottenplatz die U5 nehmen«, sagte Karolin. »Und jetzt raus mit der Sprache. Was ist passiert?«

»Sofia ist krank. Sehr krank. Sie will sich in Italien der Polizei stellen, und ich soll meinen Leuten im Dezernat Bescheid sagen, bevor sie es auf dem Dienstweg erfahren.« Thea griff schon wieder nach dem Glas und leerte es in einem Zug. Dann erzählte sie Karolin die ganze Geschichte.

»Das ist ja der Hammer!« Karolin starrte Thea mit kugelrunden Augen an. »Sie verlangt von dir, dass du zugibst, eine Mörderin gedeckt zu haben? Das kann sie nicht ernst meinen.«

»Es war Totschlag, kein Mord.« Thea griff nach der Weinflasche und schenkte sich nach. »Trotzdem schlimm genug. Ich glaube, sie ist sich der Konsequenzen nicht bewusst, die das für mich hat. Aber für sie ist es wichtig, unbelastet vor ihre Jungfrau Maria zu treten, deshalb will sie sich stellen. Und wenn es die Italiener erst mal wissen, dann sind meine Leute auch bald im Bilde. Es ist also besser, wenn ich ihr zuvorkomme, auffliegen tut es sowieso. Schlimmstenfalls führen die Ermittlungen zu meiner Mutter, und dann ist klar, dass ich davon gewusst haben muss.« Sie nahm einen Schluck Wein. »Ich fürchte nur, ich bringe es nicht übers Herz, sie zu verraten.«

»Na ja, bedenke die Vorteile.« Karolin sah Thea verschmitzt an. »Das Geheimnis, das jetzt noch zwischen dir und Micha steht, hätte sich dann erledigt. Und du könntest dich nicht mehr damit herausreden, dass du deswegen nicht mit ihm zusammen sein kannst.«

»Hör auf, Karolin!« Thea fühlte die Müdigkeit plötzlich wie eine Bleischürze auf ihrem Körper, und der Rand des Weinglases wurde zu einer verschwommenen Ellipse vor ihren überanstrengten Augen. »Was wird Micha wohl von mir denken, wenn er erfährt, dass ich sein Vertrauen missbraucht hab? Hast du schon vergessen, dass das Beweismaterial in Flammen aufgegangen ist? Nicht ganz ohne mein Zutun.«

»Du könntest es ihm erklären. Das muss er doch verstehen! Außerdem warst du betrunken. Du kannst auf verminderte Schuldfähigkeit plädieren.« Karolin nahm Theas Hände und sah ihr fest in die Augen. »Du warst persönlich betroffen bei dieser Geschichte. Was hättest du denn tun sollen? Die beste Freundin und einzige Vertraute deiner Mutter der Polizei ausliefern?«

»Ich bin nicht sicher, ob ein Mann verstehen kann, was eine Frauenfreundschaft bedeutet.« Thea überlegte, ob Messmer Verständnis dafür haben würde. Ihr Exfreund Hannes hatte jedenfalls nie kapiert, wie Karolin Thea so viel bedeuten konnte. Für ihn waren sie nur alberne Hühner gewesen, die sich seiner Meinung nach bloß trafen, um hemmungslos über Männer herziehen zu können.

»Was willst du also jetzt machen?«, fragte Karolin.

»Das ist ja das Blöde, ich weiß es nicht.«

Karolin fuhr sich nachdenklich mit der Hand durch die hellblonde Lockenmähne. »Du könntest so tun, als hätte Sofia dir den Mord erst jetzt gestanden«, schlug sie vor. »Sag, dass du erst seit gestern von der Sache weißt. Dann bist du fein raus, und Sofias Wunsch ist auch erfüllt.«

»Ja, daran hab ich auch schon gedacht«, sagte Thea. »Um genau zu sein, hat mir Sofia dasselbe vorgeschlagen. Aber ich weiß nicht, ob ich das kann. Irgendwas hält mich davor zurück, sie ans Messer zu liefern. Und außerdem ...« Sie zögerte. »Du hast natürlich vollkommen recht, das wäre die beste Lösung. Aber dann hätte ich schon wieder gelogen.« Sie verdrehte die Augen und schob Karolin ihr leeres Glas hin. »Schenk mir noch mal nach.«

»Notlügen sind in manchen Situationen durchaus erlaubt. Und wenn du so weitertrinkst, wirst du heute wohl auf meinem Sofa schlafen!«

»Falsch, ich werde auf deinem Sofa wachliegen und mir Gedanken machen, wie ich meine Notlüge am besten an den Mann bringe.« Thea stand auf und ging mit ihrem Weinglas zum Fenster. Zwei Etagen unter ihr war die Altstadt längst zum Leben erwacht. Autos fuhren im Schritttempo durch die kopfsteingepflasterten Straßen des Bohnenviertels, das seinen Namen von der Gartenbohne bekommen hatte, die im Mittelalter bei der Stuttgarter Bevölkerung Hauptnahrungsmittel gewesen war und in den Gärten zwischen den Häusern angepflanzt wurde. Sogar an den Hauswänden hatte sie sich emporgerankt. Heute brachte man die Altstadt weniger mit Bohnen als mit dem Rotlichtmilieu in Verbindung. Die Frühlingsabende waren noch frisch, dennoch standen die Mädchen da unten bauchfrei, in Miniröcken und auf Highheels an den Hausmauern. Alles nichts als Schein und Trug, dachte Thea. Die einen täuschen Liebe vor und kassieren Geld dafür, die anderen betrügen ihre Frauen, die zu Hause sitzen in dem Glauben, ihre Männer würden Überstunden in der Firma machen. Warum schlägt mir das Gewissen schon wegen dieser einen Notlüge? Sollte sie die Flucht nach vorn antreten, Messmer mit der Wahrheit konfrontieren und so tun, als hätte sie es selbst gerade erst erfahren? Oder sollte sie warten, bis die italienischen Behörden sich melden würden, und dann die Ahnungslose spielen?

»Willst du noch Wein?«, riss Karolin sie aus ihren Gedanken. Sie war gerade im Begriff, die leere Flasche hinauszutragen. »Immerhin triffst du morgen Micha, überleg dir also gut, wie viel du heute noch trinkst. Nicht dass du morgen etwas Falsches tust.«

Ich werde auch ohne Alkohol ganz bestimmt das Falsche tun, dachte Thea frustriert. Doch was war richtig, was war falsch? Wie sie es hasste, Entscheidungen zu treffen. Besonders wenn sie so folgenschwer waren wie diese. Thea fühlte sich wie in einem Kaninchenbau. Am Eingang grub der Fuchs, am Ausgang der Wolf, und die Frage war nur, wer sie als Erster erwischte.

MONTAG

Von außen sah das Gebäude des Polizeipräsidiums Stuttgart aus wie ein heruntergekommenes Krankenhaus, was daran liegen mochte, dass es bis in die siebziger Jahre hinein das Robert-Bosch-Krankenhaus beherbergt hatte. Vor mehr als drei Jahrzehnten hatte man die Polizei dort einquartiert und für die Kranken auf der Kuppe des Weinberges einen neuen Bau errichtet. Die räumliche Nähe des Polizeipräsidiums zum Robert-Bosch-Krankenhaus war besonders für die Kripo günstig, denn heute wurden nahezu alle forensischen Leichenöffnungen in der dortigen Pathologie durchgeführt. Die dazu eigens aus Tübingen herbeigerufenen Obduzenten hatten allerdings einen wesentlich weiteren Anfahrtsweg, doch Stuttgart besaß nun einmal keine eigene Gerichtsmedizin.

»Die Obduktion ergab Tod durch Schädelbruch. Sie ist mit dem Kopf auf dem Boden aufgeschlagen.« Messmer begann schon mit der Einweisung in den Fall, als Thea noch an der Kaffeemaschine stand. Während das braune Lebenselixier durch den Filter lief, betrachtete sie verstohlen seinen breiten Rücken und sein dunkelblondes, kräftiges Haar, das im Nacken bis auf den Kragen reichte. Von Friseurbesuchen schien er nicht sehr viel zu halten. Ahnte er vielleicht, dass sie ihn genau so, wie er war, unwiderstehlich attraktiv fand?

»Was habt ihr denn bisher an Spuren?« Thea stellte ihren Becher auf dem Besprechungstisch ab und zog sich den Stuhl heran. Ihre Schläfen hämmerten von der ausgedehnten Rotwein-Orgie am gestrigen Abend, und sie fühlte sich, als hätte sie anstatt der Zunge ein kleines Pelztier im Mund. Sie setzte alle Hoffnung in den Kaffee, aber sie würde wohl einige Tassen brauchen, um wieder zum Leben zu erwachen.

»Blut auf den Steinplatten des Gehwegs vorm Eckensee, eindeutig Opferblut. Die DNA läuft gerade durch die Datenbank. Reine Routine, wir kriegen eh keinen Treffer.« Messmer schenkte ihr einen kurzen Blick und zwinkerte ihr zu. »Willkommen zurück im Chaos. Tut mir leid, dass du gleich wieder in die Vollen gehen musst.«

»Es könnte also auch ein Sturz aus Eigenverschulden gewesen sein?«, vergewisserte sich Harald Koch.

»Theoretisch ja. Aber kein Mensch, der stürzt, rappelt sich dann hoch, um zwei Meter weiter in den Eckensee zu springen. Viel wahrscheinlicher ist es, dass sie jemand hineingeworfen hat.« Rudolf Joost, der Leiter der Mordkommission, drehte sein Zigarillo in der Hand, als könne er es kaum erwarten, es endlich anzuzünden.

»Wer hat denn den Obdachlosen vernommen, der die Leiche gefunden hat?«, fragte Thea.

»Das war meine erste Amtshandlung«, antwortete Messmer. »Er sagt, er wäre erst gegen zwei Uhr morgens von einem Saufgelage mit seinen Kumpels an der Paulinenbrücke zurückgekommen. Er hat noch drei Flaschen Bier dabeigehabt, die er sich eigentlich zum Frühstück aufheben wollte, aber auf seiner Bank wohl noch niedergemacht hat. Während dieser ganzen Zeit hat er nichts und niemanden bemerkt.« Er wickelte ein Kantinenbrötchen aus der Folie und roch daran. »Das heißt also, entweder lag die Leiche schon im See, oder sie wurde erst später hineingeworfen, als er tief und fest schlief. Wobei Ersteres wahrscheinlich ist, denn Professor Krach hat den Todeszeitpunkt zwischen dreiundzwanzig und zwei Uhr festgemacht.«

Thea versuchte, sich auf die Fakten zu konzentrieren, aber es fiel ihr schwer. Wann sollte sie mit Sofia herausrücken? Hier, mitten in der Soko-Besprechung, war bestimmt der falsche Zeitpunkt dafür. Am besten, sie sagte es Messmer unter vier Augen. Sie würde ihm vorspielen müssen, selbst von diesem plötzlichen Geständnis überrascht worden zu sein. Dabei war sie eine noch schlechtere Schauspielerin als die Darsteller der deutschen Daily Soaps. Das würde ein hartes Stück Arbeit werden, für die sie definitiv einen klaren Kopf brauchte. Und mit dem sah es heute schon mal ganz schlecht aus.

Sie hatte Messmer nur eine Woche lang nicht gesehen, aber jetzt merkte sie, wie sehr sie es genoss, ihn ganz offiziell anschauen zu dürfen. Die tiefbraunen Augen, die steile Falte auf der Stirn, in die ungezähmte dunkelblonde Haarsträhnen hingen. Am Kinn entdeckte sie eine kleine Schnittwunde, schon eingetrocknet. Das eng anliegende Sweatshirt spannte über seinen muskulösen Oberarmen. Betreten sah sie an sich herunter. Die Jeans hatte sie schon den dritten Tag an. Eigentlich könnte sie, wenn das Wetter stabil blieb, auch mal wieder ein Kleid anziehen.

»Thea, träumst du?«

Sie schreckte auf und zuckte zurück, als Messmer mit der Hand vor ihrem Gesicht herumwedelte.

»Tut mir leid, ich bin noch ein bisschen müde von der Fahrt.« Ihre Ohren waren heiß geworden, und sie war froh, dass sie heute keinen Pferdeschwanz trug und die Haare darüberfielen. Sie hatte den Bruchteil einer Sekunde lang an den flüchtigen Kuss an Weihnachten gedacht. Ganz harmlos eigentlich. Trotzdem hatte er ihr Gefühlsleben auf den Kopf gestellt.

»In der Jackentasche des Opfers haben wir ein Portemonnaie mit einem durchgeweichten Zwanzigeuroschein sowie ein paar Münzen Kleingeld gefunden und ein völlig in seine Bestandteile aufgelöstes Zellstofftaschentuch. Außerdem war eine zusammengefaltete Rechnung eines Geschäfts namens ›Kostümschmiede‹ im Geldbeutel. Das ist ein Laden in der Lerchenstraße. Der Kassenzettel ist ausgestellt für das Kleid einer Heilerin mit Umhang und Schleier. Siebenhundertneunundachtzig Euro. Ein teurer Spaß. Auf der Vorderseite steht mit Kugelschreiber am Rand: ›LARP am 21.4.‹, was immer das auch bedeuten soll. Auf die Rückseite hat sie eine Einkaufsliste geschrieben.« Messmer wickelte das Kantinenbrötchen wieder ein und entschied sich für einen Schokoriegel aus der großen Gemeinschaftsschüssel mit der Nervennahrung.

»Von dem Laden hab ich schon gehört«, sagte Koch. »Die haben die Star-Wars-Premiere im Ufa-Palast ausgestattet.«

»War das dieser Abend, an dem du als Darth Vader gegangen bist?«, gluckste Verena Sander. »Wie hast du eigentlich deine lange Nase unter dem Helm verstaut?«

»Sonderanfertigung«, meinte Koch lapidar.

»Also gibt es nichts, durch das man sie identifizieren könnte?«, hakte Thea nach. »Nicht mal einen Verbundpass für die Straßenbahn? Gar nichts?«

»Fehlanzeige. Eine Handtasche war nicht zu finden. Wir haben den ganzen Eckensee danach abgesucht. Vermutlich hatte sie keine dabei. Warum hätte sie sonst auch ihren Geldbeutel in die Jackentasche stecken sollen?« Messmer knüllte das Schokoladenpapier zu einem Kügelchen zusammen und warf es zielsicher in den Papierkorb, der drei Meter entfernt neben der Spüle stand. »Wir haben bei der Vermisstenstelle angerufen und sie durch die Datenbank beim BKA laufen lassen. Es wird keine Frau vermisst, auf die ihre Beschreibung passt. Wir haben auch ein Foto von ihr hingeschickt. Negativ.«

»Gefunden wurde sie am Samstagmorgen«, warf Rudolf Joost ein. Als Chef des Morddezernats hielt er bei den Sonderkommissionen die Fäden in der Hand. »Das ist inzwischen zwei volle Tage her. Und niemand meldet sie vermisst. Entweder hat sie keine Verwandten, oder die Familie wohnt in einer anderen Stadt und hat nur sporadisch zu ihr Kontakt. In dem Fall kann es ewig dauern, bis sich jemand meldet.«

Thea nickte. Sie dachte an das junge Mädchen im vergangenen Winter, das tot auf den Gleisen der Stadtbahn gefunden worden war. Sie war aus den neuen Bundesländern allein nach Stuttgart gekommen, um hier zu studieren. Allerdings hatte man sie anhand ihres Verbundpasses schnell identifizieren können.

Sie wurde jäh aus ihren Gedanken gerissen, als Bosiljka Baric, ihres Zeichens Reinigungskraft des Dezernats, mit Wischmopp und Eimer bewaffnet hereinplatzte.

»Ach, Frau Engel, scheen, dass Sie wieder da sind! So weite Fahrt gehabt von Italia. Habe geheert in Radio, dass Stau gewese bei Tunnel von die Bernhardiner. Ganze Autobahn verstopft. Habe Sie misse warte lange?«

»Sicher hat es seine Zeit gedauert, bis die Bernhardiner wieder eingefangen waren, Frau Baric!« Harald Koch, der der Kaffeekasse täglich einen Rekordumsatz bescherte, schüttete vor Lachen den Zucker neben seine Tasse.

»Ich hatte im Radio vom Stau am San Bernhardino gehört und bin rechtzeitig über den Pass ausgewichen«, antwortete Thea schmunzelnd. Sie mochte die Kroatin, nicht zuletzt deswegen, weil sie bei dieser Arbeit, die oft genug tragisch war, immer wieder für komische Situationen sorgte, wenn auch meist unfreiwillig.

»Frau Baric, wenn Sie noch ein Weilchen mit dem Bodenwischen warten könnten, wäre ich Ihnen dankbar. Wir sind noch mitten in der Besprechung.« Joost war sichtlich bemüht, die Nerven zu behalten.

»Gut, dann ich mache so lange Satzbehälter leer«, erwiderte sie und machte sich, ohne eine Antwort abzuwarten, an der Kaffeemaschine zu schaffen.

»Eine weitere Spur neben dem Kassenzettel ist das Armband, das sie trug«, erzählte Joost weiter. »Massives Gold mit eingelegten Halbedelsteinen, die die Buchstaben ›GNM‹ darstellen. Das könnten möglicherweise ihre Initialen sein, wenn man davon ausgeht, dass sie einen Doppelnamen hat.«

»Du meinst Gisela Nina Müller oder so ähnlich?«, fragte Verena Sander. Sie war schon zwei Jahre vor Thea zum Dezernat gekommen und hatte mitgeholfen, sie einzuarbeiten. Dabei war sie nie müde geworden zu betonen, wie froh sie sei, in dieser Männerdomäne weibliche Verstärkung bekommen zu haben.

»Der Nachname könnte auch ein Doppelname sein. Gerda Neumann-Maier zum Beispiel«, sagte Messmer.

»Dann würde zwischen den letzten beiden Buchstaben aber vielleicht ein Bindestrich stehen«, gab Thea zu bedenken.

»Gerda heißt doch heutzutage keine Frau in diesem Alter mehr«, knurrte Kümmerle, dessen Stimmung seinem Namen wieder mal alle Ehre machte. »Die Mädels heißen jetzt eher Giselle, Gloria oder Grazia.«

»Wir wissen ja noch nicht mal, ob es Initialen sind.« Messmer schlug mit der flachen Hand auf den Tisch. »Und möglicherweise wurde das Armband schon vor Ewigkeiten gekauft. Für mich ist der Kassenzettel die vielversprechendere Spur.«

»Dann kannst du mit Thea nachher gleich zur ›Kostümschmiede‹ fahren«, schlug Joost vor. »Der Bon ist datiert vom 2. April, das ist noch nicht allzu lange her. Vielleicht erinnert sich dort jemand an sie. Harald und Verena können inzwischen anfangen, die Juweliere abzuklappern. Wenn wir Glück haben, war das

Stück eine Einzelanfertigung, und wir finden es in einem der Auftragsbücher.« Joost reichte Koch einen zweiseitigen Computerausdruck über den Tisch. »Das ist die aktuelle Liste aller Stuttgarter Juweliere und Goldschmiede.«

»Ist das Armband denn schon von der Kriminaltechnik zurück?«, fragte Verena Sander.

»Leider nein, die brauchen noch eine Weile für die Untersuchungen. Euch müssen die Fotos reichen. Sonst noch Fragen?«

»Ja. Wo ist Kurt heute eigentlich?«, fragte Walter Ströbele. Er schien sich besonders zu freuen, Thea nach einer Woche wiederzusehen. Seit er sie vor einem Jahr, als sie zum Dezernat gekommen war, als »Bärenführer« unter seine Fittiche genommen hatte, hatte sich so etwas wie ein Vater-Tochter-Verhältnis zwischen ihnen entwickelt.

»Der meldet Rosinante für eine Pferdeschau in Weilheim an und kommt erst nachmittags zurück«, antwortete Joost. »Er hat sich in den Kopf gesetzt, dass seine Stute ›Miss Württemberg‹ werden soll. Denkt dran, dass ihr ihn ein bisschen motiviert, wenn er wiederkommt.«

»›Miss Württemberg‹? Ich wusste nicht, dass es auch bei Pferden Misswahlen gibt«, grunzte Koch. »Müssen die auch in Abendkleid und Bikini über den Parcours galoppieren?«

»Nee, über einen Laufsteg vermutlich.« Messmer sorgte für eine erneute Lachsalve. »Und wer es schafft, während der ganzen Zeremonie nicht zu äpfeln, ist die Siegerin.«

Kübler und seine Holsteinerstute waren eine beliebte Zielscheibe für Spötteleien jeder Art im Dezernat. Wenn Kurt Kübler von Rosinante erzählte, was er ausgesprochen gern und oft tat, verlieh er ihr fast menschliche Züge. Koch behauptete sogar, wenn die Eheschließung zwischen Mensch und Pferd möglich wäre, hätte Kübler seine Stute sicher schon geheiratet.

»Gut, wenn sonst niemand mehr Fragen hat, gehen wir an die Arbeit.« Joosts Stuhl scharrte über das Linoleum, als er sich erhob. »Frau Baric, jetzt kommt Ihre große Stunde. Sie dürfen nass wischen.«

*

»Kostümschmie.de – Wir sind der Spiegel deiner Fantasie«, stand auf einem leuchtend blauen Schild über dem Geschäft in der Lerchenstraße im Stuttgarter Westen. Im Schaufenster darunter standen zwei prachtvoll gekleidete Schneiderpuppen, die diesem Slogan alle Ehre machten. Als Thea durch die Eingangstür trat, hatte sie das Gefühl, anstelle eines Ladens eher einen Burghof zu betreten, an dessen Mauer Zeitungsausschnitte, Zeichnungen und Fotos von Kostümen gepinnt waren. Sie befühlte das täuschend echt wirkende Mauerwerk und stellte fest, dass es sich um bemaltes Styropor handelte. Links unter der Decke schwebte an einer Kleiderstange ein buntes Sammelsurium von kunstvoll verzierten Jacken, Korsagen, Harnischen und Kettenhemden, an einer weiteren Stange darunter bodenlange Kleider – vom Faschingskostüm bis zur Hochzeitsrobe. Daneben stand ein Bügelbrett mit knallgelbem rot getupften Schonbezug.

Vom Burghof aus gelangte man durch einen liebevoll gestalteten Torbogen in eine Schneiderwerkstatt, wo offenbar Tag und Nacht gearbeitet wurde und kaum Zeit blieb, Ordnung zu halten. In den Wandregalen türmten sich Stoffballen aus Samt, Filz, Taft und Tüll bis zur Decke. Mittendrin ratterte eine Nähmaschine, vor der sich ein mitternachtsblauer Samtberg über einen leuchtend roten Arbeitstisch bauschte. Es roch nach dem versengten Schonbezug des Bügelbrettes und frischem Kaffee, der irgendwo in einem Hinterzimmer gerade durch den Filter laufen musste. Weit und breit war kein Mensch zu sehen, nur ein paar Kleiderpuppen standen wie stumme Diener neben einem Durchgang, der mit einem Vorhang geschlossen war.

Als Messmer sich lautstark räusperte, verstummte die Nähmaschine und eine dunkle hochgegelte Igelfrisur erhob sich hinter dem blauen Samt.

»Sorry, ich hab euch gar nicht kommen hören.« Der junge Mann stand auf und reichte Thea die Hand. »Was kann ich für euch tun?«

Thea überlegte eine Sekunde, ob er angesichts des Ambientes vielleicht die mittelalterliche Form der Anrede benutzte, kam aber zu dem Schluss, dass er sie einfach für zwei Kostümfanatiker hielt, unter denen das Duzen offenbar üblich war.

»Nur eine Auskunft«, sagte sie und hielt ihren Dienstausweis hoch. »Kripo Stuttgart …« Weiter kam sie nicht.

»Ach du Scheiße, ist was passiert?«

»Wo wir auftauchen, ist meistens was passiert«, entgegnete Messmer. »Aber keine Panik, wir haben nur ein paar Fragen.«

»Jetzt habt ihr mich aber erschreckt. Worum geht es denn? Übrigens, ich bin Michael.«

»Dito, ich heiße auch so.« Messmer schüttelte die dargebotene Hand, an der noch ein Fingerhut steckte. »Erinnerst du dich an diese Rechnung?« Er zog den zusammengefalteten Zettel aus seinem Notizbuch und legte ihn auf die winzige Ecke des Tischs, die nicht von Stoff und Borten bedeckt war.

Der junge Mann schob ein gigantisches Nadelkissen zur Seite, setzte sich auf die Tischkante und sah sich den Kassenzettel schweigend an.

»Das ist noch gar nicht so lange her«, sagte er schließlich. »Ein LARP-Kostüm. Ja, ich erinnere mich.«

Thea und Messmer wechselten einen Blick. »Was bedeutet das – LARP?«, fragten sie wie aus einem Mund.

»Ihr habt noch nicht viel über Live-Rollenspiele gehört, oder?« Ohne eine Antwort abzuwarten, sprach er weiter. »LARP ist eine Abkürzung und bedeutet so viel wie ›Live Action Role Playing‹. Wir arbeiten viel für dieses Milieu, besonders für Fantasy- und andere Abenteuerspiele, wir nähen die Kostüme für die Spieler. Und wir stellen ausschließlich Unikate her.«

Live-Rollenspiele. Thea erinnerte sich nicht, jemals von so etwas gehört zu haben. Das musste ein teures Hobby sein, wenn ein Kostüm an die achthundert Euro kostete.

»Von wem wurde das Kleid in Auftrag gegeben?«, fragte Messmer.

»Ich vermute, das wisst ihr, wenn ihr die Rechnung habt.« Er schaute Messmer verwundert an.

»Diese Rechnung hat ein noch nicht identifiziertes Mordopfer bei sich getragen, nur deshalb fragen wir so dumm«, erklärte Messmer.

Der junge Mann stutzte nur einen Augenblick. »Das ist jetzt kein Witz, oder?«, fragte er. »Nein, ich seh schon, bitterer Ernst.

Sekunde, ich schaue eben mal nach.« Er zog einen dicken Ordner aus einem Regal und legte ihn auf den Tisch, wobei eine Stoffbahn aus dunkelrotem Brokat herunterrutschte, unter der eine zweite Nähmaschine zum Vorschein kam wie ein Denkmal bei seiner Enthüllung. Während er durch die Seiten blätterte, schaute sich Thea fasziniert in der Werkstatt um. Ein Poster vom Kinofilm »Herr der Ringe« und eines von »Spiderman« hingen einträchtig nebeneinander hinter einem zweiten riesigen Tisch, der offensichtlich zum Zuschneiden genutzt wurde. Eine gigantische Schere sowie Schneiderkreide lagen auf einem Berg aus Stoffresten, als sei dort vor Kurzem noch gearbeitet worden.

»Hier hab ich es, glaube ich.« Michael drehte das Buch um, sodass Thea und Messmer die Eintragungen lesen konnten. »Heilerinkostüm mit Schleier und Umhang, siebenhundertneunundachtzig Euro, bestellt von Martin Griegerle, am 12. März dieses Jahres. Bar bezahlt und abgeholt am 2. April. Ob die Unterschrift hier die von Herrn Griegerle ist, kann ich allerdings nicht mit Sicherheit sagen.«

»Wieso bestellt ein Mann ein Frauenkostüm?«, wunderte sich Thea. »Schneidert ihr denn auch für Travestieshows?«

»Klar doch, wir arbeiten für alle Sparten. Aber für Travestieshows werden Heilerinnenkostüme eher selten gebraucht«, antwortete Michael lachend. »So was bestellt man für Theaterstücke oder eben Rollenspiele.«

»Muss denn derjenige, für den das Kostüm genäht wird, nicht selbst herkommen? Oder fertigen Sie auch einfach Konfektionsgrößen von der Stange?«, fragte Messmer.

»Tatsächlich kommen die Leute meist persönlich her, damit wir Maß nehmen und mindestens eine Anprobe machen können, aber in Einzelfällen werden die Maße auch telefonisch durchgegeben. In diesem Fall scheint das so gewesen zu sein.«

Messmer zog ein Foto der Toten vom Eckensee hervor. Der Pathologe hatte sie so gut es ging hergerichtet; die Haare gewaschen und gekämmt, das Gesicht leicht abgepudert, die Augen geschlossen. »Hast du diese Frau schon einmal gesehen?«

Der junge Mann sah das Bild aufmerksam an, dann schüttelte er bedauernd den Kopf. »Nein, ich kann mich nicht erinnern.

Aber einen Augenblick ...« Er wandte sich um. »Tanja, kommst du mal eben?«

»Sekunde, ich muss nur schnell die Kaffeemaschine ausstecken«, kam es aus dem Hinterzimmer. Wenige Sekunden später erschien eine junge Frau im Ladenraum. Sie hatte schwarzes, raspelkurzes Haar mit einem blonden Highlight über der Stirn, trug ein knappes Top und hautenge Jeans. Thea beobachtete missvergnügt, wie Messmers Blick über ihre Rundungen wanderte.

Michael hielt seiner Kollegin das Foto hin. »Kennst du die?«

Das Mädchen schüttelte den Kopf. »Nein. Nie gesehen. Was ist mit ihr?«

»Sie ist tot«, sagte Messmer. »Und bislang nicht identifiziert. Wir hatten gehofft, dass ihr uns dabei helfen könnt.«

Die beiden sahen sich betroffen an. »Das tut mir leid«, sagte Tanja. »Aber vielleicht fragt ihr mal den Herrn, der das Kleid bestellt und abgeholt hat. Ich erinnere mich an ihn. Er hat irgendwann im letzten Jahr das Kostüm eines Kriegers bei uns fertigen lassen. Seine Adresse und Telefonnummer können wir euch gerne geben.«

»Damit wäre uns sehr geholfen.« Thea freute sich. Der erste Kontakt zum Umfeld des Opfers war damit so gut wie hergestellt.

»Wir haben auch ein Foto von dem Kostüm, wenn ihr es mal sehen wollt.«

»Gerne.« Vielleicht taucht das Kleid in diesem Ermittlungsverfahren ja irgendwo noch einmal auf, dachte Thea hoffnungsvoll. »Macht ihr von allen Kostümen Fotos?«

»Ja, wir archivieren das, auch für Werbezwecke«, sagte Tanja. »Einige davon haben wir auf unserer Website. Wie gesagt, es sind alles Unikate.« Sie verschwand nach hinten, wo sich offenbar Büro und Kaffeeküche befanden, und Thea hörte eine Schranktür klappen. Wieder ließ sie ihren Blick über die Wände schweifen. Diese Werkstatt war einfach ein Augenschmaus. Über dem Arbeitstisch entdeckte sie die Bilder zweier Fantasy-Figuren. Irgendwie kamen sie ihr bekannt vor. Erst auf den zweiten Blick bemerkte sie, dass es sich um Tanja und Michael handelte: Er als

Priester und sie schwertschwingend im ledernen Kostüm einer Kriegerin. Auf einem Regalbrett über den Bildern standen Büsten mit den abenteuerlichsten Kopfbedeckungen; ein Hennin mit schwarzem Seidenschleier und eine samtene Hörnerhaube, dessen Trägerin mit Sicherheit Schwierigkeiten beim Durchschreiten schmaler Türen gehabt haben würde. Während Thea gegen die Versuchung ankämpfte, sich all die Kästen mit den verschiedensten Knöpfen genauer anzusehen, kam Tanja mit einem Album zurück.

»Hab's gefunden. Hier, auf diesem Foto hab ich das Kostüm an. Es hat gepasst, als wäre es für mich gemacht.«

Thea betrachtete das Foto hingerissen. Das Kleid war türkis, mit Weiß abgesetzt, und reichte bis zum Boden. Das Mieder wurde vor der Brust mit dunklem Band geschnürt. Am Gürtel hingen kleine Lederbeutel, vermutlich für getrocknete Kräuter und Heilpflanzen. Die langen Ärmel waren weit ausgestellt. Der Schleier, weiß und mit dem gleichen türkisfarbenen Stoff abgesetzt, aus dem das Kleid bestand, wurde mit einem gemusterten Stirnband gehalten.

Thea fühlte sich ins Mittelalter versetzt. Ihr Blick ging zwischen Tanja, der Schneiderin, und Tanja, der Heilerin, hin und her. Kaum zu glauben, wie ein Kostüm einen Menschen verändern konnte.

»Man ändert seine Identität, wenn man diese Kleidung trägt«, sagte Tanja, als hätte sie Theas Gedanken erraten. »Man schlüpft in eine völlig andere Rolle. Das macht wohl auch die Faszination der Live-Rollenspiele aus. Für viele ist es sehr reizvoll, eine Zeit lang aus der Realität zu flüchten und andere Welten zu erkunden.«

»Dürfen wir uns das Bild für eine Weile ausleihen?«, fragte Thea.

»Ihr könnt es behalten, wir haben es als Datei gespeichert«, antwortete Michael.

Thea musste lächeln. Eben war sie gedanklich noch im Mittelalter gewesen, und plötzlich sprach dieser Mann von moderner Computertechnik und Speichermedien. »Vielen Dank für eure Hilfe«, sagte sie und steckte das Foto und den Zettel mit Griegerles Adresse und Telefonnummer ein.

»Falls es noch Fragen gibt, könnt ihr euch jederzeit an uns wenden«, hörte Thea noch, als sie schon auf dem Weg zur Tür war. Dann verriet ihr das Rattern der Nähmaschine und das Klappern der Schneiderschere, dass die beiden wieder zur Tagesordnung übergegangen waren.

Als sie hinaus auf die Lerchenstraße trat, wo eine Kehrmaschine den Wohlstandsmüll am Bordstein zusammenfegte und ein Krankenwagen mit ohrenbetäubendem Signal in Richtung Diakonissenkrankenhaus raste, fühlte sich Thea, als wäre sie mit einer Zeitmaschine zurück in die Zukunft katapultiert worden.

*

»Es geht niemand ran.« Entnervt knallte Thea den Hörer auf. »Das war jetzt der dritte Versuch. Wenn ich noch einmal diese Mailboxstimme zu hören kriege, erzähl ich der ein paar Takte!«

»Sie wird es überleben«, grinste Messmer. »Die Meldedaten sind auch schon gekommen. Sie laufen gerade aus dem Drucker. Ich hab grad ein bisschen recherchiert. In den Auskunftsdateien ist er negativ.«

Thea sprang auf und lief quer über den Flur in den kleinen Raum, in dem das Büromaterial gelagert wurde und seit einiger Zeit auch der Netzdrucker des Dezernates stand. Im Rahmen der Sparmaßnahmen hatte ihre Dienststelle nur noch einen einzigen Drucker für alle Mitarbeiter. Wenn mehrere Kollegen ohne Absprache gleichzeitig einen mehrseitigen Druckauftrag starteten, konnte es passieren, dass die Blätter heillos durcheinandergerieten und mühsam wieder auseinandersortiert werden mussten. Diesmal hatte Thea Glück. Ihr Ausdruck war der einzige, der im Drucker lag.

»Die Adresse ist identisch mit der, die wir in der Kostümschmiede bekommen haben«, sagte sie, als sie in Messmers Büro zurückkam. »Hohenheimer Straße, in der Nähe vom Bopser. Wollen wir heute noch hinfahren? Vielleicht ist er daheim und geht bloß nicht dran.«

»Ich kann das heute Abend machen, mein Fitnessstudio ist gleich da in der Nähe«, bot sich Messmer an.

»Seit wann gehst du denn ins Fitnessstudio?«, lachte Thea. »Ich dachte immer, dein Traum-Body ist von der Natur geformt.«

»Die Natur gibt sich neuerdings alle Mühe, ihn umzuformen«, seufzte Messmer. »Oder sagen wir lieber, die Natur in Form von Elfriede. Seit sie für mich kocht, muss ich regelmäßig trainieren, um mein Gewicht zu halten.«

So änderten sich die Zeiten. Als Thea vor etwa einem Jahr ins Dezernat gekommen war, war Messmer gerade frisch geschieden und hatte sich vorwiegend von Pizza und Spiegeleiern ernährt. Seit sich seine verwitwete Nachbarin um ihn kümmerte, prahlte er damit, wie sehr er sein Junggesellendasein genoss, jetzt, wo er jemanden hatte, der für ihn kochte und bügelte, aber keinerlei Verpflichtungen einforderte. Thea vermutete, dass das nur die halbe Wahrheit war. Es war einfach zu schwierig, eine dauerhafte Beziehung am Leben zu halten, wenn man einen solchen Job hatte wie sie beide. Das wusste sie selbst nur zu gut. Sie betrachtete ihn verstohlen. Die Schläfen waren im letzten Jahr ein wenig grauer geworden, und sie meinte, einen kleinen Bauchansatz über dem Hosenbund ausmachen zu können, der ihr noch nie aufgefallen war.

Messmer war ihrem Blick gefolgt. »Tja, andere Menschen freuen sich, dass sie nicht gezwungen sind, den Gürtel enger zu schnallen. Ich bin froh, wenn ich meinen noch nicht ein Loch weiter stellen muss.«

Thea fühlte sich ertappt und wechselte schnell das Thema. »Warum wird der Kerl wohl dieses Kleid gekauft haben? Fast achthundert Euro sind ein bisschen viel für ein Geschenk, oder? Ob er was von ihr wollte?«

»Ich werde ihn fragen, falls ich ihn antreffe. Wir müssen übrigens zur Besprechung.« Messmer griff nach seinem Dienstbuch. »Schauen wir mal, ob die Kollegen was über das Armband rausgefunden haben.«

Thea stutzte, als Messmer ihr demonstrativ die Tür aufhielt. Diese Geste war neu und passte so gar nicht zu seiner sonst so hemdsärmeligen Art.

»Wann kann ich eigentlich meinen Kater abholen?«, fragte sie, als sie über den Flur zum Soko-Raum gingen. Allmählich bekam sie Sehnsucht nach ihrem rot getigerten Fellknäuel.

»Ich bring ihn dir heute Abend vorbei, wenn ich von Griegerle komme. Kann allerdings etwas später werden. Bist du gegen zehn noch wach?« Als hätte er ihr Zögern bemerkt, fügte er hinzu: »Ich gehe dann auch gleich wieder. Es sei denn, du willst, dass ich bleibe.«

»Sehr gut. Machen wir mit dem Armband weiter«, sagte Joost, nachdem Thea und Messmer von ihren Ergebnissen in der »Kostümschmiede« berichtet hatten. »Hat jemand etwas in Erfahrung bringen können?«

»Es spricht viel dafür, dass Schmuckstücke mit solchen Einlegearbeiten Spezialanfertigungen sind«, erzählte Ströbele. »Das ist einhelliger Tenor der Juweliere, bei denen ich war. Bei den Halbedelsteinen handelt es sich offenbar um Lapislazuli. Um das genau bestimmen zu können, müsste er aber das Armband selbst sehen, ein Foto gibt nicht so viel her.«

»Die meisten Auftragsbücher reichen nicht mehr als zwei Jahre zurück. Länger ist es nicht mehr nachvollziehbar.« Kümmerle strich sich seine graue Haartolle aus dem Gesicht, die ihm sofort wieder über die Augen rutschte.

»Und wenn wir die Auftragsbücher der Juweliere nach Kunden mit diesen Initialen durchsuchen?«, schlug Verena Sander vor.

»Du kannst sofort damit anfangen, ich hab die der letzten beiden Jahre von Wempe dabei.« Ströbele hob zwei Bücher hoch, die insgesamt die Stärke des Stuttgarter Telefonbuches hatten. Verena verdrehte entnervt die Augen.

»Irgendwer muss das verfluchte Ding doch hergestellt haben!« Kümmerle warf sich seine Tolle erneut aus der Stirn und fing an, aus einer alten Ausgabe des Pressespiegels Papierflugzeuge zu falten.

»Wer sagt denn, dass es in Stuttgart gemacht wurde?«, gab Messmer zu bedenken. »Ich schätze, das ist eine der Spuren, die sich totlaufen. Wir haben einfach nicht genug Leute, um jeden Stein umzudrehen.«

»'s goht hald blos breggallesweis.« Kübler machte sich für die schwäbische Gemütlichkeit stark. »Mit mei Pferdle han i au grad gnua zom doa.«

»Wie macht sich die Rosinante denn auf dem Weg zur künftigen Miss Württemberg?«, fragte Thea ehrlich interessiert.

Kübler legte besorgt die Stirn in Falten. »Die koa's Pferdeschampoo ned vrgnuusa. Hat lauter Bläderle om d' Ohrlabba ond onderm Schwoif von dem Dreggszeuch und tut hoara.«

»Pferdeshampoo? Gibt's so was auch?« Koch fiel die Kinnlade fast bis auf den Rand seiner Kaffeetasse.

»Mr sollds edd denga, des gibt's a. Volles glänzendes Hoar, hodds ghoissa, do han i dengd, die kriagd do a Mähne wie s' Schneewiddle. Oan Scheissdregg war's!« Kübler schnaubte erregt. Offenbar sah er die Pferdeschau in Gefahr.

»Machen wir uns wieder an die Arbeit«, sagte Joost. »Micha geht zur Kriminaltechnik die Spurenlage besprechen. Für die anderen haben jetzt die restlichen Juweliere Priorität. Wir treffen uns dann morgen früh wieder hier. Erste Besprechung machen wir um die Mittagszeit. Seht zu, dass ihr bis dahin was in Erfahrung bringt, worüber es sich zu reden lohnt.«

*

Am Spätnachmittag hatte Thea mehrere Juweliere in der Innenstadt abgeklappert, wohl wissend, dass sie sich auf der Suche nach einer Nadel im Heuhaufen befand. Keiner konnte sich erinnern, das goldene Armband angefertigt zu haben. Thea überlegte, wie viele Schmuckgeschäfte es in Stuttgart gab und wie wahrscheinlich es war, dass das Stück überhaupt aus Stuttgart stammte. Das war die Fleißarbeit, die einen großen Teil ihres Tagesgeschäftes ausmachte. Die wenig erfolgversprechend war, aber trotzdem erledigt werden musste. Ihre Füße taten weh, und sie verspürte Hunger, als sie das letzte Häkchen auf ihre Liste setzte. In der Kronenstraße bei »Ützelbrützel« kaufte sie sich einen Döner und schlenderte über den Putlitzweg am Schlossgartenhotel vorbei zum Eckensee hinüber. Sie war immer gern hier spazieren gegangen, hatte unter den schattenspendenden Bäumen Sperlinge und Enten mit Brotresten gefüttert, die Studenten beobachtet, die auf den Rasenflächen lümmelten und für die nächste Klausur lernten, und stumme Zwiegespräche mit den antiken Statuen am Wegrand gehalten. Oberflächlich gesehen war alles wie immer, doch in ihrem Inneren spürte Thea, dass sich etwas verändert hatte. Hier war ein Mord geschehen. Mitten im Herzen Stuttgarts.

Thea war noch nicht am Tatort gewesen und stellte fest, dass ihre Schritte unwillkürlich langsamer wurden, je näher sie dem Leichenfundort kam. Von dem rot-weißen Absperrband der Polizei abgesehen, von dem noch ein Rest an einem Baumstamm hing, erinnerte nichts mehr an die junge Frau, die hier den Tod gefunden hatte. Enten und Schwäne glitten über das grüne Wasser des Sees, als wäre nichts passiert. Spaziergänger flanierten mit Eistüten und Stadtführern in der Hand am Opernhaus vorbei, ein Kind warf Brotkrumen ins Wasser und kreischte vor Freude, als die Enten sich darauf stürzten. Sonnenanbeter saßen auf den Bänken, die winterblassen Gesichter gen Himmel gereckt.

Hier am Ufer, das gegenüber dem Landtag lag, hatte man sie gefunden. Nur eine gute Handbreit unter Wasser. Eine junge Frau, die das Leben noch vor sich gehabt hatte, die sogar noch etwas jünger gewesen war als sie selbst.

Thea fröstelte. Ihr Blick blieb am steinernen Abbild der Venus von Aries hängen, die nur wenige Meter vom Tatort entfernt auf ihrem Sockel stand. Ihre Hände waren seit Langem abgeschlagen und bis heute nicht ersetzt worden. Was immer hier auch geschehen war in dieser Nacht zum Samstag, sie hatte nicht eingreifen können.

Thea schaute die lange Reihe der Skulpturen entlang, die zwischen den Kastanien verteilt Spalier standen und ihren leeren Blick hinüber zum Opernhaus gerichtet hatten. Was war passiert in dieser Nacht? Wer hatte die junge Frau hier ins Wasser geworfen? Warum hatte sie sterben sollen? Die Klärung all dieser Fragen lag irgendwo in weiter Ferne am Ende ihrer Ermittlungsarbeiten. Hier würde sie keine Antwort finden. Die stummen Zeugen aus Stein starrten mit toten Augen über den Eckensee.

*

»Ich musste ihm einen Kauknochen von Kolumbus mit in den Korb legen, sonst hätte ich ihn nicht von dem Dackel losreißen können.« Messmer schob Theas Wohnungstür mit dem Fuß hinter sich zu und streckte ihr mit beiden Armen den Katzenkorb entgegen.

Thea setzte ihn vorsichtig auf dem Flurteppich ab und öffnete die Klappe. »Ich fürchte, er kennt mich gar nicht mehr.«

»Möglich, dass er beleidigt ist, weil du ihn fortgegeben hast. Katzen sollen da ziemlich eigen sein.«

»Damit muss er leben, ich hab schließlich auch ein Recht auf Urlaub.« Thea griff in den Korb und hob das rot getigerte Fellknäuel heraus. Er war schon wieder gewachsen und kam ihr wesentlich schwerer vor als noch vor Ostern.

»Womit habt ihr ihn denn gefüttert? Mit Bleikugeln?«

»Ich nehme ihn nächstes Mal mit ins Fitnessstudio und jage ihn übers Laufband«, lachte Messmer, während er seine Lederjacke an die Garderobe hängte.

Thea setzte den Kater auf dem Boden ab und ging ins Wohnzimmer voran. »Apropos, wie war's bei Griegerle?«

»Er war nicht da. Ich hab fünf Minuten Sturm geklingelt, ihm eine Nachricht in den Briefkasten geworfen und dann meinen Frust in der Muckibude abreagiert.«

»Vielleicht meldet er sich ja morgen früh. Willst du einen Tee? Ich hab grad Wasser aufgesetzt.« Das entsprach nicht ganz der Wahrheit, eigentlich hatte sie vorgehabt, Chianti zu trinken. Aber Messmer war mit dem Auto da, und aus irgendeinem Grund wollte sie, dass er blieb.

»Hast du noch die Wintermischung mit Zimt und Orangenschale?« Messmer setzte sich unaufgefordert in Theas Lieblingssessel und schlug die Beine übereinander.

Thea wurde warm im Bauch. Schlagartig war er wieder gegenwärtig, der Abend kurz vor Weihnachten, als er mit rot gefrorener Nase in ihrer Küche stand, an seinem Tee nippte und sie plötzlich und ohne Vorwarnung küsste. Ihr war, als habe sie noch den Geschmack der Teemischung im Mund, obwohl es nun schon ein Vierteljahr zurücklag. In der Zwischenzeit hatten sie beide mehr oder weniger so getan, als hätte es diesen Vorfall nie gegeben.

»Ich fürchte, nein. Heidelbeere mit Vanille könnte ich dir anbieten.«

Er nickte, während sich seine Mundwinkel langsam nach oben zogen.

»Was grinst du so?« Thea war mit einem Fuß schon im Flur, drehte sich aber noch mal um. Sie hatte das gar nicht fragen wollen, aber offenbar wollte ein Teil von ihr beim Thema bleiben.

»Ich genieße es nur gerade, dass du für mich kochst. Auch wenn's bloß Tee ist.« Messmer strahlte sie an, und sie hatte das Gefühl, von seinen Blicken ausgezogen zu werden. »Zugegeben, Elfriede kocht besser als du, aber in allen anderen Bereichen ist sie nicht so sehr mein Fall.« Er machte eine kleine Kunstpause, bevor er sagte: »Du schon eher.«

»Tja, man kann nicht alles haben.« Wie automatisch waren die Worte über ihre Lippen gekommen. Was hatte er eigentlich vor? Thea begann sich unwohl zu fühlen. Andererseits wünschte sie sich nichts sehnlicher, als dass er weitersprechen sollte. Trotzdem verschwand sie eilig in der Küche; er sollte ihr ihren Aufruhr um keinen Preis anmerken.

Thea setzte heißes Wasser auf und warf Teebeutel in die Tassen. Sie würde sich jetzt nicht mit ein paar schleimigen Sprüchen um den Finger wickeln lassen. Aber wie er sie dabei angesehen hatte! Sie musste unbedingt einen kühlen Kopf bewahren. Thea lehnte ihre heiße Stirn gegen das Ahornfurnier des Hängeschranks. Der Holzgriff der Schranktür drückte gegen ihre Zähne. Wütend biss sie hinein.

»Schmeckt der Knauf?«

Thea fuhr herum; beinahe hätte sie vergessen, den Holzknauf dabei loszulassen.

Messmer stand in der Küchentür, die Schulter lässig an den Rahmen gelehnt. »Ich dachte, ich schau mal nach, ob du die Heidelbeeren vielleicht erst noch pflücken musst.«

Thea nahm schnell den Kessel vom Herd, bevor der aufsteigende Wasserdampf ihre Küchentapete ablösen würde, und goss den Tee auf. Was hatte sie sich eigentlich dabei gedacht, ihn so einfach in ihr Wohnzimmer zu lassen? Vor ein paar Minuten hatte sie sich noch gewünscht, hier in Ruhe mit ihm Tee zu trinken und ein bisschen zu plaudern. Nichts weiter. Wirklich nichts weiter?

»Thea, du weißt, dass ich dich nicht nur als Kollegin sehr schätze«, begann Messmer vorsichtig. »Und ich wüsste gern, wie du das siehst.«

»So ähnlich, glaube ich.« Mehr konnte sie nicht sagen. Die Angst vor dem eigenen Mut schnürte ihr fast die Luft ab.

»Ich hab gehofft, dass du das sagst. Wir sollten mal drüber reden, ohne bei jedem Satz nachzudenken, was vernünftig wäre und was nicht. Sonst werden wir nie erfahren, wie es dem anderen wirklich geht.« Messmer sah sie fast flehend an; diese braunen Augen brachten sie noch um den Verstand.

»Ich kann aber nicht meine Vernunft ausschalten, wie stellst du dir das vor?« Im selben Moment, in dem sie das aussprach, fragte sie sich, wie sie als vernunftbegabtes Wesen in die Situation geraten konnte, in der sie sich jetzt befand.

»Jeden Tag erleben wir bei unserer Arbeit, wie kurz das Leben sein kann, wie schnell manchmal alles vorbei ist.« Messmer nahm einen Schluck von seinem dampfenden Tee und verzog das Gesicht. »Ich sage das, weil ich gerne mehr Zeit mit dir verbringen möchte.«

Da war es. Das Messer an ihrer Kehle. Ihr wurde schmerzlich klar, was sie eigentlich schon sehr lange wusste, sich aber niemals wirklich eingestanden hatte. Sie wollte auch mehr Zeit mit ihm verbringen. Viel mehr Zeit. Aber in wenigen Tagen würde er wissen, dass Sofia die Täterin im Mordfall des letzten Sommers war. Wenn sie ihnen beiden eine reelle Chance geben wollte, musste sie ihm das sagen. Jetzt. Auf der Stelle. Doch sie schwieg. Es war, als hätte ihr jemand die richtigen Worte gestohlen und in einen Tresor geschlossen, für den ihr die Zahlenkombination fehlte.

»Sag was. Ich kann nicht die ganze Zeit Tee schlürfen. Er ist höllisch heiß.« Messmer stellte die Tasse auf den Tisch und kam langsam auf sie zu. Weiter zurückweichen ging nicht. Sie stand schon direkt an der Küchenfront.

»Tu das nicht!« Sie drückte seine Hände nach unten, die er gerade erhoben hatte, um sie zu berühren. Sie würde umfallen, hoffnungslos die Kontrolle verlieren, wenn sie ihn jetzt gewähren ließe. »Du weißt, dass wir nicht mehr als Team zusammenarbeiten können, wenn wir das tun.«

Messmer hielt inne, als hätte er sich verbrannt. »Wieso denn nicht? Es könnte doch funktionieren.«

Es könnte funktionieren. Vielleicht. Thea streifte in Gedanken diese Möglichkeit, drängte sie aber gleich wieder zurück. Zu riskant. Viel zu riskant.

»Und wenn es schiefgeht?«, fragte sie und schluckte tapfer die Tränen hinunter, die sich vage ankündigten. »Ich will beim Dezernat bleiben und du auch. Wir setzen unsere Stelle aufs Spiel, du oder ich.« Jetzt wäre Gelegenheit, ihm zu sagen, dass sie ihre Stelle bereits aufs Spiel gesetzt hatte und er nur noch nichts davon wusste. Aber sie konnte es nicht.

»Du bist sehr hart zu dir. Aber ich will dich nicht drängen. Mir ist nur wichtig, dass du weißt, wie es mir geht.« Er hob nun doch den Arm, streichelte ihre Wange mit dem Handrücken und sah sie lange an, bevor er sich zum Gehen wandte.

Um ein Haar wäre er über Romeo gestolpert, der in der Küche vergeblich nach seinem Futternapf suchte und mit einem erschrockenen Kreischen zur Seite sprang.

»Sorry, alter Junge, dich hatte ich ganz vergessen!« Messmer bückte sich und streichelte dem Kater übers Fell. Als er sich aufrichtete, sah er Thea in die Augen. »Wenn du es wirklich willst, werde ich mich zurückhalten. Aber ich kann nicht versprechen, dass ich es auf ewig schaffe. Und wenn du jemals deine Meinung ändern solltest, dann weißt du …«

»Pssst!« Thea war zu ihm getreten und legte schnell einen Finger auf seinen Mund. »Sprich nicht weiter. Wir haben bis jetzt immer sehr gut zusammengearbeitet. Wir sind ein eingespieltes Team. Wenn wir das riskieren und die Dienststelle verlassen müssten …« Sie lächelte ein wenig mühsam. »Was sollten die denn ohne uns anfangen?«

»Da hast du allerdings recht.« Auch Messmers Lächeln wirkte etwas aufgesetzt. Er ging in den Flur und nahm die Jacke vom Haken. »Ich verspreche, brav zu sein«, sagte er und strich ihr das wirre Haar aus dem Gesicht. »Wir sehn uns morgen früh.«

Er wandte sich ab und ging. Die Tür zog er leise hinter sich zu.

Thea stand noch eine Weile reglos im Flur und erschrak plötzlich vor ihrem eigenen tiefen Seufzer. Langsam ging sie zum Wohnzimmerfenster und schaute in den lauen Frühlingsabend. Messmers Auto war schon weg, in die Parklücke zwängte sich gerade ein alter BMW, der beinahe die Mülltonne auf dem Bürgersteig mitgenommen hätte. Im Wipfel des Mandelbäumchens unter ihr hüpften zwei Meisen herum. Sie hatten kleine Zweige und Gräser im Schnabel und waren offenbar eifrig mit dem Nestbau beschäftigt.

Als es dunkel geworden war, schloss sie das Fenster und betrachtete ihr Gesicht in der spiegelnden Scheibe. Sie wusste, dass sie jünger aussah, als sie tatsächlich war, und früher hatte sie sich oft darüber geärgert. Doch selbst als Schulmädchen hatte sie niemals versucht, sich mit Make-up und hohen Absätzen älter zu machen. Sie konnte mit Schminke nicht umgehen und in hohen Schuhen nicht laufen. In ihrem Beruf hatte sie es anfangs als Handicap empfunden, so jugendlich zu wirken. Es hatte einige Monate gebraucht, bis sie gelernt hatte, dass Autorität nichts mit dem Alter zu tun hat. Inzwischen, als Dreißigjährige, fand sie es gut, für jünger gehalten zu werden. Wenn sie ehrlich war, schmeichelte es ihr sogar. So ändern sich die Zeiten, dachte sie. Ob das ein Zeichen dafür ist, dass ich allmählich alt werde?

Sie schrak aus ihren Gedanken, als sie aus dem Hausflur einen Schlag auf den Lichtschalter vernahm, der schon seit Jahren nur auf Gewaltanwendung reagierte, und ihre Nachbarin fluchen hörte. Jetzt erinnerte sie sich – noch vor ihrem Urlaub war ihr bei derselben Aktion die Glühbirne durchgeknallt, und sie hatte vergessen, eine neue zu besorgen. Wie es schien, hatte sich während der letzten Tage auch kein anderer darum gekümmert.

Sie fuhr sich mit den Händen durch das rote Haar und stellte fest, dass sie demnächst wieder mal den Ansatz nachfärben musste. Der einzige kosmetische Luxus, den sie sich gönnte, war die Tönungscreme in der Farbe ihres Lieblingsweins. Sie bekam Lust auf das Glas Chianti, das sie sich vorhin versagt hatte, und holte die angebrochene Flasche aus dem Küchenschrank. Fast leer. Und keine Reserve in der Wohnung. Im Keller waren noch ein paar Flaschen, und sie überlegte, ob sie sich durch das dunkle Treppenhaus nach unten tasten sollte. Wein oder nicht Wein, das war hier die Frage, um es mit Frau Baric zu sagen. Einen Moment kämpfte sie mit sich. Nein, dachte sie schließlich, wenn ich das tue, dann kann ich mich endgültig als Alkoholikerin bezeichnen.

Thea bückte sich nach Romeo, der um ihre Waden strich. Sie nahm ihn hoch und trug ihn zum Sofa, wo sie sich setzte und den Kater auf ihren Schoß legte. Romeo wehrte sich, wollte weglaufen, doch Thea hielt ihn fest. Manchmal musste schließlich auch ein Kater Rücksicht darauf nehmen, dass Frauchen jemanden zum Streicheln braucht. Romeo – er war genau so ein Findelkind wie sie selbst. Vielleicht kam daher diese Verbundenheit, die sie für ihr Kätzchen empfand, und das schlechte Gewissen, wenn sie ihn vernachlässigte.

»Du bist der einzige Mann in meinem Leben«, sagte sie zu ihm und zupfte eine Wollmaus von seinem Bauch. »Enttäusch mich bloß nicht!«

DIENSTAG

»Ich hab kein Alibi, aber ich war es nicht«, sagte der Mann mit der Statur eines mittleren Kleiderschrankes, kaum dass er die Tür geöffnet hatte.

»Jetzt machen Sie mal halblang, wir haben keinen Grund, Sie festzunehmen. Jedenfalls noch nicht.« Messmer zwängte sich an Griegerle, der keine Anstalten machte, zurückzutreten, vorbei in den stockfinsteren Wohnungsflur. Thea folgte ihm und versuchte, sich in der Dunkelheit zu orientieren.

»Können Sie kein Licht anmachen?«

»Hatte früher Fackeln an den Wänden, aber die haben auf Dauer zu stark gerußt.« Vor ihnen flammte ein Streichholz auf und entzündete die Kerzen in einem dreiarmigen Leuchter. Im schwachen Schein sah Thea ein ungewöhnlich helles Augenpaar; der Rest des Gesichtes war durch einen gewaltigen Bart fast unkenntlich.

»Hat man Ihnen den Strom abgedreht?« Thea war bei ihrer Arbeit schon in den sonderbarsten Wohnungen gewesen, auch bei Leuten, die ihre Stromrechnung längere Zeit nicht bezahlt hatten und bei Kerzenlicht lebten.

»Nein, ich finde es mit Kerzen einfach gemütlicher. Kommen Sie weiter.« Er ging mit dem Leuchter in der Hand voraus.

Thea versuchte angestrengt, sich einen Weg durch den mit Gegenständen zugestellten Flur zu bahnen. Fast bereute sie, nie bei den Pfadfindern gewesen zu sein. Sie stieg über ein blechernes Kochgeschirr und einen nachlässig zusammengerollten Schlafsack, der quer im Flur lag wie ein Baumstamm in einem Flussbett voller Unrat. Als sie ins Wohnzimmer kam, war sie sicher, eine Räuberhöhle zu betreten: Das einzige Sitzmöbel, ein niedriges Sofa, war mit braunem Fell überzogen und sah auf den ersten Blick wie ein erlegter Bär aus. Der Tisch bestand aus einem glatt geschliffenen Baumstumpf von etwa anderthalb Metern Durchmesser, und sie fragte sich, wie dieser Mann es geschafft hatte, das Ding durch das Treppenhaus bis in den dritten Stock zu transportieren. Sicher waren ihm dabei mehrere Bandscheiben flöten gegangen. Auf der Tischplatte standen drei brennende Altarkerzen, die das Zimmer notdürftig beleuchteten. Gardinen gab es nicht, nur eine Art Vorhang aus Sackleinen. Der Fußboden bestand aus rohen Holzdielen, die allerdings nur an wenigen Stellen zu sehen waren. Fast der ganze Boden war von den verschiedensten Dingen übersät: einer Keule aus Pappmaschee, mehreren Büchern, die sich beim näheren Hinsehen als Regelwerke für Rollenspiele entpuppten, Lederresten, einem Tapeziermesser, Styroporstücken. Ein schwacher Klebstoffgeruch hing in der Luft.

Ein Armeezelt, das aussah, als wäre es einem Sturm zum Opfer gefallen, lag zusammengeklappt in der Zimmerecke. Auf dem Weg zum Sofa stolperte Thea über einen ledernen Köcher mit mehreren Pfeilen. Sie bückte sich und berührte eine Spitze – sie war tatsächlich mit Schaumgummi gepolstert. Das Bild der Requisite eines Kleinstadttheaters, durch das ein Hurrikan hindurchgefegt war, drängte sich ihr auf. Einzig der Fernseher mit DVD-Player und die Stereoanlage in der Ecke störten die Impression.

»Bin gerade von einem LARP aus Tübingen wiedergekommen und hab meine Sachen erst mal abgeworfen.« Griegerle fegte mit den Händen flüchtig das Styropor und die Lederreste zusammen und steckte das Tapeziermesser in die Tasche seiner Leinenhose. »Hab mir, bevor ich los bin, noch eine Polsterwaffe gebaut und hab's nicht mehr geschafft, aufzuräumen.«

»Und wo waren Sie in der Nacht von Freitag auf Samstag?«, fragte Messmer.

»Hier. Ich hab gebastelt, das sehen Sie ja«, antwortete Griegerle. »Bin Samstagfrüh nach Tübingen aufgebrochen und dort gegen zehn Uhr angekommen. Hab auch Zeugen, die das bestätigen können.«

»Das nützt Ihnen wenig, das Opfer wurde in der Nacht zum Samstag, um Mitternacht herum, getötet.« Thea hörte sich in Gedanken schon den nächsten Aktenvermerk diktieren: ›Möchtegern-Krieger in Messie-Wohnung, Grenzgänger zwischen zwei

Welten, möglicherweise der Realität entfremdet. Alibi unklar.‹ Sie musterte misstrauisch das Bärenfell-Sofa, nicht ganz sicher, ob es tatsächlich als Sitzmöbel oder nur zum Anschauen diente. Griegerle schien ihre Gedanken erraten zu haben.

»Wenn Sie vielleicht lieber hier sitzen wollen?« Er schob ihr einen dreibeinigen Hocker zu, der aussah, als hätte er ihn selbst gezimmert.

Thea überlegte kurz, welchem Möbelstück sie mehr Vertrauen schenken sollte, und entschied sich für den Hocker. Messmer war mutiger und ließ sich neben Griegerle auf dem Sofa nieder. Es hielt tatsächlich und schien sogar gemütlich zu sein. Na ja, allzu lange werden wir wohl nicht bleiben müssen, dachte sie, und empfand es zum ersten Mal als Nachteil, dass ihr Po nicht besser gepolstert war.

»Mein Kollege hat es Ihnen ja vorhin bereits am Telefon gesagt, wir kommen wegen des Tötungsdelikts an einer jungen Frau, die Ihnen bekannt sein dürfte. Zumindest haben wir bei ihr eine Rechnung gefunden, die Sie bezahlt haben.« Thea zog den Zettel der Kostümschmiede hervor und legte ihn vor Griegerle auf den Tisch. »Wir würden gern mehr über diese Frau erfahren.«

Martin Griegerle griff nach einem Kästchen mit Tabak, das auf dem Baumstammtisch stand. »Genna kenn ich schon seit Jahren. Weiß gar nicht mehr, wann und wo ich sie das erste Mal gesehen hab.« Er begann, sich eine Zigarette zu drehen. »Solang ich sie kenne, hat sie immer denselben Charakter gespielt, die Heilerin Genna. Hab keinen Schimmer, wie sie richtig heißt.«

»Nannte sie sich nur Genna?«, fragte Thea.

»Der komplette Name besteht aus drei Teilen und ist ziemlich kompliziert. Ich schreibe ihn am besten auf.« Griegerle nahm ein Stück Zigarettenpapier, krakelte in seiner ungelenken Handschrift drei Worte darauf und reichte es Thea über den Tisch.

»Genna Nora Medica«, las Thea halblaut. Es passte perfekt zu den Buchstaben auf dem Armband.

»Fällt Ihnen jemand ein, der ihren richtigen Namen wissen könnte?«, fragte sie.

»Nein.« Griegerle zündete sich seine Zigarette an einer Altarkerze an. »Kann ich jetzt auch mal was fragen?«

Messmer rutschte auf dem Sofa noch ein Stück tiefer, als versuche er, eine bequemere Haltung zu finden. »Bitte.«

»Wie sind Sie zu dieser Rechnung gekommen?«

»Sie war in der Jackentasche der Toten«, antwortete Messmer. »Und nun wüssten wir gerne, wie der Bon für ein Kleidungsstück, das Sie bestellt und bezahlt haben, zu den Sachen des Opfers kommt und warum Sie überhaupt Frauenkleider bestellen.«

»Ach so!« Griegerle lachte leise. »Hab Scheiß gebaut bei einem LARP im Winter. Wir waren mit Fackeln unterwegs, und ich hab aus Versehen die Schleppe von Genna angekokelt. War keine Absicht, echt nicht. Zum Glück lag genug Schnee, sie musste sich nicht lange am Boden wälzen, bis die Flammen erstickt waren. Riesentheater! Aber das Kleid war ganz klar hinüber.«

»Und Sie waren so nett, ihr ein neues zu bestellen?«

»Ja, exakt. Es sieht ganz genauso aus. Na ja, ungefähr jedenfalls. Sie hat mir die Maße gegeben. Die in der Kostümschmiede haben's perfekt hingekriegt.«

»Und wo ist das Kleid jetzt?«, fragte Messmer.

»Hab's ihr letztes Mal zum LARP mitgebracht. Da hat sie's zum ersten Mal angehabt. Und wie's aussieht auch zum letzten Mal.« Er verstummte und fuhr sich mit den Händen, die an Bärentatzen erinnerten, durch das wild wachsende schulterlange Haar. »Die Rechnung hab ich ihr bei der Gelegenheit auch gegeben. Falls sie noch was zu beanstanden hat.«

»Warum haben Sie es nicht zu ihr nach Hause gebracht?« Messmer versuchte einen gängigen Trick. Manche Zeugen vergaßen die Lügen, die sie gerade erst erzählt hatten, und verstrickten sich in Widersprüche.

»Weil ich keine Ahnung hab, wo sie wohnt. Weiß ja nicht mal ihren richtigen Namen. Hab sie nach ihrer Adresse gefragt, wollte ihr das Kleid mit der Post schicken. Aber sie hat sie nicht rausgerückt. Hat nur gemeint, ich soll's ihr zum nächsten Spiel mitbringen.«

»Und das haben Sie getan?«, fragte Thea.

»Logisch. Hab sie da auch zum letzten Mal gesehen. Am Wochenende vor Ostern auf der Teck.«

»Ist bei diesem letzten LARP irgendwas Ungewöhnliches passiert?« Thea rutschte auf ihrem Holzschemel ein Stück nach vorn, allmählich tat ihr der Hintern weh.

»Eigentlich nicht. Außer dass sie einen Typen sterben lassen hat, der ihr schon seit ewigen Zeiten auf den Keks gegangen ist.«

»Sie hat jemanden sterben lassen?« Thea erschauerte. Dieser Mann erzählte das so, als hätte sie jemandem das Taschentuch geklaut.

»Na ja, er war schwer verwundet, und sie meinte, sie könne ihm nicht helfen. Das wurde so akzeptiert. Aber der Kerl war stinksauer, das kann ich Ihnen sagen.«

»Sie haben gesagt, sie konnte diesen Typ nicht leiden. Beruhte das auf Gegenseitigkeit? Und was war der Grund für die Antipathie?« Messmer änderte wieder seine Sitzposition. Wahrscheinlich war das Sofa doch nicht so bequem, wie es zunächst den Anschein gemacht hatte.

»Na ja, Genna hat ihre Rolle sehr ernst genommen. Die war keine von diesen Instant-Heilern, die neuerdings wie Giftpilze aus dem Boden schießen. Die meinen, mit einem klugen Zauberspruch und der Anrufung Thors kann man von der Schwindsucht bis zum eingeschlagenen Schädel alles heilen.« Er schnaubte verächtlich. »Manche waren der Meinung, sie übertreibt ein bisschen. Und dieser Typ, von dem wir reden, hat sich schon im letzten Jahr mal tierisch aufgeregt, weil sie ihm sein Wams mit Kunstblut versaut hat. Das ging beim Waschen nicht wieder raus. Die Klamotten sind ja nicht ganz billig, viele lassen sich Originalkostüme schneidern. Das war, glaub ich, im Sommer, damals gab es zum ersten Mal Zoff. Aber der Typ hat eh nicht alle Latten im Zaun. Wenn man so penibel ist, darf man keine LARPs spielen.« Er kratzte sich in seinem Rauschebart, und ein paar weiße Partikel rieselten auf seine Jeans, von denen Thea nicht ganz sicher war, ob es sich um Schuppen oder kleine Tierchen handelte.

»Wie der Teufel es wollte, haben sich ihre Wege schon beim nächsten LARP wieder gekreuzt«, erzählte er weiter. »Diesmal musste sie seinen Arm schienen und hat dafür seinen Ärmel aufgeschnitten. Das Hemd hatte angeblich fast dreihundert Euro gekostet. Ich dachte, der macht sie alle. Die Spielleitung musste den Notspielstop ausrufen, weil er auf sie losging und handgreiflich wurde. Den Spielstop gibt es nur in Ausnahmefällen, wenn jemand die Regeln grob verletzt und einen anderen in Gefahr bringt. Damit wird die ganze Handlung angehalten. So was ist immer ärgerlich.«

»Was genau hat dieser Mann getan, dass das Spiel gestoppt werden musste?«, fragte Thea alarmiert.

»Er hat sie ins Gesicht geschlagen. Ziemlich derb. Er meinte, sie hätte sein Hemd absichtlich zerschnitten, um ihn zur Weißglut zu bringen. Es ist nicht unbedingt normal, sich gegenseitig die Klamotten zu ruinieren.« Er grinste verschämt. »Okay, ist mir auch passiert, aber echt aus Versehen. Hab ihr das Kleid ja ersetzt, wenn sie auch nicht mehr viel davon hatte. Glauben Sie etwa, dass der Typ –«

»Wir glauben gar nichts, bevor wir es nicht genauestens überprüft haben«, unterbrach ihn Messmer. »Aber wir brauchen den Namen von dem Kerl. Wie heißt er denn?«

»Keine Ahnung, wie er im *real life* heißt.« Griegerle zuckte die Schultern. »Im Spiel nennt er sich Gideon.«

»Irgendjemand muss doch die Personalien der Leute aufnehmen, wenn sie sich zu diesen Spielen anmelden«, sagte Thea.

»Das macht die Spielleitung. Die ist aber von Mal zu Mal verschieden. Das heißt, der Spielleiter vom letzten LARP und der von dem, wo sie ihm das Hemd zerschnitten hat, ist derselbe. Wir haben schon oft bei Spielen mitgemacht, die er organisiert hat. Er heißt Markus von Krohn und wohnt irgendwo am Killesberg. Er arbeitet auch dort im Höhenpark, als Landschaftsgärtner.«

Thea notierte den Namen und konnte es kaum erwarten, diesen Spielleiter ausfindig zu machen, der höchstwahrscheinlich der Schlüssel zur wahren Identität ihres Opfers war. Doch noch musste sie sich gedulden. Sie wollte mehr über Genna erfahren, und dieser Recke außer Dienst konnte ihr dabei helfen.

»Was macht ein Spieler eigentlich, wenn sein Charakter stirbt?«, fragte sie.

»Die meisten suchen sich einen anderen. Normalerweise nimmt

man sich viel Zeit dafür und entwirft seinen Charakter gründlich, bevor man ihn spielt. Gideon hat aber sofort nach seinem Tod, also noch im selben Spiel, die Rolle eines Barden übernommen. Obwohl er überhaupt nicht singen konnte. Vielleicht war das seine Art von Rache. Als er in der Schenke aufgetaucht ist, stieg der Umsatz an Met ins Unermessliche, nüchtern konnte man ihn nämlich kaum ertragen.« Griegerle schmunzelte und drückte seine Kippe in einem Aschenbecher aus, der aus einem ausgehöhlten Kalkstein bestand, der von zwei fauchenden Drachen aus Zinn gehalten wurde.

»Erzählen Sie uns mehr von Genna«, bat Thea. »Sind Sie selbst mal in den Genuss einer ihrer ›Behandlungen‹ gekommen?«

»Oh, erinnern Sie mich bloß nicht daran!« Griegerle schüttelte lachend den Kopf. »Ich habe sogar eine ihrer Beinamputationen am eigenen Leib erfahren dürfen. Oh Mann, wenn ich daran denke, bricht mir immer noch der Schweiß aus, echt! Sie hat mir das verfluchte Bein so fest abgebunden, dass ich dachte, es verreckt mir am Ende wirklich. Ich glaub, ich kann richtig froh sein, dass sie mir den Stumpf nicht mit echter Glut ausgebrannt hat, das hätte ich ihr auch noch zugetraut.«

»Sie hat Ihnen das Bein doch aber nicht tatsächlich ...« Thea ertappte sich dabei, wie sie kurz auf seine Hose schielte. Beide Beine sahen eigentlich recht lebendig aus, aber er hatte seine Geschichte so überzeugend rübergebracht, dass man meinen konnte, er habe wirklich im Kampf ein Bein verloren.

»Nein, nein, an dem Punkt fängt dann die Simulation an!« Griegerle lachte. »So weit geht nicht mal Genna.«

Thea und Messmer wechselten einen kurzen Blick. Es war anzunehmen, dass Genna sich als Heilerin möglicherweise nicht nur Freunde gemacht hatte.

»Sie sagten, sie hat es manchmal übertrieben. Nennen Sie uns noch ein paar Beispiele, damit wir uns ein besseres Bild von ihr machen können.«

»Na ja, zum Beispiel hat sie bei meiner Amputation ständig verlangt, ich soll den Schmerz ausleben. Hab also gebrüllt, so gut ich nur konnte, aber irgendwann war ich mit der Kraft am Ende.

So ‘ne Operation in freier Wildbahn dauert ja seine Zeit. Sie hat mir zugeflüstert, ich soll weiterschreien, ich hatte aber keinen Bock, mich heiser zu brüllen. Als ich nicht gehorcht hab, hat sie mich mit irgendwelchen Stöcken in die Rippen gestochen, bis ich notgedrungen beschlossen hab, ohnmächtig zu werden. Das hat sie dann endlich akzeptiert.«

»Und was passierte dann mit Ihrem Bein?« Thea war jetzt wirklich neugierig geworden.

»Genna und so ein Bader haben mir den Unterschenkel nach hinten gebogen und festgebunden. Sah richtig echt aus. War bloß ziemlich unbequem.«

»Wie konnten Sie sich denn da noch fortbewegen?«, fragte Thea.

»Nicht so gut. Im Mittelalter gab's noch keine Rollstühle. Musste mich mit einer verdammten Astgabel als Krücke behelfen. Hab's grad so geschafft, mich damit bis zur Schenke zu schleppen. Für den knappen Kilometer hab ich mehr als eine Stunde gebraucht, war völlig ausgedörrt. Und kaum hatte ich einen halben Krug Met intus, tauchte dieser Barde auf und fing an zu singen – oder das, was er dafür hielt. Das Schrecklichste war, ich konnte nicht mal abhauen!« Sein Lachen erinnerte Thea an Küblers Stute. Sie hatte sie persönlich noch nicht kennenlernen dürfen, aber so ähnlich musste sich ihr Wiehern anhören. Jetzt fing er auch noch an, den Barden zu parodieren. Thea fand, dass es genug war.

»Sie wissen also nicht mehr von der Toten, als dass sie sich Genna Nora Medica nannte und immer eine Heilerin spielte?« Sie stoppte ihr Diktiergerät. Für Griegerles Sangeskünste musste sie ihr Band nicht verschwenden.

»Exakt. Ich kenne sie seit Jahren von verschiedenen LARPs her. Aber von ihr als Privatperson weiß ich nichts. Fragen Sie von Krohn, das ist der Einzige, von dem ich meine, dass er sie besser kennen müsste.«

»Ihr lag offenbar viel dran, ihren wirklichen Namen zu verheimlichen. Wieso?«, fragte Thea, als sie ihren Sicherheitsgurt einhakte.

»Kann auch sein, dass unser Krieger ihre Identität kennt und das aus irgendeinem Grund nicht zugeben will«, sagte Messmer und startete den Wagen.

»Wie auch immer, wir werden sie rauskriegen. Ich ruf mal eben beim Garten- und Friedhofsamt an. Wenn die einen Markus von Krohn beschäftigen, sagen sie uns vielleicht auch, wo wir ihn finden.« Sie sah auf ihre Armbanduhr und griff zum Autotelefon. »Bis zur Besprechung hätten wir noch genügend Zeit für einen kleinen Ausflug zum Killesberg.«

*

Der Höhenpark Killesberg bildet das rechte obere Ende des »Grünen U«, das sich als acht Kilometer langer Gürtel aus Parks und Erholungsanlagen durch Stuttgart zieht. Brücken und Stege verbinden den Schlossgarten, den Park der Villa Berg, den Rosensteinpark und die Wilhelma ebenso wie den Leibfriedschen Garten, den Wartberg und den Höhenpark Killesberg zu einer großen zusammenhängenden Parklandschaft auf einer Fläche von mehr als fünf Quadratkilometern. Thea liebte Stuttgart besonders für diese vielen Grünflächen mitten in der Stadt und wegen der Weinberge und Wälder, die die Hügel und äußeren Stadtbezirke durchzogen. Als sie aus dem Allgäu in die Landeshauptstadt gekommen war, war ihr erster Eindruck gewesen, dass sie sich hier wohlfühlen würde. Sie hatte sich nicht getäuscht. Jedes Jahr, wenn der Frühling kam und sich die Wilhelma und der Höhenpark in ein einziges Blütenmeer verwandelten, spürte sie das Bedürfnis, das neu erwachende Leben mit allen Sinnen in sich aufzunehmen. Wer auch immer den Begriff »Frühlingsgefühle« geprägt hatte, musste damit das Empfinden gemeint haben, an einem Morgen wie diesem durch das Primeltal zu spazieren, dem Gezwitscher der Vögel zu lauschen und beim Plätschern der Wasserfontänen die ersten wärmenden Sonnenstrahlen zu genießen.

Es war eben zehn Uhr vorbei. Der Park hatte gerade geöffnet; der »Tatzelwurm« verließ den Kleinbahnhof zu seiner ersten Rundfahrt und schnaufte mit noch nahezu leeren Waggons an ihnen vorbei. Einzige Fahrgäste waren ein paar grölende Kinder mit Rucksäcken auf dem Rücken und zwei sichtlich angenervte Frauen – wahrscheinlich eine Grundschulklasse mit ihren Lehrerinnen, die ihren Wandertag zu einem Ausflug in den Höhenpark nutzten.

Sie fanden von Krohn am Rande der Sommerblumenwiese unterhalb des Killesbergturms, wo er mit einem Vermessungsgerät hantierte.

»Herr von Krohn?« Messmer wartete kaum das Nicken ab und schritt so schnell auf den Mann zu, dass Thea kaum folgen konnte. »Ihr Arbeitgeber hat uns gesagt, wo Sie zu finden sind. Wir kommen von der Kripo Stuttgart und ermitteln im Mordfall einer Fantasy-Rollenspielerin, die Sie kennen dürften.« Er reichte dem Landschaftsgärtner die Hand und stellte sich und Thea vor.

Thea beobachtete von Krohn aufmerksam. Er zeigte Überraschung, aber keine Anzeichen von Beunruhigung. Im Gegenteil, seine dunkelbraunen Augen, die in seltsamem Kontrast zu seinem hellen Haar standen, blickten neugierig durch die kleine Nickelbrille, mit der er wie eine jüngere Version von Reinhard Mey wirkte.

»Ein Mordfall? Aber nicht während eines meiner LARPs, oder?«

»Wir meinen einen realen Mord. Es geht um ein Mädchen, das sich Genna nannte und den Charakter einer Heilerin spielte.«

»Und die soll tot sein?« Von Krohn ging zu einer Bank, die am Weg stand, und legte sein Vermessungsgerät am Boden ab. »Setzen wir uns, ich hab ganz weiche Knie bekommen.«

»Lesen Sie keine Zeitung?« Thea sah ihn skeptisch an. »Da war ein Bild von ihr drin.« Sie suchte in ihrer Jackentasche nach einem Papiertaschentuch, mit dem sie die Bank abwischen konnte. Messmer bemerkte die Geste und schob ihr eins zu. Ein Stofftaschentuch, fein säuberlich gebügelt von Elfriede, der Nachbarin mit dem Dackel.

»Ach, meinen Sie die Zeichnung zu diesem Aufruf ›Wer kennt diese Frau?‹« Von Krohn schlug sich vor die Stirn. »Darauf hätte ich sie im Leben nicht erkannt. Wer macht denn bei Ihnen die Phantombilder? Ein Praktikant?«

Thea blieb ihm die Antwort schuldig. Die Holzplanken der Bank waren noch kalt, aber es war angenehm, das Gesicht in die Sonne halten zu können.

»Na ja, ich sehe sie immer nur in mittelalterlicher Kleidung und mit Zöpfen, die sie um den Kopf gewunden hat«, gab von Krohn zu. »Und ich hab ums Verrecken nicht damit gerechnet, dass das auf dem Bild Genna sein könnte.«

»Wissen Sie denn, wie sie mit bürgerlichem Namen heißt?«, fragte Thea gespannt.

»Ja, ich kenne sie schon länger. Ihr Name ist Jennifer Fagel. Sie wohnt bei ihrem Vater, einem Arzt, irgendwo in Sillenbuch oder Riedenberg, am Eichenhain, glaube ich. Die genaue Adresse habe ich nicht im Kopf, ich kann aber zu Hause in meinen Unterlagen nachsehen.«

»Nicht nötig, der Name genügt uns schon«, sagte Messmer. »Und wie verhält es sich mit einem gewissen Gideon?«

»Gideon, der Zertrümmerer!« Von Krohn lachte kurz auf. »Oh ja, den kenne ich auch recht gut.«

»Zertrümmerer? Das hört sich nicht gerade vertrauenserweckend an«, sagte Thea.

»Er lässt keinen Stein auf dem anderen, wo auch immer er auftaucht. Das meine ich aber eher verbal. Nur wenn es ihm selbst an den Kragen geht, ist er sehr empfindlich. Er spielt ohne Rücksicht auf Verluste, aber er selbst will möglichst unangetastet bleiben.«

»Können Sie sich an Situationen erinnern, in denen er mit Genna – also mit Jennifer – aneinandergeraten ist?«, fragte Thea.

»Ich hab gehört, dass sie sich nicht sonderlich gemocht haben sollen«, antwortete er. »An zwei Vorfälle kann ich mich erinnern. Einmal haben sich die beiden wegen einem zerschnittenen Hemd in die Haare gekriegt, da haben wir das Spiel angehalten, weil er ihr ins Gesicht geschlagen hatte. Ein anderes Mal traf er im Wald auf Genna, als sie vor ihrer Hütte Kräuter zum Trocknen aufhängte, und wollte sie schänden. Und er hat es sehr deutlich ausgespielt. Ich muss nicht betonen, dass solche Aktionen gegen das Regelwerk verstoßen. Sie hat sich bei der Spielleitung über ihn beschwert, und wir haben den Barden aus dem Spiel genommen.«

»Ach, zu diesem Zeitpunkt war er schon Barde«, entfuhr es Thea.

»Ja, das war beim letzten Spiel, bei dem die beiden dabei waren.« Von Krohn schien erstaunt. »Sie wissen, dass er vorher eine andere Rolle innehatte?«

»Ja, aber die hat Genna sterben lassen.« Messmer setzte sich nun doch auf die Bank. Ziemlich dicht an Theas Seite. Sie spürte die kühlen Planken unter sich nicht mehr, nur noch Messmers warmen Oberschenkel.

»Richtig. Und ich könnte mir denken, dass sie einen guten Grund dafür hatte. Ich kann Ihnen aber wirklich nicht sagen, was damals zwischen den beiden vorgefallen ist. Vielleicht wollte sie sich auch einfach nur für sein Theater wegen dem zerschnittenen Hemd rächen.«

Thea konnte sich nicht mehr auf die Worte des Spielleiters konzentrieren. Messmers körperliche Nähe brachte sie ins Schleudern. Sie hörte seine Worte vom Vorabend wie eine Endlosschleife in ihrem Kopf. *»Wieso nicht? Es könnte doch funktionieren.«* Sicher, es könnte klappen, aber mit viel größerer Wahrscheinlichkeit würde es gründlich danebengehen und ihr Leben ins Chaos kippen. Das Risiko war ihr definitiv zu groß.

»Es ist nur eine Routinefrage, die wir jedem im Umfeld des Opfers stellen müssen: Wo waren Sie in der Nacht vom letzten Freitag auf Samstag?«

Von Krohn dachte eine Weile nach. »Freitagabend war ich bei einem Kumpel, der in der Spielleitung unserer LARPs mitmacht. Wir haben was getrunken und ein Regelwerk für das nächste Spiel ausgearbeitet.«

»Und wann sind Sie dort weggegangen?«

»Was Sie alles wissen wollen!« Von Krohn zog die Stirn in Falten. »Ich glaube, es war schon nach Mitternacht. Ja, ich hab gerade noch die letzte U-Bahn erwischt. Gegen eins muss ich zu Hause gewesen sein.«

»Kann Ihr Kumpel Ihnen ein Alibi geben?«, fragte Thea.

»Ja sicher, wenn er aus dem Urlaub zurückkommt. Er ist am Montag weggefahren und bleibt noch bis zum Ende der Woche in Italien. Ich glaube, am Sonntag ist er wieder da.«

»Eine Handynummer oder Urlaubsanschrift haben Sie nicht zufällig?«, hakte Messmer nach.

»Nee.« Von Krohn schüttelte lachend den Kopf. »Der hat gar kein Handy, wahrscheinlich könnte er es nicht mal bedienen. Siggi weiß nur, wie man mit Steinschleudern und einem Pappschwert umgeht, mit moderner Technik hat er sich gestritten.«

»Dann müssen wir so lange warten.« Thea machte sich eine Notiz und richtete ihren Blick auf den Killesbergturm jenseits der Sommerblumenwiese, ein Wunder der Statik. Aus dieser Entfernung sah er aus wie ein gigantischer Äskulapstab, um den sich anstelle zweier Schlangen die hinauf- und herabführenden Treppen wanden. Da die Stadt Stuttgart in diesen silbernen Giganten kein Geld investieren wollte, hatte der Verschönerungsverein zu Spenden und Sponsorengeldern für den über vierzig Meter hohen Turm aufgerufen. Besonders die Idee, an den dreihundert Trittstufen der beiden Treppen Namensschilder ihrer Sponsoren anzubringen, war auf große Resonanz gestoßen. Am unglaublichsten fand Thea jedoch, dass der ganze Turm lediglich von einem Netz aus achtundvierzig Spiralseilen von jeweils nur achtzehn Millimetern Durchmesser getragen wurde. Diese Konstruktion hielt ihn zuverlässig im Gleichgewicht.

Von Krohn war ihrem Blick gefolgt. »Wir werden ihn zum Lichterfest im Sommer wieder mit einer Lightshow in Szene setzen. Haben Sie sich das im letzten Jahr angesehen?«

Bedauernd schüttelte Thea den Kopf.

»Es war beeindruckend. Synchron zum Musikfeuerwerk wurde der Turm mit farbigen Scheinwerfern angestrahlt. Er sah vor dem dunklen Nachthimmel fast wie ein Ufo aus. Es war ein bisschen wie bei Spielbergs ›Begegnung der dritten Art‹. Man fühlte sich in einen Science-Fiction-Film versetzt.«

»Science-Fiction und Hang zu mittelalterlichen Rollenspielen, wie geht das bei Ihnen zusammen?«, fragte Messmer.

»Es ist wohl die Liebe zur freien Natur. Ich bin einfach gern draußen. Deshalb mache ich diese Arbeit, und deshalb leite ich auch diese LARPs. Die spielen sich ja in den allermeisten Fällen im Freien ab, oft in sehr reizvollen Gegenden, in Wäldern, auf alten Festungen oder Burgen. Es ist schwer zu beschreiben, aber in eine andere Rolle zu schlüpfen übt eine enorme Faszination auf mich aus. Vielleicht ist es das, was Schauspieler empfinden – dieser Rausch, wenn man seinen Horizont erweitert, in die Gefühle und Sichtweisen einer anderen Figur Einblick nimmt.« Er schaute Thea von der Seite an, als wollte er prüfen, ob sie ihn verstehen konnte. »Ich habe eins gelernt in den letzten Jahren: Wir sind, was wir denken. Wir formen die Welt mit unseren Gedanken. Realität ist das, was wir als solche wahrnehmen. Wenn wir glauben, Magier, Orks, Waldläufer oder Jedi-Ritter zu sein, dann sind wir tatsächlich Magier, Orks, Waldläufer und Jedi-Ritter. Glaube und so wird dir geschehen – das steht schon in der Bibel. Ich habe selbst in vielen LARPs mitgespielt, und ich kann Ihnen versichern: Wenn man im Wald gegen ein Monster kämpft, dann spielt man nicht nur einen Krieger, sondern man ist einer. Und wenn man nach einem solchen Wochenende wieder zu Hause in seinem Bett aufwacht, dann wundert man sich, dass man nicht im Wald liegt, und braucht Zeit, um sich wieder zurechtzufinden.« Er lachte.

»Halten Sie es für möglich, dass dieser Gideon sich allzu sehr mit seiner Rolle als ›Zertrümmerer‹ identifiziert hat?«, fragte Messmer.

Von Krohn sah ihn eine Sekunde lang fragend an, dann richtete er seinen Blick auf die Wetterfahne an der Spitze des Killesbergturms.

»Das kann ich wirklich nicht einschätzen«, antwortete er schließlich. »Ich kann sagen, dass er im Spiel aufbrausend, rechthaberisch und dominant war. Aber ich kann nicht behaupten, dass ich ihm zutraue, einen Mord zu begehen. Ich kann auch nur Auskunft über den Charakter seiner Rolle geben. Im Alltag kenne ich ihn ja gar nicht.«

Messmer nickte. »Nun brauchen wir nur noch seinen richtigen Namen, dann können Sie wieder an die Arbeit gehen.«

»Steffen Mundlinger ist sein Name, so viel weiß ich mit Sicherheit. Er wohnt auch in Stuttgart, aber fragen Sie mich nicht, wo genau.«

»Diesen Mundlinger werden wir als Nächstes aufsuchen. Und dann sehen wir mal, inwiefern er auch im Privatleben zu Gewalt neigt.« Thea kritzelte den Namen mit ihrem ewig stumpfen Bleistift in ihr Notizbuch.

»Dir wird er jedenfalls nichts tun, du hast ja immer deinen Ritter dabei«, flüsterte Messmer ihr ins Ohr und rutschte noch einen Millimeter dichter an sie ran, sofern das überhaupt möglich war. Aus dem Augenwinkel sah er sie an, als warte er auf eine Reaktion.

Thea wich seinem Blick aus. Sie sah zu den Stahlseilen hinauf, die ein funkelndes Netz um den Killesbergturm spannten, und versuchte, ihr Gleichgewicht wiederzufinden. Sie fühlte sich, als hätte Messmer ihr gerade ein paar Halteseile gekappt.

*

Noch bevor Thea die Jacke auszog, fuhr sie ihren Rechner hoch und öffnete ein Formular für Einwohnermeldeanfragen. Bei der Eingabe der Namen Mundlinger und Fagel vertippte sie sich einige Male. Woher kam diese Fahrigkeit? Sie standen kurz davor, ihr Opfer zu identifizieren, aber sie wusste, dass ihre Nervosität nicht daher rührte. Sie war einfach nicht gegen Messmer gefeit, wenn er ihren Beschützer spielte. Sie konnte besser mit ihm umgehen, wenn er den Macho raushängen ließ, aber das tat er in letzter Zeit immer seltener.

Sie musste mit ihm reden, dringend. Und zwar bevor Sofia sich der italienischen Polizei stellte und er es aus einer anderen Quelle erfuhr. Sie wünschte, sie wäre damals im Sommer nie nach Siena gefahren und hätte niemals im Haus ihrer Mutter diesen verwünschten Brief gefunden. Aber das war nun nicht mehr zu ändern.

Was würde passieren, wenn sie schwieg? Wenn sie einfach so tun würde, als wisse sie von nichts? Die Ermittlungen in Sofias Umfeld würden unweigerlich zu Franziska führen. Den anderen Kollegen konnte sie vormachen, schockiert zu sein, von nichts gewusst zu haben. Aber Messmer steckte tiefer in der Sache. Nein, Messmer konnte man nicht für dumm verkaufen, ihm würde sofort alles klar sein. Vertrauensbruch. Strafvereitelung im Amt. Sie mochte gar nicht weiterdenken.

Thea stellte sich ans Fenster und schaute hinaus. Doch sie hatte keinen Blick für den strahlend blauen Himmel, der sich über den Stuttgarter Talkessel spannte, nicht für die grünen Hügel, aus denen der Polizeifunkturm auf dem Raichberg, der Fernmeldeturm am Frauenkopf und der Fernsehturm in Degerloch wie Nadeln aus einem moosgrünen Nadelkissen herausstachen. Der Hochbunker am Pragsattel, im Volksmund auch »Bosch-Turm« genannt, war ein Relikt aus dem Zweiten Weltkrieg und thronte unbeeindruckt über dem Verkehrschaos, das auch nach der Fertigstellung des Pragtunnels nicht wesentlich weniger geworden war. Er diente heute hauptsächlich als Werbefläche und war nach dem Krieg noch um fünf Meter aufgestockt worden, um dem Logo der bekannten Stuttgarter Firma genügend Platz zu verschaffen.

Thea nahm eine halbvolle Sprudelflasche, die schon seit Wochen auf ihrem Fensterbrett stand, und goss den kleinen Kaktus, den Sofia ihr zu Weihnachten geschenkt hatte. Sofia. Sie würde mit Messmer reden müssen. Aber nie schien die Gelegenheit günstig zu sein. Was für ein erbärmlicher Feigling sie doch war!

Sie hörte das Geräusch ihres Postmelders. Die waren heute wirklich schnell bei der Datenstation. Hastig öffnete sie die Antwort auf ihre Mail. Jennifer Fagel war fünfundzwanzig Jahre alt und bei ihrem Vater in der Eichenparkstraße in Riedenberg gemeldet. Steffen Mundlinger wohnte in der Weißenhofsiedlung, unweit des Höhenparks Killesberg.

Da waren wir ja heute Vormittag schon ganz nah dran, dachte sie, legte die beiden Bögen in einen Aktenumschlag und nahm sie mit zur Soko-Besprechung.

»Von Krohn war eine Goldgrube«, erzählte Thea, kaum dass sie am Besprechungstisch Platz genommen hatte. »Er hat uns die Namen sowohl von Genna als auch von einem ihrer Rollenspiel-Widersacher genannt. Ich hab sie gerade über die Meldestelle abklären lassen. Genna heißt Jennifer Fagel und wohnt bei ihrem Vater, der wohl eine Arztpraxis betreibt, direkt am Eichenhain. Gideon ist bürgerlich als Steffen Mundlinger unterwegs und wohnt in der Weißenhofsiedlung. Damit hätten wir den nächsten Zeugen identifiziert.«

»Oder den ersten Verdächtigen«, sagte Messmer. »Immerhin hat er wohl im Clinch mit ihr gelegen. Ich hab schon versucht, ihn telefonisch zu erreichen, aber ich krieg ihn nicht an die Strippe.«

»Vielleicht ist er ja bei der Arbeit oder rennt als Troubadour durch den Wald«, grinste Koch.

»Dann nehmen wir ihn uns morgen vor, okay? Heute bin ich ohnehin zu sensibel für einen ›Zertrümmerer‹.« Thea gähnte. Ihr Biorhythmus war noch der von Italien. Jedes Mal, wenn sie von dort nach Deutschland zurückkam, brauchte sie eine Weile, bis sie sich wieder an das frühe Aufstehen gewöhnt hatte.

»Und von Krohn selbst? Was macht der für einen Eindruck?«, fragte Joost.

»Davon abgesehen, dass er auch so ein Rollenspieler ist, kommt er ganz vernünftig rüber. Obwohl ich ihm offen gesagt nicht begegnen möchte, wenn er als Haudegen in Stuttgarts Wäldern unterwegs ist.« Messmer drückte die Schultern und das Kinn nach vorn und blickte so grimmig drein, wie es ihm nur möglich war. Noch etwas grüne Faschingsschminke, und er wäre nicht von Shrek zu unterscheiden gewesen.

»Der Vater sollte so schnell es geht vom Tod seiner Tochter erfahren«, kehrte Joost zum Ernst der Sache zurück. »Auf die Pressemeldung hat er ja nicht reagiert. War die Zeichnung wirklich so schlecht?«

»Unser Zeuge vom Killesberg meinte das jedenfalls«, gab Thea zu bedenken. »Er hat die Meldung gesehen und kennt die Tote, hat sie aber nicht mit dem Bild in Verbindung gebracht. Vielleicht aber auch, weil er sie nur in ihrer Rolle als Genna kennt.«

»Aber ich hab heute auf diesen Zeitungsartikel hin einen Anruf auf dem Hinweistelefon bekommen.« Ströbele hielt sich einen Notizzettel vor die kurzsichtigen Augen. »Eine Frederike

Mertens. Hörte sich an, als sei sie etwa im selben Alter wie unsere Tote. Frau Mertens kennt sie – wie soll es anders sein – von Fantasy-Spielen. Natürlich unter dem Namen Genna, sie weiß aber auch, dass sie mit bürgerlichem Namen Jennifer heißt.« Ströbele hatte endlich seine Brille gefunden, nach der er die ganze Zeit über in seiner Tasche gefischt hatte, setzte sie auf die Nase und drehte den Zettel um. »Die Zeugin arbeitet momentan beim Frühlingsfest auf dem Cannstatter Wasen als – und jetzt kommt's –Wahrsagerin unter dem Namen Kassandra. Sie ist privat über ein Mobiltelefon erreichbar, hat aber bei der Arbeit das Handy ausgeschaltet, weil angeblich die Strahlung die Schwingungen, mit denen sie arbeitet, negativ beeinflusst. Sie meinte übrigens auch, das Bild in der Zeitung sei nicht gut, und nur ihrer Hellsichtigkeit sei es zu verdanken, dass sie das Opfer überhaupt erkannt hat.«

»Gibt es eigentlich nur noch Durchgeknallte hier?«, stöhnte Messmer. »Können wir nicht zur Abwechslung mal wieder einen ganz gewöhnlichen Zeugen haben? Einen ohne zweite Identität, der ein stinknormales Leben führt, am Wochenende nicht mit einem Pappschwert durch den Wald rennt und seine Aussage nicht erst gechannelt empfangen muss?«

»Also ich finde das interessant«, rief Koch. »Wenn du möchtest, fahr ich zum Wasen raus und befrage die Zeugin. Vielleicht macht sie mir gratis mein Liebeshoroskop.«

»Dich können wir unmöglich auf den Wasen lassen, du versackst uns mit Sicherheit im Kaffeezelt.« Messmer winkte ab und wandte sich an Kübler. »Wie wär's mit Kurt? Du könntest dir Rosinantes Chancen bei der Miss-Stuten-Schau vorhersagen lassen.«

»Des goht onder koine Omständ.« Kübler schüttelte entschieden den Kopf. »I muass mit meim Dierle zom Dokter, ond des meglischsd friah.«

»Was hat denn deine First Lady?«, amüsierte sich Verena.

»Seid i der des Kraftfutter geb, hot se 'n Dinnpfiff. Do kennsch grad kotza! No han i an Termin beim Viehdokter g'macht. Halber viere muss i heit gange.«

»Ach komm, da schaffst du doch locker noch eine Zeugenvernehmung vorher.«

Doch Kübler war nicht zu überzeugen. »Mr ko net gleichzeitig scheißa, Kraut hacka ond am Pfarrer d' Hand gä.«

»Wir würden den Wasen übernehmen, aber die Todesnachricht sollen wir ja auch noch überbringen. Obwohl, jetzt sehe ich gerade, ich hab heute meine Krawatte gar nicht an.« Messmer schaute betreten an sich herunter.

Joost musterte Messmer skeptisch. Man konnte förmlich zusehen, wie sein Blick von dem ausgewaschenen T-Shirt mit der Aufschrift »Du mich auch« bis zu der kaputten Jeans wanderte, die Messmer extra auf dem Schießstand hatte durchlöchern lassen, weil sein Sohn ihm weisgemacht hatte, dass das jetzt der letzte Schrei sei.

»Wenn ich dich so anschaue, dann übernimmst du wohl besser mit Thea den Wasen«, sagte Ströbele. »Ich fahr freiwillig zu dem Doktor raus und nehme mir Otti zur Verstärkung mit.«

Wenn es überhaupt möglich war, noch verdrießlicher dreinzuschauen, als er das ohnehin schon tat, dann brachte Kümmerle das tatsächlich fertig. »Aber du redest und ich guck nur betreten«, brummte er.

»Deswegen nehm ich dich ja mit. Keiner kann so schön bedröppelt gucken wie du«, frotzelte Ströbele. »Irgendwer muss es ja machen. Nächstes Mal geht dann jemand anderes.«

»Gut, dann wären die Jobs verteilt. Die Ermittlungen zum Armband können wir nun einstellen, nachdem die Identität der jungen Frau geklärt ist.« Joost packte seine Unterlagen zusammen. »Hat noch jemand was auf dem Herzen?«

»Kenndet ihr mir vom Wasen a Veschber mitbrenga?«, rief Kübler Thea und Messmer zu. »Mei Frau isch heit et drhoim, ond i breng nex außer Kohlsupp fertig.«

»Was willst du denn haben?«, fragte Thea.

»An LKW mit ABS wär guad.«

»Ich dachte, du wolltest was essen?« Thea ahnte schon, dass ihre Kenntnisse der regionalen Geheimsprache gerade wieder auf eine harte Probe gestellt wurden.

»Leberkäsweckle mit a bissle Senf«, übersetzte Koch grinsend.

Thea ging kopfschüttelnd zur Tür. Diesen Dialekt würde sie nie verstehen. Als sie beim Dezernat angefangen hatte, hatte Ströbele ihr mit einem Augenzwinkern die drei größten Geiseln der Menschheit verraten: Cholera, Lepra und »von dr Alb ra«. Als Kübler ihm einen giftigen Blick zugeworfen hatte, war noch ein Nachschlag gekommen: Die ersten beiden seien ja inzwischen heilbar, bei der dritten jedoch wären wohl alle Hoffnungen vergebens.

*

»Hast du eine Ahnung, wie Hellsehen funktioniert?« Thea zwängte sich an Messmers Seite mit den Besuchermassen durch das Haupttor zum Cannstatter Wasen, auf dem sich heute halb Stuttgart zu versammeln schien.

»Gar nicht, nehme ich an. Ich halte es für glatten Betrug.«

»Ich weiß nicht, Karo hat mir mal erzählt, dass ihr vorausgesagt wurde, sie würde einen Heiratsantrag bekommen, und das ist dann auch eingetroffen.«

»Zufallstreffer, wenn du mich fragst. Ist sie hübsch?«

»Ja, das kann man wohl sagen.«

»Dann muss man kein Hellseher sein, um so was vorauszusagen. Hübsche Mädchen kriegen doch andauernd Heiratsanträge. Hat sie ihn denn angenommen?«

»Nein.« Thea musste lachen. Sie konnte sich ihre Freundin beim besten Willen nicht als Ehefrau vorstellen, nicht mal als Frau von Bastian, ihrem Freund, mit dem sie seit Jahren eine Wochenendbeziehung unterhielt.

»Dann ist sie also nicht nur hübsch, sondern auch intelligent.« Messmer nickte anerkennend. »Solche Frauen findet man heutzutage nicht mehr oft, und wenn doch, dann sind sie leider meistens schon vergeben.«

»Stimmt. Siehst du, ein bisschen hellsehen kannst du also auch. Es war aber nicht ihr Freund, der ihr den Antrag gemacht hat, sondern so ein dicker, schleimiger Typ aus ihrer Bank, der außer einem Batzen Geld nichts wirklich Anziehendes hatte.« Thea überlegte. »Jetzt fällt es mir wieder ein. Die Wahrsagerin hatte ihr auch erzählt, dass der Kerl, der ihr den Antrag machen wird, Geld hat.«

»Na ja, Geld haben wir schließlich alle. Es ist nur eine Frage der Menge.« Messmer versuchte mit aller Gewalt, dem Phänomen des Hellsehens mit Vernunft beizukommen.

»Wir können ja die Zeugin mal fragen, ob sie uns sagen kann, wer unser Mörder ist«, schlug Thea vor. »Und wenn sie dabei einen Treffer landet, dann kannst du noch mal versuchen, das vernünftig zu erklären.« Männer waren einfach zu sehr auf ihr logisches Denken reduziert. Sie selbst war sicher, dass es hinter den Dingen, die man sehen und berühren konnte, noch etwas gab, das mit Logik nicht zu erfassen war. Das lag sicher nicht an ihrer katholischen Erziehung, denn die Erklärungen der Kirche ließen sich schwer mit ihrem Weltbild vereinbaren. Es gab einfach eine Gewissheit tief in ihrem Inneren, von etwas geführt zu werden, das sie nicht näher erklären konnte. Jedenfalls nicht so, dass Messmer mit seinem kühlen Verstand es begriffen hätte.

»Wenn sie das draufhat, nehme ich alles zurück und behaupte das Gegenteil«, sagte Messmer. »Aber jetzt müssen wir sie erst mal finden. Du hast doch mit ihr telefoniert. Wo hat sie ihr Zelt noch mal aufgeschlagen?«

»In der Nähe vom Freefall-Tower.« Thea wich geistesgegenwärtig einem Bierkrug aus, der am ausgestreckten Arm eines offensichtlich volltrunkenen Wasenbesuchers einen Weg durch die Massen bahnte. »Wir müssen nur in die Richtung laufen, aus der das lauteste Geschrei kommt.«

»Die kreischen doch hier an allen Ecken und Enden«, sagte Messmer. »Aber ich glaube, wir müssen geradeaus, auf das Riesenrad zu. Hak dich am besten bei mir unter, damit ich dich in dem Getümmel nicht verliere.«

Thea überlegte einen Moment lang, ob sie das wirklich riskieren sollte. Teufelchen und Engelchen lieferten sich auf ihrer Schulter einen erbitterten Ringkampf. Teufelchen siegte, und sie schob ihre Hand unter Messmers Arm. Es war einfach herrlich, ihn zu berühren. Trotzdem wagte sie nicht, richtig zuzufassen. Aber sie fühlte sich inmitten dieser riesigen Menschenmenge plötzlich geborgen und auf eine unerklärliche Art und Weise beschützt.

Obwohl solche Großveranstaltungen wie das Stuttgarter Frühlingsfest eigentlich gar nicht nach Theas Geschmack waren, begann sie es zu genießen, sich an Messmers Seite durchs Volk zu schieben, die schwindelerregendsten Fahrgeschäfte zu betrachten und den Geruch von Zuckerwatte und gebrannten Mandeln in sich einzusaugen. Sogar die markerschütternden Schreie der Losverkäufer waren Musik in ihren Ohren, und es störte sie nicht mehr, von allen Seiten angerempelt zu werden, jedenfalls bis zu dem Zeitpunkt, als sie dicht an ihrem Ohr eine wohlbekannte Stimme vernahm.

»Wen haben wir denn da? Die Stars vom Morddezernat! Und auch noch Arm in Arm!«

Thea fuhr herum. Ein Streifenpolizist stand vor ihr, der deutlich nach Alkohol roch. Da kamen nicht allzu viele in Frage, und ihre Befürchtung bestätigte sich schnell. Es war ihr Exfreund Hannes, dem noch immer nicht wirklich klar geworden war, dass er nach über einem Jahr der Trennung keine Chance mehr hatte, Thea zurückzugewinnen.

»Ich dachte, ihr habt alle Hände voll in eurem Mordfall zu tun, stattdessen vergnügt ihr euch auf dem Frühlingsfest.« Hannes klang hämisch, und sein Grinsen sah nicht wirklich freundlich aus.

»Auch auf dem Wasen gibt es Zeugen zu befragen. Was machst du eigentlich hier, hat man dich zu einer Lebensmittelprüfung im Bierzelt abkommandiert?« Thea beschloss, dass Angriff die beste Verteidigung sei.

»Ich bin zur Wasenwache versetzt, solange das Volksfest dauert. Darf mich damit vergnügen, Randalierer festzunehmen, Schlägereien zwischen Besoffenen zu schlichten und mir die Uniform vollkotzen zu lassen.« Die Begeisterung für diesen Job war Hannes deutlich anzumerken. Offenbar hatte er heute schon versucht, seinem Frust mit einem Maß Bier beizukommen.

»Deine Leute dachten sicher, sie tun dir einen Gefallen damit. Auf dem Revier gibt's das Feierabendbier schließlich erst zum Feierabend, wie der Name schon sagt.« Thea überlegte fieberhaft, wie sie Hannes, der es einfach nicht lassen konnte, ihre Nerven zu strapazieren, schnellstmöglich wieder loswerden konnte.

Hannes maß indessen Messmer vom Kopf bis zu seiner durchschossenen Hose, wobei sein Blick eine Weile auf der Armbeuge verweilte, wo Theas Hand lag wie eine tote Maus. »Pass gut auf das Mädel auf, die ist sensibel«, sagte er schließlich zu Messmer und versuchte wenig erfolgreich ein Rülpsen zu unterdrücken. »Und überleg dir gut, was du in ihrer Gegenwart für Witze machst, ihr fehlt nämlich komplett der Sinn für Humor.«

»Das hab ich noch nicht feststellen können, und ich kenne Thea schon lange. Im Übrigen brauche ich keine Tipps von einer Grünhaut wie dir.« Messmer hatte lange nicht mehr den überheblichen Kripo-Beamten gegeben, aber heute freute sich Thea, dem »alten Bekannten« wiederzubegegnen.

»Übermut tut selten gut.« Hannes rülpste erneut und war todsicher davon überzeugt, gerade einen mörderischen Witz gerissen zu haben.

»Halt die Klappe, Hannes, und tu deine Arbeit«, versuchte Thea das Gespräch zu beenden, aber da hatte sie die Rechnung ohne Hannes gemacht.

»Weißt du, welchen Job ich machen würde, wenn es nach mir ginge?«, fragte er.

»Bezahlter Urlauber, dabei richtest du wenigstens keinen Schaden an.« Thea biss sich auf die Lippen. Ihr war klar, dass sie ihrem Ex nur Öl in die Flamme goss.

»Ihr habt euch ja sicher noch viel zu erzählen, ich stelle mich inzwischen mal da drüben für Kurts LKW an. Willst du was zu trinken, Thea?« Den Blick des Herzensbrechers hatte Messmer wirklich drauf. Vielleicht übertrieb er es gerade ein bisschen, aber Thea wusste, für wen er sich wirklich so in Szene setzte. Sie kannte Hannes gut genug, um zu wissen, dass er innerlich schäumte, auch wenn er das nach außen hin um keinen Preis zeigen wollte.

»Danke, nein. Aber du könntest mir was Süßes mitbringen. Mein Vorrat an Nervennahrung im Büro ist alle, und ich brauche momentan dringend Nachschub.«

Hannes hatte den Wink verstanden und ging, kaum dass Messmer verschwunden war, auf Konfrontation.

»Warum bist du eigentlich dauernd so ätzend zu mir, was hab ich dir denn getan?«, keifte er los.

»Ich gebe dir nur die Bälle zurück, die du mir zuwirfst.« Thea stellte fest, dass ihr Messmers Armbeuge fehlte. Sie steckte ihre einsame Hand in die Tasche ihrer Jeansjacke.

»Machst hier Schaulaufen mit diesem Lackaffen, der es nicht mal geschafft hat, den Mordfall vom letzten Sommer aufzuklären. Rennt wie ein Teenie rum mit diesem T-Shirt und kaputter Jeans, wahrscheinlich will er sich mit aller Gewalt jünger machen, damit er in dein Beuteschema passt. Als ob du so einen nötig hast!«

»Aber du scheinst es mächtig nötig zu haben, ihn runterzuputzen, hm?« Thea vermied es, Hannes anzuschauen. Hätte sie es getan, hätte sie ihm jetzt wahrscheinlich ins Gesicht gespuckt. Sie blickte konzentriert über seine Schulter auf einen schmächtigen Jüngling, der sich ohne nennenswerten Erfolg am »Hau den Lukas« versuchte. Sie musste nachher unbedingt selbst den Schlagbock malträtieren; das Ding an der Leitschiene würde todsicher die Höchstmarke erreichen, so geladen war sie. Wenn sie heute darüber nachdachte, wie sie es geschafft hatte, fast ein Jahr lang mit Hannes zusammenzuleben, konnte sie sich darauf keine Antwort mehr geben. Wahrscheinlich hatte sie eine masochistische Phase durchgemacht.

»So, da bin ich wieder. Ich hoffe, das ist genug Nervennahrung für den Rest des Tages.«

Thea hatte nicht bemerkt, dass Messmer zurückgekommen war. Sie fühlte nur, wie er ihr von hinten ein riesiges Lebkuchenherz um den Hals hängte, und sah, dass Hannes' Blick daran festklebte wie eine Schmeißfliege in einer Wolke von Zuckerwatte. Er war bis unter den strohblonden Haaransatz rot angelaufen, und seinem Gesichtsausdruck nach zu urteilen gefiel ihm diese Art der Nervennahrung – möglicherweise auch die Aufschrift – überhaupt nicht. Sie wollte lieber gar nicht wissen, was draufstand.

»Das war's dann wohl.« Hannes atmete heftig aus, und Thea schlug sein widerlicher Bieratem ins Gesicht. »Ich zieh mal weiter. Manche Menschen müssen schließlich auch arbeiten. Wünsche euch noch viel Spaß!« Er drehte auf dem Absatz um und stieß dabei unsanft mit einem Luftballonverkäufer zusammen. Ohne sich zu entschuldigen, stürmte er mit Riesenschritten Richtung Wasenwache davon.

»Der hat aber eine Saulaune«, freute sich Messmer. »Woran das wohl liegen mag?«

»Ich hab da so eine vage Ahnung. Wir waren mal zusammen. Ist aber Gott sei Dank lange her.« Thea beschloss nun doch, mutig zu sein, und sah sich ihr Lebkuchenherz genauer an.

»Ich hätte dir einen besseren Geschmack zugetraut. Aber aus Fehlern wird man klug.« Messmer schaute von Thea auf das Lebkuchenherz. »Gefällt es dir?«

Thea konnte nicht antworten. Sie hatte mit einer charmanten Boshaftigkeit gerechnet, aber was sie da las, verschlug ihr die Sprache. »Ich liebe dich« stand mit dicken rosa Zuckergussbuchstaben auf dem braunen Backwerk. Sie schluckte und schaute Messmer schockiert an.

»Ich dachte, so kriegen wir ihn am besten los. Und es hat doch wunderbar geklappt!« Er grinste breit. »Dabei musste ich nicht mal allzu sehr lügen.«

»Lass uns jetzt das Orakel von Delphi suchen.« Thea musste dringend das Thema wechseln, bevor sie noch ganz und gar die Fassung verlor. Momentan fühlte sie sich, als hätte sie eine Runde auf dem Freefall-Tower hinter sich gebracht.

»Kassandra blickt in Ihre Zukunft« stand in großen verschnörkelten Buchstaben auf dem goldfarbenen Transparent über dem Eingang des Zelts. Thea nahm schnell das Lebkuchenherz vom Hals und verstaute es in ihrem Rucksack. Dann trat sie hinter Messmer ins Innere und zog den dicken schwarzsamtenen Vorhang hinter sich zu, der die Volksfestgeräusche dämpfen sollte.

Die dunkelroten Zeltwände waren mit Runen bemalt, die mit Kerzen beleuchtet wurden, sodass Thea sich unwillkürlich Gedanken um die Brandvorkehrungen machte. Eine Spiegelkugel hing von der Decke, und Räucherstäbchen verbreiteten den durchdringenden Duft von Patschuli. Ein ausgestopfter Rabe, der mit gläsernen Augen starr von einem mannshohen Regal voller dicker Folianten auf die Besucher blickte, sorgte für einen Hauch von Edgar-Allan-Poe-Feeling.

Kassandra alias Frederike Mertens saß an einem Tisch, der mit einem roten Tuch bespannt war, und mischte Tarotkarten, anscheinend völlig unbeeindruckt von dem Gekreische, das vom Freefall-Tower durch die dünnen Zeltwände hereindrang.

»Ich warte seit einer Viertelstunde auf Sie. Zwei potenzielle Kunden hab ich schon wegschicken müssen.« Sie zog ein Schmollmündchen, das sich aber sofort zu einem breiten Grinsen verzog, als Messmer ihr einen Zwanzigeuroschein auf den Tisch legte.

»Wir wurden aufgehalten, aber nun sind wir ja da.« Thea sah dem Mädchen aufmerksam ins Gesicht. Hinter der dicken Schicht Schminke, dem breiten Kajal und dem dunkelroten, fast schwarzen Lippenstift konnte man beinahe noch das Kind in ihr erahnen. Mitte zwanzig, älter war sie bestimmt nicht.

»Ich dachte immer, zum Wahrsagen braucht man so etwas wie Lebenserfahrung«, sagte Messmer, als hätte er Theas Gedanken erraten.

»Lebenserfahrung ist keine Frage des Alters.« Kassandra warf ihr hüftlanges Haar zurück, das im Farbton fast das Gefieder des Raben übertraf, und bedachte Messmer mit einem kurzen spöttischen Blick. »Woher wollen Sie beurteilen können, in wie vielen Leben ich schon Erfahrungen gesammelt habe?«

Messmer blieb das nächste Wort im Hals stecken, und Thea musste lächeln. Nichts fand sie eindrucksvoller, als jemandem mit einer völlig unerwarteten Antwort den Wind aus den Segeln zu nehmen.

»Frau Mertens, kommen wir zur Sache. Wie haben Sie Jennifer Fagel kennengelernt und wie würden Sie sie beschreiben?«, fragte sie, um Messmer zu erlösen.

»Wir haben einige LARPs zusammen gespielt und uns dabei angefreundet. Genna und ich haben viele Gemeinsamkeiten. Man kann sagen, wir sind seelenverwandt.«

»Wie darf ich das verstehen?«, fragte Messmer, der aussah, als sei ihm durchaus bewusst, dass er sich mit dieser Frage erneut aufs Glatteis begab.

»Wir integrieren das Übersinnliche in unser Leben. Ich arbeite als Seherin mit den geistigen Energien und sie als Heilerin.«

»Sie arbeitete als Heilerin?«, fragte Thea überrascht.

»Ich meine Genna, nicht Jennifer. Ich kannte sie ja viel mehr als Genna, die Heilerin. Im realen Leben war sie Sprechstundenhilfe bei einem niedergelassenen Onkologen. In dieser Branche kommt die Geistheilung nicht so gut an. Sie hat öfter im Clinch mit ihrem Chef gelegen, weil sie den Mund nicht halten konnte, was seine Behandlungsmethoden betraf. Das Letzte, was ich von ihr hörte, war, dass sie sich einen neuen Job suchen wollte, am liebsten hätte sie bei einem Heilpraktiker angefangen. Leider arbeiten die aber meistens allein.«

»Wissen Sie, wie dieser Onkologe heißt und wo er praktiziert?« Thea machte sich eine Notiz. Diese Folgespur schien interessant zu sein.

»Tut mir leid, keine Ahnung. Sie hat immer nur von ihrem Chef geredet. Ich glaube, das war irgendwo am Birkenkopf, bin mir aber nicht sicher.«

»Wie wäre es denn, wenn Sie mal Ihre Karten danach befragen?«, zog Messmer sie auf, fing sich aber nur einen verächtlichen Blick ein.

»Das Tarot gibt weder Namen noch Wohnanschriften oder andere Daten preis«, antwortete Kassandra. »Also sparen Sie sich die Frage, ob ich aus den Karten lesen kann, wer Gennas Mörder ist.«

»Kann ja sein, dass Sie selbst einen Verdacht haben«, meinte Messmer ungerührt. »Dem würde ich ohnehin mehr vertrauen als den Karten.«

»Wenn ich einen Verdacht hätte, würde ich das sagen. Aber ich habe keine Ahnung. Ich habe Genna sehr gemocht, und ich bin sehr betroffen über ihren Tod.«

»Kennen Sie einen Gideon?«, fragte Thea.

»Sie meinen den, dem sie das Hemd zerschnitten hat? Ein absoluter Lackaffe.« Sie schnaubte verächtlich. »Dem sind weltliche Dinge wie Leinenhemden wichtiger als seine Heilung.«

»Aber er war doch gar nicht wirklich verletzt«, wandte Messmer ein.

»Natürlich war er verletzt. Er hätte den Arm verlieren können, wenn Genna die Wunde nicht ausgebrannt hätte!« Kassandra schaute Thea und Messmer an, als kämen sie von einem anderen Stern.

»Moment mal, wir reden jetzt vom Spiel, oder?« Messmer sah einigermaßen verwirrt aus.

»Klar, Sie haben doch nach Gideon gefragt und nicht nach Steffen.« Kassandra seufzte, als hätte sie es mit einem begriffsstutzigen Kind zu tun. »Sie müssen verstehen, dass das Spiel nur eine andere Wirklichkeit ist. Wirklichkeit ist für uns all das, was wir in einem bestimmten Moment denken und fühlen. Wenn wir denken und fühlen, dass jemand schwer verletzt ist, dann ist er das auch. Wir schaffen die Welt mit unseren Gedanken. Was wir empfinden, ist für uns wirklich.«

Wenn ich denke und fühle, dass Sofia unschuldig ist, dann ist sie das auch, dachte Thea. Interessante Theorie. Nur leider vor Gericht nicht haltbar.

»Okay, ich ahne, was Sie meinen«, lenkte sie ein. »Dummerweise hilft uns so eine subjektive Sicht der Wirklichkeit aber jetzt nicht weiter. Was wir brauchen, sind Fakten, die wir nachvollziehen können. Was wissen Sie denn von Gennas Leben außerhalb der Rollenspiele?«

»Ich weiß nur, dass ihr Vater Arzt ist und sie noch zwei Geschwister hat. Eine jüngere Schwester und einen älteren Bruder. Sie redete nicht viel von ihrer Familie. Ich war zwar ab und zu bei ihr zu Hause, in Riedenberg. Der kleinen Schwester bin ich ein paarmal begegnet, aber den Bruder hab ich nie kennengelernt. Der hat eine eigene Wohnung. Wir wollten bei ihr im Eichenhain mal ein kleines LARP organisieren, das hat sich aber dann wieder zerschlagen.«

Thea massierte sich die Schläfen. Allmählich bekam sie Kopfschmerzen von diesem Räucherwerk. »Kennen Sie einen Markus von Krohn oder einen Martin Griegerle?«

Kassandra nickte. »Markus organisiert und leitet eine Menge der LARPs, an denen wir teilgenommen haben. Martin spielt den Charakter eines Kriegers, ist aber eigentlich ein ganz friedlicher Kerl. Wenn sie meinen, dass einer der beiden Genna umgebracht hat, dann kann ich nur sagen, es wäre mir unvorstellbar.«

»Was wäre Ihnen denn vorstellbar?«, fragte Messmer.

Kassandra sah jetzt sehr jung und zerbrechlich aus. »Ich habe keine Ahnung. Wirklich nicht. Und es tut mir sehr leid, dass ich Ihnen nicht weiterhelfen kann.« Sie hob entschuldigend die Schultern. Plötzlich hellte sich ihr Gesicht auf. »Aber ich könnte Ihnen aus der Hand lesen. Dann wären Sie nicht ganz umsonst gekommen.« Sie wandte sich an Thea. »Sie haben schöne Hände. Sehr ausdrucksstark. Darf ich?« Sie griff nach Theas linker Hand, bevor die sie zurückziehen konnte. »Für Sie mache ich es natürlich gratis.«

Thea wechselte einen kurzen Blick mit Messmer. Der sah belustigt aus und zwinkerte ihr ermutigend zu. »Mach nur, ich bin sehr gespannt.«

Thea schalt sich eine alberne Gans, konnte aber nicht verhindern, dass ihr Herz einen Takt schneller zu schlagen begann. Sie glaubte nicht wirklich an die Handlesekunst, trotzdem war ihr zumute, als würde ihr ganzes weiteres Schicksal in den nächsten Minuten vor ihr bloßgelegt. Hab dich nicht so, sagte sie sich, das ist nichts als Jahrmarktzauber. Wenn du nachher hier rausgehst, lachst du drüber und hast es in ein paar Minuten wieder vergessen.

Sie entspannte sich ein wenig und beobachtete Kassandra, die mit ernster Miene über ihre Hand gebeugt saß. Dunkle Haarsträhnen lösten sich unter ihrem goldbestickten Kopftuch und fielen ihr in das stark geschminkte Gesicht.

»Sie haben eine rezeptive Hand, zart und zerbrechlich, das deutet darauf hin, dass Sie eher sensibel sind und Ihr Leben vielen Schwankungen unterworfen ist.«

Thea lächelte irritiert. Diese Menschenkenntnis bei einer so jungen Frau hatte sie nicht erwartet. Aber sie konnte natürlich auch einfach gut geraten haben.

Kassandra drehte Theas Handfläche nach oben und betrachtete den Handteller. »Die Herzlinie ist länger und tiefer als die Kopflinie, das heißt, Ihre Leitlinie ist eher das Herz als der Verstand.« Sie blickte auf und sah Thea in die Augen. »So weit habe ich recht, nicht wahr?«

Ohne eine Antwort abzuwarten, nahm sie sich wieder Theas

Linke vor. »Sie haben einen riesigen Mondberg, also ein großes Bedürfnis, andere zu schützen.« Sie lächelte. »Das passt zu Ihrem Beruf, aber mitunter dürfte es auch mit Ihrer Arbeit bei der Polizei kollidieren und Ihnen Schwierigkeiten machen.«

Thea stockte der Atem. Allmählich wurde es ihr zu heiß. Wenn das so weiterging, würde in den nächsten Minuten zutage kommen, dass ihr Bedürfnis, andere zu schützen, schon so weit ging, dass sie Strafvereitelung begangen hatte. Eigentlich hatte sie im Moment nur ein Bedürfnis – ihre Hand wegzuziehen und schleunigst die Flucht zu ergreifen. Doch sie kam hier nicht mehr raus, ohne sich lächerlich zu machen.

»Interessant finde ich die abfallenden Ästchen an Ihrer Herzlinie«, fuhr Kassandra fort. »Sie deuten auf unglückliche Liebesbeziehungen hin. Ich könnte mehr dazu sagen, wenn Sie das Blatt mischen und eine Karte aufdecken würden.«

Das wurde ja immer schöner. Was sollte sie jetzt tun? Sich weigern? Das wäre wohl ziemlich zickig. Nimm es als Joke, dachte sie, Micha glaubt sowieso nicht an diesen Hokuspokus. Und ich? Glaube ich selbst daran? Mechanisch griffen ihre Hände nach den Tarotkarten, mischten sie und legten sie wieder auf dem dunkelroten Samt des Tischs ab.

»Und nun eine Karte aufdecken bitte.«

Thea tat wie ihr geheißen.

»Ich dachte es mir schon.« Ein wehmütiges Lächeln erschien auf dem Gesicht der jungen Wahrsagerin. »Die Liebenden stehen für eine innige Verbindung und vermitteln die Botschaft: ›Du bist in dem Maß liebenswert, wie du dich selbst annimmst‹. Ich hoffe, Sie können etwas damit anfangen. Das heißt, es gibt da einen Mann in Ihrem Leben, aber in Verbindung mit den abfallenden Ästchen in Ihrer Hand sehe ich Probleme, etwas, das zwischen Ihnen steht. Bitte decken Sie eine weitere Karte auf.«

Thea wusste selbst nicht, warum sie diesem Treiben kein Ende setzte. Es schien gar nicht sie selbst zu sein, die zu dem Kartenstapel griff und eine neue Karte aufdeckte.

»Die Kraft. Die Botschaft dieser Karte ist ›Du bist selbst verantwortlich‹. In der positiven Deutung steht sie für Mut, Selbstvertrauen und Stärke. Aber Sie haben sie verkehrt herum aufgedeckt, sehen Sie?« Kassandra runzelte die Stirn. »In dieser Situation steht sie für Unrecht, Selbstquälerei und Unehrlichkeit bis hin zur Selbstgerechtigkeit. Was bedeutet das nun in Zusammenhang mit den Liebenden?«

Thea fiel das Atmen schwer. Sie wollte es gar nicht wissen. Und wusste es doch bereits.

Kassandra sprach erbarmungslos weiter. »Zwischen Ihnen und dem Mann in Ihrem Leben steht ein Geheimnis, das Sie bedrückt, habe ich recht?«

Einen Moment lang war es so ruhig im Zelt, dass Thea die Volksfestgeräusche von draußen überdeutlich wahrnahm. Der Freefall-Tower hatte gerade eine neue Gruppe in die Tiefe geschickt, ein anderes Fahrgeschäft für Lebensmüde warb mit dem ultimativen Kick, und ein Kind, das unbedingt eine zweite Portion Zuckerwatte haben wollte, lebte soeben unmittelbar vor dem Zelt einen Tobsuchtsanfall aus.

Thea wagte nicht, Messmer anzuschauen, und noch weniger wagte sie, diesem jungen Mädchen, von dem sie sich so ertappt fühlte, zu antworten. Ein Teil von ihr hätte Messmer am liebsten so weit wie möglich weg gewünscht.

»Ich finde, das genügt jetzt.« Messmer war plötzlich aufgesprungen, und Thea war ihm unendlich dankbar dafür. »Vielen Dank für die nette Unterhaltung, aber wenn wir jetzt nicht gehen, kommen wir zu spät zur Besprechung.«

»Es gibt Erkenntnisse, die nicht gleich willkommen sind und ihre Wirkung erst später entfalten.« Kassandra erhob sich und reichte Thea die Hand. In ihrem Gesicht standen Nachsicht und Wissen.

»Du glaubst doch nicht im Ernst an diesen Blödsinn?« Messmer hatte ungefragt seinen Arm um Thea gelegt und führte sie zielstrebig in Richtung Wasenausgang. »Mädel, du bist ja kreidebleich! War an diesem Geschwafel etwa was dran?«

Thea riskierte einen kurzen Blick auf sein Gesicht. Er sah etwas belustigt, aber auch besorgt aus. Vielleicht maß er ja all dem, was Kassandra da gerade von sich gegeben hatte, überhaupt keine Bedeutung bei. Sie selbst jedenfalls war emotional am Anschlag. Sprechen war ein Ding der Unmöglichkeit, ihr Herz flatterte wie ein kleiner Vogel ganz oben in ihrem Hals. Die quäkenden Stimmen aus den Lautsprechern, die von allen Seiten auf sie eindröhnten, waren mehr, als sie im Moment ertragen konnte. Am liebsten hätte sie die Knarre gezogen und einen nach dem anderen ausgeschossen.

Mit zitternden Knien ließ sie sich von Messmer über den Wasen führen. Ihre verräterischen Hände steckte sie in die Jackentaschen, damit sie nicht noch mehr preisgeben konnten, als sie schon getan hatten. Aber das konnte nicht länger so weitergehen, sie musste reden, bevor sie platzte. Sie konnte dieses Spiel unmöglich weiter durchhalten. Er musste ihr doch anmerken, dass sie völlig durch den Wind war. Ignorierte er es vielleicht einfach? Wenn ja, warum?

Thea hielt es nicht länger aus. Auf Höhe des Hofbräu-Bierzelts fasste sie einen Entschluss. »Micha, ich –« Sie stockte.

Messmer nahm sie etwas enger um die Schulter. »Was ist los, willst du mir dein großes Geheimnis beichten? Das letzte Hindernis wegräumen, das zwischen uns steht?«

Nein, er meinte es nicht ernst, er grinste dabei. Zwar auf eine sehr liebe Art, aber er grinste. Es war einfach nicht der richtige Zeitpunkt, aber wann war der schon? Sie konnte nicht länger warten, es musste raus, hier und jetzt. Sie atmete tief ein, um ruhiger zu werden. »Micha, hör auf, Witze darüber zu machen, es ist mir todernst …«

Die Tür des Bierzelts flog auf, und zwei Männer schossen wie von einem Katapult geschleudert heraus, ein Dicker mit hochrotem Gesicht, der einen Kleinen am Kragen hatte, der in seiner übergroßen Motorradjacke steckte wie eine Schildkröte in ihrem Panzer. Ehe sie reagieren konnte, rannten die beiden Thea über den Haufen und kugelten sich auf dem staubigen Boden inmitten zerknüllter Servietten, Eispapier und Zuckerwattestäbchen.

»Wenn du noch einmal deine verdammten Griffel an meine Frau legst, bringe ich dich um!«

»Die ist doch nur eine dreckige Hure!«

Thea begriff noch nicht, was da passierte, als der Dicke in die Innenseite seiner Jacke griff. Sie sah nur eine Klinge im Sonnenlicht blitzen, und als Nächstes sah sie Messmer, der geistesgegenwärtig dazwischensprang und dem Dicken das Handgelenk umdrehte. Ein Stöhnen, ein unterdrücktes Fluchen, und das Butterflymesser fiel in den Staub.

»Ganz ruhig, Bürschchen, du bringst heute niemanden mehr um.« Mit dem Knie und einer Hand hielt er den Schläger am Boden fest, mit der anderen fingerte er die Handschließe von seiner Gürtelschlaufe und fixierte die fleischigen Handgelenke des Dicken. »Du hast richtig Glück, da draußen steht dein Taxi zum Polizeipräsidium, und ich bringe dich höchstpersönlich hin.« Er half Thea, die immer noch am Boden saß, auf die Beine und klopfte sich den Staub von seiner kaputten Jeans. »Du musst zugeben, dass ich für diese Aktion doch mal exakt die richtigen Klamotten anhatte. Aber wo sind eigentlich die Typen von der Wasenwache, wenn man sie wirklich mal nötig hat? Die nerven anscheinend nur, wenn man sie absolut nicht brauchen kann.«

*

»Wo hast du denn deinen Beschützer gelassen?«, frotzelte Koch, als Thea sich an den Besprechungstisch setzte. Die Sonne ging gerade unter und ließ die Hügel um den Fernsehturm rotgolden aufleuchten, dass sie aussahen wie ein Kupferrelief. Der Tag war wie im Flug vergangen, aber Thea fühlte sich endlos erschöpft und sehnte den Feierabend herbei.

»Micha bringt gerade einen Messerstecher zum Polizeigewahrsam. Der ist uns buchstäblich in die Arme gelaufen. Und Walter hockt im Vernehmungszimmer und befragt das Opfer. Dem ist nichts passiert, Micha hat das Schlimmste verhindert.«

»Als ob wir nicht schon genug Arbeit hätten!«, stöhnte Kümmerle. »Soko und Volksfest zusammen ist mehr, als unser kleines Dezernat verkraften kann.«

»Wir können ja schon mal anfangen, bevor uns die Nacht über den Hals kommt«, sagte Joost. »Thea, erzähl uns doch, was ihr auf dem Wasen außer der Messerstecherei noch ermitteln konntet. Micha kommt sicher gleich dazu.«

»Allzu viel Neues gibt es nicht. Die Zeugin kennt das Opfer

von gemeinsamen Rollenspielen. Allmählich hab ich den Eindruck, als ob halb Stuttgart im zweiten Leben als Krieger, Fee oder Troll durch die Wälder läuft.« Thea beugte sich zu ihrem Rucksack, um nach dem Notizbuch zu suchen, und bekam das in Folie verschweißte Lebkuchenherz zu fassen. Ihre Finger zuckten zurück, als hätte sie sich verbrannt. Sie hatte das Herz vollkommen vergessen. Nun spürte sie, wie ihr Hals trocken wurde.

»Ein bisschen Ermittlungsarbeit haben wir trotzdem im Gepäck.« Endlich hatte sie das Notizbuch gefunden und schlug es auf. »Es gibt einen Arbeitgeber des Opfers, einen Onkologen, Name unbekannt, soll eventuell in der Nähe des Birkenkopfs praktizieren. Jennifer war laut Aussage unserer Hellseherin bei ihm als Sprechstundenhilfe beschäftigt. Soll kein allzu gutes Arbeitsverhältnis gewesen sein.

»Net älle juchzget so beim Schaffe wia mir«, trompetete Kübler mit vollem Mund und wischte sich einen Klecks Senf von der Oberlippe.

»Schluck doch erst mal runter, bevor du deine unverständlichen Ergüsse auf uns loslässt«, beschwerte sich Koch. »Du musst echt nicht so lange kauen, bis das letzte Kohlenhydrat deines LKW in Zucker umgewandelt ist.«

»Du hosch doch gar koin Donschd, was gsond zom Esse isch«, gab Kübler zurück. »Guad bissa isch halb gschissa, des hod scho mei Mudder gsaid.«

»LKW und gesunde Ernährung schließen sich, glaub ich, gegenseitig aus, egal wie lange man kaut«, meinte Verena. »Wie finden wir jetzt diesen Krebsdoktor?«

»Klärt morgen die onkologischen Privatpraxen in den Gelben Seiten ab«, sagte Joost. »Das dürfte eine überschaubare Angelegenheit sein.«

»Warum fragen wir eigentlich nicht den Vater?«, fragte Thea.

»Weil wir ihn nicht angetroffen haben.« Kümmerle bewegte sich höchst ungern für nichts und wieder nichts von seinem Bürostuhl weg, und entsprechend frustriert sah er auch aus. »Wir wollten ihm ja heute die Todesnachricht überbringen. Das Haus ist verrammelt und verriegelt, der Briefkasten ist gut gefüllt und kündet von einer längeren Abwesenheit. Vielleicht ist er noch in den Osterferien.«

»Oder er hat seine Tochter umgebracht und sich abgesetzt«, mutmaßte Koch.

»Habt ihr euch bei den Nachbarn erkundigt?«, fragte Joost.

»Im Haus links von den Fagels hat niemand aufgemacht. Im rechten Haus sprang, bevor wir überhaupt klingeln konnten, ein Bluthund gegen den Zaun und riss das Maul so weit auf, dass mir jegliche Lust auf weitere Ermittlungen vergangen ist.«

Thea nickte mitfühlend. Sie erinnerte sich, dass Kümmerle bei einem Einsatz vor einem Jahr böse von einem Polizeihund gebissen worden war, der offenbar noch schlechtere Laune gehabt hatte als er. Seitdem war er nicht gerade der beste Freund der Hundeführerstaffel und machte um alles, was vier Beine hatte und mit dem Schwanz wedeln konnte, einen großen Bogen.

»Wahrscheinlich ist er außerhalb von Stuttgart unterwegs«, sagte sie. »Das würde auch erklären, warum er weder auf den Aufruf in der Zeitung noch auf die Fahndungsplakate reagiert hat. Es soll aber auch noch Geschwister geben. Einen älteren Bruder und eine jüngere Schwester.«

»Die sind vielleicht auch mit im Urlaub. Wie sieht es mit einer Mutter aus?« Joost klopfte permanent mit seinem Kugelschreiber auf den Block, was Thea den letzten Nerv tötete.

»Keine Ahnung. Diese Wahrsagerin sprach nur von den Geschwistern. Klar, wir hätten nach der Mutter fragen können. Holen wir noch nach.« Sie stellte fest, dass sie zerstreut war und sich kaum auf die Berichte der anderen konzentrieren konnte. Als Messmer hereinkam und sich neben sie setzte, wurde es nicht besser. Sie hatte auf der Fahrt zum Präsidium schweigend neben ihm gesessen, mit den zwei Angetrunkenen auf der Rückbank. Keiner von ihnen hatte ein Wort gesagt, die einzige Geräuschkulisse war das Autoradio, aus dem 107,7 sie erbarmungslos mit Xavier Naidoo beschallte. »Dieser Weg wird kein leichter sein« – es war wie ein Hohn. Damit sie auch ja nicht vergaß, ihre Beichte abzulegen. Die Anwesenheit der Festgenommenen hatte es ihr unmöglich gemacht, das Thema noch einmal aufzugreifen. Aber ihr Mut war ohnehin verflogen. Verdammt! Noch nie war sie so nahe dran gewesen! Wenn diese besoffenen Idioten nicht dazwischengeplatzt wären, hätte sie es hinter sich haben können. Sie wünschte die beiden in die finsterste Hölle. Aber vielleicht hatten sie sie auch unabsichtlich vor einer großen Dummheit bewahrt. Sie hätte um ein Haar ohne zu überlegen losgeredet. Aber sie musste gut durchdenken, was sie Messmer sagte. Es hing so viel davon ab, dass ihr eng um die Brust wurde, wenn sie nur daran dachte.

Als Thea im Büro dabei war, ihre Sachen zusammenzupacken, klingelte das Telefon. Ein Blick auf das Display ließ sie aufstöhnen. Einen Moment lang war sie versucht, nicht ranzugehen. Aber das würde nur Aufschub bedeuten. Sie schickte ein Stoßgebet zum Himmel und nahm ab.

»Was willst du, Hannes?«

»Oh, du hast meinen Anruf schon erwartet?«

»Ja, mit Grausen. Also mach es kurz, ich will nach Hause.«

»Du machst einen Fehler, wenn du dich diesem Schönling an den Hals wirfst. Ich kenne seinen Ruf. Der schießt sein Schrot doch in jedes Weib, das ihm vor die Flinte springt.«

Wenigstens war er gleich zur Sache gekommen. Sie zog sich ihren Bürostuhl heran und setzte sich. Sie hätte wissen müssen, dass er die Begegnung heute Nachmittag nicht kommentarlos hinnehmen konnte, aber sie hatte insgeheim gehofft, er würde sich zurückziehen und seine Wunden im Verborgenen lecken.

»Meine Fehler gehen dich einen Scheißdreck an. Aber wenn wir schon mal dabei sind: Du machst einen ganz gewaltigen Fehler, wenn du meinst, mir Ratschläge erteilen zu müssen. Du bist nicht mein Vater, Hannes.« Thea versuchte, einen ruhigen Ton anzuschlagen, aber das war nicht ganz einfach. Die falsche Anteilnahme ihres Verflossenen war das Letzte, was sie heute noch brauchen konnte.

»Ich sorge mich einfach um dich, Thea. Du weißt, dass du mir alles andere als egal bist. Denk an deinen Job, du hast alles drangesetzt, zur Mordkommission zu kommen. Willst du das jetzt so leichtfertig aufs Spiel setzen, indem du was mit dem Superstar von 1.1 anfängst?«

»Leck mich, Hannes! Und lass dir gesagt sein, ich habe nicht vor, was mit ihm anzufangen.« Warum rechtfertigte sie sich überhaupt? Sollte er doch glauben, was er wollte. Sie hatte sich vor über einem Jahr von ihm getrennt und war ihm keinerlei Rechenschaft mehr schuldig.

»Ich weiß nicht, warum du gleich so aggressiv werden musst. Denkst du auch mal drüber nach, wie es mir damit geht? Der Dienst auf der Wasenwache macht mich krank. Ich bin psychisch angeschlagen, hab schon seit Tagen Durchfall.«

Aha, jetzt kam er also auf die Mitleidstour.

»Nicht so viel kaltes Bier trinken, das ist schlecht für die Verdauung.« Sie wusste selbst nicht, warum sie überhaupt mit ihm diskutierte. Wäre da nicht dieses Mutter-Teresa-Gen in ihr, hätte sie den Hörer schon längst aufgelegt.

»Hör auf mit diesen Witzen, das passt nicht zu dir.«

»Das war mein voller Ernst.« Wie kam ausgerechnet er dazu, beurteilen zu wollen, wann sie witzig war? Hannes erkannte einen Witz nicht mal, wenn er ihm ins Gesicht sprang und sich an seiner Nase festbiss. »Und was zu mir passt oder nicht, musst du schon mir überlassen. Gute Besserung. Und ruf mich nie wieder an! Nie wieder, hörst du?« Sie wartete keine Antwort ab, sondern knallte den Hörer auf, griff nach ihrem Rucksack und verließ ihr Büro. Noch während sie die Tür abschloss, hörte sie es drin erneut klingeln, doch sie kümmerte sich nicht darum. Sie sehnte sich jetzt ausschließlich nach ihrer Duschkabine und der halben Flasche Rotwein, die im Küchenschrank auf sie wartete.

*

Als Thea ihren Briefkasten öffnete, fiel ihr ein dicker Umschlag mit italienischer Marke entgegen. Die Posta Italiana war diesmal überraschend schnell gewesen. Auf Verdacht schlug sie auf den Lichtschalter, und es wurde tatsächlich hell im Treppenhaus. Irgendjemand hatte eine neue Birne eingeschraubt, vermutlich Frau Heimerdinger, die Vermieterin. Noch während sie die Stufen hinauflief, riss sie den Brief auf. Mehrere Farbfotos fielen ihr entgegen. Im fahlen Licht der Treppenhausbeleuchtung sah sie

sie durch. Das Haus ihrer Mutter mit den drei Zypressen. Sie selbst in der hässlichen neongrünen Fleecejacke mit einem Glas Chianti in der Hand und Sofia im Arm. Sofia mit strahlendem Lächeln, ihr dünnes Haar hatte sie unter einem breitkrempigen Hut versteckt, derselbe Hut, den sie damals auf dem Waldfriedhof bei Hausers Beerdigung getragen hatte. Auch das Kleid war dasselbe. Thea hatte nur noch eine vage Erinnerung an den Tag im August, aber diese Sachen hatten sich ihr eingeprägt. Selbst die Sonnenbrille fehlte nicht. Sie verdeckte die tiefen Furchen um Sofias Augen, denen man ansah, dass sie in ihrem Leben viel zu viel geweint hatten, und die sie älter scheinen ließen, als sie tatsächlich war.

Theas Augen verharrten auf dem Foto. Sie musste lächeln, und gleichzeitig merkte sie, wie sich eine Träne aus ihrem Augenwinkel löste. Wenige Minuten, bevor das Bild aufgenommen worden war, hatte Sofia von ihrem Vorhaben erzählt, sich der Polizei zu stellen. »Wenn ich schon sterben muss, dann mit reinem Gewissen.« Die Worte klangen wie ein Echo in Theas Ohren. Sie spürte wieder den Knoten in ihrem Bauch, genauso hatte sie sich in diesem Moment gefühlt. Als wären ihre Gefühle auf diesem Foto gespeichert und bei jedem Ansehen abrufbar.

Sie selbst schaute nicht direkt in die Kamera, sondern daran vorbei. Ihr Lächeln wirkte gequält. Wie schrecklich der Kontrast zwischen der grünen Fleecejacke und dem vollen Rotweinglas war! Ihr Haar dazu, in noch einem anderen Rotton, machte die optische Disharmonie komplett.

Mit einem lauten Klack ging das Treppenhauslicht aus. Thea schob die Fotos in ihre Tasche und tastete nach dem Lichtschalter, der in diesem alten Haus nicht mal mehr leuchtete. Schon während sie den Schlüssel im Schloss drehte, hörte sie Romeo drinnen maunzen. Der Knoten in ihrem Magen löste sich, und das Lächeln kehrte auf ihre Lippen zurück. Seit sie wusste, dass jemand auf sie wartete, wenn sie nach Hause kam, fühlte sie sich in ihrer kleinen Wohnung viel wohler.

Noch bevor sie ihre Jacke auszog, nahm sie eine Dose Katzenfutter aus dem Schrank und leerte sie in den Futternapf. Zufrieden beobachtete sie, wie der Kater sich darüber hermachte.

Eigentlich müsste sie auch etwas essen, aber die Ereignisse des Tages waren ihr auf den Magen geschlagen. Sie goss sich ein Glas Chianti ein und betrachtete noch einmal das Foto, auf dem sie mit Sofia zu sehen war. Das Telefon klingelte. Thea legte die Bilder auf der Anrichte ab und ging ran.

»Hallo, Theresa, ich bin's.« Im Hintergrund sang Angelo Branduardi das Lied vom alten Mann und dem Schmetterling. Die grünen Hügel der Crete tauchten vor Theas geistigem Auge auf und ihre Mutter, die in einem knöchellangen Baumwollkleid vor dem Panoramafenster ihres Wohnzimmers auf und ab ging, das schnurlose Telefon am Ohr.

»Hi! Ich habe gerade die Fotos aus dem Briefkasten genommen. Danke, die sind wirklich schön geworden, von meiner Jacke mal abgesehen.«

»Sofia hat sich heute gestellt.« Franziskas Stimme klang glasklar über die Entfernung von mehr als tausend Kilometern, beinahe als könnte sie sie berühren. »Ich konnte sie nicht daran hindern, und offen gestanden finde ich, dass wir ihre Entscheidung akzeptieren müssen.«

Sie hatte es also tatsächlich getan. Einen Augenblick lang überlegte Thea, welche Konsequenzen das für sie haben würde. Todsicher würde die Stuttgarter Polizei verständigt werden. Übelkeit stieg in ihr auf.

»Wird sie ins Gefängnis kommen?«, fragte Thea.

»Das ist noch nicht ganz klar. Ausliefern werden sie sie wohl nicht, schließlich ist sie schwer krank. Im Moment gehen wir davon aus, dass Sofia in ein Justizvollzugskrankenhaus kommt. Vielleicht erlebt sie ihren Prozess gar nicht mehr.« Franziska klang jetzt belegt, als würde sie mit Tränen kämpfen, und Thea wurde klar, dass ihre Mutter in Italien außer Sofia niemanden hatte, der ihr wirklich nahe stand. Sie war im Begriff, ihre beste Freundin zu verlieren, entweder an den Tod oder an eine Haftanstalt. Egal, wie es auch kam, für Franziska musste eine Welt zusammenbrechen.

Thea versuchte sich auszumalen, wie sie sich fühlen würde, wenn Karolin etwas zustieße. Ihr Magen rebellierte bei dem Gedanken. Man kann ohne Kinder leben, auch ohne Partner. Aber ganz ohne Freunde? Unvorstellbar! Ihr fiel ein, wie sehnsüchtig sie ihre Freundin zurückerwartet hatte, als sie im Winter für zwei Wochen mit Bastian in der Schweiz zum Skilaufen gewesen war. Sie dachte an Tom Hanks als Schiffbrüchiger in »Castaway«, der sich auf seiner Insel einen Freund namens Wilson aus einem Volleyball gebastelt hatte und fast wahnsinnig geworden war, als der Wind ihn unwiederbringlich ins Meer getrieben hatte. Und sie kam zu dem Schluss, dass sie sich intensiver um ihre Mutter würde kümmern müssen, wenn Sofia sterben würde. Das würde schwierig werden, so viel war klar.

»Es tut mir leid«, war alles, was Thea sagen konnte. »Es tut mir so leid.«

»Ich weiß, Theresa«, antwortete Franziska. »Ich möchte dir nur dringend raten, es deinem Kollegen zu erzählen, bevor er es von den italienischen Behörden erfährt. Die Mühlen des Gesetzes mahlen hier zwar langsamer als bei euch. Aber du sitzt auf einem Pulverfass. Es kann gut sein, dass Stuttgart diese Woche noch Bescheid bekommt.«

Nachdem Thea aufgelegt hatte, setzte sie sich mit ihrem Rotweinglas ins Wohnzimmer und überlegte, was sie jetzt tun sollte. Entweder sie sagte es Messmer, oder sie sagte es ihm nicht und riskierte, dass er von den italienischen Justizbehörden informiert wurde. Natürlich gab es eine kleine Chance, dass sie damit durchkam, wenn sie behauptete, keine Ahnung gehabt zu haben. Aber würde er ihr wirklich glauben, dass sie Sofia bereits an Weihnachten wiedergetroffen, sie aber nicht mit der unbekannten Person bei Hausers Beerdigung im Sommer in Verbindung gebracht hatte? Würde sie wirklich so gut schauspielern können? Würde sie fähig sein, den Schock vorzutäuschen, wenn sie »erfuhr«, dass die beste Freundin ihrer Mutter die zwei Morde im letzten Jahr begangen hatte, die nie aufgeklärt worden waren? Wenn sie das schaffen sollte, würde sie bestimmt für den Oscar nominiert werden.

Klüger wäre es sicher, ihm vorher reinen Wein einzuschenken. Sie könnte vortäuschen, erst jetzt, an Ostern, davon erfahren zu haben. Ja, das wäre wahrscheinlich am besten.

Sofia hatte über den Tod gesprochen wie über einen guten alten Freund, der sie demnächst besuchen kommen würde. Sie schien von allen Beteiligten tatsächlich am gelassensten damit umzugehen. War es möglich, dass der Tod für den Sterbenden gar nichts Schreckliches war und nur die Hinterbliebenen ihn als Feind betrachteten, gegen den man mit allen Mitteln ankämpfen musste? Und warum konnte man nicht akzeptieren, dass jeder früher oder später sterben musste? Warum war der Tod solch ein Tabuthema, mit dem man nicht souverän umgehen konnte? Thea dachte an die Menschen in östlichen Kulturen, die den Tod einfach als den Übergang in eine andere Daseinsform betrachteten. Wer in der irdischen Dimension starb, wurde schließlich im Totenreich neu geboren. Vielleicht fand das wirkliche Leben ja sogar da drüben statt, und das Leben hier auf der Erde war nur ein Traum, der zu nichts anderem diente, als über Umwege Erfahrungen zu sammeln, sich bewusst zu werden, wer man eigentlich war. Sicher lebte es sich auf der anderen Seite des Schleiers viel leichter, ohne den ungelenken, schweren Körper, den man hier zurücklassen durfte, wenn man starb. Thea schenkte sich Wein nach und sinnierte über das Thema, bis sie sicher war, dass der Tod nichts Schlimmes, sondern sogar etwas Schönes war, wenn man ihn aus dem richtigen Blickwinkel betrachtete. Dennoch wollte ihre Traurigkeit nicht ganz verschwinden.

Sie saß noch lange auf dem Sofa und starrte ihr Rotweinglas an. Der Kater hatte sich inzwischen auf ihrem Schoß zusammengerollt und schnurrte leise und behaglich.

Der Tod ist mehr, als wir mit unserem menschlichen Verstand begreifen können, dachte Thea. Vielleicht macht er uns deshalb so viel Angst. Alles, was wir nicht verstehen, versetzt uns in Panik.

Sie streichelte Romeo, bis er einschlief, und genoss es, das warme, pulsierende Leben unter ihren Händen zu spüren. Dann trug sie ihn hinüber ins Schlafzimmer und legte ihn neben sich ins Bett.

Eine Stunde später starrte sie noch immer in die Dunkelheit und wartete auf den Schlaf, der sich nicht einstellen wollte. Sie dachte an Messmer, und seine Worte »Es könnte doch funktionieren«

spielten sich wie eine Endlosschleife in ihrem Kopf ab. Ja, es könnte funktionieren, wenn sie ehrlich zu ihm sein könnte und wenn er sie verstehen würde. Wenn er bereit wäre, ihr Geheimnis mitzutragen. Aber das wäre wirklich ziemlich viel verlangt. Eine zu große Bürde für eine dauerhafte Beziehung. Viel zu riskant.

Dennoch schweiften ihre Gedanken immer wieder zu dem Nachmittag auf dem Wasen zurück, an das Gefühl ihrer Hand in seiner Armbeuge und zu dem Augenblick, als er ihr das Lebkuchenherz um den Hals gehängt hatte. Ihre Hand wanderte über ihren Körper, während ihr schmerzhaft bewusst wurde, wie sie sich nach seiner Berührung sehnte, die es niemals geben durfte.

Nur noch wenige Tage, und es könnte alles vorbei sein. Das bittersüße Gefühl, das sie sich ab und zu gönnte, die Möglichkeit durchzuspielen, mit ihm zusammen sein zu dürfen. Wenn erst die Nachricht aus Italien kam, dass die Mörderin im Fall Hauser sich gestellt hatte, und ihm langsam dämmern würde, um wen es sich dabei handelte, würden statt ihrer Träumereien, denen sie sich gerade wieder hingab, nur noch Schmerz und Enttäuschung übrig bleiben. Sie hatte Angst vor diesem Augenblick, Angst, dass er ihre Beweggründe nicht würde verstehen können. Doch es gab keine Möglichkeit, dem auszuweichen. Egal ob sie es ihm vorher sagte oder ob er es über den Dienstweg erfuhr, es war und blieb unverzeihlich.

Du wirst ihn nicht bekommen. Mach es dir klar und glaub endlich dran. Nicht nur im Kopf, sondern auch im Bauch und wo auch immer er dir ständig rumgeistert. Du kannst ihn nicht haben, du kannst ihn nicht haben, du kannst ihn nicht haben … Wie ein Mantra wiederholte sie die Worte in ihren Gedanken, bis sie leer und bedeutungslos waren und ihr Inneres nicht mehr erreichten.

Thea warf sich vom Rücken auf den Bauch und presste ihr heißes Gesicht in das Kissen. Sie versuchte, das Ziehen in ihrem Unterleib zu ignorieren und die verbotenen Fantasien beiseitezuschieben. Sie würde es ihm sagen müssen, bevor er es durch jemand anders erfuhr. Gleich morgen, sobald sich eine günstige Gelegenheit ergab.

Thea versuchte, gleichmäßig zu atmen, um Ruhe zu finden und dabei Messmers Bild aus ihrem Kopf zu verdrängen. Allmählich glitt sie hinüber in das Reich zwischen wachen und schlafen, in dem die Konturen der Wirklichkeit verwischen.

Das Letzte, was sie hörte, bevor sie einschlief, war der Wecker unter ihrem Kopfkissen, der wie eine Zeitbombe tickte.

MITTWOCH

Die weißen Fassaden vor dem tiefblauen Himmel erinnerten Thea von Weitem an die Postkarte, die Karolin ihr letzten Sommer aus Kreta geschickt hatte, als sie mit Bastian dort im Urlaub gewesen war. Doch als sie näher kamen und aus dem Auto stiegen, sah sie deutlich den Unterschied. Die Weißenhofsiedlung auf dem Killesberg war 1927 im Zuge des Neuen Bauens entstanden. Man hatte Wohnhäuser für Familien in kleinen und mittleren Verhältnissen schaffen wollen, für die in Stuttgart der größte Wohnungsbedarf bestand. Der kubischen Architektur der Gebäude sah man deutlich den unbeugsamen Willen an, den Jugendstil zu überwinden. Statt in den verschnörkelten Ornamenten der Jahrhundertwende zu schwelgen, beschränkte sich die Baukunst der Moderne auf geradlinige Formen und flache Dächer, und Thea dachte einmal mehr wehmütig daran, dass mit Beginn der Neuzeit offenbar nicht nur die Malerei an Originalität und Detailreichtum verloren hatte, sondern auch in der Baukunst die Schönheit der Funktionstüchtigkeit gewichen war.

Steffen Mundlinger wohnte in einem einstöckigen Flachbau, den man am besten mit Adolf Loos' Leitspruch beschreiben konnte: »Ornamentlosigkeit ist ein Zeichen geistiger Kraft.« Ich hoffe, das gilt auch für die Bewohner, dachte Thea nur, als sie auf den Klingelknopf drückte, auf dem außer »Mundlinger« auch noch »Hirschhorn« stand. Vermutlich lebte er mit seiner Freundin zusammen. Während sie warteten, atmete sie den Duft eines Fliederbuschs ein, der mit seinen violetten Dolden einen wohltuenden Farbtupfer in das ansonsten komplett weiße Ambiente brachte.

Na ja, ich hatte zumindest Körperkraft erwartet, war ihr erster Gedanke, als ein kleiner schmächtiger Kerl die Tür öffnete, der sie unwillkürlich an ein Frettchen denken ließ. Gideon, der Zertrümmerer, hatte rattenfarbenes Haar, hellgraue Augen und farblose Wimpern. Thea konnte nachvollziehen, dass ein so unauffälliger Mensch großen Wert auf Kleidung legte, die ihn aufwerten konnte; wahrscheinlich hatte er deshalb so überreagiert, als Genna ihm das Hemd zerschnitten hatte.

»Sie sehen gar nicht wie Polizisten aus«, sagte er anstelle einer Begrüßung. »Könnte ich Ihre Papiere sehen?«

»Die Kripo trägt keine Uniform.« Messmer zog sichtlich genervt seinen Dienstausweis aus der Brieftasche und hielt ihn Mundlinger vor die platte Nase. Dann drehte er ihm mit einem gekonnten Hüftschwung die rechte Flanke zu, damit er die Waffe an seinem Gürtel sehen konnte. »Können wir jetzt reinkommen?«

»Ja, sicher. Aber warum tragen Sie eigentlich immer diese Knarre bei sich, sogar wenn Sie zu einer Zeugenvernehmung fahren?«

»Falls wir zwischendurch an einen Tatort gerufen werden, und das Opfer ist noch nicht ganz tot«, entgegnete Messmer trocken.

Mundlinger klappte die Kinnlade herunter. Als er endlich begriff, dass er verarscht worden war, drehte er sich abrupt um und ging in die Wohnung voran.

»Ich bin allein zu Hause. Meine Mutter ist beim Arzt, und mein Stiefvater arbeitet.«

Also doch keine Freundin, dachte Thea. Nachdem sie Mundlinger nun kennengelernt hatte, wunderte es sie nicht sonderlich, dass er noch immer bei seinen Eltern wohnte. »Wir wollen ohnehin mit Ihnen allein reden«, sagte sie und folgte dem Mann, der in seinem anderen Leben Gideon hieß, ins Haus.

»Herr Mundlinger, Sie haben sicher schon vom Tod Ihrer Rollenspielkollegin gehört«, begann Thea, hielt aber augenblicklich schockiert inne, als sie das Wohnzimmer betrat, das so ganz anders aussah als die Wohnhöhle von Griegerle. Die Wände waren genauso weiß gestrichen wie die Außenmauer des Hauses, aber an jeder Wand, ausgenommen an derjenigen, an der ebenso weiße kubistische Schränke standen, hingen metergroße abstrakte Gemälde, die an Farbenfreude und Hässlichkeit nicht zu übertreffen waren.

»Also, wir kommen wegen Jennifer Fagel, die Sie sicherlich als Genna kannten«, startete Thea einen neuen Versuch und gab sich Mühe, Mundlinger ins Auge zu fassen, doch das neongrüne Dingsbums auf der Leinwand hinter ihm, bei dem ihr unerklärlicherweise ein Phallussymbol in den Sinn kam, lenkte sie immer wieder ab.

Mundlinger war ihrer Blickrichtung gefolgt. »Provokant, nicht wahr? Besonders gut sind mir die Brüste gelungen, finde ich.« Er wies auf zwei riesige grellbunte Bälle, die Thea an die beiden Kugelbehälter vom Gaswerk Gaisburg erinnerten. »Ja, von Krohn hat mich angerufen und es mir erzählt.« Er goss sich ein Bier ein, machte aber keine Anstalten, seinen Gästen etwas anzubieten. Stattdessen wandte er sich an Messmer. »Gefallen Ihnen die Bilder?«

»Sehr nett«, sagte Messmer. »Uns wurde durch mehrere Zeugen berichtet, dass Sie mit Genna häufiger aneinandergeraten sein sollen. Offenbar hatten Sie nicht die freundschaftlichste Beziehung, mal vorsichtig ausgedrückt. Kann man das so sagen?«

»Ich hab sie gemalt. Alle.« Mundlinger verzog keine Miene. »Ich denke schon, dass man das so sagen kann, aber es ist ja auch nicht zwingend nötig, und davon abgesehen auch völlig unmöglich, mit allen Menschen gut Freund zu sein, oder? Wie finden Sie übrigens diese Darstellung von Mutter und Kind?« Er zeigte auf ein Aquarell über dem Esstisch, auf dem zwei Farbkleckse scheinbar unmotiviert ineinanderflossen. »Das ist abstrakter Expressionismus in reinster Form!«

Okay, er will über seine Bilder reden, dachte Thea resigniert. Handeln wir zuerst diesen Punkt ab, dann können wir in Ruhe zum eigentlichen Thema übergehen.

»Ich bin nicht sehr bewandert in moderner Kunst«, gab sie zu. »Aber das da drüben sieht wirklich interessant aus.« Sie wies todesmutig auf ein Acrylbild mit komplett schwarzem Hintergrund, über dessen oberes Drittel ein schiefer roter Balken gezogen war, von dem unterschiedlich lange Farbnasen herunterliefen.

»Dass gerade Sie das sagen, als Kriminalpolizistin!«, rief Mundlinger erfreut aus. »Sie sehen intuitiv das grelle Blut, das Ihnen aus der Finsternis entgegenrinnt. Mein Therapeut würde das ›Freie Assoziation‹ nennen.«

Sein Therapeut, ach ja, dachte Thea. Ich hätte es wissen müssen. »Sie meinen, die Bluttat schreit aus dem Dunkel der Unwissenheit nach Aufklärung?«, fragte sie, Begeisterung heuchelnd.

»Sie sind sehr begabt«, stimmte Mundlinger zu. »Die abstrakte Kunst wird nicht von vielen verstanden. Freut mich, dass es Ihnen gefällt.«

Messmer hatte sich abgewandt und tat so, als massiere er sich die Schläfen. Doch Thea kannte ihn lange genug, um das leichte Zucken seiner Mundwinkel zu bemerken.

»Wir sind eigentlich nicht gekommen, um über Kunst zu reden, was auch immer man darunter verstehen mag«, mischte er sich jetzt in die pseudointellektuelle Diskussion. »Wir wollten Sie nach Ihrem Verhältnis zu Genna befragen, das ja offensichtlich nicht besonders gut war. So weit waren wir schon mal gekommen.«

»Wie ich bereits sagte, zu meinen besten Freunden gehörte sie nicht. Aber ich verstehe trotzdem nicht, warum Sie mich deswegen so ausquetschen müssen. Sie kannte doch haufenweise Leute, die enger mit ihr vertraut waren als ich!«

»Da haben Sie sicher recht«, stimmte ihm Thea zu und fragte sich, ob dieser Mann überhaupt beste Freunde hatte. »Kompliziert wird es nur, wenn jemand getötet wurde. Dann konzentriert sich die Polizei nun mal zuerst auf die Personen im Umfeld des Opfers, die nicht so gut mit ihm zurechtkamen.«

»Sie hat mir meine Klamotten ruiniert, und das vorsätzlich«, sagte Mundlinger trotzig. Ihm war anzusehen, wie sehr ihm der Themawechsel von der Kunst hin zum Mord missfiel. »Das ist sicher keine gute Basis für eine Freundschaft. Aber auch noch lange kein Grund, jemanden umzubringen.«

»Ist es denn ein Grund, jemanden zu schänden?«, fragte Thea.

»Schänden?« Mundlinger lachte spöttisch. »Sie meinen diese Bagatelle, als ich sie in ihrer Hütte überfallen habe? Mein Gott, das war ein Spiel!« Er trank einen Schluck Bier und wischte sich den Schaum vom Mund.

»Aus Spiel wird manchmal sehr schnell Ernst«, sagte Messmer trocken.

»Hören Sie, ich weiß sehr gut, wo das Spiel endet und der Ernst anfängt. In diesem Fall waren wir mitten im Spiel. Die Spielleitung hat da völlig überreagiert.« Er spuckte das Wort »Spielleitung« so angeekelt aus, dass Thea deutlich merkte, wie er zu Autoritäten stand.

»Denen muss es wohl ziemlich naturgetreu rübergekommen sein«, grinste Messmer. »Ist ja nicht so, dass ich Sie nicht verstehen könnte, Genna war eine attraktive Frau.«

»Und attraktive Frauen muss man töten, um sie zu besitzen, wollen Sie darauf hinaus?« Mundlinger wurde allmählich ungehalten.

»Wenn Sie das sagen, ist ja vielleicht was dran«, gab Messmer zurück. »Was haben Sie denn in der Nacht vom letzten Freitag auf Samstag gemacht? Speziell rund um Mitternacht?«

»Ich war hier zu Hause und habe mir die Comedy auf Sat.1 angeschaut.«

»Kann das jemand bezeugen?«

»Nein, meine Eltern waren an dem Abend im Kino und anschließend noch was trinken. Als sie nach Hause kamen, habe ich schon geschlafen.«

»Das ist allerdings ungünstig für Sie«, sagte Messmer. »Es sei denn, Ihre Mutter hat nachts noch mal bei Ihnen reingeschaut und Sie ordentlich zugedeckt.«

»Hören Sie, ich bin kein Baby mehr!«, rief Mundlinger aufgebracht. »Und ich habe keine Ahnung, wie Sie darauf kommen, dass ich Genna getötet haben soll. Sie suchen am falschen Ende.«

»Und wo wäre Ihrer Meinung nach das richtige Ende?«, fragte Thea.

Mundlinger lächelte süffisant und legte eine spannungsgeladene Kunstpause ein. »Wie wär's denn, wenn Sie mal diesen Keulenschwinger mit dem Rauschebart unter die Lupe nehmen?«, sagte er schließlich.

»Sie meinen Griegerle?«, fragte Messmer.

Mundlinger grinste. »Sie begreifen schnell. Und in diesem Zusammenhang sehen Sie sich auch unbedingt die Patientenkartei des Dr. Fagel an.«

»Warum sollten wir das tun?«, fragte Thea, die es allmählich leid war, diesem Wichtigtuer jedes Wort aus der Nase ziehen zu müssen. »Ist Griegerle vielleicht Patient bei ihm?«

»Er selber nicht, aber eine Sonja Helland bestimmt.«

»Könnten Sie mal etwas deutlicher werden?« Thea konnte ihre Gereiztheit allmählich nicht mehr unterdrücken.

»Sonja war seine Freundin. Ich weiß nur, dass Griegerle stinksauer auf diesen Doktor war.« Mundlinger verdrehte die Augen zur Zimmerdecke und seufzte, bevor er weitersprach. »Er hat nie Genaueres erzählt. Aber ich habe gehört, dass sie an Krebs gestorben ist. Wahrscheinlich gibt er dem Arzt die Schuld daran.«

»Jetzt aber raus mit der Sprache«, befahl Messmer. »Wenn Sie uns nicht alles sagen, was Sie wissen, können wir Sie wegen mutwilliger Behinderung der Ermittlungen verklagen.«

»Ich weiß wirklich nicht mehr! Fragen Sie Griegerle doch selbst.« Mundlinger nahm ein Feuerzeug vom Tisch und ließ es ein paarmal auf- und zuschnappen. »Man steckt das Kleid einer Mitspielerin schließlich nicht grundlos in Brand.«

*

»Ist in diesem Ermittlungsverfahren schon mal der Name Helland aufgetaucht?«, fragte Messmer, kaum dass er das Büro seines Chefs betreten hatte. Thea schlüpfte hinter ihm rein und zog die Tür hinter sich zu.

Joost legte sein Zigarillo im Aschenbecher ab und drehte das Radio leiser, in dem die Nixe Rusalka gerade den Mond ansang. Seitdem sie im Winter den Mord an einer Musikstudentin bearbeitet hatten, hatte er sein Faible für Opern entdeckt.

»Nein«, antwortete er. »Warum fragst du?«

»Mundlinger meinte, dass Griegerle, das ist der Gruftie-Typ mit den Kerzen in der Wohnung, der wie Fred Feuerstein haust, eine Freundin namens Sonja Helland hatte, die Patientin beim Vater der Toten gewesen sein muss.«

»Aha, und gibt es Verdachtsmomente gegen Griegerle?«

»Na ja, er hat immerhin das Kleid des Opfers in Brand gesteckt. Er behauptet zwar, es sei aus Versehen passiert, und hat ihr auch ein neues besorgt, aber Mundlinger sagt, Griegerle sei sauer auf Jennifers Vater, weil diese Sonja angeblich an Krebs gestorben sei. Vielleicht gibt er dem Arzt die Schuld.«

»Fragt Griegerle danach«, schlug Joost vor. »Ist doch seltsam, dass er nicht selbst damit rauskam. Schließlich habt ihr ihn zu der Sache schon befragt.«

»Das wird unser nächster Weg sein«, sagte Messmer. »Komm, Kollegin, hol das Buschmesser und setz deine Nachtsichtbrille auf. Wir gehen in die Höhle des Neandertalers.«

Griegerle hatte seine Vorhänge zum Waschen abgenommen, und sein Wohnzimmer sah bei Tageslicht noch chaotischer aus als im Halbdunkel. Der Boden war von Styroporflocken und silbernen Farbklecksen übersät, und inmitten der Unordnung lag ein gewaltiger Schild mit dem Zeichen der Kreuzritter.

»Sie basteln wieder?«, fragte Thea, obwohl das offensichtlich war, aber sie suchte einen unverfänglichen Einstieg in ihr Gespräch.

»Ja, das Ding muss zum Wochenende fertig sein. Dann steigt ein LARP hier in Stuttgart, im Wald von Schloss Solitude. Logo, dass ich dabei bin.«

Thea nickte. Sie erinnerte sich an den Kassenzettel, den sie in Gennas Jackentasche gefunden hatte: »LARP am 21.04.«

»Mein Sohn ist Feuer und Flamme seit ich ihm von diesen Rollenspielen erzählt habe«, sagte Messmer. »Der würde zu gern mal bei so etwas zusehen. Kann man da eigentlich auch als Zuschauer vorbeikommen?«

Griegerle fegte mit einem Reisigbesen die Styroporreste in einer Zimmerecke zusammen und richtete sich auf. »Zuschauer haben wir eigentlich nicht so gerne. Aber er könnte als ›Non Play Character‹ teilnehmen, da mischt man sich einfach unters Volk und muss nicht viel tun, einfach mitlaufen. Am besten, Sie fragen mal von Krohn, ich kann das nicht entscheiden.«

»Das werde ich tun.« Messmer nahm wieder auf dem erlegten Bären Platz und schlug die Beine übereinander. »Wir würden uns gerne noch mal mit Ihnen unterhalten.«

»Hab ich mir schon gedacht«, meinte Griegerle. »Allerdings

hab ich keinen blassen Schimmer, worum es gehen soll. Hab doch alles gesagt, was ich weiß.«

»Ja, aber Sie haben uns nicht die Wahrheit gesagt.« Thea warf einen kurzen Blick auf den hölzernen Schemel, auf dem sie das letzte Mal gesessen hatte, und entschied sich, stehen zu bleiben. »Sie werden doch einsehen, dass Sie das verdächtig macht. Es sei denn, Sie haben eine gute Erklärung für uns.«

»Wieso hab ich Ihnen nicht die Wahrheit gesagt?« Man konnte Griegerles Gesicht hinter dem üppigen Bartwuchs nicht gut erkennen, aber Thea meinte zu sehen, dass er errötete.

»Das würden wir gerne von Ihnen erfahren. Sie haben behauptet, Gennas Adresse nicht zu kennen, wieso haben Sie das vorgetäuscht?«

Griegerle schwieg verwirrt.

»Warum haben Sie uns angelogen?«, fragte Thea noch einmal lauter. »Sie wussten genau, wo Jennifer Fagel wohnt, schließlich war Ihre Freundin bei ihrem Vater in Behandlung.«

»Ja, ich wusste es«, gab Griegerle zu. »Aber mir war klar, dass Sie mich verdächtigen, wenn ich zugebe, dass ich ein Problem mit ihrem alten Herrn habe.«

»Und deshalb haben Sie ihr das Kleid beim LARP gegeben. Sie wollten vermeiden, bei ihr zu Hause aufzutauchen, um dem Vater nicht in die Arme zu laufen?«

»Genau so ist es. Hören Sie, hier ist ein Mord passiert. Ist es nicht mein gutes Recht, dass ich Fakten verschweige, die mich selbst in Verdacht bringen könnten? Das sagen Sie doch dauernd in Ihren Zeugenbelehrungen!«

Thea unterdrückte ein Lächeln. Jetzt spielte er den Naiven. »Da haben Sie etwas falsch verstanden«, erklärte sie. »Sie dürfen die Antwort auf Fragen verweigern, durch die Sie sich selbst belasten würden. Aber Sie dürfen uns nicht wissentlich belügen. Da gibt es einen kleinen, aber feinen Unterschied.«

Griegerle schwieg. Ihm schienen die Argumente ausgegangen zu sein.

»Herr Griegerle, Ihre Freundin war Patientin bei Dr. Fagel. Und sie ist gestorben. Das bringt Sie emotional in Verbindung mit der Familie. Dann stecken Sie das Kleid von Jennifer Fagel in Brand …«

»Das war nicht mit Absicht, wie oft wollen Sie das denn noch hören?« Griegerle war aufgesprungen und streckte Messmer die geballten Fäuste entgegen.

»Langsam, Freundchen.« Messmer drückte den Hünen mit sanfter Gewalt auf seinen Stuhl zurück. »Man tut manchmal etwas Unüberlegtes, wenn die Emotionen überkochen, wie wir gerade wieder gesehen haben.«

Griegerle grunzte und ließ die Arme hängen.

»Erzählen Sie uns von Sonja Helland«, schwenkte Thea auf das nächste Thema um.

Als er den Namen hörte, fuhr Griegerles Kopf nach oben. »Sie ist tot«, sagte er fast tonlos.

Thea wagte sich noch ein Stück weiter nach vorn. »Sie ist an Krebs gestorben, nicht wahr?« Sie beobachtete, wie Griegerle den Blick abwandte. Ganz flüchtig hatte sie gesehen, dass seine Augen glänzten. Er griff sich eine Packung Zigarettenpapier von seinem Baumstammtisch, zog ein Blatt heraus und begann, es in kleine Schnipsel zu zerreißen.

»Was fragen Sie denn, wenn Sie schon alles wissen?« Er fegte die Schnipsel in die hohle Hand und ließ sie in den Aschenbecher mit den fauchenden Drachen rieseln. »Genna hat sie zu ihrem Vater vermittelt. Vorher war Sonja bei so einem Krebsdoktor, wo sie eine Chemotherapie kriegte. Der Teufel wollte es, dass Genna bei dem Arzt gearbeitet hat. Sie hat ja gesehen, wie dreckig es Sonja durch die Chemo ging. Und dann hat sie ihr diesen Floh ins Ohr gesetzt ...« Er verstummte.

Thea war hellhörig geworden. »Wie heißt denn der Arzt, bei dem Genna arbeitete?«

»Salzinger«, sagte Griegerle tonlos. »Dr. Salzinger praktiziert irgendwo im Stuttgarter Westen, ich weiß die Anschrift nicht.«

»Was konnte Ihre Freundin denn so leicht überzeugen, ihren Arzt zu wechseln?«, fragte Messmer.

»Na ja, es ging ihr ziemlich beschissen durch die Chemo.« Griegerle strich sich mit dem Handrücken über die Augen. »So richtige Fortschritte waren da nicht zu merken. Sie war ein bisschen wehleidig, wohl auch zu Salzinger. Einmal muss er mächtig genervt gewesen sein und sie angemacht haben, sie soll sich nicht so haben. Na ja, das hält einen als Patientin nicht unbedingt bei der Stange.« Er schniefte, nahm ein neues Papier und drehte sich eine Zigarette.

»Und dann?«, half Thea nach.

»Dann ist ihr Vater zu Salzinger in die Praxis gegangen und hat ihm eine draufgezimmert.« Griegerle grinste, als er den Tabak in seiner Selbstgedrehten festklopfte.

»Draufgezimmert?«, hakte Messmer nach. »Das ist ein weitläufiger Begriff.«

»Er ist in sein Sprechzimmer gegangen und hat ihm wortlos einen Kinnhaken verpasst. So hat es mir zumindest Sonja erzählt. Ich glaube, Salzinger hat ihn daraufhin angezeigt. Sie müssten den Vorgang doch bearbeitet haben?«

»Solche Sachen bearbeiten die Polizeireviere. Bei unserem Dezernat fängt es erst mit gefährlicher Körperverletzung an«, erklärte Messmer. »Aber wir werden uns mal kundig machen.«

»Tun Sie das.« Griegerle steckte sich seine Zigarette an und nahm einen tiefen Lungenzug. »Dieser Salzinger hat Sonja die Entscheidung, den Arzt zu wechseln, nicht schwer gemacht. Und Fagel meinte wohl, es ginge auch ohne Chemo. Klar, dass ihr das imponiert hat.«

Thea versuchte, das Gehörte zusammenzufassen.

»Sie glauben also, Dr. Fagel hat den Tod Ihrer Freundin zu verantworten. Und Genna ist an allem schuld, weil Sonja ohne sie niemals an Dr. Fagel geraten wäre. Vielleicht könnte sie heute noch leben, wenn sie die Chemo bei Dr. Salzinger fortgesetzt hätte? Wenn Genna nicht dazwischengekommen wäre?«

Griegerle seufzte tief. »Ich war es nicht, verdammt noch mal! Und das mit dem Kleid war keine Absicht. Wir wurden zu einem Verwundeten gerufen. Es war gegen Abend und schon dunkel im Wald. Genna lief voran und ich mit der Fackel hinterher. Ich muss über eine Baumwurzel gestolpert sein, jedenfalls fiel ich nach vorn und kam mit der Fackel an ihr Kleid. So war es und nicht anders.«

»Läuft der Fackelträger, der den Weg ausleuchten soll, nicht normalerweise vorneweg?«, fragte Thea.

Griegerle geriet sichtlich ins Straucheln. »Keine Ahnung«,

blaffte er. »In diesem Fall war sie schneller als ich. Sie ist jedenfalls vorneweg gegangen. Verdammt, Sie wollen aber auch alles ganz genau wissen! Wie soll ich mich nach so langer Zeit noch an jede Einzelheit erinnern können?«

»Ich würde mich an Ihrer Stelle ein bisschen mehr bemühen, was das Erinnern betrifft«, riet ihm Messmer. »Sie schrammen hier haarscharf am Beschuldigtenstatus vorbei.«

Griegerle lehnte sich zurück und kratzte seinen Bart. Er schien zu überlegen. »In Ordnung, schön, dass Sie mich drauf hinweisen«, sagte er schließlich. »Beenden wir dann das Gespräch mal lieber. Wenn Sie noch was von mir wissen wollen, dann nur über meinen Anwalt. Wiedersehen.«

»Der Kerl hat nicht mal elektrischen Strom, meinst du wirklich, dass er einen Anwalt hat?«, fragte Thea, als sie zum Auto gingen.

»Auf jeden Fall war das ein völlig falscher Schachzug von mir. Ich hätte es wissen müssen«, grämte sich Messmer. »Natürlich hat er recht, er muss nichts sagen, was ihn in Gefahr einer Strafverfolgung bringen könnte. Was ihn natürlich höchst verdächtig macht. Wenn wir doch nur mehr aus Mundlinger herausbekommen hätten!«

»Meinst du, dieser Zertrümmerer weiß wirklich nichts weiter als das, was er uns gesagt hat?« Thea war sich da gar nicht so sicher.

»Der weiß garantiert mehr, als er uns gesagt hat«, erwiderte Messmer. »Aber da muss etwas dahinterstecken, worüber man nicht gerne redet, schon gar nicht gegenüber der Polizei. Na ja, fragen wir am besten den Doktor selbst. Und das so schnell wie möglich.«

*

Das weiße Praxisschild neben der Gartentür war unauffällig. »Elrich Fagel, Arzt für Allgemeinmedizin und Naturheilverfahren« war in schwarzen Buchstaben darauf eingraviert, daneben ein goldener Äskulapstab. Den Sprechzeiten nach zu urteilen, musste er an fünf Vormittagen und zwei Nachmittagen in der

Woche arbeiten. Und nach Vereinbarung, was immer das auch heißen mochte.

»Im Normalfall hat er jetzt Sprechstunde. Die Praxis ist sicher im Erdgeschoss, und oben drüber sind die Wohnräume.« Thea reckte sich und spähte zu dem dreigeschossigen Haus am Ende eines gepflegten Gartens, für den offensichtlich ein Gärtner gut bezahlt wurde. Die Buchsbaumhecken waren akkurat geschnitten, und in den englischen Rasen war ein Gartenteich eingelassen. An einem Pavillon, der neben einem gemauerten Grill wie ein kleines Schlösschen in den Himmel ragte, hing noch eine bunte Lichterkette, die vermutlich von der letzten Gartenparty übrig geblieben war. Daneben schaukelte ein verblichener Papierlampion im Wind.

Messmer drückte die gusseiserne Klinke der Gartentür hinunter. Es war abgeschlossen. Ungewöhnlich für einen Arbeitstag, an dem man Patienten erwartete. Er schwang sich über das niedrige Tor ungeachtet der angemessenen Kleidung, wie sein Chef sie nannte, die aus einem dezent gestreiften Oberhemd und seiner besten Jeans bestand. Er hasste Anzughosen und besaß nichts außer Jeans; diese hier war zumindest nicht durchgeschossen. Aus der Hosentasche hing eine dunkelblaue Krawatte, von der er immer vorgab, sie anzulegen, bevor er den Angehörigen Todesnachrichten überbrachte. Tatsächlich tat er es nie. Er hatte Thea einmal erklärt, dass er authentisch wirken musste, wenn er Verwandten eines Mordopfers gegenübertrat, feinfühlig, souverän und gleichzeitig selbstsicher. Das war ihm mit einer Krawatte, die aus ihm jemanden machte, der er nicht war, einfach unmöglich.

»Warte hier«, sagte er zu Thea. »Ich schau mir das Haus an und versuch es noch mal an der Haustür. Vielleicht ist die Klingel hier draußen defekt.«

Thea sah ihm nach, wie er über die sichtlich teuren Steinfliesen zur Villa lief. Im Nachbargarten kläffte ein Hund, wahrscheinlich derselbe, der Kümmerle gestern in die Flucht geschlagen hatte. Sie beobachtete Messmer, der eben zum zweiten Mal klingelte, und schaute sich den überquellenden Briefkasten an, der für eine längere Abwesenheit des Hausbesitzers sprach.

Du schleichst da ganz umsonst ums Haus, dachte sie, als sie sah, wie Messmer versuchte, in die unteren Fenster hineinzuspähen. Der Doktor treibt sich sonst wo rum, zu Hause ist er jedenfalls nicht. Sie sah sich auf der menschenleeren Straße um. Es war so still, dass sie die Amseln hören konnte, die in den Zweigen der Eichen auf der anderen Straßenseite herumhüpften. Ein Eichhörnchen rannte an einem Baumstamm hinauf und verschwand hinter einem dicken Ast, als Messmer zurückkam.

»Niemand da.« Er schwang sich über die Gartentür auf den Gehweg zurück, wobei er mit der Gesäßtasche an einem Eisenstab der Tür hängen blieb. Das reißende Geräusch verhieß nichts Gutes. »So viel zu meiner Todesnachrichtüberbringerhose.« Er fluchte und befühlte den Schaden.

»Es ist nur die Naht«, tröstete ihn Thea. »Ich hab Nadel und Zwirn in meinem Büroschrank.«

»Nähst du sie mir nachher gleich? Vorzugsweise am Leib?«

Oh Mann, dieser Blick. Hätte sie bloß nichts von Nadel und Zwirn gesagt! Ein Stromstoß fuhr durch ihren Unterleib und erinnerte sie an die Zuckergussschrift auf dem Lebkuchenherz und an einiges mehr.

»Lass es uns bei der Nachbarschaft versuchen«, schlug sie vor, um das Thema zu wechseln. »Vielleicht haben wir heute mehr Glück als die beiden gestern.«

Der Hund, der sich gerade wieder beruhigt hatte, schlug beim ersten Klingeln erneut an. Der nahm seine Rolle als Hausbeschützer wirklich ernst. Es musste doch anstrengend sein, den ganzen Tag hinter dem Zaun hin- und herzurennen und beim kleinsten Geräusch in ekstatisches Gebell auszubrechen. Thea redete beruhigend auf die Bulldogge ein, natürlich ohne Erfolg.

Die Frau, die den Gartenweg herunterkam, mochte in den Fünfzigern sein, doch das sah man erst, als sie näher kam. In dieser Gegend tragen die Hausfrauen wohl keine Kittelschürzen, dachte Thea und sah sich die Frau genauer an. Ihre Seidenbluse war mauvefarben und tailliert geschnitten und verschwand im Bund des knöchellangen Tweedrocks. Die Frau, die laut Aufschrift auf dem Klingelschild Meißner hieß, war dezent geschminkt und trug das graue Haar kinnlang und so akkurat geschnitten, als wäre sie gerade vom Friseur gekommen. Eine randlose Brille hing an einer goldenen Kette um ihren Hals. Der Titel »Unternehmergattin« schien ihr auf die Stirn gebrannt.

»Hermes! Aus!«, befahl sie dem Hund, der überhaupt nicht daran dachte, mit dem Kläffen aufzuhören. Erst als sie einen derben schwäbischen Fluch abließ, den Thea kaum verstehen konnte, zog er winselnd den Schwanz ein und trottete in Richtung Haus.

»Keine Sorge, ich kann auch Hochdeutsch«, begrüßte sie Thea und Messmer, während sie die Gartentür aufschloss. »Aber Hermes hört nun mal besser, wenn man schwäbisch mit ihm spricht. Er ist auf der Alb geboren und aufgewachsen.«

Na prima, wir hätten gestern Kurt hinschicken müssen, der hätte bei der Bändigung des Hundes sicher mehr Erfolg gehabt als Kümmerle, dachte Thea belustigt. Dann reichte sie Frau Meißner die Hand und stellte sich und Messmer vor. »Wir wollen eigentlich zu Dr. Fagel, aber er scheint nicht zu Hause zu sein. Wissen Sie vielleicht, wo er sich aufhält?«

Frau Meißner schüttelte den Kopf. »Nein, ich wundere mich selbst schon, dass es da drüben so ruhig ist. Ich möchte nicht neugierig sein und hoffe, Sie verzeihen mir die Frage. Aber in dieser Wohngegend trifft man nicht alle Tage auf die Polizei. Was ist denn passiert?«

Thea und Messmer wechselten einen kurzen Blick. Es würde ohnehin spätestens morgen eine neue Pressemeldung geben.

»Seine Tochter ist ermordet worden«, sagte Messmer und nestelte verlegen an der Krawatte in seiner Hosentasche herum, als würde er nicht der Nachbarin, sondern der Mutter der Toten gegenüberstehen. »Er scheint es noch nicht zu wissen, und wir möchten verhindern, dass er es aus der Zeitung erfährt.«

Die Frau schlug sich eine Hand mit sorgfältig manikürten Fingern vor den Mund. Zweifellos hatte sie eine Haushaltshilfe für die groben Arbeiten. »Welche denn? Jennifer oder Carina?«, stammelte sie schließlich.

»Jennifer«, entgegnete Thea. »Haben Sie den Aufruf mit dem Bild in der Zeitung nicht gesehen?«

»Ich erinnere mich vage, aber ich wäre bei dem Bild auf keine der beiden Schwestern gekommen. Es ist nicht sehr ähnlich.«

»Die Zeichnung wurde nach Eintritt des Todes angefertigt«, sagte Messmer entschuldigend.

Frau Meißner sah an Thea vorbei zum Eichenhain hinüber. »Das ist einfach furchtbar«, flüsterte sie.

»Wann haben Sie Dr. Fagel zum letzten Mal gesehen?«, fragte Thea.

»Ich kann mich gar nicht mehr so genau erinnern. Es war auf jeden Fall lange vor Ostern. Aber das ist eigentlich nicht so ungewöhnlich, ich sehe ihn nicht jeden Tag.«

Thea dachte nach. Anhand der Zeitungen im Briefkasten würde sich unschwer erkennen lassen, wann er zum letzten Mal geleert worden war.

»Halten Sie es für möglich, dass er in Urlaub gefahren ist?«

»Eher nicht. Normalerweise bringt er mir dann einen Schlüssel rüber, damit ich mich um die Blumen kümmern und den Briefkasten leeren kann. Das hat er diesmal nicht gemacht.«

Thea spielte im Kopf verschiedene Möglichkeiten durch, was das zu bedeuten haben könnte. Arzt bringt seine Tochter um und setzt sich ins Ausland ab, war eine davon. Aber was war mit den anderen Kindern?

»Hat Dr. Fagel sonst noch Angehörige und wo können wir die finden?«, fragte sie die Nachbarin.

»Die kleine Schwester wohnt noch hier im Haus bei ihrem Vater. Sie habe ich aber schon genauso lange nicht mehr gesehen. Dann gibt es noch einen großen Bruder, der dürfte so um die dreißig sein. Er arbeitet in einer Apotheke, ich glaube, in Feuerbach.«

»Wissen Sie auch, wo er wohnt?« Thea zog ihr Notizbuch aus der Tasche und kramte in ihrem Rucksack, den sie manchmal scherzhaft ihren »Seesack« nannte, nach einem Bleistift.

»Ich glaube, irgendwo im Westen, kann es aber nicht genau sagen. Ich weiß nur, dass er mit Vornamen Hendrik heißt. Ich nehme an, dass er Bescheid weiß, wo sein Vater ist. Bei irgendjemandem muss er sich ja abgemeldet haben.«

»Das ist ja schon mal was.« Thea hatte endlich einen Stift gefunden und notierte sich »Hendrik«, »Westen« und »Apotheke Feuerbach«.

»Was ist denn mit Frau Fagel?«

»Frau Fagel? Ich verstehe nicht ganz.« Die Nachbarin runzelte die Stirn, doch dann hellte sich ihr Gesicht auf. »Ach, Sie meinen die Mutter der Kinder?«

»Genau die«, bestätigte Thea.

»Sie ist schon vor etwa zwei Jahren ausgezogen. Seither lebt der Doktor mit den beiden Mädchen allein in dem Haus.«

»Wissen Sie, was damals vorgefallen ist?«

»Nein, ich habe keine Ahnung. Über persönliche Dinge hat der Doktor nie mit mir gesprochen. So eng war unser nachbarschaftliches Verhältnis nicht. Heutzutage trennen sich so viele Paare. Sie muss damals so um die fünfzig gewesen sein. In diesem Alter überkommt viele Menschen so eine Art ›zweiter Frühling‹, wenn Sie verstehen, was ich meine.«

»Hat Dr. Fagel eine Putzhilfe oder jemanden, der regelmäßig kommt, um sich um den Haushalt zu kümmern?«, fragte Messmer.

»Nein, ich glaube, er wollte keine Fremden im Haus haben, für die Hausarbeiten sind die Mädchen zuständig.« Sie verstummte, als wäre ihr gerade eingefallen, dass jetzt nur noch ein Mädchen übrig war.

»Haben Sie sonst irgendjemanden am Haus oder im Garten beobachten können, seit Sie Dr. Fagel zum letzten Mal gesehen haben?«

Frau Meißner wickelte die Goldkette ihrer Brille um den Finger und schien zu überlegen. Dann schüttelte sie den Kopf. »Nein. Jetzt, wo Sie es sagen, fällt mir auch auf, dass gar keine Patienten kamen. Er muss einen Urlaub geplant haben. Wahrscheinlich hat er einfach vergessen, mir den Schlüssel zu geben.«

Sehr dubios, das Ganze, dachte Thea. Dass es in letzter Zeit offenbar keinen Besuch von Patienten gegeben hatte, sprach tatsächlich dafür, dass seine Abwesenheit geplant gewesen sein musste. Konnte es sein, dass er zwar daran gedacht hatte, seinen Patienten abzusagen, aber versäumt hatte, Frau Meißner den Schlüssel zu hinterlegen? Oder hatte er es absichtlich »vergessen«?

War vielleicht etwas im Haus, das niemand sehen durfte? Wenn jemand eine Antwort darauf wusste, dann konnte das nur Hendrik Fagel sein.

»Wir haben die Besprechung verpasst«, sagte Messmer nach einem Blick auf seine Armbanduhr.

»Und damit das Mittagessen.« Theas Magen knurrte, als wolle er auch seine Meinung dazu abgeben. »Ich glaube, Walter wollte beim China-Imbiss vorbeifahren. Der hat mir bestimmt Ente süßsauer mitgebracht, die jetzt kalt wird.«

»Die Ente kannst du heute Abend essen.« Messmer fuhr auf die Kirchheimer Straße und bog in Richtung Fernsehturm ab. »Lass uns fürs Erste auf Pizza ausweichen. Wir kommen in Degerloch beim ›Il Mulino‹ vorbei. Dahin hab ich dich schon mal eingeladen, weißt du noch?«

Natürlich wusste sie noch. Letzten Sommer, als sie vergeblich bei Antonia Linder geklingelt hatten, nicht ahnend, dass sie zu diesem Zeitpunkt schon tot in ihrer Wohnung lag. Sie waren von Hausers Beerdigung auf dem Waldfriedhof gekommen. Messmer, der geborene Gentleman, hatte ihr eine Friedhofsblume geschenkt und sie anschließend auf eine Kartonpizza eingeladen. Die Erinnerung war so unmittelbar, als wäre es gestern gewesen. An diesem Tag hatte sie Sofia zum ersten Mal gesehen, in diesem blauen Kleid, das sie auch an Ostern getragen hatte, mit dem breitkrempigen Hut und der Sonnenbrille. Sie hatten gerätselt, wer diese Frau sein könnte und was sie auf Hausers Beerdigung zu suchen hatte. Thea wurde übel, und ihr Appetit war urplötzlich verschwunden. Der Armenkastenwald mit Fernsehturm, Gazi-Stadion und Wasserturm glitt an ihnen vorbei, und Thea wünschte sich auf einen anderen Stern.

»Du bist so still, hast du keine Lust auf Pizza?«, fragte Messmer, als er an der Endhaltestelle der Zahnradbahn in die Epplestraße abbog und eine Parklücke suchte.

»Ich hab gerade eine Kreislaufschlappe.« Das war nur halb gelogen, ihr war tatsächlich schwindelig, und als sie aus dem Auto stieg, musste sie sich an der Tür festhalten.

Messmer sah sie verunsichert an. Wahrscheinlich dachte er,

dass sie ihre Tage hatte. Ja, ja, Frauen in der Polizei, immer musste man auf sie Rücksicht nehmen. Sollte er doch denken, was er wollte. Thea wusste, dass sie ihm mit dieser Unterstellung Unrecht tat, doch sie konnte gerade nicht anders. Vielleicht war das ihre Art, sich zu schützen vor diesem Thema, das hier an dieser Pizzeria plötzlich wieder gegenwärtig war.

Während Messmer hineinging, um die Bestellung aufzugeben, blieb Thea vor dem Lokal stehen. Sie brauchte frische Luft, wobei davon an diesem Verkehrsknotenpunkt wirklich nicht die Rede sein konnte. Von der Weinsteige quälte sich eine Blechlawine die B27 herauf und stoppte motorendröhnend an der Ampelkreuzung am Zahnradbahnhof. Die U6 Richtung Vaihingen fuhr vorbei, ein Linienbus hielt mit zischender Hydraulik an der Haltestelle Albplatz. Trotz des Verkehrschaos war die Sicht auf die Innenstadt im Talkessel von hier oben berauschend. Wie schade, dass wir die meiste Zeit gar keinen Blick dafür haben, wie schön Stuttgart ist, dachte Thea. Wir sehen immer nur das Verbrechen, die Leichen, die Verletzten. Und natürlich unsere eigenen Probleme.

»Funghi für dich, ist doch richtig, oder?«

Thea fuhr herum, als Messmer ihr plötzlich einen Pizza-Karton in die Hand drückte.

»Ich hab schon mal probiert, die schmeckt noch genauso gut wie letztes Jahr.« Er schob sich mit einer lässigen Geste die Sonnenbrille in die Stirn und biss ein Stück von seiner Quattro Stagioni ab. »Erinnerst du dich, wie wir hier unsere erste Pizza zusammen gegessen haben? Und dabei hatten wir nichts anderes im Kopf, als uns Gedanken um diese blau gekleidete Frau vom Waldfriedhof zu machen.«

Thea hatte gerade guten Willen zeigen und in ihre Pizza beißen wollen, doch jetzt ließ sie sie wieder sinken. Er bot ihr gerade eine Gelegenheit auf dem Silbertablett. Aber sie war überhaupt nicht vorbereitet. Wie sollte sie anfangen? Der Schweiß trat ihr auf die Stirn, obwohl hier oben in Degerloch ein frischer Wind wehte.

Messmer leckte sich ein Stück geschmolzenen Käse von der Oberlippe. »Ab und zu muss ich tatsächlich noch an sie denken.

Ich wüsste wirklich zu gern, wer sie war und wo sie abgeblieben ist.« Er hielt inne und musterte Thea prüfend. »Du isst ja gar nicht, was ist denn los?«

»Micha, ich wollte es dir schon lange sagen …« Ihr Hals fühlte sich plötzlich so trocken an, dass sie glaubte, kein einziges Wort mehr herausbringen zu können.

»Was denn? Hast du sie getroffen?« Er grinste. Es sollte tatsächlich ein Witz sein. Sollte sie jetzt einfach ja sagen? Ja, ich habe sie getroffen. Das erste Mal an Weihnachten bei meiner Mutter. Und jetzt wieder in den Osterferien.

»Micha, es ist einfach so …« Das Blut rauschte in ihren Ohren. Die Worte, die sie sich nächtelang zurechtgelegt hatte, waren verschwunden, als hätten sie sich in Luft aufgelöst. Verzweifelt suchte sie nach einem Ausweg. Sie konnte es einfach nicht.

»Es tut mir so leid, dass dieser Fall nicht gelöst wurde. Schließlich hatte ich ein persönliches Interesse daran und hab es irgendwie immer noch.« Für diese Lüge müsste mich eigentlich der Blitz treffen, dachte Thea und schaute unwillkürlich nach oben. Doch der Himmel war wolkenlos und blau, genauso wie damals. Sie war ein Feigling. So ein erbärmlicher Feigling!

»Manche Fälle bleiben eben ewig ungelöst. Damit müssen wir einfach leben.« Messmer klappte seinen Pizzakarton zu und klemmte ihn unter den Arm. »Lass uns zu Fagel junior fahren. Den Rest können wir ja unterwegs essen.« Er schlug den Weg zum Auto ein, und Thea folgte ihm.

Als sie in den Wagen stieg atmete sie auf. Die Gefahr war gebannt. Fürs Erste.

»Polizei? Wieso Polizei?«

Der Mann, der die Tür des eindrucksvollen Jugendstilhauses an der Hasenbergsteige nur so weit geöffnet hatte, dass Thea gerade sein Gesicht sehen konnte, blickte sie abweisend an, als hätte sie statt des Dienstausweises den Wachturm in der Hand.

»Wir möchten Ihnen das nicht so zwischen Tür und Angel erklären«, sagte Messmer und stopfte den Krawattenzipfel, der aus seiner Hosentasche lugte, wieder hinein. »Es könnte etwas länger dauern.«

Hendrik Fagel machte keine Anstalten, die Tür weiter zu öffnen. Ein unangenehmes Schweigen entstand.

Thea steckte ihren Dienstausweis wieder ein und suchte nach Worten. Man konnte diesem jungen Mann unmöglich auf der Türschwelle seiner Wohnung beibringen, dass seine Schwester ermordet worden war.

»Dürfen wir reinkommen?«, fragte sie.

Hendrik Fagel trat mit einer halben Verbeugung zurück und ließ Thea und Messmer in den geräumigen Flur eintreten. »Ja, natürlich, entschuldigen Sie, ich war nur so überrascht.« Er reichte Thea die Hand und nahm ihr die Jacke ab. Nach anfänglicher Verwirrung hatte er seine guten Umgangsformen wiedergefunden. Thea versuchte Ähnlichkeiten mit seiner Schwester zu finden. Auf den ersten Blick sah sie keine. Sein Haar war dunkel im Gegensatz zu ihrem, und er war außerordentlich kräftig, ohne dick zu sein. Die vollen Lippen in seinem kantigen Gesicht verliehen ihm eine ungewöhnliche Attraktivität – aber auf eine ganz andere Weise, als seine Schwester sie besessen hatte. Wo sie Zerbrechlichkeit suggerierte, strahlte er Stärke und Entschlossenheit aus. Nur seine Augen waren von dem gleichen hellen Grün wie Jennifers und gaben ihm eine Spur von Sanftheit, die seine harten Züge Lügen straften. Als er Theas Jacke an die Garderobe hängte, sah sie, dass seine Hände leicht zitterten. Er befürchtet, dass wir mit schlechten Nachrichten kommen, dachte sie. Und bei Gott, er liegt vollkommen richtig damit.

Fagel wandte sich Thea zu. »Möchten Sie etwas trinken?«

Thea schüttelte den Kopf. Sie wollte hier so bald wie möglich wieder raus. Fagel gab jetzt den perfekten Gentleman, den Typ Schwiegermutters Liebling, aber sie konnte nicht nachvollziehen, warum er nicht möglichst schnell den Grund ihres Kommens erfahren wollte. Wollte er Zeit gewinnen? Oder verdrängte er einfach die Möglichkeit, dass etwas Schlimmes passiert sein könnte?

Als Fagel sich umwandte, um ins Wohnzimmer vorauszugehen, sah sie, dass sich seine Haare am Hinterkopf zu einer Art Mönchstonsur lichteten. Wenigstens einen Schönheitsfehler hat er, dachte sie erleichtert.

Das Wohnzimmer war eine Mischung aus Bibliothek und Junggesellenhöhle. Thea überflog die Buchrücken in den Regalen – zumeist pharmazeutische Fachliteratur. Regelwerke für Rollenspiele fielen ihr nicht ins Auge. Sie atmete auf. Vielleicht konnte man sich mit diesem Mann unterhalten, ohne eine Zweitidentität als Ritter, Hobbit oder Magier berücksichtigen zu müssen.

Fagel nahm einen Stapel Zeitungen von der durchgesessenen Ledercouch und deponierte sie auf dem niedrigen Glastisch, auf dem schon mehrere Kugelschreiber, Notizzettel, ein Feuerzeug und eine Lesebrille lagen. »Nehmen Sie doch Platz«, sagte er und ließ sich in den zum Sofa passenden Sessel fallen.

Thea setzte sich und schaute sich im Zimmer um. Außer den Bücherregalen und einem Phono-Möbel mit Fernseher und Musikanlage war der große Raum fast leer. Es gab weder Bilder an den Wänden noch Blumen in den Fenstern, auch auf Vorhänge konnte Fagel offenbar verzichten. Nur auf einem Sideboard, eine Armlänge von ihr entfernt, standen gerahmte Fotos, die Porträts zweier junger Frauen und eines Mannes in den mittleren Jahren. Es konnte sich dabei eigentlich nur um die Schwestern und den Vater von Hendrik Fagel handeln. Auch hier wies nichts auf das Vorhandensein einer Mutter hin.

Durch das hohe Erkerfenster konnte Thea das Kreuz auf dem Gipfel des Birkenkopfes sehen, das sie daran erinnerte, warum sie hier waren. Sie mussten eine Todesnachricht überbringen. Sie räusperte sich und hoffte, Messmer würde ihr zuvorkommen und das Gespräch eröffnen. Ihre Hoffnung erfüllte sich.

»Wir haben keine guten Nachrichten.« Messmer griff sich an den Hals, als wolle er den nicht vorhandenen Krawattenknoten lockern. »Ihre Schwester Jennifer ist am Ostersamstag in den Oberen Schlossgartenanlagen aufgefunden worden.« Er stockte, als überlege er, wie er weitermachen sollte.

»Jennifer? Was hat sie angestellt?« Offenbar hatte Fagel »aufgegriffen« verstanden anstatt »aufgefunden« oder es verstehen wollen. Manchmal weigerte sich der menschliche Verstand, schlimme Tatsachen aufzunehmen, und ersetzte sie durch etwas, mit dem er besser umgehen konnte.

»Wenn sie nur etwas angestellt hätte, wäre es leichter für uns alle«, sagte Messmer. »Sie wurde leblos aufgefunden. Um es ganz deutlich zu sagen: Sie ist tot.«

Es kam keine Reaktion. Nur das Pendel des altmodischen Regulators war zu hören und die Geräusche der Autos, die draußen auf der Straße vorbeifuhren. Fagel saß da wie versteinert, alles Blut schien aus seinem Gesicht gewichen zu sein. Dann begann er den Kopf zu schütteln, erst langsam, dann immer schneller und vehementer, als könne er mit seiner Weigerung, es zu glauben, den Tod seiner Schwester ungeschehen machen.

»Es tut uns so leid«, sagte Thea leise. »Sicher standen Sie sich sehr nahe.«

»Was reden Sie da?«, brach es aus ihm heraus. »Sie ist meine Schwester. Natürlich standen wir uns nahe.« Er umklammerte seine Knie mit den Händen, als wollte er sich daran hindern, vor der Tatsache wegzulaufen, die er nicht wahrhaben wollte. »Was ist denn passiert?«

»So genau wissen wir das noch nicht«, wich Messmer aus. »Sie lag mit einer Kopfplatzwunde im Eckensee. Alles deutet auf ein Gewaltverbrechen hin.«

Fagel ließ seine Knie los und schlang die Arme um seinen Körper. Wieder begann er, den Kopf zu schütteln.

»Und Sie sind wirklich ganz sicher, dass es Jennifer ist?« Ein winziger Hoffnungsschimmer glomm in seinen grünen Augen auf.

»Ja. Obwohl sie keine Ausweispapiere bei sich trug. Deshalb haben wir einige Zeit gebraucht, um herauszufinden, wer sie ist. Aber inzwischen gibt es keinen Zweifel mehr.«

Schweigen. Der hünenhafte Mann wiegte den Oberkörper hin und her.

»Was ist mit meinem Vater? Weiß er es schon?«

»Wir können Ihren Vater leider nicht erreichen. An seiner Wohnadresse öffnet niemand. Der Briefkasten ist voll mit den Zeitungen der letzten Woche. Er hat Ihnen nicht zufällig gesagt, dass er vorhatte zu verreisen?«

»Nein, ich weiß nichts von einer Reise. Wenn, dann muss er spontan weggefahren sein. Ich war letzte Woche selbst nicht da, bin erst am Samstag zurückgekommen.«

»Wo waren Sie denn?«, fragte Thea wie beiläufig. Es war ihr nach einem Jahr Kripo-Arbeit noch immer unangenehm, trauernden Angehörigen solche Fragen zu stellen. Sie wusste, sie konnte so unauffällig fragen, wie sie wollte, es lief genau genommen immer auf eine Alibi-Überprüfung hinaus.

»Bei einem pharmazeutischen Kongress in Chemnitz. Verdammt, Sie glauben doch wohl nicht, dass ich meine eigene Schwester ...«

»Wir maßen uns noch längst nicht an, irgendetwas zu glauben«, unterbrach ihn Messmer. »Aber je schneller wir Sie als Täter ausschließen können, desto einfacher wird es für uns alle. Und deshalb sagen Sie uns auch am besten gleich noch, wann genau Sie zurückgekommen sind.«

»Der Kongress ging bis Freitag, die Nacht auf Samstag habe ich bei meiner Mutter verbracht. Sie wohnt in Nürnberg, das liegt praktisch auf dem Heimweg.«

Endlich, dachte Thea, endlich kommt hier mal die Mutter ins Spiel. »Seit wann leben Ihre Eltern getrennt?«, fragte sie.

»Seit etwas weniger als zwei Jahren. Geschieden sind sie noch nicht.« Hendrik Fagel schien sich gefasst zu haben. Endlich sprachen sie über Tatsachen, die ihm vertraut waren und an denen er sich festhalten konnte.

»Hat Ihre Mutter einen neuen Partner?«

»Nein, sie lebt allein. Sie ist nach Nürnberg zurückgegangen, weil das ihre Heimat ist. Sie ist dort aufgewachsen. Ich glaube, sie wollte möglichst weit weg von meinem Vater sein.«

»Auch von ihren Kindern?«

Fagel hob die Schultern. »Wir sind doch alle erwachsen und leben unser eigenes Leben. Und wir besuchen sie hin und wieder. Jennifer und ich jedenfalls.« Er verstummte, als wäre ihm eben klar geworden, dass Jennifer ihre Mutter nie wieder besuchen würde.

»Und Ihre kleine Schwester?«, fragte Thea. »Besucht sie Ihre Mutter nicht?«

»Carina hat ein schwieriges Verhältnis zu ihrer Mutter. Es gab da pubertäre Probleme, verstehen Sie? Danach haben sie irgendwie die Kurve nicht mehr gekriegt.«

»Und wo ist Carina jetzt?« Thea beschloss, die pubertären Schwierigkeiten fürs Erste nicht zu vertiefen.

»Sie wollte über die Osterferien mit einer Freundin auf Tramptour durch Österreich gehen. Wo genau, kann ich Ihnen nicht sagen. Mein Gott, sie wird durchdrehen, wenn sie zurückkommt und erfährt …« Er verbarg sein Gesicht in den Händen.

»Wir müssen sie benachrichtigen«, sagte Messmer. »Ihre Schwester hat doch sicherlich ein Handy dabei. Ich finde, sie sollte so schnell wie möglich nach Hause kommen.«

»Nein, sie hat ihr Handy vor ein paar Wochen verloren. Ich glaube nicht, dass sie inzwischen ein Neues hat, und wenn, dann kenne ich die Nummer nicht.« Er hob bedauernd die Arme.

»Kennen Sie wenigstens den Namen der Freundin, mit der sie unterwegs ist?«, fragte Thea und griff nach ihrem Notizbuch.

»Tut mir leid. Ich weiß nur, dass sie Nicole heißt. Aber ich fürchte, Mädchen mit diesem Vornamen gibt es haufenweise in Stuttgart.«

»Hat diese Nicole ein Handy? Und haben Sie zufällig die Nummer oder wissen Sie, wer sie haben könnte?« Thea ahnte, dass diese Frage rein rhetorisch war, und Fagels Kopfschütteln bestätigte ihre Annahme.

»Wie lange sollte diese Tramptour denn dauern?«, fragte Messmer.

»Ich glaube, sie wollte zwei Wochen fortbleiben. Am Samstag oder Sonntag müsste sie eigentlich zurück sein.«

»Wir brauchen noch die Daten Ihrer Mutter. Wohnanschrift und Telefonnummer.«

»Ich kann sie selbst anrufen. Ich glaube, es ist besser, wenn ich mit ihr rede, als wenn das die Polizei macht.«

»Selbstverständlich dürfen Sie das. Aber wir müssen sie auch befragen, wie das gesamte Umfeld von Jennifer. Dazu gehört natürlich auch ihre Mutter.« Thea verschwieg taktvoll, dass sie natürlich auch Fagels Alibi überprüfen mussten.

»Warum haben Sie eigentlich kein Foto Ihrer Mutter in Ihrer Familiengalerie?«, fragte sie und wies auf die gerahmten Fotos auf dem Sideboard.

»Die Fotos wurden vor anderthalb Jahren aufgenommen. Damals war Mutter schon nicht mehr bei uns.« Er stand auf, ging zu dem Sideboard und nahm das Foto seines Vaters in die Hand. »Ich weiß noch genau, dass ich die Bilder in der Vorweihnachtszeit aufgenommen habe. Ich habe für alle Abzüge machen lassen und sie ihnen zu Weihnachten geschenkt. Das hier ist mein Vater«, sagte er und stellte das Bild zurück, das einen Mann in den mittleren Jahren in Rollkragenpullover und mit lichtem Haupthaar zeigte. Er nahm das Foto der älteren Schwester. »Das ist Jennifer.«

Auf dem Bild hatte sie das Kinn auf die Faust gestützt, und Thea konnte am Handgelenk das goldene Armband erkennen. Die drei eingelegten Buchstaben waren nicht lesbar, aber es war deutlich, um welches Schmuckstück es sich handelte. Jennifer blickte forsch, fast angriffslustig in die Kamera, um ihren Mund spielte ein ironisches Lächeln.

»Und das hier ist meine kleine Schwester Carina.« Fagel nahm das letzte Bild von der Anrichte und sah es lange an. Es zeigte ein junges Mädchen, knapp unter zwanzig, das große Ähnlichkeit mit Jennifer aufwies, nur wirkte es längst nicht so selbstbewusst wie seine Schwester. Sie war zarter und trotz ihrer Jugend stark geschminkt, was Thea etwas irritierte. Wollte sie älter wirken? Selbstsicherheit vortäuschen? Fagel schien ihre Gedanken zu erraten.

»Sie hatte eine ziemlich schwere Akne damals und wollte sich auf keinen Fall so fotografieren lassen, da hat sie wohl ein bisschen zu tief in den Schminktopf gegriffen.« Er lächelte schwach, und Thea hatte das Gefühl, dass sein Blick in dem Foto seiner kleinen Schwester versank. Plötzlich und völlig überraschend brach er in Tränen aus.

»Entschuldigen Sie«, sagte er und wischte sein Gesicht mit den Händen ab. »Carina ist das Liebste, was ich habe. Und sie hing an ihrer Schwester. Es wird sie umbringen, wenn sie heimkommt und erfährt, dass …« Er stockte. »Es tut mir leid, dass ich die Fassung verloren habe.«

»Kein Problem.« Thea klopfte ihre Taschen ab, obwohl sie genau wusste, dass sie keine Taschentücher dabeihatte. Sie nahm sich zum tausendsten Mal vor, künftig daran zu denken, immer eine Packung Tempos einzustecken.

»Wir sollten zumindest erst mal Ihren Vater benachrichtigen«, sagte Messmer. »Wenn Sie einverstanden sind, schauen wir in seiner Wohnung nach, ob dort Hinweise zu finden sind, wo er sich aufhält. Haben Sie einen Zweitschlüssel für das Haus?«

»Nein. Ich wohne ja schon lange nicht mehr dort. Normalerweise gibt er den Schlüssel seiner Nachbarin, wenn er verreist. Fragen Sie doch die.«

»Haben wir bereits«, erwiderte Messmer. »Diesmal hat sie keinen Schlüssel bekommen.«

»Das ist ungewöhnlich. Hoffentlich ist nichts passiert.«

»Wir könnten die Tür öffnen lassen, wenn Sie einverstanden sind«, schlug Thea vor.

»Ja. Tun Sie das. Da stimmt was nicht.« Hendrik Fagel blickte auf seine Hände, die in seinem Schoß angefangen hatten zu zittern.

»Kommen Sie lieber mit uns«, sagte Messmer. »Ich nehme an, Sie kennen sich aus im Haus Ihres Vaters und wissen am besten, wo er seine Unterlagen aufbewahrt, Belege über Hotelbuchungen, Flüge oder so was.«

Er sichert sich ab, dachte Thea. Wie clever. Obwohl es sich hierbei ganz sicher um Gefahr im Verzug handelte. Die Tochter war tot und der Vater verschwunden. Die ganze Sache stank zum Himmel.

*

Die Tür der Villa war zweimal abgeschlossen, was dafür sprach, dass Dr. Fagel vorgehabt hatte, für längere Zeit nicht zu Hause zu sein.

Nachdem die Feuerwehr die Haustür geöffnet hatte, sah sich Thea in der geräumigen Diele um. Sie hatte jedes Mal ein ungutes Gefühl, in Abwesenheit der Bewohner in fremde Häuser zu gehen. Es kam ihr vor wie Hausfriedensbruch, und sie war froh, den Sohn als Durchsuchungszeugen dabeizuhaben. Am Ende des Flurs befand sich eine Tür, genauso weiß gestrichen wie die Wände, an der sich ein kleines Messingschild mit der Aufschrift »Privat« befand. Neben einer großen Garderobe aus Ahornholz standen zwei blaue Polsterstühle an der Wand, die einzigen Farbtupfer in dem ansonsten komplett weißen Raum.

»Die sind für die Patienten«, sagte Fagel, der ihrem Blick gefolgt war. »Hier links geht die Tür zum Sprechzimmer ab.«

»Nur zwei Stühle?«, wunderte sich Thea, während Messmer die Klinke drückte. Die Tür war abgeschlossen. Es sah alles nach Praxisurlaub aus.

»Mein Vater hat ein akribisches Bestellsystem. Bei ihm gibt es quasi keine Wartezeiten. Wollen Sie sich die Praxisräume ansehen?« Hendrik Fagel griff nach einem Schlüsselkasten neben dem Garderobenschrank und nahm einen Bundbartschlüssel heraus.

Thea ging zu der Tür mit der Aufschrift »Privat« und versuchte sie zu öffnen. Sie war ebenfalls verschlossen.

»Das ist sein Büro«, sagte Fagel. »Er hat dort die Patientenakten und den ganzen anderen Schriftkram. Wenn wir etwas finden, dann sicherlich dort. Die Wohnräume sind im Obergeschoss.« Er zeigte auf eine Wendeltreppe aus hellem Holz, die rechts vom Büro nach oben führte.

»Gut, dann nehmen wir uns zuerst das Büro vor«, beschloss Messmer. »In seinen Behandlungsräumen bewahrt er sicher keine privaten Reiseunterlagen auf. Haben Sie auch dafür einen Schlüssel?«

»Der passt an beiden Türen.« Fagel öffnete die Tür zum Büro und ließ Thea und Messmer vorangehen.

Grelles Sonnenlicht schlug Thea entgegen. Es fiel zu dem hohen Fenster hinein, das fast die gesamte Wand gegenüber der Tür einnahm, und beleuchtete den massiven Schreibtisch aus Nussbaumholz, der auf einem dicken Perserteppich stand. Ein schärferer Kontrast zu der karg eingerichteten Diele war kaum möglich. Auf dem Schreibtisch plätscherte ein Zimmerbrunnen vor sich hin, den Fagel ganz offensichtlich auszustecken vergessen hatte, bevor er wohin auch immer verschwunden war. Ansonsten lag nichts auf der dunklen Arbeitsplatte, nicht einmal ein Bleistift oder eine Büroklammer. Auf dem Sockel des Schranks mit den Patientenakten stand ein schnurloses Telefon aufrecht und schweigend in seiner Ladestation, wie eine Wache vor dem Buckingham-Palast.

Hendrik Fagel stand mit verschränkten Armen in der Tür, während Messmer die Regale durchsah und Thea die Schreibtischschublade aufzog. Sie nahm ein dickes Terminbuch und einen Leitz-Ordner heraus, legte beides auf der Tischplatte ab und sah zuerst den Ordner durch. Steuerunterlagen, Versicherungspolicen – nichts, was auf einen Verbleib des Hauseigentümers hinwies. Dann schlug sie das Terminbuch auf, blätterte bis zur sechzehnten Kalenderwoche und atmete scharf aus.

»Ist was?« Messmer schloss die Schranktür und drehte sich zu ihr um.

»Er hätte heute Termine gehabt. Auch gestern und vorgestern. In der Woche nach Ostern nicht. Aber sollte er weggefahren sein, hätte er längst wieder da sein müssen. Normalerweise müssten hier die Patienten ein und aus gehen.« Sie schüttelte den Kopf und sah auf die Uhr. »Vor zehn Minuten zum Beispiel hätte eine Frau Siebert kommen müssen. Vielleicht sollten wir sie mal anrufen und fragen, wo sie bleibt.«

Messmer suchte schon im Aktenschrank unter dem Buchstaben S. »Hier hab ich sie. Siebert, Siegrun.« Er nannte eine sechsstellige Nummer.

Thea nahm das Telefon aus der Ladestation und wählte. Frau Siebert meldete sich nach dem zweiten Klingeln mit vollem Namen.

»Praxis Dr. Fagel, guten Tag, Frau Siebert. Sie hätten heute einen Termin bei uns gehabt. Wo bleiben Sie denn?«

Nach einem kurzen Schweigen am anderen Ende antwortete Frau Siebert spürbar verwundert: »Aber der isch doch abg'sagt worre.«

»Oh, entschuldigen Sie, da muss was schiefgelaufen sein.« Thea versuchte ein verlegenes Lachen. »Darf ich fragen, wer ihn abgesagt hat und wann? Ich habe keinen Vermerk im Terminbuch.«

»In d'r Woch vor Oschtern. A jonge Frau hat agrufa, i denk, oine vo seine Döchter. Froget Se me aber net, welche, die höret sich am Telefo ja boide gleich a. Mit welcher schwätz i denn grad?«

»Mit gar keiner, ich bin nur zur Aushilfe da«, beeilte sich Thea zu antworten. »Dann hat das sicherlich seine Richtigkeit. Wir melden uns wieder zu einer neuen Terminabsprache.« Schnell legte sie auf, bevor Frau Siebert Gelegenheit hatte, noch weitere Fragen zu stellen. Das Gleiche wiederholte sie mit den Patienten, die für fünfzehn und sechzehn Uhr einbestellt gewesen waren. Mit exakt demselben Ergebnis.

»Das ist merkwürdig«, sagte sie zu Messmer, der das Ganze angespannt mitverfolgt hatte. »Eine seiner Töchter wusste, dass ihr Vater verschwinden würde, und hat vorsorglich die Termine abgesagt. Ich wüsste zu gern, welche von beiden, und noch lieber wüsste ich, was dahintersteckt.«

»Ich glaube allmählich nicht mehr, dass wir hier irgendwelche Reiseunterlagen finden«, sagte Messmer langsam. »Vielleicht sollten wir uns mal in den Wohnräumen umsehen.« Er ging an Hendrik Fagel vorbei, der mit ausdruckslosem Gesicht in der Tür stand, und stieg die Treppe zum Obergeschoss hinauf.

»Wann ist Ihre Schwester Carina denn genau nach Österreich abgereist?«, fragte Thea, als sie am oberen Treppenabsatz angekommen waren.

»Ich weiß es nicht genau. Ich glaube, ich war zu diesem Zeitpunkt schon unterwegs nach Chemnitz. Vielleicht ist sie aber schon vor mir weg. Sie ist volljährig und muss sich nicht bei mir abmelden.«

Äußerlich schien er gefasst, aber Thea hörte, dass seine Stimme leicht bebte. Es könnte genauso gut Jennifer gewesen sein, die die Termine abgesagt hatte, dachte sie. Sie war zu diesem Zeitpunkt hundertprozentig noch am Leben.

Schon als sie die Tür zum Wohnzimmer öffnete, wusste sie, dass etwas nicht in Ordnung war. Auch Messmer musste es sofort aufgefallen sein. Noch im Türrahmen griff er nach ihrem Arm. »Riechst du das auch?«, fragte er und sah sie an. Seine Augen leuchteten alarmiert.

Ja, sie witterte ihn auch. Er war ihr vertraut, seit sie Polizistin war, der süßliche Geruch des Todes, der den Raum erfüllte.

Langsam betraten sie das Wohnzimmer, und Theas Augen suchten in Sekundenschnelle alle Winkel ab in der sicheren Erwartung, dass irgendwo eine Leiche liegen würde. Doch da lag keine. Das Zimmer war aufgeräumt, der Boden sauber. Gegen das Licht der Abendsonne, die zu den Fenstern hereinschien, konnte sie noch Wischspuren auf dem Parkett erkennen, wie nach einer flüchtigen Reinigung, bei der keine Zeit zum Polieren geblieben war.

Messmer ging mit schnellen Schritten durchs Zimmer, schaute unter den niedrigen Couchtisch, das Ledersofa und hinter die schweren weinroten Vorhänge. Er öffnete sogar die Schranktüren, als würde er erwarten, dass jemand einen zusammengefalteten Leichnam dort versteckt hatte. »Es riecht nach Verwesung, aber es gibt keine Leiche. So was hab ich noch nie erlebt.« Messmer drehte sich in der Raummitte um die eigene Achse und breitete ratlos die Arme aus.

Klatsch.

Thea, die gerade dabei war, eine Truhe zu untersuchen, die aber nichts als alte Bücher barg, hielt in der Bewegung inne. »Was war das?«

»Was denn?«, fragte Messmer.

»So ein komisches Geräusch, als würde Wasser aus einem undichten Hahn in ein Waschbecken tropfen.« Sie lauschte, hörte aber nichts mehr. Gerade als sie den Deckel der Truhe zugeklappt hatte, hörte sie es erneut.

Klatsch.

»Da war es wieder. Hast du es gehört? Es kam von da drüben.« Sie drehte sich zu dem eindrucksvollen Kamin um, der die Stirnseite des Zimmers dominierte und auf dem die gleiche Fotogalerie aufgestellt war wie in der Wohnung des Sohnes. Auch hier ohne Mutter. Langsam trat sie hinter Messmer, der schon vor dem Kamin kniete, und sah über seine Schulter auf das Bodenblech, auf dem eine trübe Pfütze schwamm. »Was soll das, regnet es hier vielleicht rein?«

»Das kann ich mir nicht vorstellen.« Messmer beugte sich so tief es ging in den Kamin und griff mit einer Hand in den Abzug.

Klatsch.

Der Tropfen traf Messmer an der Schulter. Er fuhr instinktiv so schnell nach oben, dass er sich den Kopf am Kamin anstieß.

»Verdammte Sauerei!«, fluchte er. Dann richtete er sich auf

und sah Thea an. »Die schlechte Nachricht lautet: Ich hab mir das Hemd versaut. Die gute ist: Wir haben die Leiche gefunden.«

Thea brauchte einige Sekunden, ehe sie begriff. Messmer sah genauso schockiert aus, wie sie sich fühlte. Seine gesunde Gesichtsfarbe war einem fahlen Grau gewichen.

»Nimm das Telefon und fordere beim Dezernat Verstärkung an. Die sollen gleich die Kriminaltechnik mitbringen. Und jemanden, der uns den Kamin aufhackt. Wie auch immer der Tote da reingekommen ist, ich habe keine Lust, ihn wieder rauszuziehen.« Er sah zu Hendrik Fagel hinüber, der neben der Tür kauerte, mit einem versteinerten Gesicht, das so weiß war wie die Wand hinter ihm. »Und wenn du schon mal dabei bist, fordere gleich das KIT an, damit die sich um den Sohn kümmern.« Messmer sprach hektisch und versuchte ziemlich erfolglos, sein Hemd mit einem Zierdeckchen zu säubern. Thea wankte auf wackeligen Beinen zu Fagel, führte ihn zu einem Sessel und griff zum Telefon.

»Die Haustür war abgeschlossen. Das heißt, entweder war der Täter im Besitz eines Hausschlüssels, oder er hat ihn von drinnen mitgenommen, als er ging. Fagel kann sich nicht eingeschlossen und umgebracht haben und anschließend in den Kamin gekrochen sein. Der Täter muss entweder einen Schlüssel haben, oder Fagel hat ihn selbst reingelassen.« Messmer stand vor dem Haus und zog hastig an der Zigarette, die er Geiger abgeschnorrt hatte. Thea hatte ihn selten rauchen sehen und schloss daraus, dass dies selbst für den hartgesottenen Hauptkommissar ein erschütterndes Erlebnis gewesen war. Möglicherweise wollte er mit dem Zigarettenrauch aber auch nur den durchdringenden Geruch der Leichenflüssigkeit überdecken, die sein Hemd getroffen hatte und die sogar durch den weißen Schutzanzug drang.

»Fagels Töchter könnten nach seinem Tod noch im Haus gewesen sein. Beide haben einen Schlüssel«, gab Thea zu bedenken.

»Das ist natürlich möglich«, räumte Messmer nach einem tiefen Lungenzug ein. »Der Sohn sagt, außer seinem Vater und den beiden Schwestern hatte niemand einen Schlüssel. Aber die beiden Mädchen werden doch wohl nicht ihren Vater …«

»Eine von beiden hat zumindest den Patienten abgesagt und muss somit in die Sache involviert sein. Vielleicht hat sie dem Täter die Tür geöffnet.« Thea überlegte, ob sie Hendrik Fagel diese Tat zutraute. Sie mussten herausfinden, wo er in der Woche vor Ostern gewesen war. Die Teilname an dem Kongress in Chemnitz war inzwischen bestätigt worden. Aber der Todeszeitpunkt seines Vaters lag wesentlich früher als der von Jennifer. Dem Verwesungsgrad nach zu urteilen, hatte der Arzt schon seit mindestens zwei Wochen in diesem Kamin gesteckt. Es war seltsam, dass Jennifer keinen Schlüssel bei sich getragen hatte, als sie gefunden worden war.

Es hatte geregnet, während sie im Haus gewesen waren, und Thea sog gierig die frische Luft ein. Der süßliche Geruch der Verwesung in Verbindung mit dem feinen weißen Staub, der durch die Luft wirbelte, als die Mauer aufgefräst wurde, hinter der schließlich der halb mumifizierte Leichnam zum Vorschein gekommen war, würden ihr wohl ewig im Gedächtnis bleiben. Er war mit dicken Holzscheiten stabilisiert worden, die von unten quer in den Abzug gerammt worden waren und ihn daran hinderten, herunterzurutschen. Wie lange genau er schon darin steckte, würde die Obduktion ergeben.

Thea hatte auf der Polizeischule von Leichen gehört, die in Kaminen vollständig mumifiziert waren und erst nach vielen Jahren aufgefunden worden waren. Zweifellos hatte der Täter auch damit gerechnet. Aber er hatte die Rechnung ohne das feuchte Wetter der Vorosterwoche gemacht. Der Leichnam war nur im unteren Bereich und an den Händen mumifiziert, der Oberkörper und ganz besonders das Gesicht waren in fortgeschrittener Verwesung begriffen. Das helle Haar war blutverklebt, ganz offensichtlich von einer tiefen Wunde im Schädeldach, an der er wohl auch gestorben war.

Hendrik Fagel hatte seinen Vater trotz der fortgeschrittenen Leichenerscheinungen identifizieren können, bevor er sich direkt vor dem Kamin übergeben hatte. Dann hatte sich das Kriseninterventionsteam, das nur wenig später eingetroffen war, um ihn gekümmert.

»Der Täter ist jemand, der Fagel kennt.« Messmer warf die aufgerauchte Kippe auf den Boden und trat sie mit seinem Adidas-Turnschuh aus. »Und ich gehe fest davon aus, dass er auch Jennifer kannte.«

»Ich denke auch, dass wir es hier mit ein und demselben Mörder zu tun haben«, sagte Thea. »Vielleicht jemand, dem die Familie vertraut hat. Zumindest aber Vater und Tochter.« Sie schauderte, als zwei Mitarbeiter des Bestattungsunternehmens Haller mit einer Bahre aus der Tür kamen, auf der ein schwarzer Leichensack lag. Elrich Fagel auf seinem Weg zur Obduktion.

»Glaubst du, er wurde vorsätzlich umgebracht?«, fragte Thea.

»Ich halte Totschlag für wahrscheinlich. Vermutlich hat der Täter den Feuerhaken benutzt, der stand direkt neben dem Kamin. Und die Kopfwunde sah ganz danach aus.«

Allmählich senkte sich die Dunkelheit herab. Der Eichenhain stand wie eine schwarze Wand auf der anderen Seite der Straße. Als die Tür des Leichenwagens zuschlug, flog ein Rabe von einem Baum auf. »Quoth the raven: Nevermore«, dachte Thea. Dieser Rabe begegnete ihr in diesem Fall schon zum zweiten Mal, als wäre er ein Omen.

*

»Ich bring dich noch rauf«, sagte Messmer in einem Ton, der keinen Widerspruch duldete. Er hielt ihr die Haustür auf und drosch auf den Lichtschalter ein, der heute gleich beim ersten Versuch funktionierte. Thea überlegte, woher Messmer wissen konnte, dass ihr Treppenhauslicht seit fast einem Jahr nur anging, wenn man mit aller Kraft auf den Schalter schlug. Sie hatte im Dezernat ganz sicher noch nie darüber gesprochen. Aber Messmer war schon einige Male bei ihr zu Hause gewesen, und er hatte ein gutes Gedächtnis, das musste sie zugeben.

Romeo maunzte hinter der Tür. Er kannte ihre Schritte schon ganz genau. Wahrscheinlich war das Knarren der Treppenstufen für ihn so etwas wie die Essensglocke für die Pawlow'schen

Hunde. Als Thea den Schlüssel im Schloss drehte, lief der Kater hinter der Tür zur Höchstform auf. Er miaute, als hätte er mindestens eine Woche nichts zu fressen bekommen.

Thea schob vorsichtig die Tür auf, um Romeo nicht zu verletzen, und schlüpfte durch den Türspalt. Sie hob den Kater auf und trug ihn in die Küche, während Messmer ihr folgte und eine Dose Whiskas aus dem Schrank unter dem Kühlfach holte. Er kannte sich offenbar auch in ihrer Wohnung schon ganz gut aus, und als er das Futter in den Napf leerte, streifte Thea den Bruchteil einer Sekunde lang das Gefühl, sie würden hier zusammen leben. Sie überlegte noch, ob sie das gut finden sollte, als er die Dose in den Müll unter der Spüle warf und an der Katzenschüssel roch, bevor er sie Romeo auf den Boden stellte.

»Willst du auch eine Portion?«, fragte Thea belustigt.

Messmer grinste. »Offen gestanden wäre es mir lieber, wenn du eine Tiefkühlpizza in den Ofen schiebst.«

»Träumst du? Der Backofen ist bei mir Stauraum.« Thea lachte und entspannte sich etwas. »Warte, ich räume nur schnell das Gerümpel auf.« Sie öffnete die Ofentür und holte Auflaufformen, eine Kasserolle und diverse Pfannen heraus, die aussahen, als seien sie noch nie benutzt worden. Dann setzte sie Teewasser auf und nahm zwei Teller aus dem Schrank. Sie verzog das Gesicht, als sie sah, dass ihre Weingläser Wasserflecken hatten. Was, wenn sie nachher noch ein Glas Chianti zusammen trinken wollten? Schnell tat sie den Stöpsel in den Ausguss, drehte das Wasser auf, gab einen Spritzer Spülmittel dazu und legte die Gläser hinein. Im selben Moment kam ihr der Gedanke, dass Messmer, wenn er Rotwein trank, eigentlich nicht mehr heimfahren durfte, und sie ertappte sich dabei, dass sie überlegte, wann sie das letzte Mal ihr Bett bezogen hatte.

Messmer hatte schon die Pizza in der Hand. »Thunfisch«, meinte er mit einem Blick auf Romeo. »Dann essen wir ja alle das Gleiche.«

Wie eine glückliche Familie, setzte Thea den Satz in Gedanken fort, und kleine Fische zappelten in ihrem Bauch. Der Kerl stand in ihrer Küche und schob eine Pizza in die Röhre, als hätte er nie etwas anderes getan.

»Schön warm hast du's hier.« Messmer richtete sich auf und wischte sich einen Schweißtropfen von der Stirn. »Ich würde ja die Jacke ausziehen, aber mein Hemd stinkt nach verwester Leiche.« Er setzte sich an den Küchentisch und fegte mit der Hand ein paar Krümel auf den Boden, die noch vom Frühstück dalagen.

»Weißt du was, zieh das Hemd einfach aus, ich weiche es im Badezimmer ein«, schlug Thea vor, während sie den Tee aufgoss. »Du kannst im Unterhemd essen, hier ist's warm genug.« Es klang beiläufig, aber Thea hörte das Blut in ihren Ohren rauschen, während sie das sagte.

»Das trocknet doch aber nicht, bis ich gehe«, gab Messmer zu bedenken. Nichtsdestotrotz zog er sich schon die Jacke aus und knöpfte das Hemd auf. »Oder möchtest du, dass ich –«

»Es reicht, wenn du in der Jacke heimfährst, so kalt ist es nicht mehr«, beeilte sich Thea einzuwerfen. Sie wusste selbst nicht, welches Teufelchen auf ihrer Schulter ihr eingeflüstert hatte, sie sollte sein Hemd einweichen. Sie hatte eben noch mit dem Gedanken gespielt, dass er hierbleiben könnte, aber jetzt, wo er diese Möglichkeit ins Gespräch brachte, zog ihre Angst die Notbremse. Sie griff nach Messmers Oberhemd und verschwand damit schleunigst im Badezimmer. Ihre Ohren waren heiß, und sie fürchtete, dass sie auch rot geworden waren. Ein Blick in den Spiegel bestätigte ihre Vermutung.

Sie ließ das Waschbecken vollllaufen und gab einen Strang Handwaschmittel hinein. Verstohlen roch sie an dem Hemd, bevor sie es ins Wasser tauchte. Nicht am Kragen, wo es von der Leichenflüssigkeit getroffen worden war, sondern unter den Achseln. Es duftete nach dem Deo, das sie schon öfter an ihm bemerkt hatte, und nach einem Hauch von seinem Schweiß. Was tat sie da eigentlich? Entschlossen warf sie das Hemd ins Wasser, drehte den Hahn zu und warf einen prüfenden Blick in den Spiegel. Ihre Ohren hatten wieder ihre normale Farbe angenommen.

»Sind das die Fotos von deinem Osterurlaub?«

Thea erstarrte. Sie hatte die Bilder gestern auf dem Küchenbüfett liegen lassen, und als sie jetzt in die Tür trat, sah sie Messmer im Unterhemd dort stehen und sie durchsehen. Eine Armee Ameisen rannte über ihre Haut.

»Steht dir gut, die grüne Jacke«, sagte er, und seine Gesichtsmuskeln zuckten amüsiert.

Thea wollte etwas entgegnen, brachte aber kein Wort heraus. Sie verspürte den Drang, zu ihm zu laufen und ihm die Bilder aus der Hand zu reißen, bevor es zu spät war. Doch sie stand wie festgewachsen da. Sie überlegte fieberhaft, wie sie ganz unauffällig das Thema wechseln könnte. Aber ihre Gedanken steckten fest wie ein Jeep in einem Schlammloch, und die Rädchen in ihrem Gehirn drehten durch. Einen endlosen Augenblick lang wartete sie darauf, dass das Fallbeil der Guillotine heruntersausen würde. Sie sehnte es fast herbei. Es hatte so kommen müssen. Auf die Ursache folgt die Wirkung. Es war unausweichlich.

Thea zwang sich, zu Messmer hinüberzusehen.

Er stand reglos da und betrachtete das Foto. Zehn Sekunden, fünfzehn, zwanzig – die Zeit dehnte sich und schien zu zähem Gummi zu zerlaufen, wie die Uhren auf dem Gemälde von Dalí. Sein Blick verweilte schon eine Ewigkeit auf ein und derselben Aufnahme. Obwohl sie es von der Tür aus nicht sehen konnte, wusste Thea, welches Bild er betrachtete. Dreißig Sekunden, vierzig …

»Sie ist es, nicht wahr?« Messmer wandte die Augen von dem Foto ab und sah Thea an. Sein Gesicht war eine ausdruckslose Maske.

Sie versuchte, seinem Blick standzuhalten, aber es klappte nicht. »Wer ist was?«, krächzte sie. Sie konnte doch nicht ernsthaft glauben, aus dieser Sache noch mit heiler Haut herauszukommen. Warum versuchte sie zu leugnen? Überlebensinstinkt? Solange ich es nicht zugebe, ist es nicht wahr, dachte sie. Aber ganz tief im Innern war ihr längst klar, dass sie verspielt hatte.

Messmer warf das Bild achtlos auf den Küchentisch und kam einen Schritt auf sie zu. »Die Frau vom Friedhof, bei Hausers Beerdigung. Die Letzte, die Antonia Linder lebend gesehen hat.«

Thea schwieg, als hätte man ihr die Zunge abgeschnitten.

»Sie hat dasselbe Kleid an. Denselben Hut auf. Sogar die Sonnenbrille ist haargenau gleich. Sie ist nur etwas hagerer im Gesicht. Willst du mir weismachen, das sei nur Zufall? Ausgerechnet du, die immer behauptet, nicht an Zufälle zu glauben?« Messmers Blick war wie eine doppelläufige Flinte auf Thea gerichtet; sie wartete buchstäblich auf den Befehl zur Exekution. Sie erinnerte sich gut an diesen heißen Sommertag im letzten August. Nach dieser Frau hatten sie lange gefahndet, doch sie schien wie vom Erdboden verschluckt. Thea wusste damals noch nicht, dass es die beste Freundin ihrer Mutter war und dass ihre Mutter am Rande in den Mord an dem Industriellen Wolf Hauser verwickelt gewesen war. Und Messmer wusste es bis heute nicht. Aber er würde es gleich erfahren müssen.

»Ja, sie war es«, sagte Thea leise und wollte ihre Worte im gleichen Moment zurücknehmen. Aber es war zu spät. »Sie hat Hauser und auch Antonia Linder auf dem Gewissen. Und sie wollte, dass ich dir das sage. Das hab ich auch schon seit Tagen versucht. Aber – ich konnte es einfach nicht.«

Messmer starrte durch Thea hindurch, er schien sie gar nicht zu sehen. »Mit welchem Motiv?«, fragte er schließlich gepresst.

»Loyalität zu meiner Mutter. Sie ist ihre beste Freundin.« Es war nicht die ganze Wahrheit, das wusste Thea nur zu gut. Aber sie konnte ihm nicht die ganze Geschichte erzählen. Etwas in ihr sträubte sich, Sofias Schicksal vor ihm auszubreiten und sie nackt und schutzlos dem Auge des Gesetzes preiszugeben.

»Seit wann weißt du das?« Sein Blick hatte sich in ihre Augen gebrannt und hielt sie fest.

Thea war versucht, auszuweichen, ihm vorzumachen, sie wisse es erst seit dem Ostersonntag, so wie Sofia und auch Karolin es ihr vorgeschlagen hatten. Doch sie hatte viel zu lange mit dieser Lüge gelebt. Der Augenblick der Wahrheit war gekommen. Der ganzen Wahrheit.

»Seit dem Sommer. Ich habe einen Brief mit dem Geständnis im Haus meiner Mutter gefunden.«

Messmer schwieg. Sie konnte sehen, wie sich seine Kiefermuskeln bewegten und die Fingerknöchel weiß hervortraten, als er seine Teetasse fester umklammerte. Er atmete tief ein. »Wo ist dieser Brief jetzt?«

»Ich habe ihn verbrannt.«

Die Stille schien endlos. Messmer regte sich nicht. Er starrte sie nur an, und sie starrte zurück. Erst als ihr die Luft knapp wurde, merkte Thea, dass sie vergessen hatte zu atmen.

»Ich habe dir vertraut, als ich dir den Schlüssel zum Haus deiner Mutter gegeben habe«, sagte Messmer schließlich. »Ich hätte nie für möglich gehalten, dass du Beweismaterial vernichtest, um eine Mörderin zu decken.«

Keiner von beiden nahm bewusst wahr, dass dunkler Rauch aus dem Backofen quoll und die Pizza allmählich zu Kohle wurde.

»Es war Totschlag, beide Male«, antwortete Thea leise.

»Das spielt keine Rolle. Du hast ein Ermittlungsverfahren behindert.« Messmer stellte seine Tasse hart auf der Tischplatte ab, drehte sich um und nahm seine Jacke vom Garderobenhaken.

»Sie wird vielleicht sterben.« Hatte sie das laut ausgesprochen oder nur gedacht? Wahrscheinlich Letzteres, denn Messmer reagierte nicht.

»Ich muss gehen, bevor ich etwas Unüberlegtes sage oder tue.« Er sah sie nicht mal an, als er das sagte, sondern konzentrierte sich darauf, den Reißverschluss seiner Jacke über dem Unterhemd zu schließen.

Thea zuckte zusammen, als die Tür hinter ihm ins Schloss fiel. Dann schaltete sie den Backofen aus, warf die Pizza in den Müll und öffnete das Küchenfenster.

Bereits in ihrer Kindheit hatte sich Thea eine Strategie für Notlagen zurechtgelegt: Sie stellte sich eine noch schlimmere Situation vor, als die, die sie gerade erlebte. Oft hatte ihr das Wissen, dass es hätte noch ärger kommen können, schon geholfen, sich mit Schicksalsschlägen zu arrangieren. Als sie jetzt am Fenster stand und auf die Straße hinausschaute, wo gerade die Rücklichter von Messmers Auto hinter der Straßenbiegung verschwanden, versuchte sie, diese Taktik anzuwenden, aber es wollte ihr nicht gelingen. So angestrengt sie auch nachdachte, ihr fiel nichts ein, was katastrophaler hätte sein können. Bei dem Gedanken, dass Messmer nun wusste, dass sie sich im Sommer der Strafvereitelung schuldig gemacht hatte, rebellierte ihr Magen, und sie spürte das harte Hämmern der Angst an ihrem Brustbein.

Diese verdammten Fotos! Warum war sie auch so schlampig und hatte sie auf der Anrichte liegen lassen. Was Thea am Alleinleben immer genossen hatte, war die Tatsache, dass sie für niemanden putzen und Ordnung halten musste außer für sich und ihren Kater, den das aber herzlich wenig interessierte. Dass man in ihrer Wohnung nicht vom Fußboden essen konnte und sie nach einigen Utensilien mitunter ein Weilchen suchen musste, hatte sie bislang nie gestört. Diesmal hatte ihre Nachlässigkeit allerdings Konsequenzen, die sie sich nicht einmal auszumalen wagte.

Thea versuchte, langsam und gleichmäßig zu atmen. Ein lauer Wind trug ihr den Duft der blühenden Bäume zu, und die erste Mücke des Jahres ließ sich auf ihrem Handrücken nieder. Mit allem Frust, der in ihr war, schlug sie sie tot und betrachtete angewidert den zerschmetterten Körper des Insekts, der in einem kleinen dunklen Blutfleck auf ihrer Hand klebte. Sie stellte sich vor, wie die Mücke vor wenigen Sekunden noch ihr Leben genossen, sich auf das bevorstehende Festmahl auf Theas Haut gefreut hatte. Völlig unerwartet hatte das Schicksal zugeschlagen, von einer Sekunde auf die andere war alles vorbei. Thea schaute auf die Straße hinunter. Drei Stockwerke unter ihr lag der gepflasterte Bürgersteig. Den Bruchteil eines Augenblicks dachte sie daran, nachzugeben, sich fallen zu lassen, die Verantwortung für dieses verdammte Leben einfach abzuwerfen. Aber der Gedanke war genauso schnell verschwunden, wie er gekommen war. Sie sah unten an der Hausecke den Müllcontainer stehen, in dem sie Romeo im letzten Winter gefunden hatte. Sie dachte an ihre Mutter in Italien, die ihre beste Freundin an den Tod verlieren würde. Irgendwie muss es weitergehen, sagte sie sich. Irgendwie geht es immer weiter.

Ihr Telefon klingelte.

»Ich hatte gerade das Gefühl, ich müsste dich anrufen.«

»Karolin!« Thea erschrak vor ihrer eigenen Stimme, sie klang einfach fürchterlich.

»Was ist passiert?« Es kam in letzter Zeit immer öfter vor, dass Karo anrief, wenn sie glaubte, Thea würde gerade jemanden zum Reden brauchen. Meistens hatte sie damit recht. Thea hatte ihr schon manches Mal scherzhaft vorgeschlagen, ihren Job bei der Bank aufzugeben und ihr Geld als Medium zu verdienen.

»Er weiß es«, sagte Thea. »Scheiße, Scheiße, Scheiße!«

»Wer weiß was? Jetzt sortier dich erst mal und dann noch mal von vorn, ja?« Karolin klang fast beschwörend ruhig.

»Micha. Er hat die Fotos von meinem Osterurlaub bei mir gefunden.«

»Ja und?« So schnell kapierte Karolin nun doch nicht.

»Sofia ist drauf.« Mehr brachte Thea nicht über die Lippen.

Am anderen Ende herrschte einige Sekunden Stille. Dann konnte Thea den Groschen regelrecht durch den Schacht rasseln hören. »Er hat sie wiedererkannt?«

»Ja. Und ich hab ihm alles erzählt. Mir ist einfach keine Ausrede mehr eingefallen.«

»Verdammter Mist! Ich weiß gar nicht, was ich sagen soll.«

»Und ich weiß gar nicht, was ich machen soll. Habt ihr in der Bank noch einen Job für eine Putzfrau frei?«

»Jetzt hör doch auf!« Karolin klang ärgerlich. »Glaubst du etwa, der schmiert dich an?«

»Ich weiß es nicht, Karo. Verstehen könnte ich es. Das ist Strafvereitelung, was ich da gemacht habe. Und das ist eine kriminelle Handlung. Eigentlich müsste ich als Polizistin in hohem Bogen rausfliegen. Und das werde ich auch, wenn Micha auspackt.«

»Aber Sofia ist doch sowieso todkrank. Meinst du, Italien würde sie ausliefern, wenn der Fall wieder aufgerollt wird? Das lohnt doch der Mühe gar nicht. Glaubst du nicht, dass er das auch so sieht?«

»Keine Ahnung.« Thea seufzte. »Ich möchte mich jedenfalls nicht darauf verlassen.«

Karolin schwieg. »Willst du herkommen?«, fragte sie schließlich. »Oder wollen wir uns im ›Stetter‹ treffen?«

»Danke, aber ich hab jetzt nicht mehr die Kraft, aus dem Haus zu gehen. Ganz nebenbei haben wir heute eine zweite Leiche gefunden, aber das behältst du bitte für dich.« Sofort bereute Thea ihre letzten Worte. Karolin war zwar neugierig, aber nicht schwatzhaft, und sie würde nie eine vertrauliche Information weitergeben, schon gar nicht, wenn es Thea oder deren Arbeit betraf. Mit Schaudern erinnerte sie sich an die Leiche des Arztes im Kamin. War das wirklich erst heute Nachmittag gewesen? Thea staunte, wie lange das schon wieder her zu sein schien. Dabei waren seitdem kaum sechs Stunden vergangen.

»Schon wieder ein Toter? Auch das noch! Kannst du morgen wenigstens ausschlafen?«

»Theoretisch schon, wir fangen erst um elf an. Aber ich glaub kaum, dass ich schlafen kann. Morgen nehmen wir uns das Haus des Opfers vor. Das heißt, wenn ich dann noch dabei bin.« Der Knoten in Theas Magen zog sich wieder fester zusammen.

»Jetzt red doch nicht so einen Scheiß! Sag Bescheid, wenn du Hilfe brauchst, ja?«

»Mach ich. Das weißt du doch.« Thea dachte sehnsüchtig an die angebrochene Flasche Chianti, die in ihrem Küchenschrank stand. Sie brauchte jetzt wenigstens noch einen Schlaftrunk.

Nachdem sie aufgelegt hatte, suchte sie im Küchenschrank vergeblich nach einem Glas, bis ihr einfiel, dass sie ihre einzigen beiden Weingläser im Spülbecken liegen gelassen hatte, um sie für das Pizza-Diner mit Messmer noch einmal zu polieren. Thea atmete tief durch. Jetzt bloß nicht an den verpatzten Abend denken und daran, was vielleicht gewesen wäre, wenn er ihr am Esstisch eine Weile im Unterhemd gegenübergesessen hätte. Sie hatte wahrhaft größere Probleme. Frische Geschirrtücher fand sie auch nicht mehr im Schrank, aber die hatte sie wenigstens schon gewaschen. Sie musste sie nur noch vom Wäschetrockner im Bad pflücken, wo sie seit mehr als einer Woche hingen.

Als sie ins Badezimmer kam, sah sie das blau gestreifte Oberhemd im Waschbecken liegen. Einige Sekunden stand sie reglos davor, starrte auf die Schaumbläschen in dem inzwischen kalt gewordenen Wasser, und ihre Knie gaben unter ihr nach. Sie setzte sich auf den gekachelten Boden und brach in Tränen aus.

Ich habe mich versteckt.

Zwischen den Wurzeln einer riesigen Eiche habe ich eine Höhle entdeckt und mit meinen bloßen Händen vergrößert, gerade so weit, dass ich darin Platz finde. Jetzt liege ich zusammengerollt im Schoß der Erde und bin etwas ruhiger geworden. Kleine Insekten krabbeln über meine Haut und trinken das Blut meiner Wunden. Sollen sie nur, so bin ich wenigstens noch für jemanden nützlich. Mein Herzschlag dröhnt mir nicht mehr in den Ohren, sodass ich das Gebrüll der Orks hören kann, die nach mir suchen und mit ihren gewaltigen Keulen wütend gegen die Bäume schlagen. Ich bitte die Baumfee, mich zu beschützen, doch sie antwortet nicht. Siedendheiß kommt mir der Gedanke, dass die Eiche vielleicht schon tot sein könnte, denn wenn ein Baum stirbt, ziehen die Geister aus.

Draußen huscht ein letzter Waldläufer durch das Laub, ich kann von meinem Versteck aus nur seine Füße in schmutzigen Lederstiefeln sehen und den Saum seines grünen Umhangs, der bis an seine Waden reicht. Wahrscheinlich hat er seine Artgenossen verloren. Ich höre seinen hektischen Atem und hoffe für ihn, dass er es noch schafft, sich in Sicherheit zu bringen.

Sicherheit. Wie abstrakt dieses Wort für mich geworden ist! Ich sehne mich so sehr nach dieser gütigen Gestalt mit dem langen weißen Haar, die so viel Liebe ausstrahlt. Ich überlege, wie es möglich sein kann, dass Liebe und Tod so nah beieinander existieren. Oder vielleicht sogar dasselbe sind?

Ob er mich schneller aufspürt als meine Verfolger? Ich kann mich in dieser Lage nicht verteidigen. Die Höhle ist zu eng, um den Bogen zu spannen. Ich kann nur ausharren und hoffen, dass sie mich nicht entdecken.

Wenn er mich hier findet, kann ich nicht mehr weglaufen. Eigentlich will ich es ja auch gar nicht. Ich sehne mich danach, nachgeben zu dürfen. Aber ich weiß, dass ich noch durchhalten muss. Wenn ich aufgebe, werde ich alle, die mich lieben, ins Unglück stürzen. Das halte ich nicht aus. Ich kann meine eigenen Schmerzen besser ertragen als das Wissen um ihre Verzweiflung.

DONNERSTAG

Man kann sich mit unzähligen Tätigkeiten davon ablenken, eine unangenehme Pflicht wahrzunehmen. Man weiß, dass alles, was man unternimmt, nichts anderes als eine Aufschiebetaktik ist, aber man kann nichts dagegen tun. Es gibt zum Beispiel massenhaft Möglichkeiten, einem anstehenden Telefonat mit der eigenen Mutter auszuweichen. Einige davon wären: Augenbrauen zupfen, wenngleich kaum ein Härchen zu finden ist, das aus der Reihe tanzt, Tasse und Teller vom Frühstück abwaschen, obwohl man sie einfach in die Spülmaschine stellen könnte, drei Stockwerke nach unten zum Briefkasten laufen, auch wenn man aus Zeitgründen keine Tageszeitung liest und obendrein keine Post erwartet, essen, weil man meint, vor Hunger sterben zu müssen, obwohl man schon kurz vorm Platzen ist, das Bügeln von Taschentüchern und Geschirrtüchern, die man normalerweise zwar gefaltet, aber zerknittert in den Schrank legt, oder das Aufsammeln der Fellflusen eines rot getigerten Katers von einem Teppich, den man ohnehin höchstens einmal die Woche saugt.

Als alle diese Tätigkeiten erledigt waren und Thea beim allerbesten Willen nichts mehr einfallen wollte, griff sie zum Telefon.

»Er weiß es«, sagte sie nur, nachdem ihre Mutter sich gemeldet hatte. »Er weiß, dass Sofia Hauser und Antonia umgebracht hat. Ich habe es ihm gesagt.« Sie würde den Teufel tun und Einzelheiten darüber verraten, unter welchen Umständen die Sache herausgekommen war, und sie würde um nichts in der Welt zugeben, wie es ihr damit ging.

»Gut. Sie wollte es ja so.« Das war alles, was Franziska dazu sagte. Keine Frage, wie Messmer reagiert hatte oder ob das Ermittlungsverfahren in Deutschland denn jetzt wieder aufgenommen werden würde. Kein Wort der Anerkennung, dass Thea es geschafft hatte, nach nunmehr einem Dreivierteljahr mit der Wahrheit herauszurücken. Keinerlei Interesse dafür, ob sie vielleicht nun Schwierigkeiten bekommen würde, weil sie die Identität der Täterin so lange verschwiegen hatte. Thea wusste nicht genau, was sie erwartet hatte, sie merkte nur, dass sie enttäuscht war.

»Wie geht es Sofia?«, fragte sie schließlich.

Ein paar Augenblicke war Stille am anderen Ende. Thea glaubte schon, die Verbindung sei abgebrochen, als sie ein undefinierbares Geräusch im Hörer wahrnahm und begriff, dass ihre Mutter weinte.

»Nicht gut«, sagte Franziska schließlich. »Die Chemo hat nicht angeschlagen. Es scheint rapide abwärts zu gehen. Sie ist jetzt in diesem Vollzugskrankenhaus, und ich bin nicht sicher, ob sie dort wirklich alles tun, was möglich ist. Schließlich kostet es den Staat eine Menge Geld, wenn man eine Mörderin jahrelang einsperrt. Man lässt sie wohl lieber sterben. Den Tod gibt es ja immer noch gratis.«

Thea wusste nichts zu entgegnen. Sie hörte, wie sich ihre Mutter die Nase putzte. Thea stand dieser Situation hilflos gegenüber, weil sie ihre Mutter nur stark und souverän kannte. Falls sie sie überhaupt kannte. Jetzt ahnte sie, dass die Angst vor Sofias Tod Franziskas ganzes Denken und Fühlen ausfüllte. Da war kein Platz für Mitgefühl für die Probleme der Tochter, noch dazu, wo die Tochter vom eigentlichen Problem ja gar nichts erzählt hatte. Thea rügte sich selbst. Verlangte sie, dass ihre Mutter hellseherische Fähigkeiten besaß und an etwas Anteil nahm, das Thea tunlichst verschwieg? Schließlich war es allein ihre blöde Nachlässigkeit gewesen, die Fotos liegen zu lassen. Schnell verdrängte Thea den Gedanken. Während sie dem stockenden Bericht ihrer Mutter über Metastasen und Morphiuminfusionen zuhörte, sah sie auf die Uhr. Oh Gott, sie musste los.

»Ich muss zur Arbeit, Mama, bin eh schon zu spät dran.« Sie konnte sich jetzt nicht auf Sofias langsames Sterben einlassen, das würde sie zweifellos überfordern. Was heute vor ihr lag, war schlimm genug.

»Entschuldige, dass ich dich damit belästigt habe. Geh und kümmere dich um Tote, die du nicht kennst.« Franziska klang verbittert, und Thea biss sich auf die Lippen. Die Kehrseite von sensibel ist verletzlich, dachte sie. Und ihre Mutter war sehr sensibel, auch wenn sie das zu verbergen suchte. Franziska hatte ihr Leben lang eine Maske getragen und war es gewohnt, das Gesicht zu wahren. Aber unter starker Belastung wurde die Maske rissig, und jetzt war einer dieser Momente.

Thea seufzte. Da waren sie wieder, die Schuldgefühle ihrer Mutter gegenüber. Die räumliche Trennung hatten sie nicht ausgemerzt, sondern in gewisser Weise sogar verstärkt. Sie suchte nach ein paar lieben Worten zum Abschied, aber alles, was sie sagte, schien ihr unzulänglich. Schließlich legte sie mit einem schrecklich schlechten Gewissen den Hörer auf.

Wenn es zu viele Dinge gibt, die einen beschäftigen, Herz und Hirn überlastet sind, schalten sie einfach ab. Thea fühlte sich völlig leer, als sie an der Ruhbank auf die Kirchheimer Straße einbog und Richtung Sillenbuch fuhr. Gleich würde sie Messmer gegenübertreten müssen, aber das Wissen, dass es eigentlich nicht mehr schlimmer kommen konnte, versetzte sie in einen unerklärlich gleichgültigen Zustand. Alle ihre Sinne waren darauf konzentriert, die Hausdurchsuchung zu überstehen, weiter dachte sie nicht. Als sie hinter der U-Bahn-Station Sillenbuch auf die Spaichinger Straße abbog, breitete sich ein Gefühl der Beklemmung in ihr aus, das nicht allein davon herrührte, dass sie zu einem Haus fuhr, in dem tags zuvor eine Leiche gefunden worden war. An der Einfahrt des Seniorenstifts »Augustinum« sah sie ein großes Schild mit der Aufschrift »Pförtner gesucht«. Vielleicht würden die ja auch eine Pförtnerin einstellen? Thea überlegte, ob ihre Erfahrung in der Polizeiarbeit nicht sogar vorteilhaft war, wenn sie sich auf einen Job im Wachdienst bewarb. Einen Augenblick lang beneidete sie die alten Leute, die ihren Ruhestand genießen konnten und alle Schwierigkeiten des Lebens schon hinter sich hatten, mit denen sie selbst sich noch herumschlagen musste. Gleich darauf schämte sie sich für diesen Gedanken. Sie sollte es eigentlich besser wissen. Spätestens seit sie im letzten Winter in einem Alten- und Pflegeheim ermittelt hatte, musste ihr klar sein, dass es nicht der Himmel auf Erden war, seinen Lebensabend in einer solchen Einrichtung verbringen zu müssen, auch wenn das »Augustinum« eher einem Vier-Sterne-Hotel glich als einer Altenwohnanlage. Thea dachte an den bröckelnden Putz und die uralten Büromöbel im Polizeipräsidium und kam zu dem Schluss, dass sie als Pförtnerin hier in einem schöneren Ambiente arbeiten würde. Trotzdem würde sie ihren Job um nichts in der Welt hergeben wollen.

Über die Schemppstraße erreichte sie den Eichenhain und stellte den Corsa am Waldrand ab. Die letzten Meter wollte sie zu Fuß gehen. Sie blieb noch einen Moment im Auto sitzen, die Arme auf das Lenkrad gelegt, und starrte durch die Frontscheibe, die eine Reinigung dringend nötig hatte, auf die staubige Kofferraumklappe des Autos vor ihr. Ihre Beine weigerten sich, auszusteigen. Sie schienen zu wissen, dass nur ein kurzes Stück die Straße entlang Messmer auf sie wartete und dass sie vor dem Augenblick der Begegnung eine Heidenangst hatte.

Eine Katze schlich durch den Garten der Villa Fagel, erschöpft von der morgendlichen Beutejagd, doch offenbar hochzufrieden. Sie hatte eine Maus zwischen den Zähnen, die noch zappelte in dem verzweifelten Versuch, freizukommen. Thea ertappte sich bei dem Gedanken, dass sie gern mit der Katze getauscht hätte. Messmer war gut zu Katzen. Sogar die Rolle der Maus hätte sie bereitwillig übernommen; die schien zumindest Hoffnung zu haben, noch einmal davonzukommen. Thea wandte sich ab, betrachtete das zerrissene Polizeisiegel an der Tür und zwang sich, einzutreten.

Der Flur war leer bis auf die blauen Wartezimmerstühle und einige zerknitterte weiße Schutzanzüge aus Papier, die an der Garderobe hingen. Von oben konnte sie Stimmen hören, und aus der Küche, die neben dem Büro im Erdgeschoss lag, drang ein klapperndes Geräusch.

»Morgen, Thea.« Koch kam mit einer Thermoskanne in der Hand aus der Küche. »Hattest du heute schon Kaffee?«

»Ja, danke«, schwindelte sie. Kaffee hätte ihren Magen jetzt noch mehr in Aufruhr versetzt. »Ist die Kriminaltechnik schon fertig?«

Wie als Antwort auf ihre Frage polterten Geiger und Moll von der Spurensicherung die Treppe herunter. »Ihr wart gestern ohne Schutzanzüge hier drin, stimmt's?«

»Ja. Wir hatten nicht wirklich erwartet, eine Leiche zu finden.« Thea zog ein Zopfgummi von ihrem Handgelenk und band sich die Haare zusammen. »Kann sein, dass wir Spuren gelegt haben, ihr müsst also unsere DNA mit durchlaufen lassen. Auch die vom Sohn, der ist tatortberechtigt.«

Die Tür des Sprechzimmers flog auf, und Messmer schoss heraus, so unvermittelt, dass Thea der Atem stockte.

»Moin, Thea.« Er streifte sie nur flüchtig mit den Augen und wandte sich dann an Koch. »Der hat ein CT-Gerät da drin, das man eigentlich nur in Krankenhäusern findet. Ich hab so was noch nie in der Praxis eines niedergelassenen Arztes gesehen. Muss gut bei Kasse sein, der Mann.«

»Gewesen sein«, korrigierte Koch. »Jetzt nützt ihm das teuerste CT-Gerät nichts mehr. Es sei denn, das Ding kann Tote wieder lebendig machen.«

Thea schluckte schwer und ging an Messmer vorbei ins Behandlungszimmer. »Moin, Thea«. Sogar Frau Baric hätte er freundlicher begrüßt. Zumindest schienen die anderen noch nichts zu wissen. Koch jedenfalls war unverändert.

Sie sah sich in dem sonnendurchfluteten Raum um. Ein schlichter Schreibtisch mit einem Computer und einem Briefbeschwerer in Form eines menschlichen Gehirns neben der Tastatur. Dahinter ein weißer lederner Chefsessel. Davor zwei Besucherstühle, die nicht ganz so teuer aussahen. An der Wand eine Untersuchungsliege, sauber mit Papier bezogen. Sie sah nagelneu aus, als sei sie noch nie benutzt worden. Der Computertomograph am Kopfende wirkte wie eine Requisite aus einem Science-Fiction-Film in dem ansonsten schlichten Raum.

Thea drehte sich um die eigene Achse und ließ ihren Blick durch das Zimmer wandern. Sie vermisste etwas. Etwas, das sie aus der Praxis ihres Hausarztes kannte, ihres Zahnarztes, ihrer Gynäkologin. Das hier war kein Behandlungszimmer im üblichen Sinne. Doch ihr wollte nicht einfallen, was hier fehlte.

Draußen hörte sie Messmer mit Koch sprechen, konnte aber nicht verstehen, was die beiden sagten. Jetzt entfernten sie sich, wurden leiser, und das verhaltene Knarren der Treppenstufen verriet, dass sie hinauf in den privaten Bereich gingen.

Thea trat ans Fenster und sah in den Garten hinaus.

Die Katze hockte auf den Holzstufen des Pavillons und zerfleischte selbstvergessen die Maus. Offenbar war sie des Spielens mit der Beute überdrüssig geworden. Sag es ihnen schon, dachte Thea, mach dem Versteckspiel ein Ende. Disziplinarverfahren, Versetzung auf eine andere Dienststelle oder schlimmstenfalls Entlassung aus dem Polizeidienst. Aus die Maus.

»Wir haben seine Patientenakten durchgesehen.«

Thea fuhr herum und sah Ströbele in der Tür stehen.

»Er hatte fast ausschließlich Krebspatienten. Wahrscheinlich deshalb auch das CT.« Er kam auf sie zu und sah ihr ins Gesicht. »Hab ich dich erschreckt, Engelchen? Das wollte ich nicht. Du bist ja kreidebleich. Schlecht geschlafen?«

»Hundsmiserabel«, antwortete Thea wahrheitsgemäß. Sie konnte seinem Blick nicht standhalten und drehte sich wieder zum Fenster. Die Katze hatte ihre Mahlzeit beendet und stolzierte mit erhobenem Schwanz davon.

»Wir sehen uns jetzt die privaten Räume im oberen Stockwerk an«, sagte Ströbele. »Kommst du mit rauf?«

»Ja, natürlich.« Thea riss sich zusammen und folgte Ströbele zur Tür. Bevor sie sie schloss, drehte sie sich noch einmal um und sah ins Zimmer hinein. Jetzt fiel ihr ein, was der Unterschied zu den Sprechzimmern war, die sie kannte. Es gab hier keinerlei Utensilien, die ein Arzt normalerweise für die Untersuchung seiner Patienten braucht. Kein Stethoskop, kein Blutdruckmessgerät, keine Spritzen oder anderen medizinischen Instrumente, nicht mal einen Zungenspatel, Wattetupfer oder Mullverbände. Und auch keine Schränke dafür. Ihr Hausarzt bewahrte Unmengen von Medikamenten in einem Glasschränkchen seines Sprechzimmers auf – nichts dergleichen gab es hier. Nur diesen Computertomographen, groß, unheimlich und respekteinflößend.

Die Luft in Jennifers Dachzimmer war abgestanden, und es roch nach dem Lavendel, der zu einem großen Kranz geflochten am Fensterkreuz hing. Die Gardine aus beige und violett gemustertem dünnen Leinen wurde von zwei breiten Bändern aus demselben Stoff zur Seite gehalten und gab den Blick auf den Garten und den Eichenhain frei. Der Ausblick hätte idyllisch sein können, wenn das rot-weiß gestreifte Absperrband der Polizei an der Gartentür nicht gewesen wäre.

An den Wänden hingen mehrere Fotos. Genna, die Heilerin, in einem bodenlangen mittelalterlichen Kleid, ein uraltes Hebammenköfferchen unter den Arm geklemmt, selbstbewusst in die Kamera lächelnd. Genna, wie sie sich über einen Verwundeten beugte, der schmerzverkrümmt am Boden lag. Das lange Haar fiel ihr über die Wange und verhüllte ihr Gesicht, aber am Kleid konnte man erkennen, dass sie es war. Eine Kampfszene zweier bärtiger Männer, die mit Pappschwertern aufeinander eindroschen. Thea meinte, in einem der beiden Griegerle zu erkennen. Die Fassade einer mittelalterlichen Burg, unter dem Torbogen ein Grüppchen kostümierter junger Menschen, die sich wie die Komparsen eines Theaterstückes in Positur gestellt hatten. Erinnerungen eines kurzen Lebens oder eines gelebten Traums. Thea fielen die Worte von Shakespeare ein: »Wir sind der Stoff, aus dem die Träume sind, und unser kurzes Leben ist eingebettet in einen langen Schlaf.«

»Das ist das Zimmer des Opfers, oder?« Messmer war nach ihr hereingekommen und öffnete den Kleiderschrank. »Die Klamotten sehen überraschend normal aus.«

Thea schaute ihm über die Schulter, vermied es aber, ihm zu nahe zu kommen. Sie sah, wie er Jeans und Tweedröcke, Hemdblusen und ein Etuikleid von einer Seite der Kleiderstange zur anderen schob. Das quietschende Geräusch strapazierte ihre Nerven, und sie wandte sich ab. Heute hätte sie alles dafür gegeben, wenn Ströbele oder ihretwegen auch Koch ihr als Durchsuchungspartner zur Seite gestanden hätte.

»Alles vom Feinsten«, hörte sie Messmer sagen. »Meine Ex hätte ihre helle Freude an der Kollektion.«

Seine Ex. Messmer hatte Thea gegenüber schon seit Monaten

nicht mehr von seiner Exfrau gesprochen. Fast hatte sie vergessen, dass er mal verheiratet gewesen war. Dass er sie gerade heute wieder erwähnte, schaffte eine Distanz zwischen ihnen, und Thea fragte sich, ob er das wohl beabsichtigt hatte.

Sie bückte sich zu einer geflochtenen Korbtruhe und hob den Deckel hoch. »Ihre Kostüme hat sie hier drin.«

Sie zog ein Kleid heraus, das Gewand in Weiß und Türkis, das Tanja von der Kostümschmiede auf dem Foto angehabt hatte.

»Griegerles Geschenk.« Messmer schnalzte mit der Zunge. »Ist noch mehr drin?«

»Ja, der passende Schleier. Ein langes Unterkleid und ein moosgrüner Umhang mit goldener Borte.« Ganz am Boden der Truhe lag der Hebammenkoffer, den Thea schon auf dem Foto gesehen hatte. Sie nahm ihn heraus und öffnete ihn. Einige Rollen Mullverband kamen zum Vorschein, eine altertümliche Schere, die aussah, als hätte man sie aus einem Museum entwendet, ein hölzernes Hörrohr. Thea fragte sich, wo man solche Dinge herbekam. Ob es Leute gab, die so was bei Ebay versteigerten?

Sie öffnete eine kleine Spandose und unterdrückte einen Aufschrei: »Was ist denn das, um Gottes willen?«

Messmer schloss die Schranktür und trat hinter sie, so dicht, dass ihr der Atem stockte. Er warf einen Blick in die Schachtel und lachte auf.

»Blutegel. So was nahm man früher zum Schröpfen. Aber diese Spezies hier gibt's wohl nur im Scherzartikelladen.«

Thea schüttelte lächelnd den Kopf und schrak zusammen, als die Tür aufsprang und Verena Sander plötzlich im Zimmer stand.

»Na, habt ihr was gefunden?«

»Bisher nichts von Bedeutung.« Thea atmete tief durch. Sie war wirklich schreckhaft geworden. »Und ihr?«

»Wir haben das Zimmer der jüngeren Schwester durchgesehen und dabei ihren Reisepass gefunden. Ist das nicht merkwürdig? So was nimmt man doch mit, wenn man auf Tramptour nach Österreich geht, oder?«

Messmer hob die Schultern. »Eigentlich reicht innerhalb der EU auch ein Personalausweis.«

»Den hat sie aber auch nicht dabei.« Koch kam herein und schwenkte das kleine grüne Kärtchen vor seinem Gesicht. »Hab ich in einer Geldbörse in der Tasche ihrer Jeansjacke gefunden. Haben Tramper nicht auch immer Jeansjacken an?«

»Das ist ein Klischee. Sie kann auch eine zweite Geldbörse haben. Aber seltsam ist das schon, ganz ohne Ausweispapiere ins Ausland zu gehen«, überlegte Thea. Gut, es gab kaum noch Grenzkontrollen, und sicher war es möglich, ohne Papiere ein paar Tage durch Österreich zu reisen, aber kein Mensch, der bei Verstand war, ging dieses Risiko ein. Hatten sie es hier mit der Sorglosigkeit einer Zwanzigjährigen zu tun? Oder hatte der große Bruder sie schamlos angelogen? Aber wenn Carina nicht auf dieser Tramptour war, wo war sie dann? Thea sah von Messmer zu Koch und Verena, die schweigend um sie herum standen, und ahnte, dass sie das Gleiche dachten.

»Sie hat weder Handy noch Ausweispapiere bei sich«, sagte Messmer schließlich. »Irgendwas ist doch hier oberfaul!« Sein Blick ruhte auf Thea, als erwarte er eine Antwort von ihr. Sie hielt ihm nicht stand, ging zu dem weißen Biedermeier-Schreibtisch und zog die Schublade auf. Systematisch überprüfte sie den Inhalt, während sie zuhörte, wie ihre drei Kollegen hinter ihr leise über den Verbleib der kleinen Schwester spekulierten. Wenn sie gehofft hatte, ein Tagebuch zu finden, wurde sie enttäuscht. Aber ein paar Briefe waren da. Besser als nichts. Markus von Krohn hatte eine Rechnung über die Teilnahmegebühr des LARPs auf der Teck geschickt. »Bezahlt am 30.03.« war in kleinen, grazilen Buchstaben darauf notiert. Zwei Wochen vor ihrem Tod. Ein weiterer Brief, der an Jennifer Fagel adressiert war, fiel ihr in die Hände. Sie drehte ihn um und las den Absender auf der Rückseite. Eva Schrader, Hölderlinweg in Esslingen am Neckar. Sie drehte sich zu ihren Kollegen um.

»Ist in unseren Ermittlungen schon mal eine Eva Schrader aufgetaucht?«, fragte sie, obwohl sie sicher war, den Namen noch nie gehört zu haben.

Die drei schüttelten stumm die Köpfe.

»Wer soll das sein?« Verena trat zu ihr und sah zu, wie Thea den Brief aus dem Umschlag zog und ihn auseinanderfaltete.

»Liebe Genna. Es tut mir sehr leid, und das ist keine Floskel. Dass ich Elrich verlassen habe, wird dich sehr verletzen. Ich weiß das, aber ich hatte keine Wahl. Frage mich nicht nach den Gründen, du würdest sie nicht verstehen. Du sollst wissen, dass ich dich vermissen werde …«

»Sieh mal einer an, er hatte eine Freundin«, platzte Messmer mitten in Theas Vortrag.

»Und sie nannte seine Tochter ›Genna‹, nicht ›Jennifer‹«, ergänzte Koch. »Ist das nicht ein bisschen ungewöhnlich?«

»Hier ist eine ganze Menge ungewöhnlich, aber solche Fälle mag ich am liebsten.« Messmer rieb sich die Hände. »Als Erstes will ich wissen, wer diese Eva Schrader ist.«

*

»Sie wohnt in Esslingen, oben bei der Burg, ist Jahrgang '58, geschieden mit Familie.« Thea reichte Joost das Fax von der Datenstation und setzte sich an den Besprechungstisch.

»Und sie schreibt nach der Trennung von Fagel Briefe an dessen Tochter«, sagte Joost.

»Sie nennt sie Genna, nicht Jennifer.« Messmer hob die Füße, um Frau Barics Wischmopp auszuweichen, und stieß dabei mit den Knien gegen die Tischkante. »Vielleicht ist sie auch so eine Verrückte, die verkleidet durch den Wald rennt.« Er zog eines seiner gebügelten Taschentücher hervor und tupfte den übergeschwappten Kaffee auf.

»Ihr beiden fahrt nachher nach Esslingen und nehmt euch die Frau mal vor«, entschied Joost an Thea und Messmer gewandt. »Heute Abend wissen wir dann mehr. Was hat denn die Obduktion ergeben, Otti?«

»Tod durch Gewalteinwirkung auf den Schädel. Genau wie bei seiner Tochter. Allerdings haben wir bei ihm einige tiefe Wunden dicht nebeneinander gefunden, die ihm mit einem spitzen, scharfen Gegenstand beigebracht wurden. Eine davon hätte schon reichen können, um ihn ins Jenseits zu befördern. Der Mörder muss in Raserei auf ihn eingeschlagen haben. Krach hat von Übertöten gesprochen.«

»Der Schürhaken«, erinnerte sich Messmer. »Wurde das Kaminbesteck schon untersucht?«

»Ist noch bei der Kriminaltechnik«, antwortete Joost. »Es sah blitzsauber aus, als wäre es noch nie benutzt worden. Wahrscheinlich hat der Täter es hinterher gründlich geputzt. Aber es müsste mit dem Teufel zugehen, wenn da nicht wenigstens ein paar winzige Partikel zu finden wären.«

»Und der Todeszeitpunkt?«

»Gestorben ist er laut Krach vor mindestens zwei Wochen. Auf ein genaues Datum wollte er sich nicht festlegen.«

»Die älteste Post in seinem Briefkasten war von Samstag, dem 14. April«, sagte Verena Sander.

»Das war der Tag, an dem Jennifer gestorben ist«, sagte Thea. »Das ist seltsam. Ihr Vater muss schon viel länger tot sein. Kann es sein, dass sie immer noch den Postkasten geleert hat? Dass sie noch in diesem Haus gewohnt hat, mit einer Leiche im Kamin? Wusste sie von der Leiche im Kamin oder nicht?«

»Es fällt mir schwer zu glauben, dass eine junge Frau von Mitte zwanzig in einem Haus leben kann, von dem sie weiß, dass ihr toter Vater im Kamin steckt«, sagte Messmer. »Aber wir kannten Jennifer Fagel nicht. Vielleicht war sie ja ein wenig ... sonderbar.«

»Gibt's irgendwelche Anhaltspunkte zur jüngeren Tochter?« Joost gab sich alle Mühe, das makabre Thema zu wechseln.

»Einen Reisepass und einen Personalausweis«, antwortete Koch. »Hab beides in ihrem Zimmer gefunden.«

»Man muss das Mädchen doch irgendwie auftreiben können.« Joost griff in die Schüssel mit der Nervennahrung und nahm sich ein Toffee. »Weiß denn der Bruder gar nichts?«

»Wenn er was weiß, dann verrät er es nicht«, sagte Thea. »Angeblich hat sie ihr Handy verloren, kurz bevor sie losgefahren ist, und jetzt kann man sie nicht erreichen. Die Handynummer ihrer Freundin, mit der sie unterwegs ist, kennt er auch nicht, genauso wenig wie ihren Nachnamen. Entweder ist das Mädchen hoffnungslos leichtsinnig, oder Fagel junior lügt uns die Hucke voll.« Sie dachte an Hendrik Fagel, wie er beim Anblick des Fotos seiner kleinen Schwester plötzlich in Tränen ausgebrochen war.

Sie dachte an Messmer, wie irritiert sie mit ihm das vom Geruch des Todes erfüllte Wohnzimmer durchsucht und er schließlich die Leiche des Arztes im Kamin entdeckt hatte. Damals war noch alles in Ordnung gewesen. Damals hatte er diese verwünschten Fotos in ihrer Küche noch nicht gefunden. Damals hatte sie zumindest noch die Hoffnung gehabt, dass sich alles zum Guten wenden konnte. In einem Anflug von Neid sah sie zwei Fliegen zu, die sich auf ihrem Schreibblock einander hingaben, und erschrak zu Tode, als Messmer plötzlich sein Dienstbuch auf die beiden niedersausen ließ.

»Mörder!«, schrie Verena Sander von der anderen Seite des Tisches.

»Die hatten zumindest einen schönen Tod«, verteidigte sich Messmer und kratzte das Liebespärchen vom Buchdeckel.

So schnell erledigt sich das mit dem Neid, dachte Thea. Das Leben ist voller böser Überraschungen. Das gilt für Menschen wie für Fliegen.

»Habt ihr die Nummer von dem angeblich verloren gegangenen Handy?«, brachte Joost die beiden in die Wirklichkeit zurück.

»Nein, aber ich rufe Fagel nachher eh noch an«, antwortete Thea. »Es kann nicht schaden, vorab von ihm zu hören, wie sich das mit seinem Vater und der Frau aus Esslingen verhielt.«

»Wir werden versuchen, das Handy orten zu lassen.« Joost machte sich eine Notiz und nahm sich ein neues Toffee. »Wenn wir Glück haben, hat sie es bei sich, und Fagel will aus irgendeinem Grund nicht, dass wir seine Schwester finden. Wenn sie es allerdings wirklich verloren hat, dürfte der Akku inzwischen leer sein, aber einen Versuch ist es allemal wert. Was habt ihr sonst noch sichergestellt?«

»Seine gesamte Patientenkartei«, sagte Messmer. »Die ist recht umfangreich. Wenn wir die alle überprüfen wollen, haben wir eine Weile zu tun.«

»Wir werden nicht drum herumkommen«, sagte Joost. »Ich denke, diejenigen, die ihn monatelang nicht konsultiert haben, stellen wir vorerst zurück. Fangt mit denen an, die Termine in diesem Jahr bei ihm hatten.«

»Das allein sind an die hundert. Na ja, das Wetter ist schön, und mit ein bisschen gutem Willen macht der Außendienst auch Spaß.«

»Hundert Patienten ieberpriefen und immer wieder selbe Fragen, da werde man doch verrickt!«, mischte sich Frau Baric ins Gespräch. »Isch Suche nach Nadel in Heuhaufen, isch eine Syphillisarbeit!«

»Na ja, es sind wohl zum Großteil Krebspatienten«, grunzte Koch verhalten. »Vielleicht sind aber auch welche mit Geschlechtskrankheiten dabei.«

Thea konnte sich der allgemeinen Heiterkeit heute nicht anschließen. Sie würde die nächsten Tage damit verbringen, Krebspatienten über ihren Arzt zu befragen, und dabei unablässig an Sofia erinnert werden. Eine Sekunde lang spielte sie mit dem Gedanken, sich krankzumelden, verwarf ihn aber gleich wieder. Nein, sie war nicht der Mensch, der Schwierigkeiten aus dem Weg ging, und wollte es auch nicht sein.

Joost klopfte mit dem Kugelschreiber auf den Tisch, um die Ruhe wiederherzustellen. »Wir haben keine Zeit zu verlieren. Macht euch an die Arbeit.«

*

»Wir müssen reden«, sagte Messmer, als er die Autotür hinter sich zugeschlagen hatte. Er schloss den Sicherheitsgurt, und seine Augen rasteten in Theas ein. »So kann es nicht weitergehen.«

Wie recht du hast, dachte Thea, aber ihr fiel nichts ein, was sie hätte sagen können. Die Spannung hing wie eine schwere Regenwand zwischen ihnen, und sie wartete auf den ersten Tropfen, der sich schnell zum Wolkenbruch ausweiten würde. Unwillkürlich zog sie den Kopf ein.

Messmer gab es auf, Thea anzusehen, fuhr die Hahnemannstraße hinunter und fädelte sich in den Verkehr auf der Pragstraße ein. Bis zum Rosensteinpark sagte keiner von ihnen ein Wort. Dann brach Messmer das Schweigen.

»Ich möchte es verstehen. Du hast gesagt, Sofia habe es aus Loyalität zu deiner Mutter getan. Aber das ist doch kein Grund, zwei Menschen zu töten. Das Motiv ist aber nur das eine, was ich nicht kapiere. Viel wichtiger wäre für mich, zu begreifen, warum du sie die ganze Zeit über gedeckt hast. Du hast sie damals schließlich nicht mal persönlich gekannt. Ich hab dir vertraut, und du hast mich einfach über den Tisch gezogen. Und das alles nur aus Loyalität zu deiner Mutter?«

Thea kapitulierte. Wer A sagt, muss auch B sagen. Es gab keinen Ausweg mehr.

»Das ist nur die halbe Wahrheit«, sagte sie. Als sie an der Kreuzung Rosensteinbrücke bei der Wilhelma rechts abbogen, beschloss sie, ihm die ganze zu erzählen.

»Natürlich steckte noch viel mehr dahinter. Sofia hatte früher selbst ein Verhältnis mit Hauser und fühlte sich betrogen. Aber das war nicht der Grund, warum sie ihn im Affekt getötet hat. Der Auslöser kam erst, als sie erfuhr, was Hauser meiner Mutter angetan hatte. Da ist sie durchgedreht. Sie ist ihre beste Freundin, das kapierst du nicht, oder?«

Messmer schüttelte langsam den Kopf.

»Wie auch immer, ich kann es jedenfalls gut verstehen. Ich habe selbst eine ›beste Freundin‹. Und ich würde alles für sie tun.«

»Auch töten?«, fragte Messmer ungläubig und trat aufs Gas, um einen Langholzlaster zu überholen.

»Nicht vorsätzlich natürlich. Aber im Affekt, wenn ich aufgebracht genug bin, würde ich mir das durchaus zutrauen. Du darfst nicht vergessen, dass es sich bei Sofia um eine temperamentvolle Italienerin handelt.«

»Trotzdem, ich kann mir das einfach nicht vorstellen.«

»Warum könnt ihr Männer Freundschaft unter Frauen nur nicht nachvollziehen?« Thea schüttelte verzweifelt den Kopf. »Ihr habt immer nur Kumpels, nie Freunde. Wenn ein Mann von seinem Freund spricht, denkt alle Welt, er sei schwul. Die beste Freundin für eine Frau kann genauso wichtig wie ein Partner sein, die Bindung ist oft genauso stark. Es ist eine Art …«, Thea überlegte, ob es nicht überzogen klang, sagte es aber dennoch, »… Liebe ohne sexuelle Aspekte. Du siehst mich an, als hätte ich den Verstand verloren.« Sie seufzte. »Ich kann nur hoffen, dass Sofia an eine Richterin gerät.«

»Also gut«, antwortete Messmer. »Nehmen wir an, ich kann nachvollziehen, dass eine Frau aus Loyalität gegenüber ihrer besten Freundin einen Totschlag begeht. Nehmen wir es einfach mal an. Dann kann ich aber immer noch nicht verstehen, warum du diese Frau deckst. Schließlich ist sie nicht *deine* beste Freundin. Du kanntest sie zu dem Zeitpunkt noch nicht mal persönlich!«

»Ich kannte sie aus dem Tagebuch meiner Mutter. Und ich hab ihren Brief gelesen.« Thea überlegte, ob das als Argument vor Messmer bestehen konnte, wahrscheinlich eher nicht. Sie kämpfte weiter. »Ich gebe zu, der Brief hat mich berührt. Aber mich haben bei meiner Arbeit schon viele Schicksale berührt. Das reicht als Motiv nicht aus, da hast du völlig recht.« Thea rieb sich die Nasenwurzel und schaute an Messmer vorbei auf den Neckar und die Weinberge am anderen Ufer. Das goldene Kreuz auf dem Dach der Grabkapelle Rotenberg gleißte im Sonnenlicht. Sie dachte an den Spruch, den König Wilhelm I. seiner Frau dort oben ins Portal ihres Mausoleums gravieren ließ: »Die Liebe höret nimmer auf.« Wieso dachte eigentlich jeder bei dem Wort Liebe nur an die Bindung zwischen Mann und Frau? Es gab noch so viele andere Arten davon. Wie sollte sie einem Mann erklären, was eine Frauenfreundschaft war? Das Phänomen der »besten Freundin« war der Männerwelt seit jeher verschlossen geblieben, und ausgerechnet sie sollte das diesem Alphamännchen jetzt erklären. Ein Ding der Unmöglichkeit! Sie musste es trotzdem versuchen.

»Wie sollte ich es übers Herz bringen, meiner Mutter die beste Freundin zu nehmen? Die einzige Vertraute, die sie überhaupt hatte? Ich wusste doch aus ihrem Tagebuch, wie einsam sie war, wie sehr sie Sofias Hilfe brauchte, sich an ihr aufgerichtet hat. Vergiss nicht, meine Mutter lag damals nach einem Suizidversuch im Krankenhaus. Sollte ich ihr den Todesstoß versetzen und ihre beste Freundin ans Messer liefern?«

An der roten Ampel bei der Vogelsangbrücke trat Messmer auf die Bremse. »Ich möchte dich nicht verraten, Thea. Wirklich nicht. Ich möchte mir nicht mal ansatzweise vorstellen, was für eine Lawine ich lostreten würde. Das Dezernat würde dich verlieren. Ich würde dich als Kollegin verlieren. Und ich schätze dich nicht nur als Teampartner bei der Arbeit. Ich hoffe, du weißt das.«

Thea schluckte. Erst hatte dieses Geheimnis zwischen ihnen gestanden, und jetzt, wo es endlich raus war, würde sie Unmögliches von ihm verlangen, wenn er schweigen sollte.

»Sofia hat sich vorgestern in Italien gestellt«, sagte sie leise.

»Auch das noch!« Messmer schlug aufs Lenkrad, wobei er aus Versehen die Hupe traf. Ein Typ mit verspiegelter Sonnenbrille, der auf der Nebenspur in einem BMW-Cabrio saß, zeigte ihm den Vogel.

»Sie ist sehr krank, Micha. Und sie möchte nicht mit dieser Schuld sterben. Also ist sie zur Polizei gegangen.«

»Und nun ist es nur eine Frage der Zeit, bis wir benachrichtigt werden, dass die Freundin deiner Mutter Hauser und seine Geliebte auf dem Gewissen hat. Kannst du mir mal sagen, wie ich dich da raushalten soll?«

»Keiner außer uns beiden ahnt auch nur im Geringsten, dass es sich bei der Sofia, die in Mailand die Stuttgarter Morde gestanden hat, um dieselbe Sofia handelt, die meine Mutter in ihrem Tagebuch erwähnt hat. Niemand außer dir kennt den Zusammenhang. Sie wird mich nicht mit reinziehen. Sie wird für die italienische Polizei eine Eifersuchtsgeschichte erfinden. Hauser kann ihre Aussage nicht mehr widerlegen. Und selbst wenn alles rauskommen sollte, kann niemand beweisen, dass ich davon gewusst habe.« Theas Wangen glühten. Was tat sie da eigentlich? Was bildete sie sich ein, Messmer auf ihre Seite ziehen zu wollen?

»Ich möchte es verstehen, Thea«, wiederholte er. »Ich glaube, wenn ich es verstehen könnte, wäre es leichter für mich. Du liebst doch deinen Beruf aus vollem Herzen und hast dich immer an die Vorschriften gehalten. Ich muss verstehen, warum dir die Regeln in diesem Fall so am Arsch vorbeigegangen sind!«

Die Ampel sprang auf Grün, Messmer fuhr an und bog auf die Neckarstraße ein, die Richtung Burg führte. »Ich muss es nachvollziehen können, um zu entscheiden, wie ich mich verhalte«, sagte er.

Thea sah Messmer nicht an. Sie hatte den Blick starr auf den gotischen Turm der Frauenkirche gerichtet, die aus der Esslinger Altstadt aufragte.

»Ich konnte Sofia verstehen«, sagte sie leise. »Ich habe ihre Wut und ihre Verletzlichkeit empfunden, als ob es meine eigene gewesen wäre. Und ich war in dem Moment, als ich ihren Brief las, überzeugt, dass ich an ihrer Stelle genauso gehandelt hätte. Ich konnte sie nicht ans Messer liefern. Ich war unmittelbar betroffen, verstehst du das nicht? Ich bin das Kind aus einer Vergewaltigung. Genau genommen hat Sofia nicht nur meine Mutter, sondern auch mich gerächt.« Noch deutlicher konnte sie nicht werden. Doch Messmer schwieg. Thea hätte zehn Jahre ihres Lebens dafür gegeben, seine Gedanken lesen zu können.

Ein leichter Frühlingswind raschelte durch die Platanen im Burghof, als Messmer den Wagen auf dem Parkareal an der Mühlberger Straße abstellte. Gegenüber der Burg begann der Stadtteil St. Bernhardt, eine Siedlung von Einfamilienhäusern, wo Eva Schrader wohnte.

Thea schlug die Autotür zu und sah sich um. Der Parkplatz war brechend voll, Wochenendausflügler spazierten durch die Wiesen zum dicken Turm und der Burgsteige, einer steilen, mit Schindeln überdachten Treppe, die von der Burg aus quer durch die Weinberge hinab in das historische Zentrum führte. Thea erinnerte sich noch gut an den Amtsausflug im vergangenen Frühjahr, als das gesamte Dezernat nach einer üppigen Mahlzeit im Ratskeller die Burgsteige hinaufgekeucht war und die ganze Aktion im Anschluss unter Dienstsport verbucht hatte.

»Den Hölderlinweg müssen wir rein. Das ist da drüben.« Messmer wies über die Straße und setzte sich schon in Bewegung. Thea folgte ihm. Hendrik Fagel hatte am Telefon einen unangenehm berührten Eindruck gemacht, als sie ihn nach der Freundin seines Vaters befragt hatte. Eva Schrader arbeite als Heilpraktikerin. Die beiden seien nicht mal ein Jahr zusammen gewesen. Er kenne sie kaum. Seine Schwestern hätten mehr

Kontakt zu ihr gehabt. Über die Gründe der Trennung könne er nichts sagen. Ein Anruf, den sie sich ebenso gut hätte sparen können.

Sie wagte einen Blick zu Messmer. Er hatte die Kiefer fest aufeinandergebissen und den Blick starr geradeaus gerichtet.

Sie liefen stumm nebeneinanderher und schienen beide darauf zu achten, dass sich ihre Arme nicht berührten. Thea war warm, und sie öffnete den Reißverschluss ihrer Jacke.

Das Schweigen wurde allmählich ungemütlich. Nur gut, dass wir hin und wieder gezwungen sind, Zeugen zu befragen, dachte sie. So haben wir wenigstens einen Grund, unverbindlich miteinander zu reden. Konnte er sie wirklich nicht verstehen, oder wollte er es bloß nicht? Okay, sie konnte sich vorstellen, dass er sauer war. Aber dass er ihr Motiv so ganz und gar nicht nachvollziehen konnte, das wollte ihr nicht in den Kopf. Männer denken einfach anders, das musste wohl so sein. Vielleicht sollte sie in Zukunft lieber mit Verena zusammenarbeiten. Gleich darauf versetzte ihr die Erkenntnis, dass sie möglicherweise künftig mit gar niemandem ihrer Dienststelle mehr zusammenarbeiten würde, einen heftigen Stich in den Magen.

»Wir sind da.« Messmer war vor einer Gartentür stehen geblieben, neben der eine unbeschnittene Hecke wild vor sich hin wucherte. Er drückte auf den Klingelknopf über dem großen roten Emailleschild mit der Aufschrift »Naturheilpraxis Eva Schrader«. Man hörte das Läuten bis auf die Straße hinaus. Ob die Frau wohl schwerhörig war?

»Ich dachte, ich schaffe es noch, die Sonnenblumen auszusäen, bevor Sie kommen.« Thea konnte zunächst gar nicht lokalisieren, woher die Stimme kam, bis ein heißwangiges Gesicht, umrahmt von rotblonden Locken, zwischen den Holunderbüschen auftauchte. »Warten Sie, ich mache Ihnen das Gartentor auf, das geht nur von innen.« Die zierliche Gestalt bewegte sich ungelenk über den Gartenweg, was von den viel zu großen Gummistiefeln herrühren mochte, die sie trug. Sie sah aus wie eine zerzauste kleine Elfe, doch als sie näher kam, sah Thea um die leuchtend blauen Augen feine Fältchen. Sie versuchte, sich diese Frau im feudalen Haus des Dr. Fagel vorzustellen, was ihr nicht so recht gelingen wollte. Gegensätze ziehen sich an, an der These mochte etwas dran sein.

Eva Schrader öffnete das Tor, wischte sich die Hände an der Gartenschürze ab und reichte zuerst Thea und dann Messmer die Hand.

»Sie wissen ja, weshalb wir kommen«, sagte Messmer, nachdem er sich und Thea vorgestellt hatte.

»Ich habe es erst heute in der Zeitung gelesen, kurz bevor Sie angerufen haben. Kommen Sie doch rein.« Als sie sich umdrehte und vorausging, sah Thea, dass eine Gartenschere aus der hinteren Tasche ihrer derben Kordhose herausragte.

Der Gartenweg war mit Ranunkeln gesäumt und führte zu einem kleinen, weinbewachsenen Haus mit verglaster Veranda. Unmittelbar davor war Eva Schrader wohl gerade beim Säen. Ein Pflanzholz lag auf dem Beet, und ein Samenkörbchen stand auf der feuchten, duftenden Erde.

»Ich mag Sonnenblumen gern«, sagte Thea. »Leider hab ich keinen Garten, noch nicht einmal einen Balkon. Aber sie erinnern mich an die Toskana, dort gibt es ganze Felder davon.«

»Ja, und sie haben eine Eigenschaft, an der sich die Menschen ein Beispiel nehmen sollten: Sie wenden ihr Gesicht immer der Sonne zu. Sonnenblumen sind sehr positive Pflanzen.« Frau Schrader lachte und entblößte eine Reihe strahlend weißer Zähne. »Sie erinnern mich daran, positiv zu denken, wann immer ich aus dem Fenster sehe. Gehen wir rein.«

Sie betraten die Veranda, von der aus man fast den ganzen Garten überblicken konnte. Eva Schrader stellte das Körbchen mit den Sonnenblumenkernen auf der Fensterbank ab und griff nach einer Teekanne, die auf dem groben Holztisch stand. »Nehmen Sie doch Platz. Ich setze nur schnell frischen Tee auf, dieser steht noch von heute Morgen hier.« Ohne eine Antwort abzuwarten, verschwand sie in der Küche.

»Sie kommt mir ein bisschen sonderlich vor«, flüsterte Messmer Thea zu. »Blumen pflanzen, Kräutertee, positiv denken – der Prototyp einer Heilerin, findest du nicht?«

»Weiß nicht, ihre Wanddekoration passt da nicht so ganz ins Bild.« Thea wies auf einen Wimpel der Stuttgarter Kickers, der hinter Messmer an der Wand hing. Sie war froh, dass Messmer überhaupt mit ihr sprach, wenn auch nur über Belanglosigkeiten.

»Mein Sohn spielt bei den Kickers, und ich bin sein größter Fan.« Eva Schrader war zurückgekommen und lächelte. Sie hatte die Gummistiefel ausgezogen und die Gartenschürze abgelegt. »Wenn sie Heimspiel haben, bin ich samstags eigentlich immer auf dem Platz. Und meine Tröte ist stets dabei.« Sie zog ein trompetenähnliches Gerät aus einer Schublade und blies hinein, dass die Fensterscheiben erzitterten. Dann wurde sie ernst und setzte sich zu Thea und Messmer an den Tisch. »Bringen wir es hinter uns. Was wollen Sie wissen?«

»Wie lange waren Sie mit Herrn Fagel liiert, und wie verlief Ihre Beziehung?«, fragte Messmer, kaum dass Thea das Diktiergerät angeschaltet hatte.

»Etwas über ein Jahr.« Eva Schrader nahm einen Sonnenblumenkern aus dem Saatkörbchen und knabberte daran. »Wir haben uns im März vor zwei Jahren auf der Esoterikmesse kennengelernt. Bei einem Vortrag über die Entstehung von Krankheiten durch seelische Konflikte. Wir sind ins Gespräch gekommen, und ich fand damals noch sehr vernünftig, was er sagte.«

»Später fanden Sie das nicht mehr?«, fragte Thea.

Eva Schrader schüttelte den Kopf. »Er hatte sich einer medizinischen Richtung zugewandt, mit der ich nicht konform gehen konnte. Ich habe das erst nach und nach herausbekommen, denn im privaten Bereich sprach er nicht viel über seine Arbeit. Ich hielt ihn für einen ganz normalen Allgemeinmediziner mit naturheilkundlichem Hintergrund. Das hat er mich auch eine Zeit lang erfolgreich glauben gemacht. Aber als ich herausfand, wie er praktizierte, haben wir uns in die Haare gekriegt. Das hat schließlich auch zu unserer Trennung geführt.«

»Können Sie uns das näher erklären?«, bat Thea.

»Haben Sie schon mal etwas von der Neuen Medizin gehört?« Eva Schrader spuckte die Worte aus, als wäre ihr eine Spinne in den Mund gekrochen. »Neuerdings sagt man auch ›Germanische Neue Medizin‹. Damit grenzen sich die Anhänger dieser Methode von der Schulmedizin ab, die sie auch ›jüdische Medizin‹ nennen.«

Thea und Messmer sahen sich an und schüttelten den Kopf.

»Verraten Sie uns das Prinzip«, forderte Thea sie auf. War Fagel vielleicht ein Nazi gewesen? Um in einem KZ praktiziert zu haben, war er jedenfalls deutlich zu jung.

»Ich muss ein wenig ausholen«, sagte Eva Schrader. »Der Heilpraktiker wie auch der Naturmediziner geht davon aus, dass Krankheiten zunächst im Geistigen entstehen, bevor sie sich im Körperlichen manifestieren. Das ist nichts Neues, Dahlke und Dethlefsen haben schon vor über zwanzig Jahren darüber geschrieben. Genau genommen ist dieses Wissen noch viel, viel älter, es ist nur durch den Siegeszug der Schulmedizin nach und nach in Vergessenheit geraten. Im Klartext bedeutet das, dass bestimmte seelische Konflikte an bestimmte Organe gebunden sind, die Aggression zum Beispiel an Kiefer und Zähne oder die Wut an den Magen. Können Sie mir so weit folgen?«

Messmer starrte ein wenig dümmlich vor sich hin, doch Thea nickte fasziniert.

»So kommt es, dass die Schulmedizin oft nur die Symptome der Krankheit bekämpft, die eigentliche Ursache aber unbeachtet lässt«, fuhr Eva Schrader fort. »In dieser Hinsicht bin ich mir mit Elrich auch immer einig gewesen. Heiler sind dazu da, nicht nur die körperlichen Symptome zu behandeln, sondern den Ursprung der Krankheit im Feinstofflichen anzugehen. Das kann man auf verschiedene Weise tun, mit Homöopathie, Energiearbeit, Akupunktur – es gibt unendlich viele Möglichkeiten. Man muss nur herausfinden, worauf das Individuum am besten anspricht. Der Mensch ist im Grunde dazu bestimmt, gesund zu sein, Krankheit sehe ich als eine Abweichung vom Weg, und wir Heiler sind dazu da, ihn zur Gesundheit zurückzuführen.« Sie strich sich eine rotblonde Locke hinters Ohr, die ihr ins Gesicht gefallen war. »Das Problem bei der Neuen Medizin ist, dass sie die Verantwortung der Konfliktlösung allein dem Patienten überträgt. Sie ist eine sehr radikale medizinische Richtung, die davon ausgeht, dass jede Erkrankung ein natürlicher Lernprozess ist, der nicht durch die Gabe von Medikamenten gestört werden darf. Das heißt, der Arzt erzählt dem Kranken, welches

Problem er zu lösen hat. Wenn ihm das gelingt, dann heilt der Krebs von selbst aus, ganz ohne jede Medizin. Wenn er es nicht schafft und krank bleibt oder schließlich sogar stirbt, dann liegt das allein in seiner Verantwortung, nicht etwa in der des Arztes.« Sie verstummte und sah Thea mit zusammengepressten Lippen an.

»Verstehe ich das richtig – der Patient soll sich selbst helfen, und er braucht keinerlei Medikamente, wenn er nur seine Probleme löst?« Thea war einigermaßen verwirrt.

»Nicht nur, dass er keine Medikamente braucht, es ist ihm sogar untersagt, die Schulmedizin hinzuzuziehen. Die würde angeblich den Heilungserfolg beeinträchtigen oder sogar ganz verhindern.« Sie stöhnte auf. »Elrich hat das wirklich geglaubt. Er war fest davon überzeugt.«

»Das ist ja blanker Wahnsinn!«, entfuhr es Thea.

»Genau genommen ist es unterlassene Hilfeleistung«, sagte Eva Schrader ernst. »Elrich war ein Fanatiker. Er glaubte fest an den Sieg des Geistes über den Körper. Er war besessen davon.«

»Und was glauben Sie?« Messmer schien seine Sprache wiedergefunden zu haben. »Glauben Sie nicht an den Sieg des Geistes über den Körper?«

»Oh doch. Natürlich tue ich das. Aber ich bin der Meinung, dass man Geist und Materie nicht voneinander trennen kann. Heilung allein im Geist zu erwarten halte ich für unvollkommen. Wenn wir der materiellen Welt nicht bedürfen, warum sind wir dann hier?

Nach dem Gesetz der Polarität führt immer eine Vereinigung der Gegensätze zum Heil. Das heißt für mich, keine Naturheilkunde ohne Schulmedizin. Ich kann einem Krebspatienten mit fortgeschrittenem Tumor nicht die notwendige Operation und Chemotherapie verwehren und ihm sagen, du musst nur deinen Konflikt lösen und du wirst gesund werden. Das ist grob fahrlässig, gelinde ausgedrückt. Und das strikte Verbot von Medikamenten, sogar von Schmerzmitteln, ist einfach unmenschlich. Es ist unvorstellbar, welche Qualen die Patienten erleiden müssen, weil ihnen eingeredet wird, die Schmerzen seien Zeichen der Heilung und müssten ausgehalten werden. Ich habe das mit Elrich oft debattiert. Ich habe lange um seinen Verstand gekämpft. Wir haben uns die Seele blutig geredet, aber es kam nichts dabei heraus. Er war zu fanatisch. Und so was ist niemals gut. Er hat als Arzt einen Eid geschworen, seinen Patienten zu helfen, so weit es in seiner Macht steht. Wenn ich ihn daran erinnert habe, argumentierte er damit, dass sich der Patient nur selbst helfen kann, Medikamente würden ihm nur schaden.« Eva Schrader ging zu einem Schränkchen, nahm etwas aus einer Schublade und legte es vor Thea und Messmer auf den Tisch. Es war eine Anstecknadel, die einen geflügelten Stab darstellte, der von zwei Schlangen umwunden war. »Fällt Ihnen an diesem Symbol etwas auf?«

»Ich kenne den Äskulapstab mit nur einer Schlange«, sagte Thea.

»Genau. Was Sie hier sehen, ist der sogenannte Hermesstab. Hermes ist der Gott der Kommunikation und des Handels; auch hierbei geht es um das optimale Zusammenwirken von sich ergänzenden Anteilen.« Eva Schrader sah Thea an. »Sicher ist es kein Zufall, dass früher auch die Mediziner diesen Stab verwendeten. Die beiden Schlangen symbolisierten Yin und Yang, was nicht nur für männlich und weiblich steht, sondern für die Polarität überhaupt. Die Kommunikation zwischen den Gegensätzen, ihre Vereinigung ist es, die zum Heil führt. In Amerika wird der Stab mit den zwei Schlangen noch immer als Sinnbild der Ärzte verwendet. Auch viele Alternativmediziner und Heilpraktiker in Europa verwenden dieses Symbol. Die Schulmedizin und die Apotheker hingegen benutzen nur noch den Stab mit einer Schlange. Man könnte im übertragenen Sinne sagen, ihnen ist die gesamte geistige Komponente des Heilens abhandengekommen.

Leider gibt es aber auch in unserer Branche immer wieder schwarze Schafe, die die Schulmedizin verteufeln, ohne zu bemerken, dass sie damit genauso intolerant sind wie diejenigen, von denen unsere Zunft abgelehnt wird. Elrich war einer von ihnen. Die Medizin könnte so viel erreichen, wenn sie toleranter gegenüber ihrem anderen Pol wäre. Aber so lange niemand über seinen Tellerrand hinausschaut und nur seine Methode für die einzig richtige hält, werden wir im Kampf gegen die Krankheiten nicht vorwärtskommen. Eine Vereinigung von Alternativ- und Schulmedizin, das ist es, wovon ich träume.«

»Um auf Dr. Fagel zurückzukommen, er war also ein Hardliner, der die Schulmedizin komplett bekämpfte?« Messmer klang unsicher, und Thea hörte, dass er sich auf ungewohntem Terrain bewegte.

»So ist es. Ich könnte Ihnen noch stundenlang von dieser angeblichen Heilslehre erzählen, aber ich muss meinen Sohn in einer halben Stunde von einem Auswärtsspiel abholen. Im Internet finden Sie aber jede Menge Informationen zu dem Thema.«

Thea nickte abwesend. Fagel war ein selbst ernannter Wunderheiler gewesen, ein Scharlatan. Da gab es todsicher haufenweise Opfer seiner medizinischen Künste. Die Jagd nach dem Täter würde sich vermutlich noch über Wochen hinziehen, wenn alle seine Patienten und die Angehörigen der bereits Verstorbenen vernommen werden sollten.

»Frau Schrader, können Sie uns etwas zur Exfrau von Dr. Fagel sagen?« Thea fand, dass es zumindest einen Versuch wert war.

Doch Eva Schrader schüttelte den Kopf. »Nein, leider nicht. Ich bin ihr nie begegnet.«

»Ich möchte Ihnen nicht zu nahe treten, aber bitte beantworten Sie meine Frage trotzdem: War Herr Fagel schon von seiner Frau getrennt, als Sie ihn kennenlernten, oder lebten die beiden noch zusammen?«

»Sie waren noch zusammen, aber solange Frau Fagel noch im Haus lebte, haben wir uns immer bei mir getroffen. Elrich sagte mir, dass sie sich in einer tiefen Krise befanden.« Eva Schrader sah Thea offen in die Augen. »Ich weiß, das hört sich nach einem Klischee an. Aber so war es eben. Ich habe ihm geglaubt.«

»Sie haben also ein Verhältnis mit ihm angefangen, obwohl er verheiratet war?« Thea fand selbst, dass sie sich anhörte wie ein Moralapostel.

Eva Schrader zuckte die Schultern. »Seit wann orientieren sich Emotionen am Familienstand? Der Familienstand hat maximal Einfluss auf unser Verhalten, wenn wir sehr anständig sind, aber er hat niemals Macht über unsere Gefühle.«

Kluge Worte, fand Thea. Sie überlegte, ob sie sich in Messmer verliebt hätte, wenn er noch verheiratet gewesen wäre. Die Antwort war ein klares Ja. Es sollte einen Regler geben, mit dem man Gefühle hoch- und runterfahren, an- und ausschalten kann, dachte sie. Stattdessen sind wir ihnen hilflos ausgeliefert. Sie fühlte, wie sich ihr Puls beschleunigte, und beschloss, vorerst das Thema zu wechseln.

»Kannten Sie seine Tochter Jennifer?«

»Natürlich. Ihr Tod erschüttert mich offen gestanden mehr als der ihres Vaters. Sie war auch medizinisch interessiert. Ich habe immer gefürchtet, dass sie mal zu sehr unter Elrichs Einfluss gerät. Sie war stolz auf ihn und bewunderte, was er da tat. Vielleicht ist es gut, dass sie nicht mehr miterleben musste, wie sein Blendwerk ihn letztlich das Leben kostete.«

»Sie glauben also, dass er von einem seiner Patienten oder dessen Angehörigen getötet wurde?«, fragte Messmer.

Die Heilpraktikerin hob die Hände und ließ sie wieder in den Schoß fallen. »Ich kann mir nichts anderes vorstellen.«

Thea war geneigt, ihr zuzustimmen. Das war die vielversprechendste Spur, die sie bisher hatten.

»Und die jüngere Schwester, Carina? Was können Sie uns von ihr erzählen?«, fragte Messmer.

»Nicht sehr viel.« Eva Schrader runzelte die Stirn. »Sie war verschlossener als Jennifer. Ein schmales, fast mageres Mädchen. Ich hab immer vermutet, dass sie ein Identitätsproblem hat. Sie schminkte sich sehr stark, zu stark für ihr Alter. Und sie verschwand sofort in ihrem Zimmer, wenn ich kam. Elrich sprach kaum von ihr. Ich glaube, seine Lieblingstochter war die Ältere.«

Thea nickte langsam. Carina schien sich immer mehr als Phantom zu entpuppen. »Wissen Sie von Jennifers Vorliebe für Rollenspiele?«, fragte sie.

»Ja, davon wusste ich.« Eva Schrader lächelte. »Sie spielte den Charakter einer Heilerin, schon seit Jahren immer wieder. Es war sozusagen ihr zweites Ich, etwas, das sie gern gewesen wäre, vielleicht sogar schon einmal war.« Sie ignorierte Messmers verständnislosen Blick und sprach unbeirrt in Theas Richtung weiter. »Ich habe ihr einen alten Hebammenkoffer besorgt, den sie so gern als Requisite haben wollte. Dieses Hobby war mir sympathisch. Ich finde es nur gesund, wenn wir Teile von uns, die im alltäglichen Leben keine Chance haben, ans Tageslicht zu kommen, bei solchen Gelegenheiten ausleben. Und Jennifers ungelebte Charakterseite war eben die der Genna Nova Medica.«

Thea stutzte. »*Nova* Medica? Sind Sie sicher, dass sie sich nicht Genna *Nora* Medica nannte? Ein Mitspieler von ihr hat uns den Namen so aufgeschrieben.« Sie zog das Zigarettenpapier von Martin Griegerle aus ihrem Notizbuch und reichte es über den Tisch.

Eva Schrader nahm eine schmale Goldrandbrille aus einem Etui und setzte sie auf. Dann betrachtete sie den Zettel eingehend. »Ich bin sicher, dass es ein ›v‹ sein soll«, sagte sie schließlich. »Bei dieser Handschrift sieht das ›v‹ dem ›r‹ sehr ähnlich.« Sie sah Thea an. »Glauben Sie mir, alles andere ergäbe keinen Sinn. Nova Medica – das ist eine Assoziation zur Neuen Medizin. Die drei Buchstaben auf ihrem Armband stehen sowohl für den Namen ihres Rollenspielcharakters als auch für die Bezeichnung der Heilslehre, die ihr Vater praktizierte: ›Germanische Neue Medizin‹.«

Auf der Fahrt hinunter ins Tal hatte Thea keinen Blick für die opulent blühenden Obstbäume und das silberne Band des Neckars, das im Sonnenlicht funkelte. Sie bekam den einen Satz nicht mehr aus dem Kopf, den die Heilpraktikerin gesagt hatte: »Vielleicht ist es gut, dass sie nicht mehr miterleben musste, wie sein Blendwerk ihn letztlich das Leben kostete.« Was, wenn sie schon vorher mitbekommen hatte, was er mit seiner fragwürdigen Therapie anrichtete? Was, wenn Jennifer selbst eines der Opfer kennengelernt hatte? Wenn ihr Idol vom Sockel gestürzt war? Enttäuschtes Vertrauen konnte ein starkes Mordmotiv sein.

»Könntest du dir vorstellen, dass Jennifer ihren Vater umgebracht hat?«, fragte sie Messmer. »Immerhin liegt laut Obduktionsergebnis sein Todeszeitpunkt vor ihrem, auch wenn wir ihre Leiche zuerst gefunden haben.«

»Jennifer? Dieses zarte Mädchen? Wie soll sie ihn denn in den Kamin verfrachtet haben?« Messmer runzelte die Stirn und zog seine Sonnenbrille auf, mit der er aussah wie Al Capone persönlich. »Ich halte es für sehr unwahrscheinlich. Und außerdem: Wer hat dann sie umgebracht und warum?«

»Ja, die Frage steht nach wie vor. Aber zumindest haben wir jetzt einen Anhaltspunkt, was ihren Vater betrifft. Wie kann man, ohne die Hand zu rühren, Menschen sterben lassen?«

»Er dachte eben, dass es das Beste für sie sei, wenn sie sich selbst heilen. Versteh mich nicht falsch, ich finde es verantwortungslos in höchstem Maße. Aber er schien von seiner Theorie überzeugt gewesen zu sein.« Messmer bog auf die Bundesstraße ab, und Thea kurbelte das Fenster nach oben, um die Abgase auszusperren.

»Aber er muss doch mal irgendwann stutzig werden, wenn seine Patienten sterben wie die Fliegen!«

»Dass Krebspatienten sterben, das passiert auch Schulmedizinern, und niemand findet etwas dabei.«

»Sag mal, auf wessen Seite stehst du eigentlich?«, empörte sich Thea. »Du willst doch hoffentlich nicht sagen, dass du diesen Scharlatan verteidigst?«

»Reg dich ab. Natürlich verteidige ich ihn nicht. Aber offensichtlich hat er seinen Traum gelebt. Die Quittung dafür hat er bekommen.«

»Dann meinst du auch, wir haben es hier mit einem Fall von Selbstjustiz zu tun?«, fragte Thea.

»Ich bin geneigt, Ja zu sagen, aber ich verstehe noch nicht, wie Genna da ins Bild passt. Da bringt einer zuerst den Arzt um, was ich ja noch nachvollziehen kann, aber warum danach auch noch die Tochter?« Messmer stieg so plötzlich auf die Bremse, dass Thea schmerzhaft den Gurt zu spüren bekam. Stau auf der B10. Wie es aussah, würde die letzte Besprechung für heute wohl ohne sie stattfinden müssen.

*

Bügelwäsche wird nicht schlecht, wenn man sie ein paar Tage liegen lässt. Diese Tatsache verführte Thea immer wieder dazu, ihren Wäscheberg nicht nur einige Tage, sondern mitunter sogar wochenlang liegen zu lassen. In ihrem Ein-Personen-Haushalt fiel ohnehin nicht so viel davon an, und so schob sie diese unangenehme Arbeit gern vor sich her, bis sie kaum noch ein sauberes Kleidungsstück im Schrank hatte.

Heute allerdings griff sie nach dem Bügeleisen wie ein Ertrinkender nach dem Strohhalm und stürzte sich dankbar in die Arbeit. Es gab nichts Besseres als Beschäftigung, wenn das Gedankenkarussell durchzudrehen drohte, und Thea war an einem Punkt angelangt, an dem sie einfach nicht mehr nachdenken wollte.

Sie griff nach dem Wäschekorb und fluchte, als sie bemerkte, dass Romeo ihn mal wieder als Platz für sein Mittagsschläfchen missbraucht hatte. Entweder musste sie ihren Kater besser erziehen oder einen sicheren Ort für die Bügelwäsche finden. Vermutlich würde es auf Letzteres hinauslaufen, denn für Erziehungsmaßnahmen fehlte ihr die Zeit. Frustriert schüttelte sie die Katzenhaare von dem karierten Geschirrtuch und warf es wieder in die Schmutzwäsche. Sie zögerte, als sie nach dem nächsten Kleidungsstück griff.

Messmers Oberhemd, das er ihr an diesem vermaledeiten Abend zum Waschen überlassen hatte. Sie war mehr als ungeübt im Bügeln von Oberhemden. Gut, das würde ihre ganze Konzentration in Anspruch nehmen. Flüchtig fiel ihr das Ärmelbrett ein, das sie Hannes an Weihnachten zurückgegeben hatte, und wie gut sie es jetzt gebrauchen könnte. Ach verdammt, sie wollte kein Souvenir von ihm mehr in ihrer Wohnung haben, es würde auch ohne das Ärmelbrett gehen. Verbissen breitete sie das Hemd auf dem Bügelbrett aus. Furchtbar, diese vielen Nähte und Falten. Wenn sie jemals mit einem Mann zusammenleben würde, bekäme der von ihr todsicher nur T-Shirts und Pullover geschenkt.

Sie wollte gerade mit dem Kragen anfangen, wie Schwester Margarete es ihr im Hauswirtschaftsunterricht beigebracht hatte, als ihr Handy eine SMS meldete.

Hannes. Hatte sie gerade an Hannes gedacht? Thea weigerte sich, zu glauben, dass sie mit ihrem Ex in telepathischer Verbindung stand. Mit wachsendem Unmut las sie seine Nachricht:

Durchfall wird immer schlimmer. Kennst du nicht ein Mittel dagegen?

Thea war versucht, das Handy auf den Boden zu werfen und darauf herumzuspringen, aber damit wäre weder ihr noch Hannes geholfen. Sie würde einfach nicht antworten. Diese Mutterrolle, in die er sie seit ihrer Trennung hineindrängen wollte, lag ihr überhaupt nicht. Schließlich konnte er sich selbst kundig machen, was gegen seine Gebrechen half.

Der Kragen war widerspenstig und schob sich in Falten, als Thea mit der Spitze des Bügeleisens darüberfuhr. Sie schob den Regler noch eine Stufe höher, und der austretende Dampf traf sie heiß im Gesicht.

Sie konnte es nicht glauben, hier stand sie nun und bügelte Messmers Oberhemd, als wären sie verheiratet. Wieso gab sie sich eigentlich so viel Mühe damit? Genau genommen könnte er es auch einfach an Elfriede weiterreichen. Mist, wieder eine Falte, diesmal im Ärmel. Die würde sie mit allem Dampf dieser Welt nicht mehr rauskriegen. Ein Blumensprüher wäre jetzt nicht schlecht. Aber es gab ja noch nicht mal Blumen in ihrer Wohnung. Die hatte sie schon allesamt totgepflegt, und neue wollte sie nicht. Sie hatte genug damit zu tun, Romeo zu versorgen.

Zärtlich betrachtete sie ihren Kater, der sich bemühte, sein schweres Bäuchlein durch das Zimmer zu tragen. Wenn sie ihn noch ein bisschen fütterte, bis sein Bauch auf dem Boden schleifte, könnte sie ihn als energiesparenden Staubmäusefänger benutzen. Jetzt lief er maunzend vor der Tür hin und her, sicher musste er sein Geschäft erledigen. Thea ließ ihn raus und sah ihm nach, wie er zielsicher ins Bad zum Katzenklo schlich.

Hannes und sein Durchfall fielen ihr wieder ein. Vielleicht sollte sie ihm doch eine SMS schicken. Das Risiko, dass er noch bei ihr anrufen könnte, wenn sie nicht reagierte, war ihr einfach zu groß. Aber sie würde sich kurz fassen und sich auf keine Diskussion einlassen. Widerwillig nahm sie ihr Handy, ging auf »Antworten« und tippte nur zwei Worte ein. *Immodium akut.* Das musste reichen. Sie drückte auf »Senden«.

Das Dampfbügeleisen schnaufte auf seiner Ablage gleichmäßig vor sich hin und stieß kleine Wölkchen in die Luft. Thea stand unschlüssig vor ihrem Bügelbrett und starrte auf Messmers Oberhemd. Sollte sie das verdammte Ding jetzt weiterbügeln oder nicht? Ihre Gedanken verselbstständigten sich und wanderten zu dem Abend, als er es in ihrer Küche ausgezogen hatte, wenige Minuten bevor die Bombe geplatzt war. Plötzlich war er wieder da, der Duft von Thunfischpizza aus dem Backofen, der Anblick seiner Oberarme, der kleine Leberfleck auf der Schulter, das ziehende Gefühl im Bauch. Verdammt, sie wollte heute nicht darüber nachdenken. Sie hatte extra deshalb angefangen zu bügeln, aber die Ablenkung wollte diesmal nicht funktionieren.

SMS.

Warum schaue ich überhaupt noch drauf, fragte sich Thea, als sie zum Telefon griff. *Die Apotheke hat schon geschlossen. Hast du welche im Haus?*

Hektisch hämmerte sie vier Buchstaben in das Handy: *NEIN!* Hannes hatte es drauf und kam vorbei, um ihre Hausapotheke zu plündern. Mit einem Ruck zog Thea den Stecker aus der Dose. Die Bügelwäsche konnte ebenso gut noch ein paar Tage liegen bleiben. Sie musste dringend raus hier.

Karolins Nummer war im Kurzwahlspeicher. Sie trommelte ungeduldig auf ihren Nachttisch, während sie wartete, dass ihre Freundin ranging. Endlich knackte es in der Leitung und Karo meldete sich.

»Thea in Not. Können wir uns in der Stadt treffen?«

Thea kalkulierte ein, nicht ganz nüchtern heimzukommen, und ließ das Auto stehen. Sie nahm die U5 und stieg am Schlossplatz aus.

Obwohl die Geschäfte schon geschlossen hatten, war die Königstraße noch immer belebt. Eine peruanische Panflötengruppe stand vor dem Königsbau und intonierte »El Condor pasa«. Die Tische unter den blühenden Ahornbäumen in der Fußgängerzone füllten sich allmählich mit jungen Pärchen, die den lauen Frühlingsabend im Freien genießen wollten. Kellnerinnen flitzten mit voll beladenen Tabletts zwischen Fußgängern und Gästen hin und her.

Thea entdeckte Karolin vor dem Buchhaus Wittwer, wo sie

den Hund eines Obdachlosen streichelte, der ihr im Gegenzug freudig die Hand leckte. Der langhaarige Penner war damit beschäftigt, sich eine Kippe zu drehen, und schien davon überhaupt keine Notiz zu nehmen. Erst als Thea ein paar Münzen in die beigefarbene Kordmütze warf, die vor ihm auf dem Boden lag, blickte er auf und lächelte.

»Da bist du ja endlich.« Karolin ließ von dem Hund ab und fiel Thea um den Hals. »Ich dachte schon, du hättest es dir anders überlegt.«

»Mir ist die Bahn vor der Nase weggefahren. Und du hattest mal wieder dein Handy aus. Außerdem hab ich für meine Verspätung gerade gelöhnt.« Sie wandte sich an den Obdachlosen. »Einen schönen Hund haben Sie da.«

Der Mann lächelte und kraulte das Tier am Hals. »Genau genommen ist es eine Hündin. Eine ganz Brave.«

»Wie man's nimmt, ich fürchte, sie frisst gerade Ihre Mütze auf.« Thea wies auf die schlabbernde Hundeschnauze, die inbrünstig damit beschäftigt war, die Ohrenklappen durchzukauen.

»Aus, Nadja!« Der Penner zog die Hündin zu sich heran und zauste ihr liebevoll das Fell. Dann zwinkerte er Thea zu. »Vielen Dank für die Spende«, sagte er, bevor er sich wieder seiner Kippe zuwandte.

»Wie geht es dir?« Karolin nahm Thea am Arm und zog sie den Schlossplatz entlang in Richtung Bahnhof.

»Beschissen ist noch geprahlt. Micha ist das reinste Pokerface, meine Mutter ist am Boden, weil es Sofia immer schlechter geht, und Hannes stresst mich mit seinen Zipperlein, als wäre ich seine Ärztin. Der Einzige, der keine Probleme macht, ist Romeo. Ich möchte am liebsten alles hinschmeißen, aussteigen, mich mit meinem Kater und meiner kleinen Geldkassette hier vor den Wittwer setzen und gucken, wie die Leute vorbeiflanieren. Vielleicht teilt der nette Penner sein Revier mit mir. Nach Feierabend erbetteln wir uns dann die Reste aus dem Brezelkörble. Wenn du ab und zu mal vorbeikommst und mir dein Wechselgeld hinwirfst, wäre ich dir dankbar.« Sie wartete, dass Karolin darüber lachen würde, doch sie blieb ernst.

»Lass uns nach einem Plätzchen im Freien suchen, wer weiß,

wie lange das schöne Wetter noch anhält.« Sie steuerte auf einen Tisch vor der Eberhardskirche zu. »Was hältst du von einer Eisschokolade? Ich lade dich ein.«

»Noch verdiene ich zwar selbst, aber ich nehme dankend an.« Thea drehte das kaffeebefleckte Sitzkissen um und setzte sich, während Karolin die Kellnerin, die aus der gegenüberliegenden »14u-Coffeebar« geschossen kam, stoppte und die Bestellung aufgab. Das Straßencafé war gut besucht. Ein Geschäftsmann saß vor seinem Hofbräu und studierte die Stuttgarter Nachrichten. Eher unfreiwillig starrte Thea auf den ihr zugewandten Kulturteil: »Ballettlegende feiert 70. Geburtstag«, daneben ein Bild von Marcia Haydee, der ehemaligen Primaballerina und Chefin des Stuttgarter Balletts. Sie wandte sich um und beobachtete zwei junge Türkinnen am Nebentisch, die sich die Ohrstöpsel ihrer iPods an die Kopftücher drückten und sich im Rhythmus der Musik hin- und herwiegten.

Zwei ältere Frauen kamen an ihren Tisch und versuchten ihnen den »Wachturm« aufzuschwatzen.

Thea lehnte entnervt ab. »Die kann ich jetzt brauchen wie ein Loch im Kopf.«

»Sei nicht ungerecht, die wollen nur deine unsterbliche Seele retten!«

»Da gibt's nichts mehr zu retten, für mich ist schon ein Platz im Fegefeuer reserviert.«

Karolin verdrehte die Augen. »Es bringt dir überhaupt nichts, wenn du dich selbst kasteist. Du brauchst ein bisschen Abstand von allem. Was hältst du davon, wenn wir zwei uns ein paar Tage freinehmen und irgendwohin fahren?«

»Ich kann jetzt nicht freinehmen, wir stecken mitten in einer Mordermittlung.«

»Schon klar, aber in ein paar Wochen? Ich könnte versuchen, den Brückentag nach Himmelfahrt freizubekommen, und wir suchen uns ein gemütliches Hotel mit Wellness-Bereich, einer guten Wein-Auswahl und schnuckeligen Kellnern. Du brauchst jetzt dringend etwas, worauf du dich freuen kannst.«

Freuen. Thea wusste schon gar nicht mehr, wie das ging. Im Moment war jeder neue Tag eine lästige Pflicht für sie, die es zu bewältigen galt. Vielleicht musste sie es tatsächlich wieder lernen, sich auf etwas zu freuen.

»Und Bastian?« Sie war nicht sicher, wie Karolins Freund darauf reagieren würde.

»Der bleibt zu Hause. Männer stören bei so was nur.«

»Und das aus deinem Munde!« Thea musste lachen. Schließlich war Karolin immer diejenige gewesen, die permanent versucht hatte, sie von ihrer Zurückhaltung gegenüber dem männlichen Geschlecht zu heilen. Da Bastian auswärts arbeitete, sahen sich die beiden ohnehin nur an Wochenenden und Feiertagen, und deshalb wusste Thea das Angebot ihrer Freundin doppelt zu schätzen.

»Okay. Gib mir Bescheid, wenn du weißt, dass du freikriegst. Dann hab ich mal wieder Gelegenheit, ein paar Überstunden abzubummeln. Und such uns ein schönes Hotel aus, hörst du? Völlig egal, wo. Hauptsache, es gibt guten Rotwein. Und ich versuche, mich ein bisschen darauf zu freuen.«

»Das ist ein Wort!« Karolin zwinkerte ihr zu und nahm von der Kellnerin ihre Eisschokolade entgegen. »Und jetzt erzähl mir, was du noch auf dem Herzen hast. Du klangst fürchterlich gestresst am Telefon.«

Thea nippte an ihrem Glas und überlegte, wo sie anfangen sollte, während sie ein Arm in Arm vorbeischlenderndes Pärchen beobachtete, das alle paar Schritte stehen blieb, um sich leidenschaftlich zu küssen. War eigentlich nur ihr eigenes Leben so problembeladen? Oder wussten andere das Leben einfach besser zu genießen?

»Ich weiß gar nicht, warum ich plötzlich so eine Panik bekommen habe. Ich glaube, der Auslöser war Hannes, der einfach nicht aufhört, mir auf den Geist zu gehen. Heute hat er das Fass zum Überlaufen gebracht. Ich fürchte, er gibt es nie auf, mich zurückzuerobern.« Sie seufzte. »Es muss ein Naturgesetz sein, dass man immer ausgerechnet die, die man nicht haben will, mit Leichtigkeit bekommen könnte.«

»Ich bin sicher, dass man hin und wieder auch die bekommen könnte, die man will, wenn man sich nicht permanent selbst im Weg stehen würde.« Karolin hatte absichtlich auch die unpersönliche Form benutzt, aber Thea wusste, worauf sie abzielte.

»Ich hab's ein für allemal verkackt, Karo.« Thea stellte ihr Glas ab und wischte sich die Sahne von der Lippe. »Ich hab seinen Fall vor den Baum gesetzt. Das weiß er nun auch. Und er kann nicht nachvollziehen, warum ich mich so entschieden habe. Ich glaube, Kerlen fehlt das natürliche Verständnis für so was.«

»Jetzt wetterst du schon wieder gegen die Männer im Allgemeinen.« Karolin hob drohend den Zeigefinger.

»Lass mich einfach ein bisschen wettern, das hilft gegen den Frust.« Karo hatte recht. Sie brauchte dringend Abstand, von Sofias Sterben und dem drohenden Geständnis im Hauser-Fall, von Micha, dessen bloßer Anblick sie ständig stumm mahnte, in welche Schwierigkeiten sie ihn gebracht hatte, von der Trauer ihrer Mutter und vor allem von Hannes. So ein Wellness-Wochenende würde ihre Probleme nicht lösen, aber ihren leeren Tank vielleicht wieder etwas auffüllen. Die Ostertage in der Toskana waren dazu nicht geeignet gewesen, die hatten mit Sofias Krankheit nur neue Probleme aufgeworfen. Sogar die Japaner, die mit den Kameras im Anschlag auf der Treppe zur Eberhardskirche standen und die Siegessäule, die beiden Schlösser und den Königsbau fotografierten, nahmen sich einmal im Jahr eine Auszeit, um Europa zu bereisen. Sie hatte ein Recht darauf, auszubrechen. Vielleicht nicht gleich als Penner auf der Königstraße zu enden, aber zumindest für ein paar Tage die Last abzuwerfen, die sie niederdrückte und ihr das Atmen schwer machte. Thea merkte, dass sie begann, sich ein kleines bisschen zu freuen.

FREITAG

»Ich hab eine Überraschung für euch!« Joost stieg schicksalsergeben über Frau Barics Wischmopp, der zwischen den Stuhlbeinen zugange war, stellte die große Holzschüssel auf den Besprechungstisch und schüttete aus einer überdimensionalen Papiertüte Süßigkeiten hinein.

»Die Reste von Ostern?«, fragte Koch und griff sich ein Marzipan-Ei. »Hätte nie geglaubt, dass du die mit uns teilst. Die Überraschung ist dir gelungen.«

»Das war nicht die Überraschung.« Joost setzte sich ans Kopfende und wartete, bis es so ruhig war, dass man den Verkehr auf der Pragstraße hören konnte.

»Bei der Polizei in Mailand hat sich eine Italienerin gestellt, die behauptet, im Sommer Wolf Hauser getötet zu haben.«

Einige Sekunden herrschte Totenstille. Nur eine dicke grüngoldene Schmeißfliege schwirrte um die Holzschüssel und landete schließlich auf einer Geleebanane. Thea vermied es angestrengt, ihren Chef anzusehen, und konzentrierte sich auf die Fliege, die mit ihrem Saugrüssel die Glasur abtastete. Jetzt war es also so weit. Sie hatte heute überhaupt nicht daran gedacht, ganz arglos am Besprechungstisch Platz genommen, und es traf sie völlig unvorbereitet. Ihr Gesicht glühte, die Haut kribbelte, und sie fürchtete, die Kollegen könnten hören, wie laut ihr Herz schlug. Sie hielt den Atem an und widerstand der Versuchung, den Kopf einzuziehen. Gleich würde Messmer etwas dazu sagen. Sie überlegte, ob sie schnell zur Toilette gehen sollte, aber ihre Beine waren zu schwach, als dass sie überhaupt hätte aufstehen können.

Frau Baric fand als Erste die Worte wieder. »Ohgottogott, immer diese Ausländer!«, lamentierte sie und griff sich ans Herz. »Meine arme Herr Hauser isch totgeschlage von eine italienische Weib?« Die Putzfrau war ein Relikt aus dem Ermittlungsverfahren vom letzten Sommer. Als sie durch den Tod ihres Arbeitgebers ihre Stelle in dessen Privathaushalt verloren hatte, hatte sie sich kurzerhand beim Dezernat beworben und war durch einen ironischen Schachzug des Schicksals sogar eingestellt worden.

»Das kann doch nur wieder so eine Verrückte sein, die sich für alles Übel dieser Welt verantwortlich fühlt«, sagte Kümmerle. »Oder eine, der sie die Wohnung gekündigt haben und die jetzt eine neue Bleibe im Knast sucht.«

»Das dachte ich zunächst auch«, sagte Joost. »Aber sie meinte, sie habe ihn mit einem gläsernen Briefbeschwerer erschlagen. Das ist Täterwissen, es kam nie in den Medien.«

»Ich hätte nie geglaubt, dass dieser Fall mal gelöst wird!«, rief Messmer kopfschüttelnd. »Wobei es mir offen gestanden lieber gewesen wäre, ich hätte das selbst rausgefunden.«

»Brauchsch edd plärra.« Kübler klopfte Messmer tröstend auf die Schulter. »Dr beschda Kaddz kommd amol a Maus naus.«

»Ja, aber keine Frau. Das trifft mich echt in meiner Ehre. Was hat sie denn als Motiv angegeben?«

Thea wagte vorsichtig, wieder zu atmen, doch ihr Herz stolperte immer noch. Ganz langsam sickerte es durch ihre Ohren ins Bewusstsein. Sie war mit einem blauen Auge davongekommen. Er hatte nichts verraten. Noch nicht.

»Sie sagte, sie hätte ein Verhältnis mit ihm gehabt und er habe mit ihr Schluss gemacht. Das übliche Eifersuchtsdrama. Totschlag im Affekt, wie es aussieht.«

»Moment mal, war der Hauser nicht mit einer anderen liiert? Und außerdem verheiratet, dieser Hurenbock? Sag jetzt nicht, der hatte gleichzeitig noch eine Drittfrau in Italien!« Verena Sander fielen fast die Augen aus dem Kopf.

»Der hot au uff älle Hochziche danzd«, sagte Kübler mit einem Schulterzucken. »Mid volle Hosa isch hald guat schtenke.«

»Es hat jedenfalls keinen Unschuldigen getroffen.« Verena Sander lachte und biss einem kleinen Schokohasen den Kopf ab.

»Sieht so aus, als ob sie auch Antonia Linder auf dem Gewissen hat«, sagte Joost. »Ein Rundumschlag aus Eifersucht. Geliebter und Konkurrentin. Zwei auf einen Streich.«

»Da ist Hausers Gattin ja noch ganz gut bei weggekommen«, meinte Verena. »Und was passiert jetzt mit dieser Frau?«

»Sie wird wohl vorläufig nicht ausgeliefert«, antwortete Joost.

»Offenbar ist sie schwer krank und liegt in Mailand in einem Vollzugskrankenhaus im Sterben. Viel mehr war dem Fax nicht zu entnehmen.«

»Sie liegt im Sterben?«, wunderte sich Koch. »Und wieso stellt sie sich dann noch der Polizei? Das ist doch so überflüssig wie dem Pfarrer seine Eier!«

»Sie ist Italienerin, Harald. Wahrscheinlich strenge Katholikin. Da muss man beichten, bevor man vor die Jungfrau Maria tritt«, erklärte Messmer so überzeugend, als hätte ihn Benedikt XIV. bei der Wahl zum Papst nur knapp bezwungen.

Kübler winkte ab. »Jesses, wenn de hailig Marie dr Hauser kennt hätt, no hettet sen oagschbitzt en Boda gschlage.« Er hieb zur Bekräftigung mit der Faust auf den Tisch, dass die Zuckerostereier in der Holzschüssel einige Zentimeter in die Luft sprangen.

»Wenn das jetzt keine Blasphemie war, Kurt«, lachte Verena Sander.

»'s menschalet halt iberall, sogar em Hemmel«, war alles, was Kübler dazu zu sagen hatte.

»Wie auch immer, die Sache hat Zeit. Wir haben hier Dringlicheres zu tun.« Joost schraubte seinen Montblanc-Füller auf, für den das ganze Dezernat anlässlich seiner Beförderung zum Kriminaloberrat gesammelt hatte. »Kommen wir zur aktuellen Soko. Wer hat gestern Nachmittag noch die Eltern von Sonja Helland befragt?«

»Harald und ich waren da.« Verena Sander blätterte im Vernehmungsprotokoll. »Wie erwartet war ihre Tochter bei Fagel in Behandlung, weil Jennifer sie dazu überredet hatte. Die beiden haben auch LARPs zusammen gespielt. Sie kannten sich wohl recht gut.«

»Ein echt gefährliches Hobby«, warf Harald ein. »Die Sterberate bei LARPern scheint deutlich erhöht zu sein.«

Verena schenkte ihm keine Beachtung, sondern sprach ungerührt weiter. »Als Sonja krank wurde, war sie zuerst bei Salzinger. Nachdem es ihr durch die Chemo immer schlechter ging, wechselte sie auf Jennifers Anraten hin zu Fagel, der ihr aber auch nicht helfen konnte.«

»Darüber, dass er Salzinger eins draufgezimmert hat, wollte Herr Helland nicht sprechen«, warf Koch ein. »Er sagte nur, sie hätten nicht mit ansehen können, wie Sonja unter der Chemo gelitten hat. Sie sei immer dünner und kahler geworden, und das habe ihnen Angst gemacht.«

»Das ist nun mal so bei dieser Therapie«, brummte Kümmerle. »Man muss erst mal die Chemo überleben, um eine Chance gegen den Krebs zu haben.«

»Irgendwann sei ihnen jedenfalls klar geworden, dass es hier nicht um volles Haar und runde Hüften ging, sondern ums nackte Überleben«, sagte Verena. »Sie haben Sonja gegen den Willen von Fagel ins Krankenhaus gebracht, aber es war schon zu spät.«

»Ein Motiv hätte diese Familie auf jeden Fall. Wem einmal die Hand ausrutscht, dem passiert das Gleiche vielleicht beim nächsten Mal mit einem Feuerhaken«, sagte Messmer.

»Wir werden Salzinger als Nächstes befragen, der wird uns sicher gern von diesem Fall erzählen«, beschloss Joost. »Und was sagen sie zu Griegerle?«

»Die Eltern waren nicht begeistert vom Freund ihrer Tochter, aber wer wollte ihnen das verdenken? Wenn er nur halb so attraktiv aussieht wie auf dem Foto in der Akte, möchte ich ihm nicht im Dunkeln begegnen. Sie haben ihn jedenfalls nur einmal gesehen und danach nie wieder zu sich eingeladen. Was Sonja natürlich nicht davon abgehalten hat, sich mit Griegerle zu treffen.«

»Halten sie Griegerle für gewalttätig?«, fragte Joost.

»Sie trauen ihm wohl nicht viel Gutes zu«, antwortete Verena. »Von der Statur und den Körperkräften her gesehen wäre er auch der ideale Kandidat, Elrich Fagel in einen Kamin zu stopfen.«

»Er hatte immerhin allen Grund, auf Fagel wütend zu sein«, fügte Koch hinzu. »Und auch bei Genna hätte er ein Motiv, sich zu rächen, da sie Sonja an Fagel vermittelt hat. Vielleicht hat er sie ja wirklich vorsätzlich bei diesem Rollenspiel angekokelt.«

»Warum Sie immer denken schlecht von eine Mensch, nur weil er aussieht wie eine Barbar?« Frau Baric ergriff unerwartet Partei für Griegerle. »Diese arme Mann hat schon Freindin verloren an den Tod. Und nun Sie glauben auch noch, er habe Mädchen umgebracht, nur weil er hat ihr Kleid uriniert?«

»Das wusste ich allerdings noch nicht!«, prustete Koch.

»Hätte er es mal getan«, feixte Messmer. »Vielleicht hätte sein Strahl ja ausgereicht, um das Feuer zu löschen.«

»Er hat nicht auf das Kleid uriniert, er hat es in Brand gesteckt und damit ruiniert«, erklärte Verena der Putzfrau geduldig den Unterschied.

»Sage ich doch!« Frau Baric faltete ihren Lappen so sorgfältig zusammen, als wäre es ein Deckchen aus Burano-Spitze, schulterte den Wischmopp und zog, von Gelächter verfolgt, mit ihrem Putzeimer davon.

»Zurück zum Thema.« Joost räusperte sich und wandte sich an Ströbele. »Walter, hast du schon ein Ergebnis der Funkzellenauswertung vom Handy der Carina Fagel?«

»Da war leider nichts zu machen«, antwortete Ströbele. »Kein Signal, wahrscheinlich hat sie es wirklich verloren, und der Akku ist leer.«

»Verdammt!« Messmer schlug mit beiden Händen auf den Tisch, dass die Fliege, die sich an den Süßigkeiten gütlich tat, erschrocken aufflog. »Das Mädel muss doch irgendwo aufzutreiben sein. Oder wenigstens irgendjemand, der sie kennt. Eine Schulfreundin oder irgendwelche Verwandtschaft.«

»Wir haben keine Verwandtschaft außer dem Bruder«, sagte Thea. »Und dessen Aussage kennen wir ja. Er weiß von keiner Freundin außer dieser Nicole, mit der sie angeblich in Österreich ist. Die Mutter ist nach wie vor unauffindbar.«

»Wir versuchen es mit einem Reiserückruf beim ORF«, schlug Joost vor. »Wenn wir Glück haben, hört sie ihn beim Trampen in irgendeinem Autoradio.«

»Gute Idee. Wir könnten außerdem über das Schulamt ermitteln, in welche Schule sie ging, und eine Klassenliste anfordern«, überlegte Verena. »Aber da werden wir vor dem Wochenende auch keine Ergebnisse bekommen.«

»Das wäre mehr als optimistisch«, brummte Kümmerle. »Es ist gleich Freitagmittag. Denkst du, da bewegt sich bei den Ämtern noch was?«

Thea dachte angestrengt nach. Irgendetwas schwamm unter der Oberfläche ihres Bewusstseins; jemand hatte doch vor ein paar Tagen die kleine Schwester von Jennifer Fagel erwähnt. Noch bevor sie den Bruder befragt hatten. Die Nachbarin natürlich. Sie konnte man noch mal ansprechen, wenn auch wenig Hoffnung bestand, dass sie Carina gut genug gekannt hatte. Aber da war noch jemand gewesen, der von Carina gesprochen hatte. Thea assoziierte den Geruch von Zuckerwatte, ein Lebkuchenherz um ihren Hals und einen pechschwarzen Raben in einem Zelt.

»Kassandra!«, rief sie plötzlich mitten in die Diskussion über die Arbeitsweise der Schulbehörde hinein. »Die Wahrsagerin vom Wasen. Sie war mit Jennifer befreundet, ist schon bei Fagels zu Hause gewesen und kannte auch Carina.«

»Richtig, die wollten doch ein LARP im Eichenhain organisieren«, sagte Messmer.

»Ich rufe sie an, und zwar gleich.« Thea war schon aufgesprungen und war mit zwei riesigen Schritten an der Tür. Ist es wirklich so eilig?, fragte sie sich auf dem Weg zu ihrem Büro. Oder bin ich einfach auf der Flucht, falls das Gespräch doch noch mal auf Sofia und den Mordfall Hauser kommt?

Während sie noch dem Rufzeichen lauschte, klopfte es an ihrer Bürotür, und eine Sekunde später stand Messmer im Zimmer.

»Wir machen Pause«, sagte er. »Hast du sie erreicht?«

»Ich versuche es gerade noch. Hoffentlich hat sie ihr Handy nicht zu Hause vergessen.«

»Dann gehen wir eben noch mal zum Wasen. Sie ist mit dem Handlesen eh noch nicht fertig geworden«, sagte Messmer scheinbar gleichmütig. »Wer weiß, was dabei noch so alles ans Tageslicht kommt.«

Er kann es nicht lassen, mein schlechtes Gewissen zu füttern, dachte Thea. Da glaubt er plötzlich sogar an alles, was er noch vor wenigen Tagen für Humbug gehalten hat.

Gerade als sie enttäuscht auflegen wollte, meldete sich Kassandra als Frederike Mertens. Offenbar war sie heute nicht im Dienst. Sie wusste sofort, mit wem sie sprach, als Thea sich mit Namen vorstellte.

»Engel ist ein Name, den ich nicht so schnell vergesse«, sagte sie. »Menschen mit solchen Namen sind oftmals vom Schicksal begünstigt.«

»Das sehe ich allerdings völlig anders«, entgegnete Thea trocken. »Kann auf mich irgendwie nicht zutreffen.«

»Oh, es ist häufig so, dass Erfahrungen, die wir als negativ oder schmerzhaft empfinden, sich später als wahrer Glücksfall erweisen. Aber sie rufen sicher nicht an, um Ihr Horoskop zu erfahren. Wie kann ich Ihnen helfen?«

Thea schaltete den Lautsprecher ein und fiel gleich mit der Tür ins Haus. »Wie gut kannten Sie Carina Fagel?«

Einige Momente herrschte Schweigen am anderen Ende. Offenbar dachte Frederike Mertens nach.

»Nicht besonders gut«, sagte sie schließlich. »Wir haben ein paar LARPs zusammen gespielt, und das war es eigentlich schon. Als ich Genna zu Hause besucht habe, ist sie mir mal über den Weg gelaufen, aber wir haben nur wenig miteinander gesprochen.«

»Carina war also auch eine LARPerin?«, staunte Thea.

»Ja, aber sie kam nicht so regelmäßig zu den Spielen wie Genna. Manchmal war sie über längere Zeit gar nicht da, dann kam sie wieder ein paarmal hintereinander. Ich kenne sie längst nicht so gut wie ihre Schwester.«

Thea beschloss, es trotzdem zu versuchen: »Wissen Sie, ob Carina ein Handy besaß?«

»Ja, sie hatte eins, ein Nokia, glaube ich.« Die Antwort kam überraschend schnell.

»Wann haben Sie das Handy zum letzten Mal bei ihr gesehen?«

»Gute Frage.« Thea hörte, wie Frederike Mertens mit den Fingernägeln auf den Telefonhörer trommelte, während sie überlegte. »Ehrlich gesagt, ich habe Carina schon ziemlich lange nicht mehr getroffen. Das letzte Mal war, glaube ich, bei einem LARP im Herbst. Genau, damals hab ich auch ihr Handy gesehen, als sie es vor dem Spiel bei der Spielleitung abgegeben hatte. Abends sind wir dann mit der Bahn zurück nach Stuttgart gefahren, Carina, Genna und ich. Als der Zug sich gerade in Bewegung setzte, schlug sich Carina mit der Hand vor die Stirn und meinte, sie habe ihr Handy bei der Spielleitung vergessen. Daher kann ich Ihnen auch mit Sicherheit sagen, dass sie eins hatte.«

»Könnten Sie sich vorstellen, dass Carina ohne ihr Handy auf Trampurlaub ins Ausland geht?«, fragte Thea.

»Kaum.« Frederike Mertens lachte leise. »Die trug dieses Ding doch offenbar ständig bei sich. Wer sein Handy sogar mit zum LARP nimmt, wo er es nun wirklich nicht brauchen kann, der schläft sicher auch mit dem Ding unterm Kopfkissen. Es gibt solche Leute. Dabei sollte man die Strahlenbelastung nicht unterschätzen.«

Messmer ließ einen Stoßseufzer los, offenbar erwartete er gleich wieder einen Vortrag über Elektrosmog, aber Thea warf schon die nächste Frage ein.

»Wer war denn der Spielleiter bei diesem letzten LARP?« Sie griff nach dem Kugelschreiber, um sich den Namen zu notieren, doch die Antwort kam schneller, als sie ihr Notizbuch aufschlagen konnte.

»Das weiß ich noch genau. Es war Markus von Krohn.«

Thea schaltete den Lautsprecher aus, legte den Hörer auf und schaute Messmer an.

»Das war im letzten Herbst, du hast es gehört. Ist es denkbar, dass sie das Handy seitdem nicht wieder abgeholt hat? Und wenn ja, wieso erzählt ihr Bruder uns, sie habe es erst kürzlich verloren?«

»Vielleicht stimmt das ja«, sagte Messmer. »Vielleicht hat sie es bei von Krohn wieder abgeholt und später endgültig verschusselt.«

Thea drehte nachdenklich eine rote Haarsträhne um den Finger, die ihr aus dem Zopf gerutscht war. »Schon möglich«, sagte sie. »Aber darauf kann uns nur von Krohn selbst eine Antwort geben.«

»Den knöpfen wir uns heute noch vor«, sagte Messmer. »Aber jetzt lass uns wieder rübergehen, die wollen weitermachen.«

»Fahrt ihr nach der Besprechung gleich zu diesem Spielleiter und sammelt das Handy ein, falls es noch dort ist?« Joosts Blick wanderte fragend von Messmer zu Thea. Beide nickten brav.

»Wenn wir Glück haben, finden wir was im Handyspeicher, Telefonnummern von Freunden, Bekannten oder die eine oder andere SMS, die für uns aufschlussreich sein könnte«, sagte Messmer hoffnungsvoll.

»Ja, es wäre an der Zeit, mal wieder Glück zu haben«, befand auch Joost. »Und die anderen fangen heute an, Fagels Patienten zu befragen. Allen voran die Angehörigen der Todesopfer. Dort wird wohl das Meiste zu holen sein.«

»Weiß schon jemand was Genaueres über die seltsame Therapie, die dieser Arzt praktizierte?«, fragte Verena Sander.

»Ich habe gestern mal ein bisschen im Internet recherchiert«, sagte Messmer. »Es ist unglaublich, wie man Menschen blenden kann. Fagel propagiert, dass Krankheiten, insbesondere Krebs, von seelischen Konflikten herrühren – so weit gibt Eva Schrader ihm sogar recht. Aber jetzt kommt's: Er behauptet, man könne diese Konflikte im Gehirn mit einer Computertomographie sichtbar machen und so auch deren Heilung verfolgen. Löst der Kranke seine persönlichen Konflikte, verschwindet auch der Krebs – sogar wenn er sich im Endstadium befindet.«

»So an Lohkäs glaubt au bloss oiner, der sich d' Hosa mit der Gneifzang ozieht!« Kübler griff kopfschüttelnd in die Schüssel mit der Nervennahrung und nahm die Geleebanane, auf der vorhin noch die Schmeißfliege herumgekrabbelt war.

»Man sollte es nicht glauben, aber es gibt eine Menge Anhänger dieser Lehre.« Messmer zog einen mehrseitigen Computerausdruck aus seiner Mappe. »Den Kranken wird jegliche Inanspruchnahme von Schulmedizin strengstens verboten. Ihnen wird eingeredet, dass die Chemotherapie sie umbringen würde. Einige Anhänger dieser Lehre gehen sogar so weit, zu behaupten, dass ein Komplott der Juden dahinterstecke, die mit ihrer Schulmedizin die arische Rasse ausrotten wollen. Wie gestört kann man sein? Es gibt Eltern, die ihre schwer kranken Kinder im Ausland verstecken, um sie vor der Schulmedizin in Sicherheit zu bringen. Entmündigen müsste man die!«

Thea wurde es eng in der Brust. Sie erinnerte sich an den Fall eines fünfjährigen Mädchens, das an einem normalerweise gut behandelbaren Wilms-Tumor gelitten hatte und dem dieser Irrglaube fast das Leben gekostet hätte. Die Eltern waren mit dem Kind nach Österreich und später nach Spanien geflohen, und nur den geduldigen Vermittlungsversuchen einer Naturheilärztin war es zu verdanken, dass das Mädchen schließlich überlebt hatte. Dieser Vorfall war vor Jahren durch alle Medien gegangen. Thea hatte bislang keinen Gedanken daran verschwendet, wie viele gleichartige und ähnliche Fälle es heute noch gab. Natürlich gab es Beispiele für Spontanheilung. Vielleicht konnte mitunter auch der Glaube Berge versetzen. Ganz sicher nicht bei Krebs im Endstadium, aber schon eine einzige derartige Wunderheilung konnte genügen, um so viel Aufsehen zu erregen, dass von der Schulmedizin enttäuschte Menschen ehrfürchtig auf die Knie fielen. Sich einreden ließen, sie müssten nur aus eigener Kraft ihre Konflikte lösen, um wieder vollständig gesund zu werden. Was für ein makabres Spiel mit dem Tod hier ausgetragen wurde!

»Steht diese Heilslehre denn nicht unter Strafe?«, fragte Verena Sander kopfschüttelnd.

»Theoretisch kann sie das nicht«, antwortete Messmer. »Es gibt die Therapiefreiheit des Arztes. Sie besagt, dass ein Mediziner seine Kranken behandeln darf, wie er es für richtig hält, solange die Patienten damit einverstanden sind. Man kann diese Scharlatane erst drankriegen, wenn das Kind schon in den Brunnen gefallen ist; sprich, wenn man einen Todkranken vor sich hat, der durch klare Falschbehandlung so weit gekommen ist. Dann kann man den Arzt wegen fahrlässiger Körperverletzung durch unterlassene Hilfeleistung oder zumindest Verletzung der ärztlichen Sorgfaltspflichten anzeigen.«

»Bisschen spät«, seufzte Koch.

Thea war ganz seiner Meinung. Es war eigentlich nicht zu glauben, was in der Heilkunst so alles erlaubt war. Andererseits würde es das Ende aller seriösen Heilpraktiker und Naturmediziner bedeuten, wenn man nur Therapien zuließe, die von der naturwissenschaftlichen Schulmedizin anerkannt waren. Sie war so in Gedanken, dass sie nicht merkte, wie Joost die Besprechung beendete, und zuckte zusammen, als Messmer ihr auf die Schulter tippte.

»Komm, Kollegin, lass uns losfahren. Wir knöpfen uns jetzt den Spielleiter vor.«

Als Thea aufstand, konnte sie körperlich fühlen, wie sich ihre Spannung löste. Das Thema Sofia war vorerst beiseite gelegt, und Messmer hatte bis jetzt dicht gehalten. Besser hätte diese Besprechung, die sie so gefürchtet hatte, nicht laufen können. Dennoch fühlte sie sich so schwach, als hätte sie eine Woche lang im Bergwerk geschuftet.

»Du hast nichts gesagt«, stieß sie hervor, kaum dass sie im Auto saß und den Sicherheitsgurt geschlossen hatte.

»Ich werde dich sicher nicht vor versammelter Mannschaft bloßstellen«, gab Messmer zurück. »Allerdings weiß ich natürlich, dass ich mit Rudolf unter vier Augen reden müsste. Die ganze Sache stinkt zum Himmel.«

»Wirst du es tun?« Theas Stimme war kaum mehr als ein Flüstern.

»Jetzt jedenfalls noch nicht. Ich kann es nicht. Verdammt, mit jedem Tag, den ich dich decke, mache ich mich ein Stück mehr mitschuldig.«

»Du kannst sagen, dass ich es dir eben erst verraten habe, dann bist du raus aus der Sache.« Thea wurde kalt in Erwartung seiner Antwort.

»Ja, das könnte ich natürlich.« Mehr sagte er nicht. Er bremste an der Ampel zur Pragstraße, schaltete den Polizeifunk an und konzentrierte sich auf den Verkehr. Thema beendet. Zumindest verbal.

Ich halte diesen Schwebezustand keinen Tag länger aus, dachte Thea. Ungefähr so musste sich ein verurteilter Häftling in der Todeszelle fühlen, zwischen der Hoffnung auf Begnadigung und dem ungewissen Termin der Hinrichtung. Fast war sie versucht, selbst mit ihrem Chef zu sprechen, einfach um es abzukürzen, neu anfangen zu können, ganz egal, wo. Vielleicht im Wachdienst eines Altenheims. Hauptsache, sie würde wieder zur Ruhe kommen. Plötzlich schien es ihr beinahe verlockend, das Damoklesschwert selbst in die Hand zu nehmen und Harakiri zu begehen. Natürlich wusste sie, dass sie es nicht fertigbringen würde. Sie liebte ihren Beruf, und der Gedanke, Messmer nicht mehr täglich sehen zu können, verursachte ihr Atemnot.

Als sie sich in den Stau Richtung Löwentor einreihten, meldete ihr Handy eine SMS. Hastig kramte sie in ihrem Rucksack. Vielleicht hatte Karolin ihren Urlaub genehmigt bekommen. Fehlanzeige, es war Hannes, die Hartnäckigkeit in Person. Thea drückte die Löschtaste, und die Darmprobleme ihres Verflossenen verschwanden vom Display. Genervt schaltete sie den Polizeifunk aus und starrte aus dem Fenster. Die Wipfel der alten Bäume des Rosensteinparks wiegten sich im Wind, während sie aus ihrem Blickfeld glitten. Als sie an der Wilhelma vorbeifuhren, sah sie Scharen von Besuchern, die sich am Kassenhäuschen drängten, die Pkw-Schlange vorm Schlagbaum des Parkhauses reichte bis zur Neckartalstraße hinunter. Ein Ausflugsschiff der Weißen Flotte steuerte auf die Bootsanlegestelle zu, vielleicht kam es von einer Schleusenrundfahrt zurück. Wie auf Knopfdruck erschien das Bild des toten Indianers vor ihrem geistigen Auge, den sie im Winter aus der Schleuse am Kraftwerk gezogen hatten, nur wenige Meter von hier entfernt. Wie makaber doch ihre Erinnerung arbeitete. Wo andere beim Besuch bekannter Orte an die schönen Dinge dachten, die sie dort erlebt hatten, fielen Thea, wo immer sie sich in Stuttgart bewegte, zuerst die Toten ein, die sie dort aufgefunden hatten. Man konnte fast sagen, Leichen pflasterten ihren Weg. Wann immer sie künftig am Eckensee vorm Opernhaus vorbeikommen würde, wäre ihr das Gesicht der jungen Frau im flachen Wasser gegenwärtig, schmal und bleich, von Entengrütze bedeckt.

*

Von Krohn öffnete die Haustür nur so weit die Sperrkette reichte und brauchte einen Augenblick, bis er Thea und Messmer erkannte.

»Guten Morgen, Herr von Krohn.« Thea verzichtete darauf, den Dienstausweis vorzuzeigen. »An Ihrer Arbeitsstelle sagte man uns, Sie hätten heute freigenommen. Gut, dass wir Sie zu Hause antreffen.«

»Kommen Sie rein.« Von Krohn hängte die Kette aus und öffnete die Tür. »Ich habe keinen verlängerten Wochenendausflug geplant. Ich stecke mitten in den Vorbereitungen des Rollenspiels, das wir morgen in den Wäldern von Schloss Solitude veranstalten. Kein Mensch glaubt, wie viel Arbeit in so einer Organisation steckt.«

»Zumal ja spontan aus dem Stegreif gespielt wird«, sagte Thea.

»Ja, aber es gibt ein vorgegebenes Ziel und gewisse Regeln, die einzuhalten sind. Das ist bei einer Teilnehmerzahl von nahezu hundert Leuten schwieriger, als einen Sack Flöhe zu hüten.«

Eine halbe Minute lang standen sie schweigend in der Diele und sahen sich an, bis Thea sich allmählich unbehaglich fühlte. Sie fand es an der Zeit, das Handy ins Gespräch zu bringen.

»Können wir uns irgendwo hinsetzen?« Thea hatte keine Lust, die Befragung in dem engen Flur fortzusetzen.

Von Krohn nickte knapp und führte sie in ein Wohnzimmer, in dem jeder Winkel nach der Präsenz eines Kleinkindes schrie.

»Sie müssen entschuldigen, ich habe noch nicht aufgeräumt.« Von Krohn bückte sich halbherzig nach einem Schaf aus weißem Plüsch, das kesse Ringelsocken trug. Eine Holzeisenbahn kickte er mit dem Fuß zur Seite.

Wieso bin ich nicht auf die Idee gekommen, dass dieser Mann im wirklichen Leben verheiratet sein könnte?, fragte sich Thea. Rollenspielfreaks mit Familie gab es also auch. Überhaupt sah in dieser Wohnung alles wunderbar normal aus. Bücher, CDs und Videos füllten die Regale, geblümte Vorhänge und Vasen mit Trockensträußen zeugten von einer nostalgischen Ader der Frau des Hauses. Auf einem gerahmten Foto in der Schrankwand biss ein etwa zweijähriger Wonneproppen selbstvergessen in einen Gummiball. Eine Umgebung, die Thea etwas wehmütig an ihr nichtvorhandenes Familienleben denken ließ. Mit Griegerles Wohnhöhle war dieses Zimmer ganz sicher nicht zu vergleichen. Auf dem Couchtisch waren einige Regelwerke für Rollenspiele, ein Geländeplan von Solitude, ein Schreibblock und mehrere Stifte in kreativem Durcheinander ausgebreitet.

»Ihre Frau ist bei der Arbeit?«, fragte Messmer in einem Ton, mit dem er von Zeit zu Zeit den beispiellosen Macho herauskehrte.

»Ja, einer muss ja die Brötchen verdienen. Und der Kleine ist im Kindergarten. Er ist jetzt fast vier.« Von Krohn bedeutete Thea und Messmer, auf dem Sofa Platz zu nehmen, nachdem er mit einer raschen Armbewegung einen Berg Duplosteine heruntergefegt hatte.

Messmer setzte sich und betrachtete interessiert die Landkarte, auf der einige Wege mit Eddingstift nachgezeichnet und die beiden Burgruinen südöstlich von Wolfbusch eingekreist waren.

»Ich würde mir das Spektakel gerne mit meinem Sohn ansehen«, sagte er. »Hätten Sie was dagegen, wenn wir uns gegen Nachmittag ein bisschen unters Volk mischen?«

»Solange Sie nicht auffallen wie zwei Aliens, ist nichts dagegen einzuwenden«, lächelte von Krohn. »Vielleicht kommen Sie ja auf den Geschmack. Aber lassen Sie bitte Jeans und Turnschuhe im Schrank und kleiden Sie sich möglichst so, dass Sie ins Ambiente passen. Das heißt, Sie sollten auch Armbanduhren und Ähnliches am besten zu Hause lassen.«

»Worum geht es eigentlich bei diesem Spiel?«, fragte Messmer.

»Ganz grob gesagt, wird ein Prinz von der Burg seiner Eltern entführt und gerät in die Fänge des Todes. Das heißt, ein Sensenmann wird ihn zu einem unbekannten Ort verschleppen und dort festhalten. Die Aufgabe der anderen ist es, den Prinzen zu befreien und den Tod zu besiegen. Das Event endet mit einem rauschenden Fest, das ich hier gerade vorzubereiten versuche. Wir haben zweihundert Flaschen Met bestellt und weitere hundert Amphoren Holunderwein. Ein Kumpel von mir sollte die Trinkhörner besorgen, aber ich erreiche ihn nicht.« Von Krohn raufte sich die Haare. »Es ist immer spannend bis zur letzten Minute.«

»Dann trinken Sie eben aus der Flasche.« Messmer schien die Katastrophe nicht nachvollziehen zu können.

»Glasflaschen im frühen Mittelalter?« Von Krohn sah ihn entsetzt an. »Eher fahre ich heute noch zu einem Weinhandel und fülle das Zeug in Fässer um.«

Thea musste lächeln. Die Illusion ist nur vollkommen, wenn jedes Detail stimmt, dachte sie. Faszinierend, wie leidenschaftlich sich ein erwachsener Familienvater, der doch offenbar mit beiden Beinen im Leben stand, in so eine Traumwelt einbringen konnte.

»Jetzt bin ich aber gespannt, wie ich zu der Ehre Ihres Besuches komme.« Von Krohn war offenbar bemüht, sie schnell wieder loszuwerden. »Was wollen Sie denn noch hören? Ich hab doch alles gesagt, was ich weiß.«

»Nein, das haben Sie eben nicht.« Thea packte ihr Diktiergerät aus, schaltete es ein und sprach Datum und Uhrzeit auf das Band.

»Das wird also eine richtig ernsthafte Vernehmung, ja?«

»Es gibt keinen Anlass, Witze zu reißen«, sagte Messmer. »Herr von Krohn, wir suchen das Handy, das Carina Fagel gehört. Sie hat es bei ihrem letzten LARP bei Ihnen liegen lassen. Nun wüssten wir gern, ob und wenn ja wann sie es wieder abgeholt hat.«

Von Krohn war das aufrichtige Erstaunen vom Gesicht zu lesen. »Das muss eine kleine Ewigkeit her sein. Noch im letzten Jahr, denke ich. Stimmt, ich hatte es völlig vergessen.«

»Verraten Sie uns, warum sie Ihnen das Handy gegeben hat?« Messmer schaffte es, die Frage wie eine Aufforderung klingen zu lassen.

Von Krohn nahm das Plüschschaf vom Sessel und setzte sich ihnen gegenüber. »Manchmal geben mir die Teilnehmer vor Spielbeginn Dinge in Verwahrung, die im Spiel nur stören würden: Armbanduhren, MP3-Player und auch Handys, und holen sie danach wieder ab. Carina ist aber nicht gekommen. Sie wird es vergessen haben.« Er lächelte verlegen. »Ich muss gestehen, ich habe selber nicht mehr daran gedacht.«

»Dass Sie nicht mehr an das Handy gedacht haben, kann ich nachvollziehen«, sagte Messmer. »Aber dass ein zwanzigjähriges Mädchen, das den Verlust sogar bemerkt, sich nicht darum kümmert, das Ding wiederzukriegen, das will mir nicht in den Kopf.«

Von Krohn zuckte nur die Achseln. »Vielleicht hat sie sich ein neues besorgt.«

»Befindet sich das Handy hier in der Wohnung?«, fragte Thea.

»Ich glaube schon. Ich hab im Schlafzimmer eine Asservatenkiste mit Fundsachen. Wenn ich mich nicht irre, müsste es da drin sein.« Er stand auf, verschwand im Nebenzimmer und kam nach kurzer Zeit mit einem Telefon der Marke Nokia zurück, das er Messmer über den Tisch reichte. »Ich nehme an, Sie wollen es haben?«

Messmer zog ein Beweismitteltütchen aus der Tasche und hielt es von Krohn offen hin, der das Handy hineingleiten ließ.

»Sind Sie Carina nach dieser Veranstaltung noch einmal begegnet?«, fragte Thea.

Von Krohn schüttelte den Kopf. »Nein, sonst wäre mir das Handy wahrscheinlich eingefallen. Aber da sie nie wiederkam, habe ich es völlig vergessen. Aber was hat Carina denn mit der ganzen Sache zu tun? Und vor allem, warum fragen Sie sie nicht selbst?«

»Das würden wir gerne tun, wenn wir wüssten, wo sie sich aufhält«, antwortete Thea. »Sie wissen nicht zufällig, wo wir sie finden können?«

»Ich nehme an, bei ihr zu Hause haben Sie es schon versucht«, mutmaßte von Krohn mit einem schwachen Lächeln. »Nein, ich habe keinen Schimmer. Wie gesagt, ich habe sie bei diesem LARP im September zum letzten Mal gesehen. Aber fragen Sie doch ihren Vater.«

Thea sah erstaunt auf. »Sie haben heute noch keine Zeitung gelesen, oder?«

Von Krohn musterte sie, als suche er in ihrem Gesicht nach einer Erklärung, was diese Frage zu bedeuten habe. Einige Sekunden lang schienen alle den Atem anzuhalten. Durch das geöffnete Fenster drang der Lärm eines vorbeifahrenden Busses herein, gefolgt von einer Wolke Abgase.

»Sagen Sie nicht, dass er auch tot ist«, flüsterte von Krohn schließlich.

Thea machte sich nicht die Mühe zu antworten und begnügte sich mit einem angedeuteten Nicken.

Von Krohn atmete scharf aus. »Nicht zu fassen. Der Vater und eine Tochter tot, die andere verschwunden. Was ist da eigentlich los?«

»Wenn wir das wüssten, wären wir nicht hier«, entgegnete Messmer lapidar.

»Wie lange wird Carina denn schon vermisst?«, fragte von Krohn.

»Das ist nicht ganz sicher. Der Bruder meint, seit Beginn der Osterferien.« Von der angeblichen Tramptour durch Österreich ohne Handy und ohne Papiere sagte Messmer nichts.

»Ach, einen Bruder gibt es auch noch? Na, den erwartet ja jetzt ein üppiges Erbe. Der Vater war doch Arzt, und wenn die beiden Schwestern ...« Von Krohn brach ab und fügte hastig hinzu: »Wobei ich wirklich hoffe, dass Carina noch lebt.«

Ja, das hoffe ich auch, dachte Thea. Das hoffe ich wirklich sehr.

Von Krohn starrte eine Weile schweigend vor sich hin und zupfte am plüschigen Fell des Ringelsockenschafs. »Aber dass sie sich nie nach ihrem Handy bei mir erkundigt hat, ist doch seltsam, nicht?«

»Noch seltsamer finde ich, wie er gleich nach der Todesnachricht des Vaters auf den möglichen Tod der jüngsten Tochter schließt«, sagte Thea, als die Haustür hinter ihnen ins Schloss fiel. »Da hat er überraschend schnell kombiniert.«

»Hast du eine Idee, warum die kleine Fagel dieses Handy seit Monaten nicht abgeholt hat?«, fragte Messmer und hielt Thea die Autotür auf.

»Nicht wirklich.« Thea ließ sich auf den Beifahrersitz fallen. »Vielleicht wollte sie ja aus irgendeinem Grund von Krohn nicht wieder begegnen. Offenbar hat sie ja nicht mal ihrem Bruder erzählt, dass sie das Handy bei ihm liegen lassen hat. Das Ganze ist mir ein Rätsel.«

»Dann hätte sie sich doch inzwischen längst ein neues besorgt. Ein zwanzigjähriges Mädchen ist doch heutzutage ohne

Handy gar nicht mehr lebensfähig.« Messmer startete den Wagen und holte seine Sonnenbrille aus dem Handschuhfach, wobei er mit dem Unterarm wie aus Versehen Theas Schenkel streifte. Sie zuckte zusammen. Teils aufgrund der Berührung, aber auch, weil sie die Formulierung »nicht mehr lebensfähig« wie ein Schlag in die Magengrube getroffen hatte. Sie hatte schon das eine oder andere Mal in Erwägung gezogen, dass Carina tot sein könnte, den Gedanken aber immer wieder als unbegründet weit von sich geschoben. Plötzlich hatte es von Krohn auch ausgesprochen und nun auch noch Messmer, wenn auch mehr oder weniger unabsichtlich.

»Das mit der Erbschaft des Bruders ist ja auch nicht ganz von der Hand zu weisen«, dachte sie laut. »Sein Vater hat sicher ein paar Euro auf dem Konto, und wenn die Schwestern nicht mehr leben, wäre er Alleinerbe.«

»So kaltblütig kam er mir eigentlich nicht vor«, sagte Messmer. »Wobei der Schein oft trügt. Aber der Mann ist Apotheker, der verdient doch selbst sehr gut.«

»Nein, eigentlich passt so viel Geldgier nicht zu ihm«, gab Thea zu. »Aber wir haben uns auch schon oft genug geirrt.«

*

»Diese Handygeschichte stinkt zum Himmel!« Messmer wühlte in der Schüssel mit den Süßigkeiten und entschied sich für eine Lila Pause. »Ich bin dafür, dass wir einen Einzelverbindungsnachweis für Bruder Fagel beantragen.«

»Wie sollen wir das begründen?«, fragte Joost.

»Überleg doch mal: Das Mädchen vermisst ihr Handy seit dem Herbst. Sie hat offenbar ihrem Bruder nicht gesagt, dass sie es bei von Krohn abgegeben hat, denn der Bruder behauptet, sie habe das Handy erst kürzlich verloren und sich noch kein Neues zugelegt. Daher sei sie in Österreich nicht erreichbar. Ich weigere mich zu glauben, dass ein zwanzigjähriges Mädchen heutzutage ohne Handy auf Tramptour geht.«

»Und du meinst, der Bruder weiß was und will es uns nicht sagen?«

»Genau das meine ich.« Messmer wickelte seinen Schokoriegel aus und biss hinein. »Dieser Fagel kam mir von Anfang an ein bisschen seltsam vor. Obwohl ich glaube, dass die Trauer um seine Schwester aufrichtig war. Er war emotional wirklich down, und die Tränen waren echt. Aber der Kerl hält irgendwas zurück. Das denke ich, seit ich ihn das erste Mal gesehen habe. Und du weißt ja, es gibt keine zweite Chance für den ersten Eindruck.«

»Ich bin der gleichen Meinung wie Micha«, mischte sich Ströbele ein. »Ich hab hier einen Vermerk vom Polizeipräsidium Mittelfranken bekommen. Die haben auf unser Ersuchen hin mehrmals bei Mutter Fagel geklingelt und ihr auch eine Nachricht hinterlassen mit der Bitte um Rückruf. Ohne Erfolg.«

»Die wird doch nicht auch noch tot in der Wohnung liegen«, war der erste Gedanke vom Schwarzseher Kümmerle.

»Nein, keine Sorge. Die Hausmeisterin war mit einem Zweitschlüssel drin. Es ist alles in Ordnung. Frau Fagel hat sogar die Sicherungen rausgedreht, bevor sie weg ist. Wahrscheinlich eine längere Reise. Die Nachbarn wundern sich nur, dass sie nicht mal darum gebeten hat, in ihrer Abwesenheit den Briefkasten leeren zu lassen.«

»Haben die auch mal im Kamin nachgesehen?«

Kochs makabrer Witz wurde mit allgemeinem Augenrollen quittiert.

»Es gibt keinen Kamin und auch definitiv keine Leiche in der Wohnung«, antwortete Ströbele. »Es sieht alles danach aus, dass sie verreist ist.«

»Und der Sohn weiß natürlich nichts davon«, höhnte Messmer. »Wenn der uns nicht die Hucke volllügt, dann fress ich einen Besen mitsamt der Putzfrau!«

Frau Baric, die gerade zur Tür reinhuschte, sprang entsetzt beiseite. »Oh meine Gott, warum will mich fressen junge Mann? Isch mir hier viel zu gefährlich. Glaube, ich misse suche mir eine neue Job.« Sie lächelte verschmitzt, vermutlich war sie überzeugt, gerade einen Mörderwitz gerissen zu haben. Thea ließ aus Solidarität ein verhaltenes Lachen hören.

»Ach, Frau Baric, wo wollen Sie denn hin? Es geht Ihnen doch so gut bei uns«, schmunzelte Joost.

»Gibt auch andere gute Arbeit.« Frau Baric griff nach dem Abfalleimer und schüttete seinen Inhalt in einen blauen Müllbeutel, den sie schulterte wie Knecht Ruprecht den Sack mit den Weihnachtsgeschenken. »Habe eine Freindin, die schafft für gleiche Geld nur dreimal die Woche.«

»Was arbeitet sie denn? Ist sie Gehirnchirurgin?«, lachte Verena Sander.

»Nein, kocht Mittagessen für Studenten bei Hohenheim. Arbeitet da bei Universität in der Mensis.«

»Ich finde, während der Mensis sollte man Frauen nicht in der Küche arbeiten lassen. Manche Naturvölker schließen ihre Frauen sogar solange ein«, prahlte Koch mit seinem Wissen, während Messmer sich vor Lachen bog.

»Zu köstlich, Frau Baric, bleiben Sie uns bloß lange erhalten, noch weit über die Mensis hinaus.« Er wurde wieder ernst und wandte sich an seinen Chef.

»Zurück zum Thema. Ich möchte noch immer die Verbindungsdaten von Hendrik Fagel erheben.«

Joost kratzte sich mit seinem Kugelschreiber hinter dem Ohr, wobei er deutliche blaue Striche hinterließ. »Gut. Schreib einen Antrag, ich setze mich mit Triberg in Verbindung.« Er machte sich eine Notiz und schaute dann in die Runde. »Was habt ihr bei den Patienten von unserem Scharlatan in Erfahrung gebracht?«

»Bei den ehemaligen Patienten«, berichtigte Koch. »Ich war mit Kurt auf Tour, und wir haben inzwischen drei von ihnen befragt. Der Erste, ein Herr Seemann, Bauchspeicheldrüsenkrebs in Remission, ist am Boden zerstört, weil der Einzige, der ihm angeblich helfen konnte, ihm nun nicht mehr helfen kann und er dem sicheren Tod geweiht ist. Hab mir den Mund fusselig geredet, um ihn zu überzeugen, dass er gerade deshalb beste Chancen hat zu überleben, wenn er nur in ein Krankenhaus geht, aber davon wollte er nichts hören. Er lobt Fagel über den grünen Klee. Schließlich habe er selbst die Veränderungen auf dem CT gesehen und wisse, dass er auf dem Weg der Besserung sei.

Der Zweite, ein Herr Klett, hatte ohnehin schon Zweifel, weil es ihm zunehmend schlechter geht, und hat einen Termin bei seinem Hausarzt vereinbart, der vor einem Jahr seine Krebserkrankung diagnostiziert hat. Wenn er Glück hat, bleibt ihm noch Zeit genug, falls der ihn überzeugen kann, eine Chemo zu machen. Aber er ist zu geschwächt, um so einen Mord zu begehen, ganz besonders was die Entsorgung der Leiche betrifft. Da bin ich sicher.

Die interessanteste Spur ist eine Frau Hirschhorn, geborene Scholz, geschiedene Mundlinger, falls euch der Name bekannt vorkommt.« Er blickte gespannt in die Runde und traf auf Theas erstaunten Blick. »Ja, sie ist die Mutter unseres Zertrümmerers, mittlerweile neu verheiratet, deshalb der abweichende Name. Seltsamer Zufall, nicht wahr?«

»Das ist doch der, mit dem Jennifer die ganze Zeit Ärger hatte, oder?«, horchte Verena auf.

»Genau, sie hat ihm das Hemd zerschnitten und seine Rolle sterben lassen. Vielleicht steckt da mehr dahinter.«

»Und was sagt die Mutter des Zertrümmerers?«

»Sie ist dem Doktor schon vor einem halben Jahr abtrünnig geworden. Ist jetzt wieder bei ihrem alten Onkologen, der eine ambulante Chemotherapie mit ihr macht, die Erfolg zu bringen scheint. Und jetzt dürft ihr dreimal raten, wer dieser Krebsarzt ist.« Koch setzte seine Kaffeetasse ab und blickte gespannt in die Runde.

»Mir fällt nur einer ein, aber das wäre ein zu großer Zufall«, sagte Thea, doch als sie Kochs breites Grinsen sah, wusste sie, dass sie richtig gedacht hatte. »Du meinst wirklich den Salzinger?«

»Ist doch irre, oder? Ich schätze mal, Genna hat ihrem Chef die Patientin für ihren Vater abgeworben, aber der konnte wohl nicht halten, was sie sich versprochen hat. Wäre das nicht ein gutes Motiv, Vater und Tochter aus der Welt zu schaffen?«

»Aber der Sohn ist doch ein Hänfling. Vielleicht hätte er das Mädchen erledigen können, aber dazu, den Doktor in den Kamin zu zwängen, gehört schon ein bisschen an Körperkraft«, gab Messmer zu bedenken. »Eine krebskranke Frau wird das auch nicht geschafft haben. Wie sieht es denn mit ihrem Mann aus, hast du den auch angetroffen?«

»Hm«, brummte Koch nachdenklich. »Hab ich. Ein Männlein dünn wie Filterpapier und einen knappen Kopf größer als eine Thermoskanne. Nee, über gewaltige Körperkräfte verfügt der garantiert auch nicht, oder wie siehst du das, Kurt?«

»Wo se den gmacht hen, isch dr Hemmedzipfel drzwischakomma«, pflichtete Kübler seinem Kollegen bei.

»Trotzdem, den sollten wir befragen«, sagte Joost. »Die Aussage eines Stiefvaters über seinen Stiefsohn ist meist objektiver als die Aussage der leiblichen Mutter.«

»Tja, leider ist der Gute gerade zu einer Dienstreise aufgebrochen und kommt erst Samstag zurück.« Koch bedachte Messmer mit einem flehenden Blick, der »Freiwillige vor« zu schreien schien. Alle wussten, wie gern sich Koch vor Wochenenddiensten drückte.

»Ich hab am Samstag schon was vor«, sagte Messmer geheimnisvoll. »He, Kurt, alter Junge, wie sieht's aus? Kann ich mir fürs Wochenende deine Rosinante ausleihen?«

Kübler fiel buchstäblich die Kinnlade runter. Er starrte Messmer an, als hätte ihn gerade ein Pferd getreten.

»Was willst du denn mit einer Stute? Ich dachte, du reitest nur Frauen?«, feixte Koch.

Messmer knüllte sein Schokoladenpapier zusammen und warf es Koch an den Kopf. »Ausnahmen bestätigen die Regel. Ich will mir mit meinem Sohn mal so ein Abenteuerspiel live und in Farbe ansehen. Die dulden aber keine zivilisierten Zuschauer, man muss so tun, als ob man dazugehört. Und da hab ich mir gedacht, ich spiele einen Ritter. Passt gut zu mir, oder?«

»In Sachen Ritterlichkeit musst du aber noch ein bisschen üben.« Verena Sander prustete in ihre Kaffeetasse.

»Ach, für ein paar Stunden kann ich das vortäuschen. Ein bisschen Hauen und Stechen, das krieg ich schon hin.«

»Beim Stechen hab ich keinen Zweifel«, knurrte Kümmerle und leckte sich Schokolade vom Finger. »In den Weinbrandbohnen ist gar kein Weinbrand drin. Das ist ja wie vegetarischer Fleischsalat!«

»Alkohol tötet Gehirnzellen, Ottfried«, schlug Messmer zurück. »Und die letzten paar brauchst du für die Arbeit.« Er wandte sich an Kübler. »Wie jetzt, leihst du mir dein Pferd oder nicht?«

»Uff koin Fall, dui wird doch ganz gwies am Sonndich Wirdebergische Moistera en Weilheim.«

Thea war sprachlos. Mitunter konnte sie immer noch nicht einschätzen, wo bei Messmer der Spaß aufhörte und der Ernst anfing. Er wollte doch nicht wirklich mit einem Pferd bei diesem Abenteuerspiel anrücken?

»Keine Sorge, das war nicht ernst gemeint.« Messmer amüsierte sich köstlich über die erstaunten Gesichter um ihn herum. »Eigentlich stammt die Idee von meinem Sohn. Er will sich die Sache unbedingt ansehen und ist der Meinung, wir sollten am besten hoch zu Ross dort ankommen.«

»Gar keine schlechte Idee«, lachte Joost. »Halte Augen und Ohren offen, vielleicht ergeben sich ja ein paar neue Spuren.«

»Darf ich das als Auftrag verbuchen? Bestenfalls werde ich ja als verdeckter Ermittler bezahlt, so im Nebenjob?«

»Das hättest du wohl gerne. Nein, Freundchen, das ist dein Privatvergnügen, umso mehr, wenn dein Sohn dabei ist.«

»Auch gut, dann konzentriere ich mich aufs Aufpassen, dass mein Kind nicht von giftigen Pfeilen getroffen oder von einem Ork verschleppt wird.«

*

Salzingers Praxis lag im Stuttgarter Westen in einer Villa der Jahrhundertwende, deren Fassade mit Jugendstilmotiven verziert war. Ein Magnolienbaum breitete seine blühenden Zweige über den schmalen, mit Natursteinen gepflasterten Gehweg, der zu einem Treppenaufgang führte.

Salzinger stand in der offenen Haustür und verabschiedete gerade den letzten Patienten. Thea erkannte den Arzt von seiner Internet-Homepage wieder, die sie sich vorhin zusammen mit Messmer angesehen hatte, um nach den Sprechzeiten zu schauen. Perfektes Timing, dachte sie. Wir kommen pünktlich zum Praxisschluss.

Als Salzinger sie kommen sah, schwand das Lächeln aus seinem Gesicht. »Ich habe Feierabend, Sprechstunde ist erst wieder morgen acht Uhr. Und rufen Sie am besten vorher an.«

»Wir kommen nicht als Patienten«, entgegnete Messmer und hielt dem Arzt seinen Dienstausweis vor die Nase.

Wenn es möglich war, sich noch reservierter zu geben als eben schon, dann brachte Salzinger das tatsächlich fertig. Sichtlich widerwillig streckte er Thea die Hand hin. Als sie sie drückte, hatte sie das Gefühl, ein Bündel Weißwürste anzufassen.

»Ich ahne, weswegen Sie kommen«, sagte er schließlich, als er ihnen ins Haus voranging. »Inzwischen ist es sogar bis zu mir vorgedrungen, warum meine Sprechstundenhelferin seit Tagen nicht mehr zur Arbeit kommt.«

Sie durchquerten ein Wartezimmer, das mit bequemen Sitzgruppen ausgestattet war. Auf einem niedrigen Beistelltisch in der Mitte lag ein Stapel Modejournale. Sport- oder Autozeitschriften waren nicht zu sehen. Kriegen Männer eigentlich keinen Krebs?, fragte sich Thea unwillkürlich, oder lesen sie einfach weniger als Frauen?

»Gehen wir in mein Büro.« Salzinger öffnete eine Tür, an der ein schmales Schild mit der Aufschrift »Privat« angebracht war.

Thea betrat einen Raum, der ganz in Apricot gehalten war. Wände, Vorhänge und Stuhlbezüge harmonierten im gleichen Farbton, der sich sogar im Muster des Teppichs wiederfand. Wohin das Auge blickte, standen Orchideen, auf der Fensterbank, dem Aktenschränkchen und ein besonders schönes rosarotes Exemplar sogar auf dem Schreibtisch, hinter dem Salzinger Platz nahm und auf zwei Besucherstühle wies. Thea und Messmer setzten sich.

»Ich habe nicht viel Zeit«, sagte Salzinger mit einem flüchtigen Blick auf die Uhr. »Also, was wollen Sie wissen?«

»Wie lange hat Jennifer Fagel für Sie gearbeitet?«, fragte Messmer.

»Fast zwei Jahre. Sie hat im Sommer 2005 angefangen. Allerdings wollte sie nur für sechs Stunden am Tag kommen, was ich anfangs nicht verstanden habe, denn sie ist ja weder verheiratet noch hat sie kleine Kinder. Etwas ungewöhnlich also für eine junge Frau in ihrem Alter.«

Messmer nickte. »Haben Sie eine Vermutung, warum sie in Teilzeit arbeiten wollte? Oder hat sie es Ihnen gesagt?«

»Sie erwähnte, sie würde nebenher noch für ihren Vater arbeiten, der auch Arzt ist. Er brauche sie ein paar Stunden für die Buchhaltung und das Praxismanagement.« Salzingers Blick hing zärtlich an der Orchidee auf seinem Schreibtisch.

»Und Sie waren damit einverstanden?«, fragte Thea. Sie betrachtete das schwammige Gesicht des Arztes, die konturlosen Züge, in denen das einzig Markante die Designerbrille war, und die Weißwurstfinger, die unablässig die Spitze des Hemdkragens kneteten.

»Na ja, auf diese Weise musste ich ihr nicht so viel zahlen. Wenn ich Termine außerhalb ihrer Arbeitszeit hatte, habe ich mir eben selbst beholfen. Das muss ich jetzt schließlich auch.«

»Das ist wohl wahr«, stimmte Messmer ihm zu. »Was war Jennifer für ein Mensch? Schätzten Sie sie als Mitarbeiterin?« Das waren gleich zwei Fragen auf einmal, und Dr. Salzinger machte nicht den Eindruck, als habe er vor, auch nur auf eine von beiden zu antworten.

»Ich werde den Teufel tun, schlecht über eine Tote zu reden. Also halte ich wohl lieber den Mund«, sagte er schließlich. Er lehnte sich in seinem Chefsessel zurück und legte die Fingerkuppen aneinander.

»Oh, doch so schlimm?« Messmer war auf seinem Stuhl nach vorn gerutscht und spielte gedankenlos an der Orchidee herum. Thea konnte körperlich fühlen, wie Salzinger den Atem anhielt.

»Ich weiß nicht, ob man es als schlimm bezeichnen kann, ich nenne es dreist.« Salzinger ließ die Augen nicht von seiner Orchidee. »Oder was würden Sie dazu sagen, wenn Ihre Assistentin Ihnen die Klienten abwirbt?« Er riss sich für eine Sekunde von der Pflanze los und schenkte Thea einen abschätzigen Blick. Sie hasste es, als Messmers Assistentin angesehen zu werden, und noch mehr hasste sie es, wenn man sie so anstarrte.

»Ach, ich würde sie einfach machen lassen, ich hätte weniger Arbeit und bekäme das gleiche Geld«, entgegnete Messmer und ließ ein paar Steinchen aus dem Hydrotopf durch seine Finger rieseln.

»Ich sehe, der Vergleich hinkt«, gab Salzinger zu. »Und ich gestehe, dass ich sauer auf sie war. Ich konnte ihr natürlich nicht nachweisen, dass sie bei meinen Patienten Werbung für ihren Vater gemacht hat, das geschah hinter meinem Rücken. Ich habe nur bemerkt, dass sie fortblieben. Einige brachen die Therapie ab, ohne mir auch nur Bescheid zu geben. Andere riefen an und sagten, sie wollten sich lieber alternativ behandeln lassen.«

»Was glauben Sie, warum diese Leute die Alternativmedizin vorzogen?«, fragte Thea.

Salzinger hob vage die Schultern. »Eine Chemo hat nun mal ihre Nebenwirkungen. Übelkeit, Haarausfall, Kreislaufschwäche, Schleimhautentzündungen, um nur einige zu nennen. Das ist kein Zuckerschlecken. Und wenn dann so ein Quacksalber daherkommt und den Kranken weismacht, dass die Chemo sie nur noch kränker macht, dann glauben die ihm das nur zu gern, denn die Symptome sprechen ja dafür.«

»Tja, der Quacksalber und seine Tochter sind beide tot«, sagte Messmer. »Warum wohl? Könnten Sie sich einen Grund vorstellen, die beiden umzubringen?«

»Sie meinen, ich hätte ein Motiv?« Salzinger lachte freudlos auf. »So tief gesunken bin ich wahrhaftig noch nicht, dass ich es nötig habe, die Konkurrenz aus dem Weg zu räumen.«

»Tatsächlich nicht?« Messmer ließ endlich von der Orchidee ab und verschränkte die Arme vor der Brust. Salzinger nutzte die Gelegenheit und zog die Pflanze schnell aus Messmers Reichweite. Sichtlich entspannt lehnte er sich zurück und würdigte sein Gegenüber keiner Antwort.

Wenn er eine Helferin für nur sechs Stunden einstellt, läuft seine Praxis vielleicht gar nicht so gut, überlegte Thea. Und wenn sie ihm die paar Patienten dann auch noch abwirbt, ist das schon ein Grund, ernsthaft sauer zu werden. Sie beschloss, das Thema zu wechseln.

»Sie waren selbst schon mal Geschädigter in einem Strafverfahren?« Es klang mehr wie eine Feststellung denn wie eine Frage.

»Worauf wollen Sie hinaus?« Salzinger funkelte Thea aus leicht zusammengekniffenen Schweinsäuglein an.

»Wir haben eine Anzeige aus dem vergangenen Jahr vorliegen, ein Körperverletzungsdelikt, in dem Sie einen Herrn Helland anzeigten, Sie niedergeschlagen zu haben«, half Messmer ihm auf die Sprünge.

»Ach das!« Salzinger winkte ab. »Ja, das war auch so eine Geschichte. Der Mann war frustriert, weil es seiner Tochter während der Chemo immer schlechter ging. Irgendwann haben sie die Behandlung abgebrochen. Ich glaube, sie sind dann auch zu diesem Fagel gegangen. Keine Ahnung, was aus dem Mädchen geworden ist.«

»Sie ist tot«, sagte Thea und ließ die Augen nicht vom Gesicht des Arztes, doch der zeigte keine Regung.

»Wundert mich nicht«, sagte er schließlich. »Bei diesem Krankheitsbild ist eine Chemotherapie unumgänglich, und jeder Arzt, der etwas anderes empfiehlt, handelt in meinen Augen grob fahrlässig.«

»Eine Frau Hirschhorn ist auch unter Ihren Patienten?«, fragte Messmer.

»Ja, das ist auch eine von denen, die Jennifer abwerben wollte. Sie hat diese hanebüchene Therapie auch kurzzeitig versucht, ist dann aber zur Vernunft gekommen und lässt sich nun von mir weitertherapieren.«

»Kennen Sie den Sohn der Frau Hirschhorn?«

»Den Maler? Ja, den kenne ich aus dem Künstlerbund.«

Thea horchte auf. »Sie sind auch Künstler?«

»Nein, ich geh nur gerne in dieses Café am Schlossplatz, dort beim Kunstgebäude. Sie wissen schon, das Haus mit der Kuppel und dem goldenen Hirsch oben drauf.«

»Und daher kennen Sie Steffen Mundlinger?«

»Ja, wir spielen da freitags manchmal Karten.«

»Wann haben Sie ihn denn das letzte Mal dort gesehen?« In Theas Hinterkopf begannen ganz leise die Alarmglocken zu läuten.

Salzinger überlegte. »Die letzten Wochenenden eigentlich immer.«

»Auch an dem Wochenende, an dem Jennifer ermordet wurde?«, schaltete sich Messmer ein.

Salzinger drehte sich mitsamt seinem Sessel zur Wand um, an der ein Kalender hing. »Wann war das noch mal genau?«

»Es geht um die Nacht von letztem Freitag, dem 13., auf Samstag, den 14. April«, sagten Thea und Messmer wie aus einem Munde.

»Ja, natürlich«, antwortete Salzinger, »wir haben bis gegen zwei Uhr zusammengesessen und Doppelkopf gespielt. Kneipenschluss ist am Wochenende erst drei Uhr morgens.«

Thea und Messmer sahen sich an. Vom Schlossplatz gesehen musste man das Kunstgebäude nur links liegen lassen und war im Oberen Schlossgarten. Vom Künstlerbund bis zum Eckensee waren es keine fünfzig Meter.

»Wie sind Sie um zwei Uhr morgens heimgekommen?«, fragte Messmer.

»Mit dem Nachtbus«, entgegnete Salzinger sofort.

»Und Mundlinger?«

»Keine Ahnung. Wir haben uns am Schlossplatz getrennt. Wahrscheinlich hat er den Nachtbus Richtung Killesberg genommen. Auto fahren konnte er jedenfalls nicht mehr, er war ziemlich betrunken.«

»Herr Dr. Salzinger, überlegen Sie jetzt bitte ganz genau«, sagte Messmer eindringlich. »War Herr Mundlinger an diesem Abend, ganz besonders zwischen dreiundzwanzig Uhr und zwei Uhr morgens, wirklich die ganze Zeit lang anwesend?«

»Ja, eigentlich schon«, erwiderte der Arzt zögernd. »Er war natürlich ab und zu mal auf dem Klo. Aber fragen Sie mich nicht, zu welchen Zeiten und wie lange. Ich hab wirklich nicht auf die Uhr gesehen. Verdächtigen Sie Steffen etwa, Jennifer Fagel umgebracht zu haben?«

»Wir klären im Moment nur sämtliche Alibis ab«, antwortete Thea vorsichtig. »Und außerdem spielt auch ein mögliches Motiv eine Rolle. Waren Sie selbst denn die ganze Zeit im Künstlerbund anwesend an diesem Abend?«

Salzinger atmete scharf aus. Allmählich schien ihm zu dämmern, dass diese Frage darauf abzielte, dass nicht nur Mundlinger, sondern auch er selbst zur Tatzeit ganz in der Nähe des Tatortes gewesen war.

»Selbstverständlich war ich die ganze Zeit da. Auf der Toilette war ich natürlich auch hin und wieder. Aber ich war weder im Schlossgarten, noch habe ich Jennifer umgebracht. Warum hätte ich das tun sollen? Woher hätte ich wissen sollen, dass sie gerade um diese Zeit dort ist? Sie wollen mir doch nicht etwa einen Mord anhängen?« Er verschränkte seine Hände fest ineinander, um das Zittern zu unterdrücken.

»Herr Dr. Salzinger, für uns ergibt sich das Bild, dass Ihre Sprechstundenhilfe Ihnen nicht sonderlich sympathisch war«, sagte Messmer. »Was ich durchaus verstehen kann. Sie sind im Gegensatz zu mir schließlich selbstständiger Unternehmer und verlieren Geld, wenn die Patienten ausbleiben.«

»Und was wollen Sie damit sagen?« Salzingers kugelrundes Gesicht überzog eine zarte Röte, die an die roséfarbenen Blütenblätter seiner Orchidee erinnerte. »Wollen Sie andeuten, dass ich verdächtigt werde, Jennifer Fagel getötet zu haben?«

»Unschuldig bis zum Beweis des Gegenteils«, sagte Messmer und schaute fast sehnsüchtig zu dem Topf mit der Orchidee, der nun am anderen Ende des Schreibtischs stand. In der Stille, die einige Sekunden lang andauerte, konnte Thea das Schleifen des Tonbandes in ihrem Diktiergerät hören.

»Sie hätten neben der Gelegenheit zur Tat zumindest auch ein Motiv«, erklärte ihm Thea. »Immerhin hat sie Ihre Existenz bedroht.«

»So ein hirnrissiger Quatsch!« Der Rotton auf Salzingers Gesicht vertiefte sich um einige Nuancen. »Wenn ich sie hätte loswerden wollen, hätte ich sie gekündigt, nicht ermordet.«

»Wirklich? Das hätte sie aber vielleicht nicht daran gehindert, Ihnen schon aus Rache für die Kündigung weiterhin Patienten abzuziehen. Sie kannte viele Leute durch ihre Rollenspiele. Ich bin sicher, sie hätte einen Weg gefunden, Sie zu ruinieren, gemeinsam mit ihrem Vater.«

»Den hat ja auch ein gerechtes Schicksal ereilt«, entfuhr es Salzinger. »Ich weiß, ich sollte so etwas nicht sagen, aber für seine Patienten ist das wohl eher ein Segen.«

Messmer nickte. »Und komischerweise ist er noch vor Jennifer gestorben. Ihr schärfster Konkurrent und die Verbindung zum Konkurrenten werden innerhalb von zwei Wochen beseitigt. Ist doch ein unglaublicher Glücksfall für Sie, oder?«

»Warum hat Mundlinger uns eigentlich so einen Scheiß erzählt, als wir ihn nach seinem Alibi gefragt haben?« Messmer schloss die Gartentür hinter sich und zog den Autoschlüssel aus der Hosentasche. »Comedy will er geschaut haben. Kannst du dir das vorstellen? Der hat doch überhaupt keinen Humor!«

»Das Alibi war ohnehin nicht wasserdicht. Seine Eltern waren ja nicht zu Hause an diesem Abend«, sagte Thea und öffnete die Beifahrertür. »Vermutlich hat er nicht im Traum damit gerechnet, dass wir seinen Doppelkopf-Partner nach ihm befragen.«

»Und wenn Salzinger uns was vom Pferd erzählt hat, um sich selbst ein Alibi zu liefern? Überleg mal: Vielleicht hat Mundlinger ihn mit irgendwas erpresst, damit er das Mädchen umbringt, und Salzinger erwartet, dass Mundlinger ihm mit der Doppelkopf-Runde ein Alibi gibt?«

»Dann haben sie sich aber verdammt schlecht abgesprochen«, sagte Thea. »Oder Mundlinger hat Schiss bekommen und es sich anders überlegt, weil es ihm zu heikel ist, zur Tatzeit in der Nähe gewesen zu sein. Möglicherweise vertraut er dem Doktor nicht.

Aber wenn die beiden Stammgäste beim Künstlerbund sind, können wir das dort ganz leicht abklären.«

»Stimmt. Vielleicht will Salzinger Gideon auch nur reinreißen. Immerhin hat er betont, dass er ab und zu auf dem Klo war. Mehr Zeit als für einen Klogang braucht man auch nicht, um die paar Meter bis zum Eckensee zu laufen und dort ein Mädchen umzubringen.«

»Woher hätte er denn wissen sollen, dass sie dort ist?« Thea schob sich auf den Beifahrersitz und tastete nach dem Sicherheitsgurt.

»Vielleicht hat er durch das Fenster gesehen, dass sie über den Schlossplatz Richtung Eckensee lief«, sagte Messmer. »Ich will ja gar nicht behaupten, dass es wahrscheinlich ist, aber es ist möglich.«

»Eventuell könnte uns Gideons Mutter noch weiterhelfen. Vielleicht hat sie ihren Sohn ja doch noch angetroffen, als sie nachts heimgekommen ist. Oder ihn wenigstens schnarchen gehört.«

Messmer startete den Wagen und sah auf die Uhr. »Versuch macht klug. Jetzt ist eine gute Zeit für einen abendlichen Besuch bei Frau Hirschhorn, ehemals Mundlinger.«

»Mein Sohn ist nicht zu Hause«, sagte die kleine, blasse Frau mit dem schütteren Haar, der die Strapazen der Chemotherapie deutlich anzusehen waren. »Er ist bei Freunden, sie bereiten zusammen ein Rollenspiel vor.«

»Das macht nichts, Frau Hirschhorn«, sagte Messmer. »Wir wollten ohnehin nicht mit Ihrem Sohn sprechen, sondern mit Ihnen.«

»Mit mir?« Ihre Augen weiteten sich. »Aber ich weiß doch gar nichts von dem Fall!«

»Es dauert nicht lange«, versprach Thea. »Wenn wir nur kurz reinkommen könnten, wäre das nett. Es spricht sich so schlecht zwischen Tür und Angel.«

Die kleine Frau trat zögernd zurück und führte die beiden ins Wohnzimmer, aus dem ihnen schon in grellen Farben die Kunstwerke ihres Sohnes entgegenschrien. Eine Glaskanne mit dem Rest einer hellbraunen Flüssigkeit stand auf dem flachen Couchtisch, in einem Aschenbecher lagen zwei benutzte Teebeutel. Ein Buch lag aufgeschlagen mit dem Rücken nach oben auf dem Sofa. »Perspektiven in der Krebsmedizin«, las Thea auf dem Umschlag.

Sie setzte sich neben Messmer auf die helle Ledercouch, während Frau Hirschhorn in einem Sessel Platz nahm.

»Es gibt Widersprüche, was sein Alibi für die Mordnacht betrifft.« Thea tat es leid, diese kranke Frau so schonungslos mit der Tatsache zu konfrontieren, dass sie ihren Sohn für einen Verdächtigen hielten. Aber was sie fragen musste, ließ sich nicht mit harmloseren Worten umschreiben. »Ihr Sohn selbst sagt, er sei den ganzen Abend zu Hause gewesen und habe ferngesehen. Ein Zeuge gibt dagegen an, dass er bis nachts um zwei mit ihm beim Künstlerbund Karten gespielt hat.«

»Ich kann dazu leider überhaupt nichts sagen.« Frau Hirschhorn rang die Hände. »Mein Mann und ich haben gegen neunzehn Uhr das Haus verlassen und sind erst kurz vor Mitternacht zurückgekommen. Das Haus war dunkel, und alles war still. Ich bin davon ausgegangen, dass Steffen schon schläft.«

»Sie haben ihn nicht mehr gesehen an diesem Abend?«, fragte Messmer.

»Nein, wir haben uns dann auch hingelegt und sind ziemlich schnell eingeschlafen. Morgens zum Frühstück war er jedenfalls da.«

»War Ihr Sohn Stammgast beim Künstlerbund und ging er freitags immer zum Kartenspielen dorthin?«, fragte Thea.

Frau Hirschhorn hob die knochigen Schultern. »Er ging am Freitagabend oft weg, ich weiß aber nicht, wohin. Mein Sohn ist erwachsen, und ich versuche, mich nicht in sein Leben einzumischen. An diesem Abend wollte er aber, glaube ich, zu Hause bleiben und sich die Comedy auf Sat.1 ansehen. Er hat die Folgen auch manchmal aufgezeichnet, aber kurz zuvor war unser Videorecorder kaputt gegangen.«

Thea starrte auf einen großen orangefarbenen kreativen Klecks auf einer knallblauen Leinwand und überlegte, ob die Mutter die Wahrheit sagte oder ob sie versuchte, ihren Sohn zu decken. Klug genug, um zu wissen, dass Lügen ihr und ihm das Genick brechen würden, schien sie jedenfalls zu sein.

»Glauben Sie, er hätte für eine Runde Doppelkopf einmal auf die Comedy verzichtet?«, fragte sie.

Die kleine Frau hob langsam die Schultern. »Das kann ich Ihnen wirklich nicht sagen. Ich weiß nicht, was der Junge am Wochenende treibt. Seit ich krank bin, gehen mein Mann und ich abends öfter mal zusammen aus. Man weiß ja nicht, wie lange ich das noch kann.«

*

Schon als das Telefon klingelte, wusste Thea, dass sie schlechte Nachrichten erwarteten. Sie fühlte es am Kribbeln ihrer Handflächen, die plötzlich schweißnass waren, und daran, dass ihr auf einmal eng in der Brust wurde. Die Versuchung, nicht abzunehmen, wurde übermächtig, und einen Moment lang überlegte sie, ob sie es klingeln lassen sollte. Einfach aufs Klo gehen, die Tür verriegeln und sich die Ohren zuhalten. Aber nein, es konnte etwas Wichtiges sein, und während einer Soko hatte sie eigentlich immer Rufbereitschaft.

»Sie lassen sie sterben. Sie lassen sie einfach sterben.« Franziskas Worte klangen weder wütend noch verzweifelt, sondern einfach nur müde und nach kraftloser Resignation. »Es gibt keine Hoffnung mehr, die Chemo war erfolglos und ist heute abgebrochen worden. Jetzt bekommt sie nur noch Morphium.«

Thea antwortete nicht. Es gab nichts, was sie hätte sagen können. Wie ein Stummfilm erschien eine Abfolge von Bildern in ihrem Kopf. Sofia filigran und flachbrüstig wie ein junges Mädchen auf der Terrasse ihrer Mutter am Abend vor ihrer Abreise. Die Worte, die ihre Lippen formten, waren nicht zu hören, aber Thea erinnerte sich gut, was sie gesagt hatte: »Wer weiß, wer da noch lebt.« Pfeilschnell wechselte das Bild zu dem Weihnachtsabend, als sie sich zum ersten Mal begegnet waren. Sofia hatte Thea spontan in die Arme geschlossen, als würde sie eine gute Freundin nach langer Zeit wiedersehen.

Der Ausflug zum Meer in den Osterferien – war es wirklich erst knapp zwei Wochen her? Sie hatten in Castiglione auf der Mole gesessen und Eis geschleckt, aus großen, mit Schokolade und gehackten Nüssen überzogenen Waffeltüten. Thea sah noch die Schaumkronen auf den grünen Wellen, die an den Strand schlugen, Möwen, die sich in der Luft wiegten, den Schnabel kühn in den Wind gereckt, die Beine nach hinten gestreckt wie Kunstturner am Barren. Und Sofia, einen bunten Schal um den Kopf gewunden, der ihr immer schütterer werdendes Haar wohl mehr verbergen als aus dem Gesicht halten sollte, die aus voller Kehle »Nel blu dipinto di blu« von Domenico Modugno sang. Im Refrain hatten sie alle zusammen »Volare – oho …« gegen den Wind angeschrien. Thea traten die Tränen in die Augen bei dieser Erinnerung.

Nie mehr, nie mehr, hallte es in ihrem Kopf. Diese Tage kehren nie mehr wieder. Alles, was bleibt, ist eine Erinnerung, und auch die wird verblassen, mit jedem Tag ein bisschen mehr. Und irgendwann werde ich nicht mehr sicher wissen, ob die Bilder in meinem Kopf real sind oder meiner Fantasie entspringen. Sie dachte an die Fotografien auf ihrem Küchenschrank und war dankbar, sie immer, wenn sie wollte, betrachten zu dürfen. Einen Teil von Sofia festhalten zu können, wenn auch nur in Form von farbigen Pixeln auf Fotopapier.

»Theresa, bist du noch dran?« Die Stimme ihrer Mutter holte sie zurück in die Wirklichkeit.

»Ja. Ja, natürlich. Ich muss das erst mal verdauen. Es tut mir so leid.« Mehr konnte sie nicht sagen. Warum fielen ihr plötzlich nur noch Floskeln ein? Thea war es gewohnt, über den Tod zu reden, und wenn sie mit den Angehörigen von Gewaltopfern sprach, fand sie immer die passenden Worte. Sie hielt sich für einfühlsam und inzwischen auch für souverän genug, Menschen in diesen Extremsituationen beizustehen. Jetzt spürte sie, dass die Lage eine ganz andere war, wenn plötzlich man selbst oder nahe Angehörige betroffen waren.

»Ich werde die nächsten Tage vorwiegend bei Sofia sein«, sagte Franziska leise. »Wenn du mich erreichen willst, versuch es am besten auf dem Handy. Ich könnte es einfach nicht ertragen, sie allein sterben zu lassen.«

»Ja, das verstehe ich.« Thea hob Romeo auf ihren Schoß und kraulte ihn zwischen den Ohren. »Gib ihr einen Kuss von mir.«

Nachdem sie aufgelegt hatte, starrte Thea lange ihre Wohnzimmerwand an. Alles, was sie in den letzten Tagen über das Sterben und den Tod gedacht und womit sie sich bislang getröstet hatte, schien nunmehr nur noch graue Theorie zu sein. Sie versuchte sich an der Vorstellung aufzurichten, dass Sofia wenigstens die Gefängnisstrafe nicht mehr erleben musste. Aber die tröstlichen Gedanken fanden keinen Zugang zu ihrem Herzen. Ihre Hände glitten über den warmen Körper des Katers und suchten das lebendige Pulsieren seines Herzschlags. Romeo wand sich auf ihrem Schoß und leckte salzige Tränen aus seinem rot getigerten Fell.

SAMSTAG

»Ich wette mit dir um deinen letzten Schokoriegel, dass das Brüderchen Dreck am Stecken hat«, sagte Messmer, als er den Daimler in eine Parklücke vor Hendrik Fagels Haus lenkte. Direkt vor ihnen parkte ein dunkelblauer Audi A4 mit dem roten Logo einer Apotheke an der Heckscheibe.

»Gut für meine Figur«, entgegnete Thea, die sicher war, dass sie diese Wette nicht gewinnen konnte. »Da hab ich wohl keine Chance. Es sei denn, du hältst dagegen, wenn ich mit dir wette, dass wir nichts Neues aus ihm herausbekommen werden.«

»Schauen wir mal, ob unsere Überraschungsaktion vielleicht doch Erfolg hat. Er rechnet heute ganz sicher nicht mit uns«, sagte Messmer und stieg aus.

Fagel öffnete in Morgenmantel und Badelatschen. Sein Haar war noch nass vom Duschen und klebte in der Stirn.

»Sie hätten sich auch ankündigen können«, schnaubte er ungehalten.

»Ich denke, elf Uhr ist eine angemessene Besuchszeit am Samstagvormittag«, entgegnete Messmer. »Keine Sorge, wir bleiben nicht lang. Aber wir haben noch das eine oder andere Detail zu klären.«

Fagel hielt widerwillig die Tür auf und ließ Thea und Messmer eintreten. Die Wohnung roch nach abgestandenem Alkohol und kaltem Zigarettenrauch.

»Ich hab noch nicht aufgeräumt«, murmelte er, als er ins Wohnzimmer voranging. Auf dem Tisch standen ein übervoller Aschenbecher, eine offene Flasche Jim Beam und ein Whiskeyglas mit einer Pfütze brauner Flüssigkeit darin. Eine Wolldecke lag zusammengeknautscht auf dem Sofa; es sah ganz so aus, als hätte Fagel die letzte Nacht im Wohnzimmer geschlafen.

»Hab's nicht mehr ins Bett geschafft«, erklärte er, nachdem er Theas Blick gefolgt war. Er nahm die Decke von der Couch, faltete sie nachlässig zusammen und bedeutete Thea und Messmer, sich zu setzen. Er selbst ließ sich in einen Sessel fallen, nachdem er den Gürtel seines Bademantels etwas fester gebunden hatte.

»Wir wüssten gern von Ihnen, wo sich Ihre Mutter aufhält«, begann Messmer ohne Umschweife.

»Woher soll ich das wissen?« Fagel nahm eine Camel aus der Schachtel, die offen auf dem Tisch lag, und zündete sie an.

»Sie ist seit mindestens einer Woche nicht zu Hause gewesen. Die Nachbarn haben keine Ahnung, wo sie ist. Sie hat nicht einmal einen Briefkastenschlüssel bei der Nachbarin hinterlassen.« Thea fasste Fagel fest ins Auge. »Ich mag nicht glauben, dass Sie wirklich nichts wissen. Sie ist schließlich Ihre Mutter.«

»Ja, und sie ist erwachsen und kann tun und lassen, was sie will. Sie kann auch verreisen, wann und wohin sie will. Wie kommen Sie darauf, dass sie sich bei mir abmelden muss?« Fagel nahm einen tiefen Lungenzug und streifte die Zigarette achtlos am Rand des Aschenbechers ab. Die Asche mit einem kleinen Stückchen Glut fiel daneben und brannte einen Fleck in das Furnier. Er achtete nicht darauf.

»Die Nachbarn sagen, es sei ungewöhnlich, dass sie für so lange Zeit wegbleibt. Sie sei in der Zeit, die sie dort wohnt, noch niemals im Urlaub gewesen und verlasse die Wohnung eigentlich nur, um zur Arbeit zu gehen.«

Fagel zuckte lässig die Schultern. »Dann wird es ja Zeit, dass sie mal Ferien macht, oder nicht?«

»Aber jeder normale Mensch gibt doch irgendjemandem Bescheid, wenn er in Urlaub geht!« Messmer wurde allmählich ungeduldig.

Fagel beugte sich in seinem Sessel nach vorn, wobei er mit einer Hand die Schöße seines Bademantels zusammenhielt. Thea fragte sich, ob er wohl eine Unterhose trug. Vermutlich nicht, so gewissenhaft, wie er um den korrekten Sitz seines Bademantels bemüht war.

»Ich sage es Ihnen noch mal: Bei mir hat sie sich nicht abgemeldet.«

»Sie wissen also nicht, wo sich Ihre Mutter befindet?«, fragte Messmer erneut.

»Nein. Und wenn Sie mich noch hundertmal fragen, werden Sie immer wieder das Gleiche hören.«

»Seltsam, und wo Ihre kleine Schwester ist, wissen Sie auch nicht? Sie scheinen ja kein besonders enges Verhältnis zu Ihren Angehörigen zu haben.«

»Carina ist ebenfalls erwachsen. Ich bin nicht ihr Babysitter.« Fagel griff nach dem Whiskeyglas, warf einen flüchtigen Blick auf den abgestandenen Rest darin und stellte es zurück auf den Tisch.

»Ihre Schwester hat ihr Mobiltelefon bereits im letzten September bei einem LARP vergessen. Wie kommt es, dass Sie uns erzählen, sie hätte es erst kurz vor ihrem Aufbruch nach Österreich verloren?« Es war ein Trumpf, den Messmer da aus dem Ärmel zog, aber Fagel reagierte gelassen.

»So hat sie es mir gesagt. Als ich sie bat, sich ab und zu aus Österreich bei mir zu melden, meinte sie, das könne sie nicht versprechen, weil sie kürzlich ihr Handy verloren habe. Ich habe sie selten mobil angerufen. Wenn ich mit ihr telefoniert habe, dann über das Festnetz. Mir wäre es gar nicht aufgefallen, wenn das Handy schon seit dem Herbst verschwunden gewesen wäre.«

Er pariert gut, dachte Thea resigniert. Seine Antworten kommen schnell und sind schlüssig. Entweder ist er kalt wie eine Hundeschnauze oder er sagt tatsächlich die Wahrheit.

Doch Messmer hatte noch lange nicht aufgegeben. »Ihre Schwester wäre das erste zwanzigjährige Mädchen, das ohne Handy auf Reisen geht.« Kaum hatte er das Wort »Handy« ausgesprochen, als eine Melodie aus der Brusttasche seines Hemdes ertönte. »Spiel mir das Lied vom Tod«. Thea war sich noch immer nicht schlüssig, ob sie diesen Klingelton in Anbetracht seines Berufes witzig oder geschmacklos finden sollte.

Messmer zögerte, sichtlich unwillig über diese Unterbrechung, ging dann aber doch ran.

»Matthias? Nein, ich bin noch bei der Arbeit.« Er hörte eine Weile zu. »Ja, das Rollenspiel hat schon angefangen, aber das geht bis spätabends, und wir müssen ja nicht den ganzen Tag dabei sein. Pass auf, wir treffen uns um vier am Parkplatz beim Schloss Solitude, okay? Da ist auch eine Haltestelle, du kannst also mit dem Bus direkt bis dahin fahren. Warte dort auf mich, falls ich mich verspäte, ja?« Er schaltete das Handy aus und steckte es in die Brusttasche zurück. »Kinder!«, murmelte er und verdrehte die Augen.

»Zurück zu Ihrer Schwester«, nahm Thea das Thema wieder auf. »Sie hatte ihr Handy bei der Spielleitung des letzten LARPs vergessen, an dem sie teilgenommen hat. Können Sie sich erklären, warum sie es später nicht wieder abgeholt hat? Mit zwanzig ist man doch ein bisschen jung für Alzheimer, oder?« Sie stand vom Sofa auf und ging im Zimmer auf und ab. Aufstehen, wenn der zu Vernehmende sitzt, vermittelt ein Gefühl von Autorität und Überlegenheit, hatte sie an der Polizeischule gelernt. Sie hoffte, dass es funktionieren würde.

»Ich kenne die Gepflogenheiten bei diesen Rollenspielen nicht, das ist nichts für mich.« Hendrik Fagel drückte seine Zigarette im Aschenbecher aus und schlug die Beine übereinander. Er blickte Thea nicht einmal an, sondern tat, als habe er überhaupt nicht bemerkt, dass sie aufgestanden war. »Ich kann auch nichts über den Gedächtniszustand meiner Schwester sagen, ebenso wenig dazu, wie wichtig ihr so ein Handy ist. Was wollen Sie eigentlich von mir?«

»Die Wahrheit, Herr Fagel, und nichts als die Wahrheit!« Messmer war nun auch aufgestanden und baute sich vor dem Mann im Bademantel auf. »Wir glauben nicht, dass sie weder zu Ihrer Mutter noch zu Ihrer Schwester Kontakt haben. Und jetzt wollen wir wissen, was hier wirklich gespielt wird.«

»Sie vergeuden Ihre Zeit.« Fagel steckte sich eine neue Zigarette an, ließ sie im Mundwinkel hängen und verschränkte die Arme vor der Brust. Eine scheinbar unendliche Minute lang herrschte Schweigen.

Thea schaute sich im Wohnzimmer um. Es war offensichtlich, dass hier längere Zeit kein Staub gewischt worden war. Auch der Teppich war seit ihrem letzten Besuch mit keinem Staubsauger in Berührung gekommen. Im Aschenbecher türmten sich die Kippen, und Dutzende Ausgaben der Stuttgarter Nachrichten im Zeitungsständer waren offenbar samt und sonders reif fürs Altpapier.

»Ich würde mich jetzt gern mal anziehen, wenn Sie allmählich fertig wären. Begreifen Sie doch, ich kann Ihnen auch nicht weiterhelfen!« Fagel stand auf, zog eine verknitterte Jeans unter der Couch hervor und schüttelte halbherzig die Staubflusen ab.

Thea und Messmer sahen sich an. Es schien aussichtslos. Wenn dieser Mann wirklich etwas wusste, war er fest entschlossen, es nicht preiszugeben.

»Der Kerl ist völlig fertig mit der Welt«, sagte Thea, als sie ins Auto stieg. »Er gibt den Coolen, aber er trinkt und pennt auf dem Sofa ein. Und sein Gesicht ist total grau und aufgedunsen.«

»Ja, die Wohnung sah auch schon mal besser aus. Ist aber verständlich, wenn man auf einen Schlag die halbe Familie verloren hat.«

»Wenn er von seiner kleinen Schwester spricht, zuckt sein linkes Auge.« Thea ließ den Sicherheitsgurt einschnappen und wandte sich zu Messmer. »Entweder macht er sich mehr Sorgen, als er zugeben mag, oder er weiß was über sie, was wir nicht wissen.«

»Wahrscheinlich trifft beides zu.« Messmer startete den Wagen. »Vielleicht hilft uns der Einzelverbindungsnachweis seiner Telefonate weiter, wenn er denn endlich mal kommt.«

*

»Also nichts Hilfreiches aus dem Hause Fagel«, sagte Joost, nachdem Thea und Messmer von ihrem Besuch berichtet hatten. »Harald und Verena, lasst mal hören, was es von euch an neuen Erkenntnissen gibt.«

»Wir waren zum Brunch im Künstlerbund«, antwortete Koch. »Der Kaffee ist gar nicht schlecht da.«

»Mich interessiert eigentlich weniger, wie beim Künstlerbund der Kaffee schmeckt«, spottete Messmer. »Auch wenn das für dich natürlich höchste Priorität hat.«

»Am vergangenen Freitag waren alle beide da.« Verena löste Koch ab und kam gleich zur Sache. »Salzinger und auch Mundlinger. Wir haben mit den Inhabern gesprochen, die kennen die beiden als Stammgäste. Sie kommen fast jeden Freitag mit noch ein paar anderen zum Kartenspielen. Die Namen der anderen haben wir notiert.«

»Gut, dann legt gleich mal Folgespuren an«, meinte Joost. »Und bestätigen die Inhaber Salzingers Angaben, was die Uhrzeit betrifft?«

»Ja, die Inhaber sagten unabhängig voneinander, gegen zwei Uhr wären sie gemeinsam gegangen«, fuhr Verena fort. »Wir haben uns die Räume angesehen. Um zur Toilette zu gelangen, muss man in der Gaststätte eine Treppe hinaufgehen. Der Ausgang zum Schlossplatz befindet sich der Treppe genau gegenüber auf der anderen Seite. Vom Klo aus kann man definitiv nicht zum Eckensee gelangen, ohne den Gastraum zu durchqueren.«

»Na ja, aus dem Schneider sind sie deswegen noch lange nicht«, sagte Joost. »Kein Mensch kann die beiden die ganze Zeit unter Beobachtung gehabt haben. Sie hätten nicht viel Zeit für den Mord gebraucht, nicht länger als für einen Klogang. Befragt als Nächstes mal die Skatbrüder, vielleicht kommt da noch was Genaueres raus.«

»Doppelkopf«, korrigierte Koch kauend.

»Was?«, fragte Joost irritiert.

»Sie haben Doppelkopf gespielt, nicht Skat«, erklärte Koch und nahm sich ein Weingummi.

»Ist doch dasselbe«, winkte Joost ab, der mit Kartenspielen überhaupt nichts am Hut hatte.

»Rein theoretisch hätten sie das Mädchen doch auch umlegen können, nachdem sie gegangen sind. Der Zeitpunkt läge doch nur ganz knapp nach dem von Krach angegebenen Zeitrahmen«, gab Ströbele zu bedenken.

»Stimmt«, sagte Messmer. »Leider gibt es keine verwertbare Fremd-DNA an der Leiche. Nicht mal von einer eventuellen Abwehrhandlung unter den Fingernägeln. Was auch immer mal da gewesen ist, durch das Wasser ist alles unbrauchbar geworden. Wir müssen die Gäste vom Künstlerbund befragen, anders kommen wir nicht weiter.«

»Gut, ich hab auch noch was.« Joost zog einen Bogen Papier aus seinen Unterlagen und sah Messmer herausfordernd an. Er machte den Eindruck, als habe er schon die ganze Besprechung lang auf diesen Augenblick gewartet.

»Schieß los, ich bin gespannt«, sagte Messmer pflichtschuldig.

»Fagels Verbindungsdaten!« Joost grinste. »Die sind pünktlich zehn Minuten vor der Besprechung reingekommen.«

»Du siehst aus, als hättest du im Lotto gewonnen«, entgegnete Messmer. »Ich platze vor Neugier.«

»Erspar uns die Sauerei«, gab Joost zurück. »Tatsache ist, dass Hendrik Fagel seit zwei Wochen in regelmäßigen Abständen im Katharinenhospital angerufen hat. Genauer gesagt haben sich die Telefonate in der letzten Woche gehäuft. Es ist immer dieselbe Nummer. Ich hab sie schon abgecheckt, den Arzt, zu dem sie gehört, aber noch nicht an die Strippe bekommen.«

»Was könnte Fagel junior denn mit dem Katharinenhospital zu schaffen haben?«, überlegte Thea.

»Na ja, sein Vater war schließlich Arzt«, sagte Verena.

»Aber der hatte doch nichts mit Krankenhäusern zu tun. Die Schulmedizin war ganz offensichtlich sein größter Feind!« Messmer schüttelte skeptisch den Kopf.

»Fagel selbst ist Apotheker. Möglicherweise beliefert er auch Kliniken?«

»Unwahrscheinlich.« Joost kratzte sich hinterm Ohr. Diesmal hatte er die Kugelschreibermine reingedrückt. »Er hat immer dieselbe Durchwahl angewählt. Als ich vorhin dort angerufen hab, hatte ich die Oberschwester von der Krebsstation dran. Sie sagt, die Telefonnummer gehöre ihrem Chef, einem Dr. Markert, Oberarzt der Onkologie. Wir haben es also wieder mit Krebs zu tun. Es passt alles zusammen, ich weiß nur noch nicht, wie.«

»Dr. Markert selbst wird es uns hoffentlich verraten«, sagte Messmer optimistisch. »Den nehmen wir uns heute noch vor, bevor ich mich ins Schlachtengetümmel stürze.«

*

Das Katharinenhospital, das größte der vier Stuttgarter Krankenhäuser, die sich 1999 zum Klinikum Stuttgart zusammengeschlossen hatten, lag zentral in der Innenstadt, unweit des Hauptbahnhofes, was unbestritten günstig für Besucher war. Der Stadtgarten unmittelbar gegenüber setzte dem vielen Glas und Beton zwar ein wenig Grün entgegen, aber der Lärm der verkehrsreichen Kriegsbergstraße und der nahen B27 dominierte diesen Ort. Thea war froh, als sie durch die gläserne Drehtür das Atrium der Klinik betrat und die Autogeräusche und Abgase hinter ihr zurückblieben.

»Die Onkologie befindet sich im Haus 5«, säuselte die vollschlanke Dame ganz in Mintgrün hinter dem Infoschalter und drückte Messmer einen Lageplan der Klinik in die Hand. Der war auch dringend nötig, denn das Gelände war weitläufig wie eine kleine Stadt.

Sie durchquerten den lichtdurchfluteten Innenhof, der mit Bäumen begrünt und mit Glas überdacht war, liefen eine Treppe hinauf und bogen nach links ab. Nachdem sie Haus 6 hinter sich gelassen hatten, wo sich die Chirurgie und die Radiologie befanden, erreichten sie endlich Haus 5 mit den Abteilungen Innere Medizin und Onkologie. Messmer knüllte den Lageplan zusammen und warf ihn in den Müllsack, der an einem Putzwagen hing.

»Und wie sollen wir jetzt jemals wieder zurückfinden?«, fragte Thea mit gespieltem Entsetzen.

»Keine Sorge. Das Dezernat schickt schon einen Suchtrupp nach uns los, wenn wir nicht wiederkommen.« Messmer lief jetzt zielsicher auf das Büro des Chefarztes zu, als wäre er hier schon hundertmal gewesen.

Nach kurzem Klopfen öffnete ein stattlicher Mann in den Fünfzigern. Er trug eine Goldrandbrille und hatte das ehemals dunkle, inzwischen etwas angegraute Haar streng zurückgegelt. Aus der Tasche seines weißen Kittels ragte nicht etwa das obligatorische Stethoskop, sondern eine zusammengerollte Financial Times.

»Messmer, Kripo Stuttgart. Das ist meine Kollegin Engel.« Messmer hielt sich nicht mit langen Höflichkeitsfloskeln auf. »Wir haben vorhin telefoniert.«

»Ja, natürlich.« Dr. Markert wand sich aus Messmers festem

Händedruck und schaute sich um. Thea fragte sich unwillkürlich, ob er die nächste Desinfektionsflasche suchte.

»Sie waren ziemlich kurz angebunden bei unserem Telefonat«, legte Messmer nach.

»Ich wurde gerade zur Intensivstation ausgerufen. Sie müssen schon verstehen, dass es für mich Dringenderes gibt als Telefonate mit der Polizei.«

»Für uns hingegen gibt es gerade nichts Dringenderes, als zu erfahren, aus welchem Grund Sie regelmäßig mit Hendrik Fagel telefonieren«, steuerte Messmer gleich auf ihr Anliegen zu.

»Und wieso interessiert Sie das, wenn ich fragen darf?«, erkundigte sich Markert nach kurzem Zögern. »Ihnen ist sicher klar, dass ich unter Schweigepflicht stehe.«

»Nicht wenn es um einen Mordfall geht«, warf Thea ein.

»Einen Mord ...« Der zweite Teil des Wortes blieb ungesagt in der Luft hängen. Markerts Gesicht war fast so weiß geworden wie sein Kittel. »Vielleicht müssen wir das nicht hier in der Tür bereden. Kommen Sie doch mit in mein Büro.«

Nachdem er Thea und Messmer Platz auf zwei Holzstühlen angeboten hatte, die Thea an den Speisesaal des Kinderheims erinnerten, in dem sie aufgewachsen war, sahen sich die drei eine Zeit lang schweigend an.

»Also, was ist der Grund Ihrer Telefonate?«, begann Messmer noch einmal. »Lassen wir das Geplänkel mit der Schweigepflicht weg, das kostet uns nur wertvolle Zeit, die wir brauchen, um eine Verfügung zu erwirken.«

Das klang eindrucksvoll, fand Thea. Sie hoffte, dass der Arzt das auch so sah und darauf einstieg. Sie hatten Glück.

»Der Grund unserer Telefonate ist schlicht und einfach der Gesundheitszustand seiner Schwester.« Markert nahm seine Brille ab und putzte sie mit einem Zipfel seines weißen Kittels.

»Seiner Schwester?« Mehr konnte Thea nicht dazu sagen. Sie brauchte eine Weile, bis die Synapsen in ihrem Hirn zueinanderfanden.

»Ja, seine Schwester. Sie liegt hier auf der Station.« Markert verstummte abrupt, als hätte er schon zu viel gesagt.

»Nur um das klarzustellen: Wir reden von Carina Fagel?« Messmer sah genauso ungläubig aus, wie Thea sich fühlte.

»Exakt.« Markert nickte. »Sie ist meine Patientin.«

Thea versuchte, ihre Gesichtszüge wieder in den Griff zu bekommen und sah Messmer an. Hier brauchte Carina natürlich weder Handy noch Reisepass oder Personalausweis.

»Seit wann liegt Carina Fagel auf Ihrer Station?«, fragte Messmer, als er die Worte wiedergefunden hatte.

»Seit ungefähr zwei Wochen. Ich kann Ihnen auch das genaue Datum sagen, aber dazu müsste ich nachsehen.«

Zwei Wochen. Das konnte gut mit dem Tod des Vaters korrespondieren. Allmählich fügten sich die Puzzleteile in Theas Kopf zueinander.

»Wer hat sie eingeliefert?«, fragte sie und hielt unwillkürlich den Atem an.

»Ihre Geschwister. Hendrik Fagel und seine Schwester. Die beiden haben Carina auch regelmäßig besucht, solange sie noch bei Bewusstsein war. Inzwischen hat sie nur noch wenige wache Momente, und auch in denen ist sie nicht ganz klar. Das Morphium, wissen Sie? Aber wir telefonieren regelmäßig miteinander, ihr Bruder und ich, und wenn sie wach ist, sage ich ihm Bescheid, und er kommt vorbei. Er war aber seit einigen Tagen nicht mehr hier.«

»Woran leidet sie genau?«, fragte Thea.

»Knochenkrebs im Endstadium«, sagte Dr. Markert knapp. »Sie ist leider zu spät gekommen. Wir können nichts weiter für sie tun, als ihr das Sterben erträglicher zu machen. Es kann nicht mehr lange dauern, sie war schon seit Tagen nicht mehr bei Bewusstsein.«

Thea tat das Herz weh. Plötzlich schienen alle Menschen in ihrer Umgebung an Krebs zu sterben. Hatte das mit selektiver Wahrnehmung zu tun, damit, dass sie durch Sofia persönlich betroffen war, oder lag es einfach nur an diesem verdammten Fall?

»Und Herr Fagel besucht seine Schwester jetzt gar nicht mehr?«, fragte sie.

»Sie ist ja nicht allein. Ihre Mutter ist jeden Tag von früh bis spät bei ihr.«

»Ihre Mutter ...« Thea fiel es wie Schuppen von den Augen. »Wie lange ist sie denn schon hier?«

»Seit letztem Samstag. Sie hat sich in der Nähe ein Hotelzimmer genommen, ursprünglich wohnt sie ja in Nürnberg.«

Thea wechselte einen schnellen Blick mit Messmer. Der schüttelte den Kopf. »Wir schaffen es heute nicht mehr, sie zu vernehmen. Ich bin nachher mit Matthias verabredet, du weißt doch, das Rollenspiel. Außerdem müssen wir jetzt Prioritäten setzen. Diese Vernehmung hat Zeit. Frau Fagel läuft uns nicht weg.«

»Gut, dann machen wir das morgen zusammen«, sagte Thea schnell. Sie wusste, was Messmer mit »Prioritäten« meinte. Sie mussten jetzt so schnell wie möglich Hendrik Fagel dingfest machen. Sein Motiv für den Mord an seinem Vater war ihnen in den Schoß gefallen, als sie am wenigsten damit gerechnet hatten.

Nach einem kurzen Blick zur Uhr wandte Messmer sich wieder an Dr. Markert. »Haben Sie sich nicht gefragt, warum die Geschwister Carina so spät eingeliefert haben? Zu einer Zeit, wo die Krankheit so weit fortgeschritten war, dass man sie nicht mehr aufhalten konnte?«

»Natürlich habe ich diese Frage gestellt.« Dr. Markert nahm das Modell einer Bauchspeicheldrüse von seinem Schreibtisch und stellte es in die Glasvitrine, in der schon sehr ordentlich die Nachbildungen zweier Lungenflügel, eines Dickdarms und einer aufgeklappten Leber standen.

»Und? Haben Sie eine Antwort bekommen?« Thea brachte die augenscheinliche Gemütsruhe dieses Arztes an die Grenzen ihrer Geduld.

Dr. Markert zog seinen Schreibtischstuhl zurück und setzte sich endlich. »Sie sagten, es hätte Probleme mit ihrem Vater gegeben. Er hielt eine alternative Behandlungsmethode für indiziert. Sie haben ihn angeblich lange Zeit nicht überzeugen können, Carina der Schulmedizin auszuliefern.« Dr. Markert schüttelte den Kopf. »Ja, ausliefern, so haben sie es genannt.«

Thea nickte. Natürlich. Fagel hatte seine Tochter lieber dem Tod ausgeliefert als der Schulmedizin. »Und plötzlich hat er seine Meinung geändert?«, fragte sie.

Dr. Markert zuckte die Schultern. »Offenbar haben seine Kinder ihn zum Schluss doch noch überzeugt.«

»Sie haben ihm sehr überzeugend den Schädel eingeschlagen und ihn anschließend in den Kamin verfrachtet«, höhnte Messmer, der mit so riesigen Schritten über den Klinikparkplatz zum Auto stürmte, dass Thea ihm nur mit Mühe folgen konnte. »Ich gehe jede Wette ein, dass die Geschwister ihren Vater aus dem Weg geräumt haben, um das Leben der kleinen Schwester zu retten. Leider zu spät.« Er hatte den Wagen erreicht und suchte mit zwei Fingern den Autoschlüssel in der Hosentasche seiner hautengen Jeans.

»Die Frage ist, ob diese Hypothese für einen Haftbefehl reicht.« Thea öffnete die Beifahrertür und ließ sich auf den sonnenwarmen Sitz fallen. »Ich meine, immerhin ist es nur ein Verdacht.«

»Ein sehr naheliegender. Der Kerl weiß genau, wo seine kleine Schwester ist, und lügt uns die Hucke voll. Warum wohl? Wenn wir wissen, dass sie nach der Therapie ihres Vaters todkrank im Krankenhaus liegt, haben wir sein Motiv für den Mord an Fagel senior. Das kann er sich an fünf Fingern abzählen. Allerdings ist mir immer noch nicht klar, was der Tod der großen Schwester bedeuten könnte. Weder das Wer noch das Warum will mir einleuchten. Und welche Rolle die Mutter dabei spielt, ist mir auch ein Rätsel.« Messmer ließ den Wagen an und fuhr langsam zur Ausfahrt. »Wie spät ist es eigentlich? Ich muss heute schließlich auch noch den Kreuzritter geben.«

*

Das Dezernat war ausgestorben wie ein Bienenstock zur Sammelzeit, und die Sohlen von Theas Turnschuhen quietschten auf dem Linoleum, als sie, bemüht mit Messmer Schritt zu halten, auf Joosts Büro zulief.

Die Tür stand offen, und man hörte schon auf dem Flur, wie Radames seine Aida pries. Joost, der genüsslich an einem Zigarillo sog, sah die beiden überrascht an.

»Nanu, Micha, du bist noch hier? Ich dachte, du wolltest mit deinem Sohn zu diesem Rollenspiel gehen?«

»Ich mach mich auch gleich vom Acker«, sagte Messmer und drehte kunstvoll den Autoschlüssel um die Finger. »Wo sind denn eigentlich alle?«

»Alle ist gut.« Joost legte das Zigarillo im Aschenbecher ab, der einen Totenkopf nachbildete, dem man die Schädeldecke abnehmen konnte. »Kurt habe ich freigegeben, der hat heute den letzten Trainingslauf mit Rosinante. Verena und Harald sind noch mal beim Künstlerbund und versuchen, Zeugen aufzutreiben, die etwas zu Salzinger und dem Zertrümmerer sagen können. Otti und Walter sind ausgerückt, um Fagels Patienten beziehungsweise die Angehörigen der ehemaligen Patienten zu vernehmen.«

»Wir brauchen einen Haftbefehl«, sagte Thea. Sie konnte nicht widerstehen und nahm sich einen der glänzend polierten roten Äpfel aus der Obstschale auf Joosts Besuchertisch. »Ich darf doch?«

»Den Apfel schon, aber den Haftbefehl musst du erst mal begründen. Was ist denn passiert?«

Thea rieb den Apfel am Hosenbein ihrer Jeans noch ein bisschen blanker und biss hinein. Genussvoll kaute sie, während Messmer von dem Gespräch mit dem Oberarzt der Onkologie des Katharinenhospitals erzählte. Sie beobachtete, wie Joosts Augen sich verengten und das Zigarillo im Aschenbecher verglühte.

»Der junge Fagel gehört in U-Haft«, endete Messmer. »Wir gehen fest davon aus, dass er seinen Vater erschlagen hat, um seine Schwester in ein Krankenhaus bringen zu können. Wenn wir ihm den Besuch bei Markert vorhalten, wird er vielleicht ein bisschen gesprächiger.«

»Dann fahrt los und bringt Fagel zur Vernehmung hierher«, sagte Joost, als Messmer geendet hatte. »Ich gebe inzwischen schon mal dem Bereitschaftshaftrichter Bescheid, dass er heute noch mit einem Einsatz rechnen kann.«

»Das schaff ich nicht«, sagte Messmer. »Ich bin in einer halben Stunde mit meinem Sohn am Parkplatz beim Schloss Solitude verabredet. Ich glaube, er ist schon unterwegs.« Er runzelte die Stirn. »Ich kann ihn nicht schon wieder versetzen. Er freut sich seit Tagen drauf. Wenn mir jetzt eine Festnahme dazwischenkommt, bringt Ulrike mich um.«

Sieh mal einer an, dachte Thea. So ein harter Bursche, aber er zittert vor der Exfrau.

»Dann rufe ich Walter auf dem Handy an«, schlug Joost vor. »Er ist ja mit Ottfried eh in der Stadt unterwegs. Ich schicke die beiden sofort zu Fagel.«

»Schade, ich wäre bei der Festnahme so gern dabei gewesen«, schmollte Thea und biss erneut in den Apfel.

»Gar keine schlechte Idee, dich kennt Fagel wenigstens schon, und du kannst ihm am besten die Indizien vorhalten«, überlegte Joost und wandte sich an Messmer. »Vielleicht kannst du Thea mit bis zur Hasenbergsteige nehmen, und dort trifft sie sich mit Walter und Ottfried. Wir haben nämlich kein Auto mehr übrig, die sind noch alle draußen.«

Thea verdrehte die Augen. Die Budgetierung hatte auch im Wagenpark des Polizeipräsidiums Stuttgart ihre Spuren hinterlassen.

»Kein Problem, das liegt fast auf dem Weg«, antwortete Messmer. »Dann müssen wir aber schleunigst los.«

»Ich werde gleich mit Walter telefonieren«, sagte Joost. »Schafft mir den Kerl ran, dann versuchen wir, ihn zum Reden zu bringen. Selbst wenn alle Stricke reißen, er sich auf sein Aussageverweigerungsrecht beruft und dem Haftrichter die Indizien für die U-Haft nicht reichen sollten, halten wir ihn zumindest für vierundzwanzig Stunden fest und haben Zeit gewonnen, um mehr herauszufinden.«

*

»Ich hasse diesen Stress«, seufzte Thea, der es kaum gelang, den Sicherheitsgurt einzuhaken, weil Messmer schon auf dem Gaspedal stand. »Wir hätten ihn heute Morgen schon mitnehmen sollen, dann würde er jetzt wohlbehütet in Polizeigewahrsam sitzen.«

»Wenn wir zuerst im Krankenhaus gewesen wären, hätten wir das zweifellos getan. Heute Morgen fehlte uns aber noch das Motiv. Die Verbindungsdaten hätten zwei Stunden früher kommen sollen.« Messmer bog auf die Pragstraße und reihte sich in den zähen Verkehr ein. »Keine Panik, so schnell verschwindet er sicher nicht. Vorhin war er ja gerade erst aus der Dusche gekommen und noch halbnackt. Notfalls geben wir eine Meldung an die Flughäfen und eine Fahndung raus. Seine Autonummer haben wir doch?«

Thea nickte. »Ein dunkelblauer Audi A4. Das Kennzeichen weiß ich nicht auswendig, aber das haben wir in der Datenbank.«

»Na also. In maximal einer halben Stunde stehen Walter und Otti bei ihm vor der Tür und passen so lange auf ihn auf, bis du kommst. Dann hast du das Vergnügen, ihm seine Kontakte mit dem Katharinenhospital vorzuhalten, während ich mich im Wald von Solitude mit ein paar stinkenden Orks rumschlagen muss. Hoffentlich hat er sich inzwischen was angezogen.«

»Das wäre mir jetzt auch egal«, sagte Thea. »Auf die Klamotten können wir verzichten. Wir brauchen den, der drinsteckt.«

Messmer grinste. »Lange keinen nackten Mann gesehen, hm?«

Thea sparte sich die Antwort.

Als sie an der Ampelkreuzung bei der Wilhelma standen, zog Messmer einen falschen Bart aus dem Handschuhfach und klebte ihn sich an. »Nicht schlecht, oder?«, fragte er mit einem Blick in den Rückspiegel. »Blöderweise konnte ich keine Rüstung mehr auftreiben, aber meine Lanze hab ich ja zum Glück immer dabei.« Er streifte Thea mit einem kurzen Seitenblick und bog auf die Neckartalstraße ein.

»Ich glaube, beim Dezernat für Sexualdelikte wärst du besser aufgehoben als bei uns.« Thea verzog keine Miene.

»Da haben sie mich rausgeschmissen, ich war denen zu versaut.«

So sehr sie sich bemüht hatte, ernst zu bleiben, jetzt musste Thea doch lachen. »Deine Knarre hast du aber vergessen abzulegen«, sagte sie mit einem Blick auf seinen Gürtel. »Die musst du nachher bei der Spielleitung in Verwahrung geben. Ich glaube, im Mittelalter gab es noch keine Walther.«

»Oh, das hab ich glatt verpennt. Ich schließe sie dann im Handschuhfach ein. Wie spät ist es eigentlich?« Er schaute auf die Uhr. »Ich rufe Matthias mal auf dem Handy an und sag ihm, dass es bei mir ein bisschen später wird. Nicht dass er sich Sorgen macht.«

Messmers Hand war schon fast am Handy, das in der Halterung am Armaturenbrett steckte, als plötzlich das »Lied vom Tod« durch den Innenraum des Daimlers schallte.

»Das nenne ich Telepathie«, lachte er mit einem Blick auf das Display. »Da ist er mir um eine Sekunde zuvorgekommen.« Er drückte die grüne Taste. »Hi, mein Junge. Ich bin schon unterwegs und in einer Viertelstunde bei dir.«

»Das will ich doch hoffen«, schallte eine Stimme aus der Freisprecheinrichtung, die sich ganz und gar nicht nach einem Fünfzehnjährigen anhörte. »Ihr Sohn wartet nämlich schon sehr ungeduldig auf Sie.«

Theas Herz machte einen Satz. Sie fuhr zu Messmer herum, der plötzlich kreidebleich geworden war.

»Herr Fagel!«, schrie er. »Wie kommen Sie an das Handy meines Sohnes?«

Ein leises Lachen war zu hören, hämisch und so unheimlich, dass Thea Gänsehaut bekam. »Er war so freundlich, es mir zu leihen. In seinem eigenen Interesse. Ich glaube, er sehnt sich gerade sehr nach seinem Vater.«

»Wo sind Sie?«, stieß Messmer hervor.

»Im Moment noch beim Schloss Solitude. Aber hier wird es allmählich zu belebt, wir ziehen jetzt weiter bis zum nächsten Parkplatz Richtung Bergheim. Aber bitte, ich möchte kein Polizeiaufgebot hier haben, das könnte Ihrem Jungen nicht gut bekommen. Geben Sie Gas.« Ein leises Klicken, dann ertönte das Freizeichen.

»Dieses Dreckschwein hat meinen Sohn gekidnappt!« Messmer stieg aufs Gas und fuhr mit viel zu hoher Geschwindigkeit in den Schwanenplatztunnel ein. »Ruf Walter an und sag ihm, dass sie sich den Weg zu Fagel sparen können. Ich muss jetzt mein Kind da rausholen.«

»Warum tut er das?«, fragte Thea atemlos.

»Er kann nur von Markert erfahren haben, dass wir Bescheid wissen. Du hast doch gehört, er ruft regelmäßig im Katharinenhospital an. Wahrscheinlich hat er mit ihm telefoniert, kaum dass wir dort raus waren.«

»Und deshalb nimmt er Matthias als Geisel und hofft, dass wir ihn laufen lassen?«

»Seine Gründe sind mir im Moment scheißegal. Dieses Schwein hat meinen Jungen!« Messmer schoss aus dem Tunnel auf die Cannstatter Straße, als hätte er sie gemietet. Thea hielt den Atem an und stemmte ihre Füße gegen das Bodenblech.

»Soll ich vielleicht lieber fahren?«, fragte sie zaghaft, als sie wieder Luft bekam.

»Nein. Ich kann nicht tatenlos neben dir sitzen und zusehen, wie du schleichst.«

Thea schluckte.

»Tut mir leid«, lenkte Messmer ein. »Ich hab's nicht so gemeint. Aber versteh mich, ich brauche jetzt das Gefühl, selbst etwas tun zu können. Schließlich geht es um meinen Sohn!«

Thea nickte und wählte Ströbeles Nummer. Doch er hatte sein Handy ausgeschaltet. Wahrscheinlich waren sie gerade in einer Zeugenvernehmung.

»Ich krieg ihn nicht ran. Ich gebe dem Chef Bescheid.«

Messmer schüttelte heftig den Kopf. »Bloß nicht. Du hast gehört, dass Fagel kein Polizeiaufgebot will. Du kennst Rudi, der fordert womöglich das MEK an. Viel zu riskant.«

Während Thea erneut Ströbeles Handy anwählte und eine Nachricht auf seiner Mailbox hinterließ, kämpfte Messmer sich durch den Verkehr in der Innenstadt, der ein zügiges Vorwärtskommen unmöglich machte. Entnervt griff er hinter sich und reichte Thea das mobile Blaulicht.

»Pack das mal aufs Dach, ich krieg die Krise, wenn ich für einen Kilometer zehn Minuten brauche.«

»Wie jetzt, soll ich das während der Fahrt montieren?« Thea starrte das Blaulicht an, als wäre es ein giftiges Tier.

»Ich werde nicht extra rausfahren deswegen«, blaffte Messmer. »Das Ding hält magnetisch. Lass das Fenster runter. Mach schon!«

Thea streckte den Arm so weit sie konnte aus dem Fenster

und hoffte, das Signal irgendwie aufs Dach zu bekommen. Immer wieder rutschte ihr das Blaulicht entgegen, obwohl sie sich fast den Arm auskugelte.

»Schnall dich ab, dann reichst du weiter raus.« Messmer trommelte mit den Händen auf das Lenkrad, wo er dunkle Schweißflecken hinterließ. »Jetzt fahr doch, du Idiot!«, fluchte er und schlug auf die Hupe.

Thea versuchte todesmutig, mit dem halben Oberkörper aus dem Fenster zu kriechen, bis das Blaulicht endlich Halt fand. Erschöpft ließ sie sich auf den Sitz zurückfallen und schloss den Sicherheitsgurt.

»Danke.« Messmer drehte sich zu ihr und lächelte sie gequält an, während sie erleichtert zusah, wie die Autos vor ihnen rechts ranfuhren. In kürzester Zeit erreichten sie den Marienplatz. Sie passierten den Heslacher Tunnel und bogen auf die B14 ein, wo sich zu beiden Seiten der Bundesstraße der Wald erstreckte. Messmer trat das Gaspedal bis zum Bodenblech durch und nahm eine Omegakurve so eng, dass Thea ans Seitenfenster gepresst wurde. Rechter Hand flog die Ausfahrt zum Rudolf-Sophien-Stift vorbei. Dort hatten ihre Mutter und Sofia sich vor mehr als dreißig Jahren kennengelernt, nachdem sie durch einen von Wolf Hauser gekauften Arzt in die Psychiatrie eingewiesen worden waren.

Am Schattenring bog Messmer nach rechts auf die Wildparkstraße ab. »Ich bring ihn um«, murmelte er. »Ich glaub, ich bring ihn um.«

»Nein, wir nehmen ihn fest«, versuchte Thea ihn zu beruhigen. »Matthias wird nichts passieren, da bin ich sicher.« Woher sie diese Sicherheit nahm, wusste sie selbst nicht, aber etwas anderes konnte und wollte sie sich jetzt einfach nicht vorstellen.

»Ich wollte schon immer mal wissen, wie es sich anfühlt, wenn man verrückt wird«, sagte Messmer. »Der Wunsch wird mir heute erfüllt.« An der Pferdekoppel riss er das Steuer nach links und bog auf die Solitudestraße ab, die bis zum Schloss führte.

»Wo willst du denn hin?«, fragte Thea. »Hat Fagel nicht was vom ersten Parkplatz Richtung Bergheim gesagt?«

»Ja, müssen wir da nicht am Schloss vorbei?« Messmer wischte sich mit einem seiner auf Kante gebügelten Taschentücher den Schweiß von der Stirn.

»Nein, da geht's nach Gerlingen. Das ist ein Umweg, wir müssen zurück und die Bergheimer Steige nehmen.«

»Verdammt, ich kann hier nicht wenden!« Messmer schien kurz vorm Durchdrehen zu sein. »Aber er war vorhin am Schloss, als er angerufen hat. Wir müssen aufpassen, vielleicht sind sie noch in der Nähe.«

Nie und nimmer, dachte Thea. Hier ist viel zu viel los, um unauffällig eine Geisel festzuhalten.

Als links die Kavalierhäuser auftauchten, in denen zwischenzeitlich die Kunstakademie untergebracht war, verlangsamte er das Tempo. »Schau dich um, ob du sie irgendwo siehst«, sagte er. »Ich muss eine Stelle finden, wo ich wenden kann.«

»Fahr langsamer, so schnell kann ich gar nicht alles erfassen.« Thea verrenkte sich den Hals, um den Vorplatz der Kavalierhäuser und des Jagdschlosses abzusuchen, das Herzog Carl Eugen von Württemberg im achtzehnten Jahrhundert hier hatte errichten lassen. Auf der Wiese vor dem Schloss tummelten sich einige Sonnenanbeter. Wochenendausflügler spazierten die Freitreppe hinauf. Mittelalterlich Verkleidete sah sie hier nicht. Das eigentliche Event schien in den weitläufigen Wäldern stattzufinden. Ein mittelalterliches Spiel vor einem Rokokoschloss auszutragen war sicher mehr als stilbrüchig.

Ein Kind in Begleitung eines wahnsinnigen Apothekers war nirgends zu sehen.

»Fagel ist bestimmt schon zu diesem Parkplatz in Richtung Bergheim weitergefahren«, sagte Thea. »Er wird sich sicher nicht hier unters Volk mischen.«

»Nicht wahrscheinlich, aber es war immerhin möglich«, entgegnete Messmer und wendete den Wagen. Schloss Solitude verschwand aus ihrem Blickfeld. Sie fuhren zurück bis zum Ende der Straße und bogen hinter der Pferdekoppel auf die Bergheimer Steige ein. Messmer raste wie ein Gejagter durch die Kurven, und als sie auf die Hauptstraße stießen, wo linker Hand ein Parkplatz lag, musste er eine Vollbremsung hinlegen.

»Hier muss es sein«, rief Thea. »Ich glaube, diese Stelle hat er gemeint.«

Messmer stellte den Wagen ab, und sie stiegen aus. Der Parkplatz war bis auf einen weiteren Pkw leer.

»Sieh mal, da steht Fagels Auto!« Messmer zeigte auf den Audi, den sie schon vor seinem Haus gesehen hatten.

»Aber von den beiden keine Spur.« Thea schaute sich suchend um. »Vielleicht hat er am Wagen eine Nachricht hinterlassen«, rief sie, während sie schon auf den Audi zulief. Sie hatte es bereits von Weitem gesehen, das Blatt Papier, das hinter dem Scheibenwischer klemmte und etwas zu groß für einen Strafzettel war. Es war mit rotem Eddingstift beschrieben. Thea wollte es schon gedankenlos herausziehen, doch Messmer stoppte sie rechtzeitig: »Lass die Finger davon, wir werden es lieber als Spurenträger behandeln.«

Thea schimpfte sich insgeheim eine Idiotin, legte den Kopf zur Seite und las:

»Oh junger Prinz, es rinnt die Zeit,
dem Tode seid Ihr schon geweiht!«

Das mussten die Rollenspieler hiergelassen haben. Thea hatte gedacht, dass sie sich nur mit altertümlichen Requisiten umgaben. Schon seltsam, dass sie Hinweise an Pkw anbrachten.

»Fagel wird sich wohl nicht hier auf dem Parkplatz wie auf einem Silbertablett präsentieren«, sagte Messmer. »Wahrscheinlich sind sie ein Stück in den Wald gegangen.«

»Der Wald ist hier sehr weitläufig!« Thea war jetzt auch knapp davor, die Nerven zu verlieren.

»Sieh doch, da ist schon wieder so ein Zettel – dort vorn an dem Baum«, rief Messmer, der vorausgegangen war und nun vor einer Eiche stand, wo ein Wanderweg in den Wald führte.

Thea folgte ihm und sah sich den Zettel an, der ebenso wie die erste Nachricht mit rotem Edding geschrieben war:

»Am Schnatzgraben, unweit der Teiche,
erwart' ich euch bei einer Eiche.«

»Ist das hier ein Abenteuerspiel oder eine Schnitzeljagd?«, fragte Thea und musste unwillkürlich an Harry Potters Quidditch-Match mit der goldenen geflügelten Kugel denken, die so schwer zu fangen war.

Messmer hob das Papier vorsichtig hoch und sah sich die Rückseite an. Er wurde blass. »Der Zettel stammt vom Rechnungsblock einer Apotheke. Das ist keine Schnitzeljagd, und die Nachrichten gehören auch nicht zum Spiel. Jedenfalls nicht zu dem Abenteuerspiel.«

Thea begriff. Dies war ein Spiel im Spiel, das Fagel mit Messmer austrug. »Wo zum Geier ist der Schnatzgraben?«, keuchte sie. Ihre eigene Stimme klang fremd in ihren Ohren.

»Keine Ahnung«, stieß Messmer hervor. »Ich wohne seit über vierzig Jahren in Stuttgart, aber von einem Schnatzgraben hab ich noch nie gehört.«

»Da ist eine Tafel mit Wanderkarte.« Thea lief auf die Holztafel mit dem kleinen Schindeldach zu, die an der Auffahrt des Parkplatzes stand. »Wir sind jetzt hier.« Ihr Finger fuhr suchend den Lageplan entlang. »Aber ich finde keinen Graben in der Nähe. Moment – dieser kleine Bach da drüben, der die beiden Teiche speist, das müsste er sein.«

»Wir müssen auf die andere Seite.« Messmer war zu der mit Birken gesäumten Straße gerannt und winkte Thea, ihm zu folgen. »Wenn wir da drüben in den Wald gehen, stoßen wir geradewegs darauf!« Er rannte über die Fahrbahn und kämpfte sich durch das Unterholz.

Theas Knie zitterten, als sie hinter ihm durch das Dickicht hastete. Äste knackten unter ihren Füßen, und Zweige schlugen ihr um die Ohren. Nach ein paar Metern wurde der Boden abschüssig, und sie kam ins Rutschen.

Verdammt. Thea rutschte aus und glitt den Hang hinunter. Kleine Zweige zerschrammten ihr Gesicht und Arme. Nach diesem Einsatz würde sie ihre Klamotten in den Müll werfen können. Endlich kam sie wieder auf die Beine und holte Messmer ein, der an einem kleinen Bachlauf stehen geblieben war.

»Hier haben wir den Schnatzgraben«, sagte Messmer. »Wenn wir zu den Teichen wollen, müssen wir nach Norden gehen.«

Der nächste Apothekenzettel, der mit einem Reißnagel an eine Esche geheftet war, gab ihm recht:

»Wohlan, nun ist es nicht mehr weit,
eilt euch und ihm geschieht kein Leid.«

»Da ist ein Trampelpfad.« Messmer wies auf umgeknickte Schösslinge und platt getretene wilde Anemonen. »Ich wette, hier sind sie langgegangen.«

Thea hielt den Kopf gesenkt und achtete darauf, wohin sie ihre Füße setzte, und so erschrak sie fast zu Tode, als Messmer abrupt stehen blieb und sie gegen seinen Arm lief, den er ausgestreckt hatte, um sie aufzuhalten.

Keine zehn Meter vor ihnen, auf einem umgestürzten Baumstamm, saß Fagel. Ganz in Schwarz gekleidet, sah er aus wie der Gevatter Tod persönlich. Er hielt einen halbwüchsigen Jungen vor seinem Körper, in dem Thea Messmers Sohn erkannte. Er wirkte blass und verängstigt und stieß einen Seufzer der Erleichterung aus, als er seinen Vater sah.

Fagel hatte einen Arm fest um Matthias geschlungen. In der anderen Hand hielt er eine Einwegspritze. Die Injektionsnadel funkelte im Sonnenlicht, das durch die Wipfel der Laubbäume fiel.

»Sieh an, da sind sie ja«, sagte er. »Wir haben euch schon erwartet. Der junge Herr ist sehr ungeduldig.«

Messmers Augen weiteten sich. »Was ist in der Spritze?«

»Kaliumchlorid.« Fagel sprach das Wort aus, als handele es sich dabei um eine einzigartige Kostbarkeit. »Ich nehme an, Sie kennen die Wirkung. Die Dosis ist ausreichend. Und es tut richtig weh.«

Kaliumchlorid, als Toxikum ein kaum nachzuweisendes Gift im menschlichen Körper. Thea hatte es noch von der Polizeischule in Erinnerung. In letaler Dosis lähmte es die Herzmuskulatur. Fünfzehn Kubikzentimeter intrakardial waren tödlich.

»Das werden Sie nicht tun!« Messmers Augen schossen zwischen Fagels Hand und dem Gesicht seines Sohnes hin und her.

»Warum denn nicht? Ich verspreche auch, dass es ganz schnell geht. Der moderne Tod schleppt keine Sense mehr mit sich rum. Heutzutage genügt eine ganz normale Spritze.«

»Werfen Sie das Ding weg, oder ich schieße!« Messmers Hand fuhr an sein Holster, doch Fagel lächelte nur.

»Nein, das tun Sie nicht. Sie haben viel zu viel Angst, Ihren Sohn zu treffen.«

Er hat recht, dachte Thea. Das Risiko wäre zu groß. Fagel hielt den Jungen wie einen Schutzschild vor seinen Körper.

»Was wollen Sie, Herr Fagel?«, fragte sie.

»Ich möchte ein kleines Spielchen mit Ihrem Kollegen spielen. Wie wäre es mit ›Bäumchen wechsel dich‹? Wir sind doch hier passenderweise im Wald.«

»Was soll das?« Messmers Stimme war fest, aber Thea sah, dass seine Hände zitterten, die er auf dem Rücken versteckt hatte.

»Sie kennen das Spiel ganz sicher«, zischte Fagel. »Dabei nimmt einer den Platz des anderen ein. Man könnte auch sagen, die Rolle des anderen. Sie sind jetzt in meiner Position.«

Thea hatte Messmers Sohn bisher nur auf Fotos gesehen. Jetzt wirkte er viel jünger als fünfzehn in diesen weißen Kniestrümpfen, der Pumphose, die seine Mutter sicher im Kostümverleih aufgetrieben hatte, und der Konfirmandenweste, die schon ein bisschen zu kurz geworden war. Die oberen Hemdknöpfe waren geöffnet, und Thea sah die blasse Haut des Jungen. Unter dem samtenen Barett mit einer geschwungenen Feder, wohl ebenfalls aus dem Kostümverleih, ringelte sich das nackenlange Haar in der gleichen Farbe wie das seines Vaters. Der junge Messmer war zu erkennen, etwas feingliedriger und hellhäutiger, aber dennoch nicht zu leugnen. Wie ein junger Edelmann, dachte Thea, und wunderte sich, dass sie in dieser Situation Sinn für derartige Details hatte.

»Ich verstehe nicht, was Sie meinen.« Messmer stieß die Luft aus und hob die Hände. »Erklären Sie's mir.«

Fagel zuckte nicht einmal mit den Wimpern. »Stellen Sie sich nicht blöd! Ich weiß, dass Sie Bescheid wissen. Ich habe vorhin mit Dr. Markert telefoniert. Ihm fiel ja nichts Besseres ein, als Ihnen zu verraten, wo meine Schwester ist und warum.«

Thea schaute in das blasse Gesicht des Jungen. Er bemühte sich, die Haltung zu bewahren, aber in seinen Augen stand die Angst.

»Was ist hier los, Papa?«, fragte er. »Was ist das für ein doofes Spiel?«

»Ein ganz doofes, Matthias«, antwortete Messmer. »Aber wir

müssen es zu Ende bringen, jetzt wo wir einmal mittendrin stecken.«

»Herr Fagel, was haben Sie denn davon, wenn Sie Ihre Drohung wahr machen?« Thea brachte es nicht fertig, im Beisein des Kindes das Wort »töten« zu benutzen. Sie fürchtete, dass sie mit vernünftigem Zureden in dieser Situation nichts ausrichten konnte, aber sie musste es zumindest versuchen.

»Sehr viel. Ich weiß dann, dass er nachempfinden kann, wie ich empfunden habe und immer noch empfinde. Ihr haltet mich für einen skrupellosen Mörder, aber ich möchte euch beweisen, dass jeder zum Mörder werden kann, wenn er nur lange genug dazu getrieben wird.«

Thea war klar, dass sie mit Fagel reden mussten, nicht nur um Zeit zu gewinnen, sondern um zu seinem Innersten vorzudringen. Er hatte das Kind als Geisel. Sie konnten ihn also nicht überwältigen. Aber sie konnten ihn in eine Lage bringen, in der er sich selbst überwältigen würde. Wenn es ihnen gelang, den Käfig zu öffnen, in dem sein inneres Tier, seine dunkelste Seite, tiefste Verzweiflung und größte Trauer eingeschlossen waren, würde diese ihn bezwingen und er vielleicht von Matthias ablassen.

»Sie lieben Ihre kleine Schwester, habe ich recht?«, begann Thea vorsichtig. »Um sie zu retten, haben Sie Ihren Vater getötet.«

Fagel regte sich nicht. Er starrte vor sich auf den Waldboden mit einem Blick, der stumpf und nichtssagend war.

»Ich kann Ihre Verzweiflung verstehen, Herr Fagel«, sagte sie. »Es tut furchtbar weh, einen geliebten Menschen an den Tod zu verlieren. Aber es hilft Ihnen nicht, wenn Sie jetzt dieses Kind dafür büßen lassen. Davon wird Carina auch nicht überleben.«

Der Name Carina löste eine Veränderung bei Hendrik Fagel aus. Er hob seinen Blick und sah Thea mit leeren Augen an. »Sie hätte überleben können«, sagte er ausdruckslos. »Sie hätte gute Chancen gehabt, wenn er nicht so verblendet und selbstgerecht gewesen wäre. Er hat ihren Tod zu verantworten. Er ganz allein. Aber er wollte es unserer Mutter in die Schuhe schieben. Dieser verdammte Feigling! Er hat nicht mal Verantwortung übernommen für das, was er angerichtet hat.«

Thea hielt den Atem an. Sie waren ganz knapp vor seinem inneren Verlies. Sie hatte schon den Schlüssel in der Hand. »Was wollte er Ihrer Mutter in die Schuhe schieben? Wieso sollte sie für Carinas Krankheit verantwortlich sein?«

»Weil er ein unverbesserlicher Ignorant war. Er hielt sich für Gott!« Fagel stöhnte laut auf. Dann verfiel er in Schweigen.

Hier würde sie nicht weiterkommen. Seine Mutter war offenbar ein Thema, an das er nicht ranwollte. Noch nicht.

»Hat Ihre Schwester Jennifer Sie denn nicht unterstützt?« Vielleicht war Fagel an diesem Punkt zu knacken.

»Jennifer?« Fagel lachte bitter auf. »Sie vergötterte ihren Vater. Sie schwor auf seine angebliche Heilkunst. Sie warb überall Patienten für ihn an, bei ihrer Arbeit und bei ihren Rollenspielen. Wo immer sie hörte, dass irgendwer an Krebs erkrankt war, hat sie die wundersame Therapie ihres Vaters angepriesen. Bis unsere kleine Schwester krank wurde und sie mit eigenen Augen mitansehen musste, dass unser Vater überhaupt nichts ausrichten konnte. Aber als sie endlich aufwachte, war es schon zu spät für Carina.«

Allmählich nahm ein Bild in Theas Kopf Gestalt an. Ein Puzzleteil kam zum anderen. »Wie ist Jennifer zu Tode gekommen?«, fragte sie.

»Es war ein Unfall. Ich habe das nicht gewollt!« Fagels Gesicht war eine schmerzverzerrte Maske. »Wir sind in dieser Nacht bei Carina gewesen. Dr. Markert hatte mich auf dem Handy angerufen, als ich bei der Konferenz in Chemnitz war, und gesagt, sie hätte das Bewusstsein noch einmal wiedererlangt, aber es könnte das letzte Mal gewesen sein. Ich habe den nächsten Zug nach Stuttgart genommen. Unterwegs ist noch meine Mutter in Nürnberg zugestiegen, aber als wir im Krankenhaus ankamen, war Carina schon wieder im Koma.« Er schniefte und wischte sich mit dem Ärmel über die Augen. »In dieser Nacht hat der Arzt uns gesagt, dass sie sterben wird. Dass es keine Hoffnung mehr gibt. Ich wollte, dass sie endlich diese Geräte abstellen, dass sie sie gehen lassen. Tag für Tag bin ich in der

Klinik gewesen, habe erleben müssen, wie sie sich gequält hat. Selbst wenn sie nicht bei Bewusstsein war, hat sie gestöhnt und vor sich hin gewimmert. Ich wollte, dass sie endlich in Frieden sterben kann.«

Fagel machte eine Pause und atmete tief ein. »Aber die wollten sie nicht loslassen.«

»Wer wollte sie nicht loslassen?«, fragte Thea.

»Meine Mutter und meine Schwester. Sie konnten sich nicht damit abfinden. Sie wussten nicht, was sie Carina damit antun.«

»Und dann haben Sie sich gestritten?«

»Nicht mit meiner Mutter. Die war gar nicht fähig zu streiten, sie hat die ganze Zeit nur geweint. Als Jennifer und ich dann gegangen sind, hab ich ihr die Meinung gesagt. Es war nachts, wir liefen in Richtung Schlossplatz, wo Jennifer die letzte U7 erwischen wollte, die war aber schon weg. Der Taxistand an der Planie war wie ausgestorben. Ich bot ihr an, sie mit zu mir nach Hause zu nehmen, die S-Bahnen fuhren noch, aber sie wollte nicht. Sie wollte lieber rüber zum ›Le Meridien‹, weil da immer Taxis stehen. Der kürzeste Weg zum Hotel führt durch den Schlossgarten. Als wir am Eckensee vorbeikamen, erreichte unser Streit den Höhepunkt. Ich hatte es so satt, mir anzuhören, dass sich Ärzte auch schon getäuscht hätten und Carina vielleicht doch wie durch ein Wunder noch gesund werden würde. Ich fand, wir waren alle lange genug auf die Versprechungen der Wunderheilung hereingefallen. Und sie hatte die wahnwitzige Therapie unseres Vaters schließlich am allerlängsten unterstützt. Als ich ihr das sagte, rastete sie aus und schlug mir ins Gesicht.« Fagel unterbrach sich und schlang seinen Arm fester um den Jungen. Die Spritze in seiner Hand zitterte.

»Und dann?«, fragte Thea leise.

»Ich habe sie von mir weggestoßen.« Fagels Blick ging starr an Thea vorbei, und eine Träne rann über sein Gesicht. »Sie ist umgefallen wie eine Wand, schlug mit dem Hinterkopf auf den Steinplatten des Gehwegs auf. Ich wollte das nicht. Ich hab das wirklich nicht gewollt.«

»Warum haben Sie keinen Krankenwagen gerufen?«, fragte Thea.

»Sie war tot, verstehen Sie nicht? Sie hatte keinen Puls mehr! Ich weiß, wann ein Mensch tot ist. Ich hab Panik gekriegt, wollte nicht, dass man sie dort findet. Also hab ich sie genommen und in den See geworfen. Es war dunkel, und ich wusste nicht, dass er an dieser Stelle so flach ist. Ich konnte nicht klar denken, begreifen Sie das denn nicht?«

Eine weitere Träne löste sich aus seinem Augenwinkel und rollte in Matthias' Haare. Thea ertappte sich dabei, dass dieser Mann ihr leidtat. Dieser Mann, der drohte, Messmers Sohn eine tödliche Dosis Kaliumchlorid ins Herz zu jagen. Ich bin nicht mehr ganz bei Trost, dachte sie. Wir müssen ihn mürbe machen, wir müssen ihn erschöpfen. So lange, bis er keine Kraft mehr hat, diese verdammte Spritze zu halten, geschweige denn, mit ihr zuzustechen.

»Jetzt wissen wir, wie Ihre Schwester zu Tode kam«, fuhr sie fort. »Erzählen Sie uns nun, wie es sich mit Ihrem Vater verhielt.«

Fagel funkelte Thea böse an. Plötzlich war jede Spur von Trauer aus seinen Augen verschwunden. »Es reicht! Das tut überhaupt nichts zur Sache«, fauchte er. Die Gelegenheit war vorüber, Fagel war wieder zugeschnappt wie ein Sicherheitsschloss.

»Lassen Sie meinen Sohn frei«, sagte Messmer erschöpft.

»Nicht doch. Das Spiel ist noch lange nicht zu Ende.« Fagel führte die Spritze ein Stück näher an die entblößte Brust des Jungen.

»Und womit endet das Spiel?«, fragte Messmer. Thea hörte, wie er sich bemühte, seine Stimme zu beherrschen.

»Mit dem Tod.« Fagel dehnte die Silben, dass es fast genüsslich klang. Wahnsinn blitzte in seinen Augen auf. »Ich habe nichts mehr zu verlieren in diesem Spiel. Sie dagegen alles.«

»Kommen Sie zur Vernunft!« In Messmers Gesicht stand die nackte Angst. »Verlangen Sie, was Sie wollen, aber geben Sie mir meinen Sohn!« Er machte einen Schritt auf Fagel zu.

»Stopp! Sofort zurück!«, fauchte der. Die Nadel war jetzt direkt an Matthias' Brust, sie drückte sogar schon ein wenig in die Haut.

Matthias sah ängstlich zwischen Thea und Messmer hin und her. Ihm war inzwischen nur zu klar, dass das hier kein Abenteuerspiel, sondern bitterer Ernst war.

Fagel schaute fast liebevoll auf die Spritze in seiner Hand.

»Das Gift ist klar, das Blut ist rot,
vermischt es sich, bringt es den Tod«,
deklamierte er und lachte, als wäre er von Sinnen.

»An Ihnen ist wirklich ein Poet verloren gegangen«, spottete Messmer, doch Thea bemerkte das Zittern in seiner Stimme.

In ihrem Kopf arbeitete es fieberhaft. Sie waren kurz davor gewesen, zu Fagel vorzudringen, aber er hatte in letzter Sekunde wieder den Riegel vorgeschoben. Dieser Mann war zu allem fähig. Sie mochte sich die Konsequenzen gar nicht vorstellen, wenn es ihnen nicht gelang, ihn zum Aufgeben zu bewegen.

In diesem Moment hörte sie ein fernes Rascheln, schlurfende Schritte, leise Stimmen. Erschrocken wandte sie ihren Kopf in die Richtung, wo sie die Solitudestraße vermutete. Bunte Flecken erschienen zwischen den dunklen Baumstämmen, Füße in Sandalen und Lederstiefeln huschten über den Waldboden, wehende Umhänge, flatternde Schleier, klobige Keulen, die in den Sträuchern hängen blieben und Ranken abrissen.

Ein Pulk von Rollenspielern. Das hatte ihnen gerade noch gefehlt! Bleibt, wo ihr seid, flehte sie stumm. Haltet euch fern. Wenn Fagel jetzt in Panik verfällt, dreht er womöglich durch. Sie suchte verzweifelt nach Worten, um ihn abzulenken, in der Hoffnung, die Gruppe würde doch noch einen anderen Weg einschlagen und unbemerkt vorüberziehen.

Doch Fagel hatte sie gesehen. »Wenn ihr auch nur einen Schritt näher kommt, ist der Junge tot!«, rief er mit sich überschlagender Stimme.

Aber sie ließen sich nicht aufhalten. Wie eine Armee aus bunt zusammengewürfelten Söldnern schritten sie langsam näher und kreisten Fagel und den Jungen ein. Messmer stand wie gelähmt da und schüttelte wortlos den Kopf. Er begriff wohl im selben Moment wie Thea, dass diese Leute das Ganze für einen Teil des Spiels hielten. Sie waren da, um den Prinzen aus den Klauen des Todes zu retten, und nichts und niemand würde sie aufhalten.

Welch grausame Ironie: Ein Mörder war unfreiwilliger Mitspieler in einem LARP geworden, mit dem vermeintlichen Prinzen als Geisel. Und sie konnten ihn nicht festnehmen. Sie waren in einem Abenteuerspiel gefangen.

Der Waldboden knisterte, als die Armee Schritt für Schritt, langsam, aber unnachgiebig näher kam und die Schlinge sich um Fagel zuzog.

Fagels Augen weiteten sich. Thea ahnte, wie panisch sein Hirn arbeitete. Sie sah, wie seine Faust sich fester um die Spritze schloss. Entsetzt schloss sie die Augen.

»Stopp! Bleibt zurück! Das ist der falsche Prinz!«, rief sie in heller Panik.

Die Ritter und Krieger blieben abrupt stehen und schauten sich verwirrt an. »Ist das ein Notstopp?«, fragte ein Recke, der aussah wie Conan der Zerstörer, und machte einen Schritt zurück.

Thea nickte. Notstopp hörte sich gut an.

»Wer hat ihn ausgerufen?«

»Ich!«, antwortete Thea mit aller Autorität, die sie aufbringen konnte.

Der Recke musterte sie von der Leinenjacke bis zur modischen Jeans und den Puma-Turnschuhen. »Du gehörst doch gar nicht zur Spielleitung!«

»Holt Markus von Krohn!« Thea hoffte, der Name des Spielleiters würde bei den Spielern Eindruck schinden, und so schien es auch zu sein. Zwei von ihnen drehten sich um und liefen langsam zur Straße zurück.

»Stehen geblieben! Niemand holt hier irgendjemanden. Zuerst werde ich den Prinzen dem Tod übergeben.« Fagel öffnete das Hemd des Jungen ein Stück weiter und betastete die helle Brust, auf der noch kein einziges Haar wuchs, als suche er einen Spalt zwischen den Rippen, durch den er die Nadel jagen konnte.

»Tun Sie das bloß nicht!« Messmer hatte seine Pistole mit ausgestrecktem Arm auf Fagel gerichtet, der den Jungen jetzt etwas seitlich hielt, sodass ein Teil von Fagels Oberkörper sichtbar war.

Thea wagte kaum zu atmen. Messmer war ein guter Schütze, aber was, wenn seine Hand zitterte und er das Kind traf? Am liebsten hätte sie sich abgewandt und sich die Ohren zugehalten.

»Wenn Sie meinem Jungen etwas antun, werde ich persönlich dafür sorgen, dass Sie in der Hölle landen. Sie werden mich niemals loswerden. Wenn Sie aus dem Knast kommen, werde ich am Tor bereitstehen und Sie abknallen.« Die Waffe zitterte, Messmer musste die zweite Hand zu Hilfe nehmen, um sie ruhig zu halten.

»Jetzt hassen Sie mich, habe ich recht?« Fagel lächelte. »So ist das, wenn der Tod seine Hände auf das legt, was man am liebsten hat. Wissen Sie nun, wie es sich anfühlt? Spüren Sie, wie weh es tut?

Wie schwer es plötzlich ist, einfach ein- und auszuatmen, wie unfähig man sich fühlt, sich auch nur zu bewegen, als wäre das Blut eingefroren und könnte nicht mehr weiterfließen? Wie belanglos plötzlich alles wird, selbst die Katastrophenmeldungen im Fernsehen berühren einen nicht mehr, weil das eigene Leid das ganze Denken und Fühlen ausfüllt.

Ich will, dass Sie das auch erleben, Herr Messmer. Nur das, was Sie selbst durchmachen, können Sie wirklich nachempfinden.« Fagel zog Matthias noch ein Stück weiter zur Seite und bot Messmer eine ideale Zielscheibe.

»Verstehen Sie mich?« Fagels Gesicht sah aus wie eine Fratze. »Los, sagen Sie schon: Verstehen Sie, warum ich das getan habe? Und warum ich diesen Schmerz jetzt weitergeben muss?«

Er macht das mit Absicht, schoss es Thea durch den Kopf. Er fordert Messmer auf, ihn zu erschießen. Was für eine perfide Form von Selbstmord! Ihre Augen starrten wie gebannt auf die Walther, die Messmer mit beiden Händen hielt, und auf den Finger, der den Abzug schon fast zur Hälfte durchdrückt hatte. Sie suchte Messmers Blick, doch der war starr auf Fagel gerichtet. Schweißperlen liefen ihm von der Stirn in die Augen, aber er schien es nicht zu bemerken. Seine Arme zitterten inzwischen so stark, dass er unmöglich ein Ziel anvisieren konnte. Mit einem Ächzen ließ er die Waffe fallen, die mit einem dumpfen Geräusch auf dem Waldboden aufschlug. Messmer fiel auf die Knie und sah Fagel flehend an.

»Ich kann es nicht«, flüsterte er.

Thea fiel das Herz in die Magengrube. Messmer, der in jeder noch so aussichtslosen Situation einen kühlen Kopf bewahrte und ihr damit immer eine Sicherheit geboten hatte, war plötzlich unfähig zu handeln. Einen Augenblick lang überlegte sie, ob sie die Pistole aufheben und selbst auf Fagel richten sollte. Aber sie war wie gelähmt. Es war wie in einem dieser Alpträume ihrer Kindheit, in denen sie verfolgt wurde und sich nicht vom Fleck rühren konnte. Gleichzeitig nahm sie alles um sich überdeutlich und in allen Einzelheiten wahr, als hätte jemand einen Film angehalten. Matthias' angstgeweitete Augen. Die Schlammflecken auf seinen Schuhen. Die Lindenblüte, die von einem Baum gefallen und in seiner Hutfeder hängen geblieben war. Die Injektionsnadel in bedrohlicher Nähe seines Herzens. Fagels verzerrtes Lächeln, das wie eingefroren wirkte.

»Sie können mich nicht mal erschießen?« Thea hörte die Enttäuschung in Fagels Stimme. »Na gut, man kann nicht alles haben. Aber ich sehe, dass Sie verstehen.« Er legte den Kopf in den Nacken und blickte nach oben zu dem winzigen Stück Himmelblau, das durch die Wipfel der Laubbäume schimmerte. Er stöhnte so laut auf, dass Thea erschauderte. Dann ließ er Matthias los, warf die Spritze vor sich ins Laub und kam mit erhobenen Armen auf Thea und Messmer zu.

Die Kapitulation kam so unerwartet, dass Thea glaubte, Fagel würde bluffen. Aber ein Blick in seine Augen genügte, um zu wissen, dass das Spiel zu Ende war. Die Anspannung fiel von ihr ab wie ein Kettenhemd.

»Nehmen Sie die Hände runter, Herr Fagel, damit ich Ihnen die Handschellen anlegen kann«, sagte sie, und ihre Stimme hörte sich an, als hätte sie sie noch nie zuvor benutzt.

Fagel gehorchte widerstandslos.

Rasche Schritte näherten sich, und als Thea aufsah, bemerkte sie Markus von Krohn, der eilig auf sie zukam.

»Was geht hier vor?«, fragte er. »Wer hat den Spielstopp ausgerufen?«

»Ich war's. Das Spiel ist wohl ein wenig aus dem Ruder gelaufen. Ich fürchte, das war unsere Schuld.« Thea nahm von Krohn beiseite und erzählte ihm in wenigen Worten, was passiert war.

»Unglaublich.« Von Krohn schüttelte den Kopf. »Was für ein Glück, dass es gut ausgegangen ist.«

Einer der Orks hatte indessen die Spritze aufgehoben und hielt sie empört in die Höhe: »Wer hat hier eigentlich dieses neumodische Zeug erlaubt?«

»Wieso taucht ihr hier in so einem Rudel auf?«, antwortete von Krohn mit einer Gegenfrage. »Das ist die völlig falsche Stelle. Der richtige Prinz hockt am Hasenbrünnele bei der ehemaligen Burg Dischingen. Habt ihr die Hinweise nicht gefunden?«

»Klar haben wir das, aber da stand nichts von Hasenbrünnele«, ereiferte sich ein Gnom, der verlegen seine Mütze in den Händen drehte. »Da war so ein Zettel an einem Baum, auf dem stand was vom Schnatzgraben drauf.«

»Der stammte vom Täter und war für uns bestimmt«, erklärte Thea und deutete mit einer Kopfbewegung zu Fagel, der sich widerstandslos von zwei Orks festhalten ließ. »Schreibt ihr denn eure Nachrichten mit Edding auf Apothekenrechnungen?«

Der Gnom blickte betreten zu Boden.

Messmer saß erschöpft im Laub. Er hatte die Waffe neben sich gelegt und seinen Sohn in die Arme geschlossen.

Thea fühlte sich nur noch schwach und hätte sich am liebsten daneben gesetzt, zumal ihre Hose ja ohnehin schon demoliert war, aber jemand musste hier schließlich die Haltung bewahren.

»Was ging hier eigentlich ab? Seit wann dürfen Leute in Straßenklamotten Spielstopps ausrufen?« Ein leicht verwirrter Mitspieler, der an den linkischen weißen Ritter aus »Alice im Wunderland« erinnerte, blickte fragend ein Mädchen in einem bodenlangen Kleid mit funkelndem Diadem an, das offenbar eine Fee darstellen sollte.

»Ich wüsste auch gern, wieso irreführende Wegweiser aufgehängt werden, die mit Edding geschrieben sind«, ereiferte sie sich.

»Und zu unserer Verwirrung falsche Prinzen im Wald verteilt werden«, maulte ein stiernackiger Oger und rieb seine schmutzigen Füße aneinander. Er schwitzte und seine grüne Faschingsschminke lief ihm über das Gesicht.

»Wie viele davon hocken hier eigentlich noch im Wald rum?«, grummelte ein dümmlich dreinblickender Troll.

»Ihr habt es immer noch nicht kapiert! Das war kein Spiel.« Von Krohn schüttelte fassungslos den Kopf und zog dem Troll seine speckige Mütze übers Gesicht. »Ich glaube, du verwächst allmählich mit deiner Rolle!«

Der Troll strafte seinen Spielleiter mit einem vernichtenden Blick, schulterte die Keule und schlurfte davon.

»Ich hab Hunger«, sagte Matthias unvermittelt. »Gibt's eigentlich einen McDonald's hier draußen?«

Thea beobachtete amüsiert, wie die Spieler erschrocken zusammenzuckten. Hier prallten gerade Welten aufeinander. Sie fuhr herum, als sie aus Richtung der Straße jemand ihren Namen rufen hörte.

Ströbele kam verschwitzt und sichtlich außer Atem den Trampelpfad entlang. Kümmerle keuchte hinter ihm her. Seine Haartolle hatte sich aufgelöst und hing ihm in wilden Strähnen ins Gesicht. Die beiden sahen aus, als wären sie in einen Wirbelsturm geraten. Als sie Fagel sahen, der mit Handschellen gesichert war und von zwei Orks bewacht wurde, machte sich Erleichterung auf ihren Gesichtern breit.

»Dürfen wir bei der Schnitzeljagd noch mitspielen?«

»Bisschen spät«, rief Thea ihnen zu. »Wir haben ihn inzwischen dingfest gemacht. Aber wenn ihr schon mal da seid, könnt ihr ihn auch zum Auto bringen.«

»Na, dann sind wir wenigstens nicht ganz umsonst gekommen.« Kümmerles Miene hellte sich tatsächlich ein wenig auf.

»Das nenn ich Arbeitsteilung«, meinte Ströbele. »Ihr nehmt ihn fest, und wir bringen ihn zum Präsidium. Können wir künftig gerne immer so machen.« Er lächelte Thea zu. »Bin ich froh, dass euch nichts passiert ist, Engelchen!«

»Engelchen«. So nannte Ströbele sie in letzter Zeit nur noch, wenn er sich um sie sorgte. Eigentlich war sie diesem Kosenamen nach einem Jahr beim Dezernat schon entwachsen.

»Lass uns gehen, dein Sohn hat Hunger«, sagte sie zu Messmer. »Wir können ja in Cannstatt beim Burger King mal kurz anhalten.«

Mit Matthias in ihrer Mitte liefen sie auf den Waldrand zu.

»Was hat der Typ eigentlich in der Spritze gehabt? War das ein Betäubungsmittel?«, fragte der Junge.

Messmer zögerte einen Augenblick. Dann strich er seinem Sohn übers Haar. »Ja, ein Betäubungsmittel«, antwortete er nur.

*

»Ich glaube, er hat mich von Anfang an gehasst.« Fagel sah an Thea vorbei aus dem Fenster des kleinen Büros. Die untergehende Sonne färbte den Himmel blutrot. Ein Flugzeug zog langsam einen hellen Kondensstreifen darüber, und einen sehnsüchtigen Augenblick lang wünschte Thea sich an Bord.

»Warum glauben Sie, dass Ihr Vater Sie gehasst hat?«, fragte sie, nachdem Fagel wieder in Schweigen verfallen war.

»Ich war wohl nicht der Sohn, den er sich gewünscht hat. Mein Vater hatte klare Vorstellungen davon, wie etwas oder jemand zu sein hat. Er wollte, dass ich so bin wie er. Dem Anspruch konnte ich aber nicht gerecht werden. Als Kind habe ich es noch versucht. Aber irgendwann wollte ich nicht mehr.«

»Können Sie das etwas näher erklären?« Messmer sprach ruhig und bestimmt, sah aber unendlich erschöpft aus. Thea kannte ihn lange genug, um zu sehen, dass er sich hinter der professionellen Maske nur mühsam aufrecht halten konnte. Er war in den letzten Stunden an die Grenzen seiner psychischen Belastbarkeit gekommen.

»Ich war ein guter Schüler. Nein, sogar ein sehr guter. Nur im Sport war ich 'ne Niete. An der Kletterstange bin ich nach zwei Metern wie ein nasser Sack hängen geblieben. Beim Schwimmen hab ich mich gefühlt wie eine Flunder im Haifischbecken. Mein Vater war früher aktiver Leichtathlet. Es war eine Schmach für ihn, dass ich ihm nicht nachgeeifert habe. Er wollte um jeden Preis, dass ich ein Spitzensportler werde, und hat mich, ohne mich auch nur zu fragen, in einem Leichtathletikverein angemeldet. Ich wollte viel lieber ein Musikinstrument lernen, aber das hat ihn nicht interessiert. Er hat mich höchstpersönlich zu diesen Sportstunden gefahren, um sicherzugehen, dass ich wirklich dort ankomme. Ich hatte dort überhaupt keine Chance und hab mich zum Gespött der anderen Kinder gemacht. Es war so erniedrigend.« Fagels Augen glänzten verräterisch, und Thea meinte, den kleinen Hendrik darin zu erkennen.

»Als Teenager habe ich heimlich Gedichte geschrieben. Er hat einige davon gefunden und vor meinen Augen in der Luft zerrissen, in ganz kleine Schnipsel, die er einfach hinter sich warf. Ich sehe sie heute noch wie Konfetti durch mein Zimmer rieseln. Er meinte, das sei Weiberkram und eines Mannes unwürdig.«

Thea dachte an die Reime, mit denen er sie im Solitudewald auf seine Spur gelockt hatte. »Viele große Dichter waren Männer«, sagte sie.

»Das interessierte meinen Vater nicht. Als einmal Ärztekollegen bei uns zu Besuch waren, hat er mich ihnen als seine älteste Tochter vorgestellt. Er sagte, sie sollen sich von meinem Äußeren nicht täuschen lassen, im Inneren sei ich durch und durch weibisch. Er hat aus einem meiner Gedichte zitiert und lauthals darüber gelacht. Ich glaube, damals habe ich angefangen, ihn aus tiefster Seele zu hassen.«

»Ich kann mir vorstellen, wie schlimm das für Sie war«, versuchte Thea das Thema zu vertiefen.

»Ich hab ihn enttäuscht. Auf der ganzen Linie. Der einzige Sohn erweist sich als Weichei. Das war ein harter Schlag für ihn. Für mich und mein Selbstvertrauen natürlich auch.«

»Und Ihre Mutter? Was hat sie dazu gesagt?« Thea versuchte, den Anflug von Mitleid zu unterdrücken, indem sie sich klarmachte, dass dieser Mann vor ihr höchstwahrscheinlich ein Mörder war und vor wenigen Stunden noch Messmers Sohn in seiner Gewalt gehabt hatte. Es gelang ihr nicht ganz. Diese Ambivalenz war ihr vertraut. Viele Straftäter, die sie in der Vergangenheit vernommen hatte, brachten ein Motiv vor, das sie irgendwie nachvollziehen konnte. So etwas wie gut und böse gab es für sie schon längst nicht mehr. Die Grenze zwischen Recht und Unrecht war fließend.

»Ohne meine Mutter wäre ich wahrscheinlich irgendwann in

den Neckar gesprungen«, antwortete Fagel leise. »Sie hat mich immer so akzeptiert und geliebt, wie ich bin. Aber sie kam gegen meinen Vater nicht an. Wenn es hart auf hart ging, zog sie sich zurück. Ich kann das verstehen. Niemand kommt gegen meinen Vater an. Jedenfalls nicht mit vernünftigen Argumenten.«

»Aber mit einem Schürhaken vielleicht schon?«

Messmers provokative Frage kam zu früh. Fagel tat, als hätte er sie gar nicht gehört, und Messmer biss sich auf die Lippen.

Er ist müde, dachte Thea. Er will es zu Ende bringen. Aber man muss sich Zeit nehmen, bis ein Verdächtiger so weichgeklopft ist, dass er zu einem Geständnis bereit ist. Das erfordert Geduld und Nerven. Beides war heute nicht mehr im Überfluss vorhanden. Weder bei Messmer noch bei ihr selbst.

»Wurde es besser, als Sie älter wurden?« Thea versuchte, die Unterhaltung wieder auf unverfänglichere Themen zu lenken.

Fagel schüttelte den Kopf. »Wo denken Sie hin? Ich war der Einzige in der Familie, der ihn nicht angebetet hat. So was muss bestraft werden.« Er lachte bitter auf. »Meine Schwestern lagen ihm zu Füßen und hießen alles gut und richtig, was er tat. Unsere Mutter stand zwischen den Fronten, aber sie wagte nie, aufzubegehren.«

»Und der einzige Sohn hatte unglücklicherweise einen eigenen Kopf«, nickte Thea. »Das hat Ihr Vater nicht geschluckt.«

»Genau. Als ich älter wurde, wollte er, dass ich Arzt werde, oder wenigstens Heilpraktiker, und sein Werk fortführe, wie er es nannte. Aber ich konnte mich damit nicht identifizieren. Ich hätte niemals diese Arbeit machen können, bei der man täglich für das Leben anderer Menschen verantwortlich ist. Ich erlebte ja all die Jahre, dass seine Patienten starben, aber er meinte dazu nur, die hätten es nicht anders verdient. Sie seien eben Schlappschwänze, die sich nicht genug angestrengt hätten. Als Kind dachte ich eine Zeit lang, wenn ich mich im Sport nicht genug anstrenge, muss ich auch sterben.«

»So hat er vor seinen Kindern die vielen Toten gerechtfertigt?«, fragte Thea fassungslos.

Fagel nickte. »Ja. Und er sagte immer, ich solle die Toten vergessen und mir die Überlebenden ansehen, die er ganz ohne diese schädlichen Medikamente gesund gemacht hatte. Ich fand damals schon merkwürdig, dass die Patienten, die sterben mussten, selbst dran schuld waren. Aber wenn jemand gesund wurde, dann war das immer das Verdienst meines Vaters. Mit der Zeit wurde ich kritischer, was seine Behandlungsmethoden betraf. Während er für meine Schwestern noch der strahlende Held war, fand ich seine Therapie immer fragwürdiger. Irgendwann war ich sicher, dass er ein Lügner und Betrüger ist, und habe ihn verachtet. Als ich das Abi in der Tasche hatte, hab ich nicht Medizin studiert, wie er es wollte, sondern Pharmazie. Das hat ihm fast den Todesstoß versetzt. Stellen Sie sich vor: Sein einziger Sohn entscheidet sich ausgerechnet für den Beruf, den er in die finsterste Hölle verdammt. Vielleicht war das eine Art Aufbäumen von mir gegen seine Autorität. Er nannte es einfach Trotz.«

Thea nickte. Diese Trotzreaktion konnte sie sehr gut verstehen. »Das war Ihre Art, sich von ihm abzunabeln«, sagte sie.

»Wahrscheinlich. Ich habe dann mein eigenes Leben gelebt und mir eingeredet, was mein Vater da macht, sei mir egal. Das ging auch jahrelang gut. Bis unsere eigene Schwester krank wurde. Carina und ich hatten immer ein besonderes Verhältnis zueinander. Als sie geboren wurde, war ich zehn. Meine Mutter war ziemlich überfordert, weil Jennifer ein totales Mama-Kind war und ihr ständig am Rockzipfel hing. Also hab ich mich viel um das Baby gekümmert. Ihr die Flasche gegeben, sie im Kinderwagen spazieren gefahren, mit ihr gespielt. Ich glaube, Carina hing mehr an mir als an unseren Eltern. Mir jedenfalls stand sie von all meinen Familienmitgliedern am nächsten.«

»Und als Carina krank wurde, traf es Sie besonders hart«, sagte Thea.

»Ja. Wie sich doch plötzlich alles verändert, sobald es um Menschen geht, die einem nahestehen. Bis zu diesem Zeitpunkt hatte ich ja geglaubt, mein Vater sei ein Lügner und Betrüger, der über Leichen geht, nur um Geld zu scheffeln. Jetzt wurde mir plötzlich klar, dass er wirklich an das glaubte, was er tat!« Fagel schüttelte den Kopf, als könne er diese Erkenntnis immer noch nicht fassen. »Das war der Super-GAU. Er war fest entschlossen, Carina auf keinen Fall der Schulmedizin auszuliefern. Sie sollte auf dem Weg der Neuen Medizin gesund werden. Er war felsenfest davon überzeugt, dass es das Richtige für sie war. Trotzdem war Carinas Krankheit das bestgehütete Geheimnis unserer Familie. Als wäre es eine Schande, wenn die Tochter eines Mediziners schwer krank wird. Ich glaube, mein Vater hat nicht mal seiner Freundin davon erzählt. Sie war ja Heilpraktikerin, und ich habe mitbekommen, dass sie seine Ansichten sehr bedenklich fand. Es wäre wohl zum Eklat gekommen, wenn sie erfahren hätte, dass Carina Krebs hat und er sie nach seinen Überzeugungen behandelt. Oder eben nicht behandelt«, fügte er bitter hinzu.

»Und was haben Sie getan?«, fragte Messmer.

»Ich konnte erst mal gar nichts tun. Ich konnte nur beten und hoffen, dass sie es schafft. Die Arbeitsgruppe ›Biologische Krebstherapie‹ in Nürnberg hat eine Studie über Spontanheilungen herausgegeben. Beim Neuroblastom im Säuglingsalter liegt die Rate der Spontanheilungen sogar bei bis zu achtzig Prozent. Auch bei malignen Melanomen hat es eine ganze Reihe unerklärlicher Rückbildungen gegeben. Knochenkrebs kam in der Studie leider nicht vor.«

Fagel fingerte mühsam eine Camel aus seiner Zigarettenschachtel, was sich angesichts der Handschellen schwierig gestaltete. Messmer schob ihm einen Aschenbecher hin und gab ihm Feuer.

»Ich habe über meine Mutter versucht, ihn zu überzeugen, Carina in eine Fachklinik zu überweisen.« Fagel nahm einen tiefen Lungenzug, bevor er weitersprach. »Das Resultat war, dass sie sich extrem in die Haare kriegten, wodurch ihre Ehe dann endgültig den Bach runterging. Er hat sie förmlich aus dem Haus getrieben. Das Verrückte war, dass es Carina danach besser ging. Diese spontane Remission hat uns alle euphorisch gemacht. Am meisten natürlich meinen Vater, der sah sich in seiner Entscheidung bestärkt. Carina kam zu Kräften und hat sogar wieder LARPs gespielt. Bis im Herbst der Krebs erneut ausbrach.«

»Wie hat Ihr Vater das erklärt?«, fragte Thea.

»Er sagte, sie habe nicht genug gekämpft, ihr Kampfgeist habe wieder nachgelassen. Er hat sie täglich angefeuert, keine Schwäche zu zeigen, an sich zu glauben, einen mentalen Krieg gegen den Krebs zu führen. Sie hat sich wirklich alle Mühe gegeben, schließlich wollte sie ihren Vater nicht enttäuschen. Aber sie hat es nicht geschafft.«

Er seufzte schwer, zog an seiner Camel und inhalierte den Rauch wie ein Süchtiger. Messmer nahm ihm die Zigarette aus dem Mund und klopfte die Asche ab.

»Carina hat ihm bis zum Schluss vertraut. Sie ist eine Kämpferin. Aber der Krebs war stärker. Als ich an dem Osterwochenende nach Hause kam, erwartete mich die Hölle. Carina lag in ihrem Zimmer und schrie, dass man es schon unten im Hausflur hören konnte. Da hab ich ihr starke Schmerzmittel aus der Apotheke besorgt und sie ihr heimlich verabreicht. Mein Vater hat mich dabei erwischt und mir eine Ohrfeige gegeben. Ich würde seinen Heilungserfolg gefährden und solle es nicht noch einmal wagen, in die Genesung meiner Schwester einzugreifen mit meinem Gift! Ja, er sprach von Gift, das sie umbringen würde. Ich hab ihn angebrüllt, dass mir sein Heilungserfolg scheißegal wäre und dass ich jetzt meine Schwester nähme und ins nächste Krankenhaus bringen würde. Er zog mich aus dem Zimmer und stieß mich fast die Treppe runter, ich konnte mich gerade noch am Geländer festhalten. Er war total außer sich, hat mich dann ins Wohnzimmer gestoßen und mich mit beiden Händen am Kragen gepackt. Sie finden das vielleicht lächerlich, wo ich doch viel größer und kräftiger bin als er, aber Sie kennen seine Präsenz nicht. Er hatte eine Größe, die ihm nicht anzusehen war. Wenn er in Wut geriet, gewann er förmlich an Volumen. Und ich bin regelrecht geschrumpft, wenn er mich anbrüllte. Und das tat er jetzt wieder. Ich solle mich nicht in seine Arbeit einmischen. Carina müsse die Schmerzen aushalten, um gesund zu werden, ohne Schmerzen keine Genesung. Jennifer saß völlig eingeschüchtert in der Ecke und hielt sich ein Sofakissen vors Gesicht. Das war typisch. Sie wollte mal wieder am liebsten nichts mitbekommen, aber jetzt konnte sie auch nicht mehr die Augen davor verschließen, dass ihr Vater ein verblendeter Narr war.«

Fagels Stimme wurde immer leiser, und Thea hoffte, dass das Band alles verständlich aufzeichnen würde. Während die Kippe im Aschenbecher verglühte, starrte er stumm auf seine Hände, die er der Handschellen wegen verschränkt hatte. Nur das leise Quietschen der Tonbandkassette war zu hören.

»Und was haben Sie dann getan?«, versuchte Thea ihn wieder zum Sprechen zu bewegen.

Fagel rührte sich nicht. Er schien weit weg zu sein, als sei die einzige Möglichkeit, sich jetzt noch zu schützen, das Wegbeamen der Gedanken in eine Welt, in der alles leicht und unkompliziert war.

Thea überlegte angestrengt, wie sie ihn aus der Reserve locken könnten, was seine Schutzhülle, in die er sich zurückgezogen hatte, durchbrechen würde. Vom Büro nebenan hörte sie einen leisen Triumphschrei. Verena Sander spielte dort mit Matthias Schiffe versenken. Offenbar hatte er gewonnen.

»Schrie Carina noch zu diesem Zeitpunkt?«

Fagel hob den Kopf und sah sie an.

»Sie schrie wie ein Tier. Glauben Sie mir, ich übertreibe nicht. Ich konnte das nicht ertragen.«

»Sie wollten ihr helfen, nicht wahr?«

Fagel nickte stumm.

»Wie wollten Sie ihr helfen?«, fragte Thea vorsichtig.

»Ich wollte sie dort rausbringen. Mein Auto stand vor dem Haus, ich wollte sie auf der Stelle ins nächste Krankenhaus fahren. Aber die paar Meter vom Haus bis zur Straße waren unüberwindbar. Mein Vater hatte sich wie ein Wahnsinniger vor mir aufgebaut und brüllte, er würde es nicht zulassen, dass ich mich in seine Angelegenheiten einmische und dass immer noch er hier das Sagen habe.«

»Und dann?« Thea hatte das sichere Gefühl, dass das noch nicht alles war. »Was hat er noch gesagt?«

»Er meinte, er habe schließlich Medizin studiert, und ich sei nur Apotheker. Von einem Versager, der obendrein dieses Teufelszeug verkauft, das die Menschen noch kränker macht, müsse er sich nicht belehren lassen. Wir standen am Kamin, ich musste nur hinter mich greifen und hatte den Feuerhaken in der Hand. Ich habe zugeschlagen. Wieder und wieder. Ich glaube, er war schon längst tot, als ich immer noch auf ihn eingedroschen hab. Für Carina und den Missbrauch ihres Vertrauens, für Mama, die er aus dem Haus getrieben hatte, für die Gehirnwäsche bei Jennifer. Für die Demütigungen an mir selbst ...«

Heiße Tränen tropften auf das kalte Metall der Handschellen. Thea griff geistesabwesend in ihren Rucksack, wurde aber natürlich nicht fündig. Messmer hatte die Geste mitbekommen und reichte Fagel ein Taschentuch.

Er sah es nicht, starrte daran vorbei auf die Schreibtischecke, wo leise quietschend der Kassettenrecorder lief.

»Können wir noch etwas für Sie tun?«, fragte Messmer zu Theas großer Überraschung.

»Ja. Sie können mich erschießen«, antwortete Fagel. Dann hob er den Kopf und sah Messmer mit flehenden Augen an.

»Ich wusste keinen Ausweg mehr«, brach es aus ihm heraus. »Ich hab das nicht gewollt, aber ich konnte nicht anders!«

Thea nahm Messmer das Taschentuch aus der Hand und wischte dem großen Jungen die Tränen vom Gesicht.

SONNTAG

Thea trat durch die hohe, gläserne Drehtür in den Innenhof des Katharinenhospitals. Erst gestern Mittag war sie zum letzten Mal hier gewesen, und doch schien es ihr, als wären seitdem Tage vergangen. In den wenigen Stunden im Wald von Solitude war so viel passiert, dass es sich fast anfühlte, als müsse sie ihr Empfinden in ein Vorher und Nachher unterteilen. Ein Vorher in angstvoller Erwartung und ein Nachher in grenzenloser Erleichterung.

Als sie jetzt neben Messmer das Atrium durchquerte, wurde ihr dennoch flau im Magen. Sie hatte in der Vergangenheit schon viele Geschädigte aus Körperverletzungsdelikten hier aufgesucht, um sie zu vernehmen, aber sie hatte in diesem Krankenhaus noch nie jemanden besucht, der im Sterben lag. Ihr Brustkorb fühlte sich eng an, und ihr Atem ging flach. Sie war daran gewöhnt, Tote zu begutachten, die das Sterben schon hinter sich hatten. Aber gleich würde sie einem jungen Mädchen begegnen, das auf der Schwelle zum Tod stand.

Dr. Markert kam ihnen am Eingang von Haus 5 entgegen. »Ich habe Sie schon erwartet«, sagte er und reichte zuerst Thea und dann Messmer die Hand. »Sie ist nicht bei Bewusstsein und wird es aller Wahrscheinlichkeit nach auch nicht wieder erlangen. Sie bekommt hohe Dosen Morphium. Ihre Mutter ist bei ihr. Es kann jetzt nicht mehr lange dauern.« Er bedeutete ihnen mit einer Handbewegung, ihm zu folgen.

»Wie geht es Frau Fagel?«, fragte Messmer während sie mit Markert den Flur hinunterliefen. Thea hörte in Gedanken die unausgesprochene Frage, die er zurückhielt: »Weiß sie es schon?«

Markert hatte ohnehin verstanden. »Sie hat es heute Morgen in den Nachrichten gehört. Sie können sich vorstellen, dass sie in denkbar schlechter Verfassung ist.«

Thea hielt sich dicht an Messmers Seite. Gern hätte sie ihn jetzt berührt, ihre Hand wieder in seine Armbeuge gelegt. Sie dachte daran, dass ihre Mutter im letzten Sommer hier auf der Intensivstation gelegen hatte und wie nah sie dem Tod gewesen war. Sie schauderte bei dem Gedanken. Ihre Schuhe klackten auf den kalten Fliesen, und das grelle Licht der Neonlampen schmerzte in ihren Augen. Rollbetten standen in einer langen Reihe an der fensterlosen Wand, frisch bezogen mit weißen Laken. Vor nicht allzu langer Zeit hatte in jedem dieser Betten ein Mensch gelegen. Mit ein wenig Glück war er inzwischen nach Hause entlassen worden. Andere wiederum hatten die Welt draußen nie wieder gesehen. Dies ist der Ort, wo gestorben wird, dachte Thea. Der Tod trägt kein schwarzes Gewand und hat auch keine Sense in der Hand. Der Tod ist weiß und riecht nach Desinfektionsmittel.

An einer Tür am Ende des Gangs blieb Dr. Markert stehen und klopfte behutsam an. Er öffnete die Tür einen Spalt und nickte ihnen zu. »Ich habe Sie angekündigt. Bleiben Sie nicht länger als unbedingt notwendig. Frau Fagel ist seelisch sehr angeschlagen.« Er verabschiedete sich und eilte mit wehendem Kittel den Flur hinunter.

Als Erstes sah Thea den großen Strauß Ranunkeln, der in einem Einweckglas auf dem Nachttisch stand, der einzige Farbtupfer in dem ansonsten weißen Raum. Sie musste an Eva Schrader denken. Ob sie schon von den neuesten Entwicklungen aus dem Radio erfahren hatte? Im Zimmer stand nur ein einziges Bett, zwei weitere waren herausgerollt worden. Wo sie gestanden hatten, deuteten nur der Telefonanschluss und die Steckdosen am Kopfende darauf hin, dass dieser Raum nicht als Einzelzimmer vorgesehen war.

Die Frau, die neben dem Bett saß, wandte ihnen den Rücken zu. Das lange, zu einem nachlässigen Zopf gebundene Haar war einmal braun gewesen, inzwischen aber fast vollständig ergraut. Als sie ihnen das Gesicht zudrehte, sah Thea, dass sie wesentlich älter wirkte als Anfang fünfzig. Ihre Augen waren stumpf und vom Weinen verschwollen, die Haut welk und fleckig. Diese Frau interessiert sich nicht mehr für ihr Äußeres, dachte Thea. Wenn man die Hoffnung aufgibt, ist man alt.

»Frau Fagel«, sagte Messmer behutsam, »wir sind von der

Kriminalpolizei und möchten Ihnen nur ein paar Fragen stellen.« Er reichte ihr die Hand und stellte sich und Thea vor.

Die Frau sah auf und ließ sich von Messmer die Hand drücken. »Dr. Markert hat mir gesagt, dass Sie kommen. Ich werde Ihnen alles erzählen, was Sie wissen wollen. Auch wenn es ihr nicht mehr helfen kann.« Leonora Fagel schluckte und wandte ihren Blick dem gekippten Fenster zu, durch das die Sirene eines Krankenwagens hereinwehte, der die Kriegsbergstraße hinunterfuhr. Ihre nächsten Worte waren so leise, dass Thea sie kaum verstehen konnte. »Und ihm auch nicht.«

Thea schluckte. Diese Frau war im Begriff, die zweite Tochter an den Tod und den Sohn ans Gefängnis zu verlieren. Konnte ein Mensch so viel ertragen?

Bisher hatte Thea es vermieden, die junge Frau im Krankenbett anzusehen. Jetzt ließ sie ihre Augen über den ausgemergelten Körper wandern, über die mageren Arme, die von Kanülen zerstochen waren und in die die Droge rann, die dafür sorgen sollte, dass sie schmerzfrei sterben konnte. Sogar die Beckenknochen zeichneten sich unter der dünnen Bettdecke ab. Theas Blick verweilte auf dem bleichen Gesicht.

Eine Ähnlichkeit mit dem Foto in der Wohnung ihres Bruders war kaum noch festzustellen, aber Thea sah dennoch, dass sie sehr hübsch gewesen sein musste. Das Mädchen erinnerte sie an eine in einem Buch gepresste Frühlingsblume, die ausgetrocknet war und an Farbe verloren hatte. Ihr Duft war der Geruch des Todes.

»Es tut uns so leid.« Thea fragte sich einmal mehr, warum die deutsche Sprache so unzureichend war. Immer wieder gab es Gefühle, die sich nicht in Worte fassen ließen.

Leonora Fagel nickte kaum merklich. »Sie müssen ihn verstehen«, sagte sie leise. »Hendrik hat viel durchgemacht in den letzten Monaten. Ihm sind die Sicherungen durchgebrannt.«

»Ich bin froh, dass wir Sie gefunden haben«, sagte Thea nur. »Ihr Sohn wollte uns natürlich nicht sagen, wo Sie sich aufhalten, dann wäre ja alles aufgeflogen.«

»Ich habe ihm eingeschärft, nichts zu verraten. Ihn trifft keine Schuld. Ich wollte ihn schützen.«

»Das ist nur natürlich. Sie müssen gegen Ihre nächsten Angehörigen auch nicht aussagen.« Thea war froh, dass dieser Frau wenigstens das erspart blieb. Sie war betrübt, nicht mehr für sie tun zu können.

»Er hing so sehr an seiner kleinen Schwester. Und sein Vater hat sehr fahrlässig mit ihrem Leben gespielt. Und verloren.«

»Wir wissen das, Frau Fagel«, sagte Messmer. »Das ändert aber nichts daran, dass wir Ihren Sohn in Untersuchungshaft behalten müssen. Nach seinem Geständnis gestern Abend wird ihn auf jeden Fall eine Gefängnisstrafe erwarten.«

»Ja, natürlich. Vielleicht wäre das alles nicht passiert, wenn ich damals nicht gegangen wäre. Ich habe meine Kinder im Stich gelassen, und das ist nun dabei herausgekommen.«

Thea horchte auf. Das hörte sich etwas anders an als das, was Hendrik Fagel ihnen gestern erzählt hatte. Er hatte es so dargestellt, als sei seine Mutter von ihrem Mann aus dem Haus getrieben worden.

»Warum haben Sie denn Ihre Familie verlassen?«, fragte sie.

»Ich dachte, es wäre das Beste für Carina. Aber ich habe einen schweren Fehler gemacht.«

»Das Beste für Carina? Das verstehe ich nicht.«

»Das ist schwer zu verstehen, ich weiß. Aber ich habe damals noch an Elrichs Künste geglaubt.«

»Sie sprechen in Rätseln«, sagte Messmer. »Was war zwischen Ihnen und Carina, dass Sie es am besten fanden, sie zu verlassen?«

»Wir haben uns gestritten. Schlimm gestritten. Carina steckte damals in den Vorbereitungen fürs Abitur, aber die Schule interessierte sie nicht. Sie hatte nur ihre Rollenspiele im Kopf, die Kostüme, die sie sich schneidern, und die Waffen, die sie basteln wollte. Sie war überhaupt nicht mehr Carina, sie war nur noch Bellatrix, wie sie sich in ihrer Traumwelt nannte. Ich war außer mir vor Sorge um ihren Schulabschluss, habe harte Worte zu ihr gesagt, die ich nicht gern wiederholen möchte. Carina hat sich mehr und mehr von mir zurückgezogen und kein Wort mehr mit mir gesprochen. Es tat mir leid, aber ich konnte einfach nicht aus meiner Haut.«

Leonora Fagel hatte den Blick starr aus dem Fenster gerichtet, und Thea spürte, wie schwer es ihr fiel, weiterzusprechen.

»Dann brach ihre Krankheit aus. Elrich meinte, alles sei meine Schuld. Ich hätte unser Kind bis ins Mark verletzt, das meinte er wörtlich, und das Resultat sei nun Knochenkrebs. Bei dieser Krebsart wäre der Konfliktinhalt immer ein Verlust des Selbstwertgefühls, und das hätte ich unserer Tochter gründlich genommen, indem ich ihr monatelang vorgehalten habe, dass sie den Schulabschluss niemals schaffen würde.« Sie hielt inne und strich sich über die Augen. »Mein Gott, ich habe mir solche Vorwürfe gemacht! Ich bin fast wahnsinnig geworden vor Schuldgefühlen. Als Elrich sagte, meine Anwesenheit sei tödlich für Carina, und wenn mir etwas an ihrer Gesundheit läge, solle ich so schnell wie möglich verschwinden, habe ich nicht lange gezögert. Ich habe meinen Kindern nie davon erzählt. Ich wollte nicht, dass Carina glaubt, ihre Krankheit wäre schuld gewesen, dass ihre Eltern sich trennen. Aber Hendrik ist nicht dumm, er hat mehr durchschaut, als ich damals gedacht habe.«

»Sie haben Ihrem Mann das wirklich geglaubt?« Thea überlegte, ob Fagel nicht einfach einen Vorwand gesucht hatte, um frei für Eva Schrader zu sein.

»Ja, ich habe ihm viel zu lange geglaubt«, antwortete Leonora Fagel. »Und die Krankheit ist ja dann auch wirklich zum Stillstand gekommen. Im CT war offenbar nichts mehr zu sehen, und wir hielten sie schon für geheilt. Hendrik hat mich immer über ihren Gesundheitszustand auf dem Laufenden gehalten. Er sagte mir, dass es ihr besser geht, dass sie das Abitur nachholen wolle und auch wieder bei Rollenspielen mitmacht. Natürlich war ich überglücklich, aber gleichzeitig überzeugt davon, eine miserable Mutter zu sein. Tja, und im letzten Herbst kam der Krebs zurück.«

Sie verstummte und stützte ihren Kopf in beide Hände. Augenblicke wurden zu Minuten. Die Stille war fast greifbar. Vom Flur hörte man das Klappern von Bettpfannen und das Quietschen des Putzwagens vor der Tür, während Thea versuchte zu begreifen, was dieser verblendete Arzt seiner Familie angetan hatte. Er hatte nicht nur das Leben seiner Tochter auf dem Gewissen, sondern auch noch dafür gesorgt, dass sie sterben musste, ohne sich mit ihrer Mutter versöhnen zu können.

»Und wie ging es dann weiter?«, fragte Thea schließlich.

»Als es Carina immer schlechter ging und Elrich sie anfeuerte, sie solle mich endlich aus ihren Gedanken streichen und ihr Leben selbst in die Hand nehmen, hat Hendrik eingegriffen. Er hatte von Kindheit an ein miserables Verhältnis zu seinem Vater gehabt und war noch nie richtig von der Neuen Medizin überzeugt gewesen. Ganz im Gegensatz zu Jennifer, die fast bis zum Schluss darauf schwor.«

»Was heißt, *fast* bis zum Schluss?«, hakte Messmer nach.

»Als Carina nicht mehr laufen konnte, weil die Schmerzen unerträglich waren, kamen ihr allmählich Zweifel. Sie begann, sich auf Hendriks Seite zu schlagen. Aber Elrich war unbeugsam. Er sagte, die Schmerzen seien ein Zeichen der Heilung, die müsse sie einfach aushalten, und Schmerzmittel würden den Heilungsprozess nur behindern. Eine Chemotherapie würde Carina umbringen.« Sie lachte bitter auf. »Meine Kinder sollten also tatenlos zusehen, wie ihre Schwester langsam und qualvoll stirbt. Hendrik entwickelte einen unglaublichen Hass auf seinen Vater. Bei einem unserer Telefonate sagte er, er werde Carina in eine Klinik einliefern, notfalls auch über die Leiche seines Vaters. Ich habe das damals für eine Floskel gehalten.« Sie nahm ein Wasserglas vom Nachttisch und trank in hastigen Schlucken. Als sie es zurückstellte, sah Thea, dass ihre Hand zitterte.

»Und am Osterwochenende hat er es wahr gemacht«, sagte Thea leise.

Leonora Fagel schlug die Hände vors Gesicht. »Carina ging es zu diesem Zeitpunkt sehr schlecht«, presste sie hervor. »Sie schrie vor Schmerzen. Hendrik weinte, als er mich anrief. Ich habe seit seiner Kindheit nicht mehr erlebt, dass mein Junge so sehr weint.«

»Hat er Ihnen erzählt, wie er seinen Vater getötet hat?«

Leonora Fagel nickte.

»Und Jennifer hat dabei zugesehen?«

»Ja. Und dann hat sie geholfen, ihren Vater im Kamin zu verstecken. Erst danach haben sie Carina ins Krankenhaus gebracht.

Sie hatten Angst, dass inzwischen die Leichenstarre einsetzen würde und sie den Leichnam nicht mehr in den Luftschacht bekommen würden.«

Thea nickte abwesend. Eine Woche später war Jennifer ebenfalls tot gewesen. Hendrik Fagel hatte aus purer Verzweiflung seine halbe Familie ausgelöscht. Vermutlich hatte er nach Jennifers Tod deren Schlüssel an sich genommen, um irgendwann, wenn die Lage sich beruhigt hatte, nach dem Toten zu sehen und ihn anderweitig zu entsorgen, um dann das Haus verkaufen zu können. Das war die einzig schlüssige Lösung, die ihr einfiel. Sie würde ihn noch einmal dazu befragen, um sicherzugehen. Nach seinem Geständnis gestern Abend war er nicht mehr vernehmungsfähig gewesen.

Leonora Fagel knüllte ihr Taschentuch in den Fingern.

»Elrich hat ungehindert Menschen umgebracht«, sagte sie bitter. »Ja, nennen Sie es, wie Sie wollen. Er hat sie umgebracht, indem er vortäuschte, ihnen helfen zu wollen, und nichts getan hat. Er hat ihr Vertrauen missbraucht und zugesehen, wie sie starben. Er hat sogar jede Menge Geld dafür eingesteckt. Niemand hat ihm Einhalt geboten. Außer meinem Sohn. Und der wird jetzt dafür bestraft. Was sind das eigentlich für Gesetze?«

Thea wusste keine Antwort. Gesetze lassen viele menschliche Aspekte unbeachtet, dachte sie. Eine Gesetzgebung wäre schlicht unmöglich, wenn man alle Beweggründe, alle Emotionen und Verletzungen der Beschuldigten mit einbeziehen würde. Aber es gab zumindest die Möglichkeit der Strafmilderung.

»Würden Sie das, was Sie uns eben erzählt haben, auch vor Gericht wiederholen?«, fragte sie. »Sie können natürlich als Angehörige die Aussage verweigern, aber ich bin sicher, dass sich Ihre Angaben positiv auf das Urteil auswirken können.«

»Natürlich.« Leonora Fagel nickte schwach. »Ich werde alles tun, was meinem Sohn helfen kann.«

Es ist alles gesagt, dachte Thea. Ihr Blick hing an Carina, deren Lider unmerklich flatterten, als hätte sie einen lebhaften Traum. Sie ahnte, dass bald die präfinale Atmung einsetzen würde, und hatte das Bedürfnis, sich zu verabschieden. Thea hatte dieses herzzerreißende Röcheln erst einmal gehört, als sie sechzehn war und an einem diakonischen Projekt in einem Hospiz teilgenommen hatte. Niemals würde sie dieses grausame Geräusch vergessen, mit dem der Sterbende nach Luft rang und das sich anhörte, als litte er grenzenlose Qualen. Schwester Margarete hatte ihr damals erklärt, dass es nur der Körper sei, der sich gegen den Tod wehrt, die Seele hingegen frei wird und unbeschreibliches Glück erfährt. Die Lebenden würden auf der hiesigen Seite des Schleiers nur nichts davon merken, sondern ausschließlich den irdischen Teil des Sterbens zu Gesicht bekommen, der im Immateriellen völlig anders vor sich gehe.

Thea versuchte, sich für einen Moment das sterile Ambiente wegzudenken, den Tropf, die Apparate und die Kanüle in Carinas Arm nicht zu sehen. Sie konzentrierte sich nur auf das Gesicht des Mädchens und nahm plötzlich einen tiefen Frieden wahr. Als draußen ein weiterer Rettungswagen mit heulender Sirene vorbeifuhr, verspürte sie den Drang, das Fenster zu schließen, alles auszusperren, was diese andächtige Atmosphäre stören konnte.

Leonora Fagel hatte sich im Sessel zurückgelehnt und schwieg. Thea fiel keine weitere Frage mehr ein, aber sie wagte nicht, die Stille zu unterbrechen. Sie sah zu Messmer, der die Unterarme auf seine Oberschenkel gelegt hatte und seine Hände anstarrte. Dann wandte sie ihren Blick wieder Frau Fagel zu und stellte fest, dass sie ganz weit weg war.

Carina sah friedlich aus. Thea beugte sich zu ihr hinunter und strich ihr mit einer vorsichtigen Geste eine Haarsträhne aus dem Gesicht. Sie betrachtete den schmalen Brustkorb, der sich noch hob und senkte. Sie beobachtete, wie aus dem durchsichtigen Beutel, der neben dem Bett an einem verchromten Gestell hing, durch einen dünnen Schlauch Morphin in ihre Venen tropfte.

»Ich glaube, wir sind hier jetzt fehl am Platz«, flüsterte sie Messmer zu. Sie empfand eine unendliche Traurigkeit, aber gleichzeitig die Präsenz von etwas Göttlichem, das ihr einen tiefen Trost vermittelte. Es war, als würde ein Engel durch den Raum gehen.

Kaum hatte Thea die Tür des Krankenzimmers hinter sich geschlossen, als ihr Handy eine SMS meldete. Nein, bitte nicht schon wieder Hannes! Zu ihrer Überraschung stellte sie fest, dass die

Nachricht von Kübler war. Sie blieb stehen und las, und ihr Gesicht verzog sich zu einem Lächeln.

»Gute Nachrichten?«, fragte Messmer.

»Rosi ist Vizemeisterin«, las sie vor. »Sie hätte todsicher den ersten Platz geschafft, wenn sie dem Preisrichter nicht auf den Schuh geäpfelt hätte.« Thea schüttelte den Kopf. »Du, der Kurt kann sogar hochdeutsch schreiben. Das hätte ich ihm gar nicht zugetraut. Aber wieso werde ich eigentlich immerzu mit den Verdauungsproblemen anderer Leute beziehungsweise Pferde konfrontiert?«

»Wir haben jetzt sicher auch erst mal eine Menge zu verdauen«, gab Messmer zurück. »Ich jedenfalls. Ich muss ständig über Fagel nachdenken. Und darüber, wie es sein kann, dass ich ihn am liebsten laufen lassen würde, wenn es nach mir ginge.«

Thea blieb vor Überraschung der Mund offen stehen. »Ich hab mich gestern schon gewundert, als du ihn gefragt hast, ob wir noch was für ihn tun können«, sagte sie. »Dabei hättest du ihn kurz zuvor beinahe abgeknallt.«

»Weißt du was? Vorhin hat das Labor angerufen. In der Spritze war überhaupt kein Kaliumchlorid. Es war ganz normales Wasser. Ich bin sicher, er wollte mich so lange provozieren, bis ich ihn erschieße. Hast du bemerkt, wie er Matthias zur Seite genommen hat, damit ich auf sein Herz zielen kann? Er hat nie vorgehabt, meinem Jungen etwas anzutun. Erinnerst du dich, wie er sagte, dieses Spiel würde mit dem Tod enden? Er meinte damit nicht den Tod von Matthias, sondern seinen eigenen. Ich bin nur erst viel später darauf gekommen.«

»Hättest du Fagel denn laufen lassen, wenn im Wald nicht so viele Zeugen gewesen wären?«, fragte Thea vorsichtig.

»Zu diesem Zeitpunkt war ich gar nicht fähig, darüber nachzudenken. Außerdem wussten die Kollegen Bescheid, dass Fagel dringend tatverdächtig ist. Die Frage stellt sich also gar nicht. Ich glaube auch nicht wirklich, dass er fliehen wollte. Ich glaube, er wollte nur sterben.«

Messmer sah Thea in die Augen, und sein Gesicht wurde weich. »Aber ich kann inzwischen sehr gut verstehen, warum du Sofia nicht ans Messer geliefert hast.«

Thea schwieg. Sie hatte das Gefühl, als würde in ihrem Hals ein Luftballon aufgeblasen werden.

»Und wenn ich Fagel schon nicht mehr raushauen kann, könnte ich es zumindest bei dir tun.« Er kam so nah an sie heran, dass sie seinen Atem spüren konnte, und strich ihr behutsam mit einem Finger über die Wange. »Ich mag mir gar nicht vorstellen, ohne dich weiterarbeiten zu müssen.«

Thea hielt den Atem an. Als ob der Ballon in ihrem Hals nicht genug wäre, drohten sich jetzt auch noch die Tränenschleusen zu öffnen. Hier war dringend ein Themawechsel angesagt. Sie räusperte sich.

»Wie hat denn Matthias die ganze Sache weggesteckt? Konnte er den Schock halbwegs verarbeiten?«

»Er ist noch dabei.« Messmer schmunzelte. »Inzwischen redet er schon davon wie von einem gigantischen Abenteuer. Heute Morgen beim Frühstück hat er mir erzählt, wenn er erwachsen ist, will er ein Drehbuch schreiben und die Story in Hollywood verfilmen.«

»Himmel, wir werden berühmt!«, lachte Thea. »Weiß er auch schon, wer uns spielen soll?«

»Deine Rolle soll Franka Potente übernehmen«, sagte Messmer. »Was mich betrifft, sind wir uns noch nicht einig geworden. Momentan tendiert er zu George Clooney, aber der ist ja nicht annähernd so attraktiv wie ich!«

Thea verdrehte die Augen.

»Nur in einem ist er sich schon vollkommen sicher«, redete Messmer weiter. »Die beiden Hauptdarsteller müssen am Ende des Films heiraten.« Er schielte sie aus den Augenwinkeln heraus an, aber Thea dachte gar nicht daran, zu reagieren. Bitte keinen Heiratsantrag auf einer Krebsstation, flehte sie im Stillen. Überall, aber nicht hier.

Als hätte er ihre Gedanken erraten, bot er ihr den Arm an. »Wir sollten dringend hier raus.«

Zögernd legte Thea ihre Hand in seine Ellenbeuge, und sie gingen den weißen Flur entlang, vorbei an Rollbetten und Wagen mit Putzmitteln, Desinfektionslösung und Nierenschalen. Links von ihnen öffnete sich die Tür eines Krankenzimmers, und ein Bett wurde herausgerollt. Thea wandte schnell den Blick ab, als sie sah, dass sich der Körper eines Menschen unter dem Laken abzeichnete, das bis über das Gesicht gezogen war.

Erst als sie im Foyer aus dem Lift traten, atmete sie auf. Hier war alles so angenehm unverbindlich, die Frühlingssonne fiel durch das hohe Glasdach, und die Baumgruppe in der Mitte des Atriums und der künstliche Teich vermittelten den Eindruck, als befände man sich in einem gigantischen Wintergarten und nicht in einem Krankenhaus.

Thea genoss das Gefühl von Lebendigkeit, das sie hier empfand, so trügerisch es auch sein mochte. An der Anmeldung versuchte ein sichtlich gestresster Autofahrer zu erklären, dass er zugeparkt worden war. Zwei Kinder rannten um einen runden Tisch der Cafeteria und spielten Fangen. Ein alter Mann in gestreiftem Bademantel und Filzpantoffeln telefonierte an einem öffentlichen Fernsprecher und lachte lauthals in den Hörer.

Als sie auf den Ausgang zusteuerten, kam ihnen eine junge, hochschwangere Frau entgegen. Sie lief langsam, hielt sich den schweren Bauch mit beiden Händen und strahlte eine unglaubliche Ruhe aus. Hinter ihr trippelte ihr deutlich nervöser Mann mit einer gigantischen Reisetasche, deren Inhalt sicher für mehrere Wochen Klinikaufenthalt reichen würde.

Leben und Tod sind nur zwei Seiten derselben Tür, dachte Thea. Wenn wir das nicht nur mit dem Kopf, sondern auch mit dem Herzen begreifen könnten, wäre unsere Trauer wahrscheinlich viel leichter zu ertragen. Aber wir können es nicht. Wir sind in einer Welt gefangen, in der Tod nichts anderes als einen schrecklichen Verlust bedeutet. Sie schaute zu Messmer, der seine verräterisch glänzenden Augen gerade hinter seiner Sonnenbrille versteckte. Carinas Sterben geht ihm nahe, dachte Thea. Er ist selbst Vater und kann seit gestern besonders gut nachvollziehen, wie es sich anfühlt, wenn man Todesängste um sein Kind aussteht. Und er weiß nun auch aus eigener Erfahrung, dass man privat manchmal anders entscheiden würde als im Dienst. Mein Geheimnis wird bei ihm in guten Händen sein.

Es könnte doch wirklich funktionieren, dachte sie lächelnd, als sie neben Messmer ins Freie trat. Die milde Frühlingsluft traf sie wie eine geballte Ladung Leben.

Als ich erwache, ist es Nacht. Der Wald ist dunkel, und kein Windhauch regt sich. Ich liege auf der feuchten, duftenden Erde und sauge die würzige Luft in meine Lungen, die nach Laubwald und Regen schmeckt. Ich kann die Bäume um mich herum nicht sehen, aber ich höre wie von fern die Geräusche der Vögel, die sich in ihren Nestern regen, und das Rascheln des Windes in den Blättern. Auch meine Hände, die ich vor meinem Gesicht bewege, erkenne ich nicht. Mich wundert, dass ich keine Angst habe, im Gegenteil, ich fühle mich auf sonderbare Weise geborgen. Ich bin sicher, dass ich meine Verfolger abgeschüttelt habe. Die Schmerzen sind verschwunden, und ich spüre die Gegenwart von etwas Tröstlichem.

Ich starre in die Dunkelheit und warte. Ich weiß noch nicht genau, worauf, aber es muss etwas Wunderschönes sein.

Ich lausche meinen Atemzügen, während die Zeit bedeutungslos wird.

Da spüre ich, dass sich etwas verändert hat. Über mir glimmt ein kleiner Stern in der finsteren Nacht, der allmählich an Größe gewinnt. Es scheint, als würde er näher kommen, und mir wird bewusst, dass ich mein ganzes Leben lang auf ihn gewartet habe.

Je näher das Licht kommt, desto stärker wird meine Sehnsucht, mich mit ihm zu vereinigen, und im selben Moment, als ich das denke, fühle ich, wie ich mich erhebe und darauf zutreibe.

Plötzlich ist es hell um mich herum. Ich schwebe hoch oben in einem weißen Zimmer und blicke auf ein Krankenhausbett hinab und auf eine Gestalt, die reglos darin liegt. Ich brauche eine Weile, bis ich verstehe, dass es mein eigener Körper ist, auf den ich da schaue. Er wirkt mager, bleich und eingefallen, mit dunklen Schatten unter den geschlossenen Augen. Ich empfinde Mitleid mit ihm.

Neben dem Bett sitzt meine Mutter und weint lautlos. Sie hält die Hand dieses armen Wesens, mit dem ich mich nicht mehr identifizieren kann, und streichelt sie. Ich weiß, dass sie bemüht ist, die Kanüle nicht zu berühren, um mir keine Schmerzen zu bereiten. Und ich fühle, dass sie mich nicht loslassen möchte.

Da ist er wieder, der Druck auf meinen Schultern. Ich spüre das Gewicht des Bogens und des Köchers, das auf mir lastet.

Ich will nicht weiterkämpfen, sage ich. Ich sehne mich so danach, endlich auszuruhen. Bitte, lasst mich gehen.

Aber sie hört mich nicht. Sie ahnt noch nicht, was ich schon weiß. Was ich eigentlich schon immer wusste, aber erst jetzt erinnere ich mich wieder.

Ich zögere einen Augenblick. Dann nehme ich den Köcher mit den Pfeilen von meinem Rücken und werfe ihn weit von mir. Ich streife den Bogen ab, lasse ihn los und sehe zu, wie er wie in Zeitlupe nach unten fällt, auf dem weiß gefliesten Boden aufprallt und zerbricht. Ich fühle mich so leicht wie noch nie zuvor und bekomme Lust, wie eine Feder auf einem Luftstrom davonzuschweben.

Ich kann nicht mehr bleiben, sage ich noch einmal. Bitte, lass mich gehen.

Als hätte sie mich verstanden, lässt sie die Hand los, wischt sich die Tränen ab und lehnt sich zurück. Sie sieht erschöpft aus. Ich warte, bis sie eingeschlafen ist, küsse sie ein letztes Mal auf die Stirn. Dann wende ich mich um und sehe ihn direkt vor mir. Das gütige Gesicht umrahmt von langem weißem Haar, in einem fließenden Gewand, dessen Konturen sich in dem gleißenden Licht, das ihn umhüllt, auflösen. Einladend breitet er die Arme aus.

Komm mit nach Hause, sagt er, ohne die Lippen zu bewegen, und streckt mir die Hand entgegen. Es ist an der Zeit, sich auszuruhen.

Ohne mich noch einmal umzuschauen, nehme ich seine Hand und folge ihm zu diesem Ort, nach dem ich mich mein Leben lang gesehnt habe. Ein tiefes Glücksgefühl durchströmt mich. Endlich kann ich loslassen und mich hingeben.

Diesem Licht. Diesem wunderschönen goldenen Licht.

DANK

An der Entstehung dieses Buches war nicht nur die Autorin beteiligt. Wer schreibt, braucht neben viel Fleiß und Inspiration vor allem auch jede Menge Unterstützung von Menschen, die ihm, sei es durch ihr Fachwissen oder durch moralischen Beistand, hilfreich zur Seite stehen.

Mein besonderer Dank geht an meine Kolleginnen und Kollegen vom Dezernat 1.1 der Kripo Stuttgart, auf deren reichen Erfahrungsschatz ich jederzeit zurückgreifen durfte,

an Silvija für die Vorarbeit in »Die Farbe des Himmels«, ganz besonders für die wundervolle Figur der Frau Baric,

und an Katrin, die mir mit ihrer Geschichte aus »Jeden Tag den Tod vor Augen« (Piper 2006) den letzten Anstoß gab, über das Thema GNM zu schreiben.

Vielen Dank Michi alias Eliehmina, die einem LARP-Dummie die Aufgaben der Non-Play-Characters und die Vorgehensweise der Spielleitung erklärte,

Sarah Schlifke von Chamberlords e.V. für die Einblicke in Tarot und Handlesekunst

sowie Tanja und Michael, den Inhabern der »Kostümschmiede«, die mir erlaubten, in ihrem Laden zu recherchieren und sie bei ihren Namen zu nennen.

Ein großes Dankeschön an Andreas für den Testlauf mit Fehlersuche und für die Entdeckung des »Klopses«,

an Suse, freiwillige Beta-Testerin der ersten Kapitel, für ihre konstruktiven Tipps,

an Rainer für seine Hilfe beim Honoratiorenschwäbisch

und Mischa, die mir beibrachte, wie man einen widerspenstigen Gürtel sprachlich in den Griff bekommt.

Herzlichen Dank meiner Familie, die es in dem Jahr, als das Buch entstand, nicht leicht mit mir hatte, für Nachsicht, Verständnis und sehr viel Freiheit,

Rike, die mich zu meiner »Hommage an die beste Freundin« inspirierte, für Chianti, Tee, unzählige Gespräche und vor allem ihre unbezahlbare Freundschaft,

Ellen, die mir zeigte, wie viel Kraft in einem kleinen Reiskorn steckt, wenn man es nur richtig platziert,

und Achim, der mir unwissentlich sich selbst und seine Hündin lieh.

Ich danke Ulrike Banis, der »Zunge von Kurt Kübler«, für ihre kompetente Dolmetschertätigkeit, ihren warmherzigen Beistand in schwierigen Zeiten und ihren unerschöpflichen Vorrat an Taschentüchern, die ich – getreu Theas Vorbild – nie bei mir habe,

ebenso wie Martina Heiss, die mir den Einfluss familiärer Verstrickungen auf unser Empfinden und Verhalten zu verstehen und zu lösen half. Ihr beide habt mich von einer heftigen Schreibblockade befreit.

Zu guter Letzt vielen Dank dem Emons Verlag für die angenehme Zusammenarbeit, allen voran Stefanie Rahnfeld, die mit großem Einsatz das Manuskript auf dem Weg zum Buch begleitete, und Heribert Stragholz für die wunderbare Umsetzung des Covermotivs.

Britt Reißmann
DER RUF DER SCHNEEGANS
Broschur, 224 Seiten
ISBN 978-3-89705-478-3

»Ein Kriminalroman mit Tiefgang – und mit der nötigen Prise Humor.«
www.brikada.de

»Das Richtige für einen ruhigen verregneten Herbstabend.«
Krimi-Couch